Zum Buch:

Als Cressy Hobson, internetweit bekannt als »Cressida Cupcake« ein Fernsehfiasko erlebt, das ihre Karriere beendet, sucht sie Zuflucht im malerischen Seaspray Cottage in St. Aidan. Doch sie ist pleite und muss die Einheimischen um Hilfe bitten. Schon bald sind ihre vermeintlich ruhigen Wochen in Cornwall gefüllt damit, Schafe zu jagen, das örtliche Rentnerdorf zu retten, die kleine Traumküche für Backabende zu den Menschen nach Hause zu bringen ... und sich vor der Liebe in Acht zu nehmen. Das allerdings ist leichter gesagt als getan, denn schon einmal hat sie in St. Aidan ihr Herz an Ross Bradbury verloren und der sieht ein Jahrzehnt später noch besser aus als damals ...

Zur Autorin:

Jane Linfoot schreibt romantische Geschichten um lebenslustige Heldinnen mit liebenswerten Ecken und Kanten. Mit ihrer Familie und ihren Haustieren lebt sie in Derbyshire in einem kreativen Chaos. Sie liebt Herzen, Blumen, Happy Ends, alles, was alt ist, und fast alles, was aus Frankreich kommt. Wenn sie nicht gerade Facebook unsicher macht oder shoppt, geht sie spazieren oder arbeitet im Garten.

Lieferbare Titel:

Der kleine Brautladen am Strand
Winter im kleinen Brautladen am Strand
Sommer im kleinen Brautladen am Strand
Weihnachten im kleinen Brautladen am Strand
Die kleine Traumküche in Cornwall
Ein verschneites Weihnachtsfest in Cornwall
Liebe im kleinen Brautladen am Strand
Das kleine Cottage in Cornwall
Der kleine Laden zum Glück

Jane Linfoot

Sommer in der kleinen Traumküche in Cornwall

Roman

Aus dem Englischen von
Ira Panic

HarperCollins

Die Originalausgabe erschien 2022 unter dem Titel
Tea for Two at the Little Cornish Kitchen

1. Auflage 2023

Deutsche Erstausgabe

Umschlaggestaltung von bürosüd, München
Umschlagabbildungen von www.buerosued.de
unter der Verwendung von Shutterstock, mauritius images /
Graham Prentice / Alamy / Alamy Stock Photos
Gesetzt aus der Stempel Garamond
von GGP Media GmbH, Pößneck
Druck und Bindung von GGP Media GmbH, Pößneck
Printed in Germany
ISBN 978-3-365-00294-0
www.harpercollins.de

1. Kapitel

Wichtige Notizen und Karamell-Crispies

The Surf Shack, St. Aidan, Cornwall
Freitag

»Hallo, ich bin Cressy, tut mir echt leid, dass wir so spät dran sind.«

Über meinem Kopf flattern die bunten Wimpel des Surf Shack vor einem tiefblauen Himmel, und über den grob behauenen Holztisch hinweg erspähe ich drei erwartungsvoll lächelnde Gesichter.

Dass die um den Tisch versammelten Frauen Diesel bereits kennen, schließe ich aus der Tatsache, dass der Hund mir praktisch den Arm ausgekugelt hat, um zu ihnen zu gelangen. Nun ja, der Hund ist mit seinem großen grauen Kopf und den langen, unkoordiniert wirkenden Hoppelbeinen immerhin so was wie ein Wahrzeichen von St. Aidan. Als wir endlich vor dem Shack angekommen waren, sprintete er die Stufen so rasant hoch, dass meine Glitzer-Flip-Flops kaum den Boden berührten, und sauste dann wie ein Lenkflugkörper über die Bretterveranda. Nachdem er nun sein Ziel erreicht hat, drückt er jeder der Frauen der Reihe nach seine große schwarze Schnauze ins Gesicht und schleckt sie nach Strich und Faden ab.

Als das aufgeregte Wedeln seines Schwanzes in eine etwas normalere Frequenz übergeht, sehe ich, dass er eine riesige Schleimspur auf der im Karo-Hemd, ich glaube, sie heißt

Nell, hinterlassen hat. Dann plumpst er mit dem Hinterteil auf meinen Fuß und starrt treuherzig zu mir hoch. Ginge ein Typ so manipulativ mit mir um, würde ich ihn ins Hafenbecken stoßen. Aber Diesels Blick aus herzerweichenden braunen Augen schafft mich jedes Mal.

Nell wischt sich mit einer Hand über die Wange, um den Sabber loszuwerden, und tätschelt ein letztes Mal seine haarige Schulter. »Ich freue mich auch, dich zu sehen, Diesel, ich hoffe, du benimmst dich anständig.« Sie schaut mich an. »Du bist ja völlig außer Atem, ist irgendwas passiert?«

Auch wenn es sich hier eher um Freundinnen von Freunden handelt als um einen Jobtermin, hatte ich doch so sehr darauf gehofft, einen guten Eindruck zu machen. Verlegen schüttele ich mein einstmals weißes T-Shirt aus und bete stumm, dass der Schweißfilm, der sich wie ein Heiligenschein um meinen Kopf ausgebreitet hat, meiner sorgfältig gestylten Frisur nicht den Garaus macht. »Keine Sorge, ich hyperventiliere immer vor Aufregung, wenn ich neue Leute treffe.« Was hoffentlich erklärt, warum ich klinge, als hätte ich gerade einen Iron Man hinter mir.

Ich kenne Diesel zwar schon, seit er ein Welpe war, hatte aber keine Ahnung, was auf mich zukommen würde, als ich mich bereit erklärte, auf ihn und die Katze Pancake aufzupassen, während mein Bruder Charlie und seine reizende Partnerin Clemmie sich einen ausgedehnten Skandinavien-Trip gönnen. Charlies und Clemmies Wohnung liegt eigentlich gleich um die Ecke, ebenfalls direkt am Strand, doch sobald Diesel Sand unter den Pfoten spürte, haute er mir ab, und ich kriegte ihn erst nach einer wilden halbstündigen Verfolgungsjagd wieder zu fassen. Nach Nells wissendem Blick zu urteilen, hat sie so eine Ahnung, was passiert ist.

Am Ende musste ich ein Stück weit ins Wasser waten, das war meine einzige Chance, ihn wieder einzufangen. Angesichts der Flutlinie auf meiner ansonsten makellosen Boyfriend-Jeans und meiner langen, triefenden Strickjacke wäre wohl keiner darauf gekommen, dass ich den Großteil des Morgens damit verbracht hatte, mich fertig zu machen. Das mag für manche übertrieben klingen, zumal Akkuratesse nicht mein naturgegebener Zustand ist. Doch seit ich mit meinen Internet-Back-Videos so erfolgreich bin, erwartet man nun mal von mir, dass ich jedes Mal, wenn ich das Haus verlasse, absolut vorzeigbar bin.

Wäre die Übergabe allein Charlies Angelegenheit gewesen, hätte er mir vor seinem Aufbruch zum Flughafen zweifellos einfach nur die Schlüssel zugeworfen, mit den Worten *Du weißt ja, wo alles ist, wir sehen uns dann in drei Monaten.* Doch Clemmie hat mir eine Gebrauchsanweisung hinterlassen, die jede Eventualität abdeckt. Dass sie versäumt hatte, darauf hinzuweisen, wie man Diesel einfängt, lag nur daran, dass er normalerweise nie wegläuft. Vermutlich war Clemmie für die Instruktionen zuständig gewesen, weil ich in ihrem Teil des oberen Stockwerks wohne, einem Vintage-Apartment voller Tücken und Eigenarten. Aber sie hat mir auch einen minutiösen Stundenplan für die Haustiere hinterlassen, außerdem Charakter-Profile der meisten Einwohner von St. Aidan. Und sie hat darauf bestanden, mich der Obhut ihrer besten Freundinnen zu überantworten, die mich jetzt hier bei einer nachmittäglichen Teestunde am Strand willkommen heißen.

Das ist sehr süß von ihnen, aber doch deutlich mehr Betreuung, als ich benötige. Da ich fünf ältere Geschwister habe, vergisst die Familie oft, dass ich zweiunddreißig bin, unabhängig und voll und ganz dazu in der Lage, mich sowohl um mich selbst als auch um Charlies Haustiere zu kümmern.

Wer schon immer auf einen Beweis aus war, dass das Leben sich vom Guten zum Schlechten und dann wieder zum

Guten wenden kann, muss sich nur Charlie anschauen. Vor dreizehn Jahren, kurz vor der Hochzeit, wurde seine wundervolle Verlobte Faye krank und starb. Es folgten zehn lange, einsame Jahre – bis Clemmie in die Wohnung nebenan einzog und ihn wieder glücklich machte.

Wenn mir die Vorstellung, von Clemmies Kindheits-Clique umschlungen zu werden, nicht ganz geheuer ist, dann liegt das vor allem daran, dass ich eigentlich immer mit einer einzigen BFF abhing statt mit einer ganzen Gruppe. Und dieser Haufen hier nennt sich immer noch »die Meerjungfrauen«, und obwohl sie mich noch gar nicht kennen, haben sie mir bereits die Ehrenmitgliedschaft angeboten.

Eine grundsätzlich reizende Vorstellung, wenn es nur meine Art Ding wäre. Verstehen Sie mich nicht falsch – ich liebe das Meeresrauschen und auch das malerische Durcheinander von St. Aidan mit seinen farbenfrohen Häuschen, die sich am Hang entlangziehen, und dieses großartige Strand-Café, das aus Tausenden Stücken Treibholz zusammengezimmert wurde, ist wirklich etwas Besonderes. Aber ich habe keineswegs das Bedürfnis, meiner eigenen persönlichen Meer-Persona nachzuspüren.

Ein paar Wochen Strandurlaub im Frühsommer würde ich mir kaum gönnen, wenn ich nicht Haustiere hüten müsste, und ich habe mich wirklich auf diese Abwechslung gefreut, mir Salt-Water-Sandalen zugelegt und geschworen, mein Körpergewicht in Clotted Cream zu verzehren. Aber weiter würde ich mich den Ureinwohnern dann doch nicht anpassen wollen, denn mir gefällt mein Leben in London. Klar, in letzter Zeit ist da ziemlich viel gegen die Wand gefahren, weshalb ich besonders froh bin, mich für eine Weile hier in Cornwall verkriechen zu können. Bis Charlie und Clemmie zurückkommen, ist hoffentlich Gras über meine Probleme gewachsen. Dann kehre ich in die Zivilisation zurück und fange wieder da an, wo ich war, bevor mir alles um die Ohren geflogen ist.

»Wir haben uns total auf dich gefreut, Cressy. Wir kriegen hier in St. Aidan nicht oft Stars zu sehen.« Die Frau, die jetzt spricht, ist blond, und ihre Augen leuchten begeistert. Doch das meerblaue Oberteil und die dazu passende Stoffhose könnten direkt Clemmies Anmerkungen entsprungen sein.

Sophie, vierfache Mutter, hat hundert identische T-Shirts in Mintgrün, startete ihre Multimillionen-Hautpflegemarke am Küchentisch mit hausgemachter Kosmetik, besitzt heute ein Schloss und regiert die Welt. Heißer Tipp: echter Kontrollfreak, wappne dich an ihren besonders durchgreifenden Tagen zum Widerstand.

Sophie hatte keinerlei Grund, so ehrfürchtig zu klingen. Aus der Welt der meisten weiblichen Wesen sind ihre Sophie-May-Produkte nicht mehr wegzudenken, während ich durch glücklichen Zufall einen einzigen Online-Hit landen konnte, den ich dann nach Kräften gemolken habe.

Nell reibt sich die Nase und nickt zustimmend. »Kate Humble kam mal auf einen Sticky Toffee Pudding in den Yellow Canary, daher kennen wir uns aus mit Promi-Glanz, und du bist ein echter Promi, Cressy. Ihr Star-Moderatorinnen strahlt alle diesen gewissen Glamour aus.«

Das bleibt jetzt unter uns, aber wenn die eigene Karriere auf so wackligen Beinen balanciert, dass sie mit ein paar glasierten Kuchen und kameratauglichem Make-up steht und fällt, muss man sich mit seinem Aussehen schon verdammt viel Mühe geben. Ich kann nur hoffen, dass meine 24-Stunden-Wunder-Foundation den Herausforderungen der Diesel-Jagd standgehalten hat.

Jetzt mischt sich die Frau in der farbverschmierten Latzhose ein. »Es ist dieses geradezu übermenschliche Leuchten, das von euch ausgeht. Als der Designer Patrick Grant hier unser Fish Quay Festival eröffnet hat, leuchtete er auch – aber viel weniger als du.« Das muss Plum sein, die die Galerie hinter der Bäckerei auf dem steilen, gepflasterten Hügel betreibt. Sie schüttelt ihren dunklen Pferdeschwanz und grinst mich an. »Du siehst echt genauso aus, wie wenn du auf YouTube backst, nur ohne die Schürze und die Mehlstreifen.«

Nell wedelt sich mit einer Hand Luft zu. »Du musst uns unsere kleinen Fangirl-Momente nachsehen. Schließlich stammen mindestens zehn Millionen deiner Milliarden Views von uns, wir haben deine Videos praktisch inhaliert, als Clemmie backen gelernt hat.«

Plum verzieht erwartungsvoll das Gesicht. »Könntest du, bevor du dich setzt, vielleicht noch schnell sagen, was du immer am Anfang deiner Back-Clips sagst?«

Darum bitten die Leute mich ständig, und ich mache es jedes Mal, weil es verlässlich das Eis bricht – sobald das mal erledigt ist, können wir uns alle wieder wie normale Menschen benehmen.

Also reiße ich die Augen weit auf, starre in eine imaginäre Selfie-Kamera und lege los. »Hi, hier ist Cressida Cupcake, angetreten, euch das Leben mit Blondies und Brownies zu versüßen.« Nach Plums tiefem, befriedigtem Seufzer fühle ich mich bemüßigt, die Ansage in einen gewissen Kontext zu bringen. »Ich bediene ein absolutes Nischenpublikum, und Internet-Ruhm ist flüchtig.«

Schließlich weiß wohl keiner so gut wie ich, wie unbeständig Social-Media-Erfolg sein kann. Bis vor Kurzem hätte ich noch unverdrossen behauptet, mein Lebensziel sei es, die Welt mit Kuchen zu füllen, aber das war, bevor ich mich vor Fantastilliarden Fernsehzuschauern öffentlich blamiert habe.

»Vergiss nicht, dass wir alle dich auch in der grandiosen Back-Show auf Channel 5 gesehen haben«, erwidert Plum.

Es war wohl vermessen gewesen zu hoffen, dass sie dieses Desaster nicht erwähnen würden. Ich ringe mir ein Lächeln ab. »Das war leider ein sehr kurzes Vergnügen.«

An einem TV-Backwettbewerb mit internationaler Besetzung teilzunehmen, klang super und verschaffte mir außerdem einen Traum-Deal für zwei Rezeptbücher. Allerdings hätte das Ganze eher nicht damit enden sollen, dass ich nach der zweiten Show abserviert wurde, weil mein Backofen nicht richtig heizte. Am schlimmsten war, dass der Bildschnitt meinen verunglückten Tortenboden noch viel roher aussehen ließ, als er in Wirklichkeit war, und so aus einer Mücke einen Elefanten machte. Im Rückblick eine krasse Fehlentscheidung, an der ich nicht beteiligt war – mit deren Folgen ich mich aber bis heute herumschlagen muss.

Sophie zwinkert mir zu. »Mach dich nicht kleiner, als du bist, Cressy Cupcake, es war auf jeden Fall bewundernswert, überhaupt zu *Social's Biggest Bakers* eingeladen zu werden!« Sie deutet mit dem Kopf auf einen gewaltigen Berg von Muffins und anderen Köstlichkeiten in der Mitte des Tischs, zieht einen Stuhl für mich vor und beginnt, Teller herumzureichen. »Ich bin übrigens Sophie, das ist Nell und das Plum. Schön, dich kennenzulernen, nun lasst uns reinhauen.«

Als das Handy in den Tiefen meiner Handtasche klingelt, weiß ich, dass neue Hass-Kommentare zu rohen Tortenböden eingetrudelt sind. Die verdammten Dinger strömen weiter rein, trotz des notorisch schwachen Netzes hier am äußersten Ende von England, wo das letzte bisschen Land sich ins Meer erstreckt. Aber das wird nicht bis in alle Ewigkeit so weitergehen. Es handelt sich nur um eine vorübergehende Karrieredelle, die ich aussitzen muss.

Solange ich das große Ganze im Blick behalte, kann ich den totalen Nervenzusammenbruch vermeiden. Vor mir liegen zwölf herrliche Wochen, in denen ich nichts zu tun habe außer backen und Haustiere hüten. Die Sonnenstrahlen glitzern auf dem knallblauen Wasser, und Diesel hat sich neben meinem Stuhl zusammengerollt. Sophie wedelt auffordernd mit der Kuchenzange, und ich entscheide mich für einen Cup Cake mit Knisterzucker, einen Muffin mit weißer Schokolade, einen klebrigen Schoko-Brownie und einen gigantischen Haferkeks. Während Nell Teetassen herumreicht, lässt das Wasser, das mir im Mund zusammenläuft, mich wissen, dass ich mich nicht verstellen muss. Zumindest für die nächste Stunde ist mein absolutes Glück gesichert.

Plum beißt in einen Blaubeer-Muffin, der fast so groß ist wie ihr Kopf. »Dir wird es in Clemmies Teil des Obergeschosses gefallen, Cressy, es ist wirklich supergemütlich dort, und du kannst die ganze Bucht überblicken.«

Der Themenwechsel tut gut, außerdem hat sie recht. Das Apartment ist unglaublich. Bevor Clemmie und Charlie ein Paar wurden, waren sie Nachbarn auf der obersten Etage des Seaspray Cottage, das nur einen Katzensprung von hier entfernt liegt, gleich um die Ecke beim Hafen. Clemmies Wohnung gehörte früher ihrer Großmutter, die es kunterbunt eingerichtet und mit allem möglichen Kram vollgestopft hat, während Charlies Seite des Stockwerks eher eine minimalistisch-luxuriöse Atmosphäre verströmt.

Ich lache. »Und während ich die Aussicht von Clemmies uraltem pinkfarbenen Sofa aus genieße, übernehmen nebenan bei Charlie die Handwerker.« Der Nachteil großer weißer Räume ist, dass sie oft neu gestrichen werden müssen, vor allem, wenn Diesel einer der Mitbewohner ist.

Sophie schaut mich neugierig an. »Clemmie erwähnte, dass du dort an deinem ersten Buch arbeiten willst?«

»Das ist der Plan.« Der Vertrag müsste jetzt jeden Tag zur Unterschriftsreife gelangen, und der üppige Vorschuss sollte mich locker ernähren, bis Gras über den Mist mit dem Backwettbewerb gewachsen und das Buch fertig ist. London ist ein teures Pflaster, aber dank des Verlags-Deals steht es zum ersten Mal in meinem Leben rosig um meine Finanzen. Noch ist das Geld nicht angewiesen, aber meine Agentin gibt mir sofort Bescheid, wenn es so weit ist. Das ist auch der Grund, warum ich trotz des schwächlichen Empfangs ständig am Handy-Display klebe. »In den nächsten Wochen checke ich noch mal alle Rezepte, dann treffe ich die finale Auswahl.«

»Clemmie war sicher, dass du dich hier zu Tode langweilen wirst.« Sophie lacht. »Also haben wir ihr versprochen, dich angemessen zu unterhalten.«

Bei diesem Angebot wird mir etwas mulmig. Ich dachte, das heutige Treffen sei das Ende des Meerjungfrauen-Einsatzes. »Ganz ehrlich, ich freue mich auf entspannte Tage zu Hause.« Ich will nicht unhöflich sein, hatte aber mehr als genug Unruhe im Leben, seit mein Cressida Cupcake Blog dermaßen durch die Decke ging. Außerdem, und das ist noch wichtiger, muss ich bis zum Ende meines Aufenthalts hier das Buch fertiggestellt und abgegeben haben.

Sophie fällt fast die Kinnlade runter. Sie ist es offensichtlich nicht gewohnt, auf Widerstand zu stoßen, erholt sich aber rasch. »Da hast du Glück, dass ich jeden Yoga-Kurs hier in der Gegend kenne. Sag Bescheid, und wir merken uns schon mal ein paar Entspannungs-Einheiten vor.«

Nells Lippen zucken. »Und wenn du lieber Spaß hast, als auf deiner Matte einzuschlafen, gibt's immer noch unsere Single-Events. Wir sind da sehr offen, auch Paare oder anderweitig Liierte sind willkommen.«

Mir hätte klar sein müssen, dass das kommen würde, schließlich tauchte Nells Single-Club des Öfteren in Clemmies Notizen auf, aber dass die Erwähnung mich treffen würde wie ein Schlag in den Magen, war dann doch überraschend.

»Ich bin solo, und das soll bitte auch so bleiben.« Wir reden ohnehin schon nicht gerade leise, aber meine Entgegnung gerät so lautstark, dass die Gäste an den Nebentischen sich zu uns umdrehen. Abgesehen von einem Typ mit fantastischen Schultern unterm wie angegossen sitzenden Shirt, der sich durch sein dunkles Haar fährt und energisch zum Strand starrt. Ich maßregele mich innerlich für mein schrilles Getöse, senke die Stimme und versuche es noch einmal. »Vielen Dank, aber ich denke, ich verzichte lieber.«

Paarungsaktivitäten, und das auch noch ausgerechnet in St. Aidan, rufen zu viele Erinnerungen in mir wach. Das einzige Mal, als ich vor so was Ähnlichem wie Liebe den Verstand verlor, liegt jetzt mehr als zehn Jahre zurück. Und es passierte, als ich hier Ferien machte.

Kurz nach Fayes Tod war Charlie nach Cornwall gezogen, und etliche von uns reisten über Weihnachten an, um ihm Gesellschaft zu leisten. Wir mieteten uns in einem großen Haus an der Küstenstraße ein. Da hockte ich nun am Ende der Welt, gerade zwanzig geworden und platzend vor Selbstsicherheit, eingepfercht mit Charlies bestem Freund Ross Bradbury, für den ich schwärmte, seit ich als frühreife Vierzehnjährige seine Brustmuskeln und den Bartschatten angeglotzt hatte. Ich würde mir gerne einbilden, dass die Anziehung auf Gegenseitigkeit beruhte, nehme aber eher an, dass ich mich ihm dermaßen heftig an den Hals geworfen habe, dass er gar nicht anders konnte, als mich aufzufangen.

Die Bilder jener wenigen Tage prägten sich mir zunächst so scharf ein wie eine Lasergravur, doch mit der Zeit legte sich immer mehr Weichzeichner darüber. Bis heute weiß ich jedoch, dass nichts anderes dem, was damals geschah, auch nur halbwegs nahekam. Was vielleicht daran liegen könnte, dass es, wie bei allen guten Urlaubs-Affären, ein wasserdichtes Verfallsdatum gab. Wir verheimlichten das Ganze, weil das Letzte, was Charlie damals brauchte, ein bester Freund und eine Schwester waren, die unterm Mistelzweig rummachten.

Schon als ich mich auf der sturmgepeitschten Promenade vorbeugte, um den ersten glühenden Kuss in Empfang zu nehmen, war das Ende in Stein gemeißelt. So fest Ross mich auch in seinen Mantel wickelte, so überzeugend er mir schwor, mich nie wieder loszulassen, wussten wir doch beide, dass er gleich nach Silvester zum Austauschjahr an eine veterinärmedizinische Fakultät in die USA fliegen und ich nach Brighton zurückkehren würde, um weiter Medienwissenschaften zu studieren. Wie sich herausstellte, nahm die Sache dann einen schmerzlicheren Verlauf, den wir nicht vorhergesehen hatten. Doch die Erfahrung machte mich zu der Person, die ich heute bin – seit damals verlange ich von keinem Menschen außer mir selbst etwas.

Dennoch bin ich schockiert, wie sehr die Erinnerungen mich aufwühlen. Hatte ich mir doch vor all jenen Jahren hoch und heilig versprochen, das Ganze hinter mir zu lassen, daraus zu lernen und weiterzuziehen. Und bis zu dem Zittermoment von eben hätte ich jeden Eid geschworen, dass mir das auch gelungen ist.

Nell hebt gleichmütig die Schultern. »Es besteht absolut kein Mitmach-Druck. Allerdings bietet das gesellschaftliche Leben hier ansonsten keine besonders berauschenden Optionen, es sei denn, du stehst auf Gartenvereine oder Seniorendiscos.«

»Wahrscheinlich werde ich einfach durcharbeiten. Die Rezepte sind meine oberste Priorität.« Um die Wogen zu glätten, zerbreche ich mir den Kopf, was Clemmie sonst noch über Nell aufgeschrieben hat.

Mag Schweinebraten-Sandwichs, Eltern wohnen auf der Forget-me-not-Farm …

Ich ergreife meine Chance. »Da wir gerade bei den Rezepten sind, bist du nicht meine designierte Eierfrau? Drei Dutzend wären für den Anfang perfekt.« So lange ich mich benehme, als wäre alles in Ordnung, wird keiner das Gegenteil vermuten. Das war einer von Charlies heißen Tipps für schwere Zeiten. Obwohl meine Probleme, verglichen mit dem Tod eines Lebenspartners, wirklich kaum der Rede wert sind. Das ist das einzig Positive an einer Familientragödie – alle Schwierigkeiten, die danach kommen, fühlen sich eher unerheblich an.

Nells Miene hellt sich auf. »Die Eier sind alle aus Freilandhaltung, ich kann dir sogar die Namen der Hennen nennen, die sie gelegt haben. Ich bringe sie dir später vorbei.«

Es ist wohl das Beste, wenn ich die Kontrolle über die hiesige Freizeitgestaltung übernehme. »Ich probiere jeden Tag Rezepte aus, also gibt es, wann immer ihr Lust habt, bei mir vorbeizuschauen, Kuchen, Tee und bunte Kissen.« Ernsthaft, bei der Anzahl von Stufen, die sie sich hochschleppen müssten, um die Wohnung zu erreichen, werden sie meiner Einladung wohl kaum Folge leisten. Definitiv nicht.

Plum wedelt mit ihrer Ingwerschnitte in meine Richtung. »Cressida Cupcakes eigenhändige Werke und die Aussicht vom Seaspray Cottage? Ich bin dabei!«

»Ihr seid jederzeit willkommen.« Um meine Verblüffung zu verbergen, kraule ich Diesels Kopf. Da das Apartment mehr ihm als mir gehört, fühle ich mich verpflichtet, ihn einzubeziehen. »Stimmt's, alter Junge?«

Ich beiße in das Knisterzucker-Topping meines Cupcakes und lasse mir den ersten köstlichen Happen auf der Zunge zergehen. Lächle, als ich sehe, wie Diesel unterm Tisch träge ein Auge öffnet. Lehne mich zurück und lausche dem Rauschen der Wellen.

Plötzlich wie aus dem Nichts ein Klappern, ein graues Zischen, und ehe ich Piep sagen kann, stemmt Diesel die Vorderpfoten auf mein Knie und reißt mir den Cupcake aus der Hand. Eine Sekunde später ist der Kuchen verschwunden, samt Papierhülle. Ein Hauch von Pink, als Diesels Zunge im Maul verschwindet, dann liegt er wieder zu meinen Füßen, den Kopf am Boden.

Endlich bricht mein Protestschrei sich Bahn. »Verdammt, was soll das denn?« Als Welpe war er zwar frech wie Oskar, aber das liegt fast ein Drittel meines Lebens zurück. Seither war er, mal abgesehen von einer mitternächtlichen Attacke auf die speziell glasierte Weihnachtstorte meiner Mum, immer ausnehmend brav.

Diesels Blick ist undurchschaubar. Wenn die sandigen Fußspuren auf meiner Jeans und meinem Oberteil nicht wären, würde ich ihm fast glauben, dass er nichts mit dem Mundraub zu tun hatte.

Nell wackelt drohend mit dem Zeigefinger. »Böser Diesel.«

Plum runzelte die Stirn. »Er hat den kompletten Kuchen verschlungen, ohne einmal zu schlucken.«

Ich wische die Spuren von meinem Shirt und werfe mich für Diesel in die Bresche. »Das kommt bestimmt nicht noch mal vor.« Da ich vorhabe, den Vorfall scherzhaft abzutun, starre ich auf meine Schenkel, die ungefähr doppelt so breit sind wie Sophies und deutlich dicker als vor der ganzen Backwettbewerb-Abschmeckerei. »Vermutlich ist das einfach Diesels Art anzumahnen, dass ich nicht so fett werden darf, dass ich nicht mehr in meine Schürze passe.« Der große Vorteil von Instagram und YouTube ist, dass man die Problemzonen aus dem Bild heraushalten kann. Und da Diesel mich heute Nachmittag schon zweimal übertölpelt hat, sollten wir uns besser vor dem nächsten Fauxpas davonmachen. Diesmal im Schritttempo.

Ich lächle in die Runde. »War toll, euch kennenzulernen, aber Diesel braucht seinen Auslauf.«

»Schon wieder?«, fragt Nell perplex. »Wir haben doch kaum mit den Kuchen angefangen.«

»Sie sind echt superlecker, aber ich hatte mehr als genug.« Es war schon heikel genug, vorhin den Reißverschluss meiner Jeans zuzukriegen.

Sophie fährt mit den Fingern durch ihr perfekt geschnittenes blondes Haar. »Wenn du wirklich nicht länger bleiben kannst, denk daran, dass wir immer für dich da sind. Egal, was du brauchst, wir sind auf Standby.«

Es ist wirklich großartig, dass sie mir das anbieten, auch wenn ich nicht darauf zurückkommen werde. Ich hatte eine schöne halbe Stunde, komme aber, wie ich ihnen vorhin sagte, prima allein zurecht. »Vielen Dank, bis bald.« Ich umfasse Diesels Leine, und er steht auf.

Noch während ich zum Abschied winke, jubele ich mir im Stillen zu, weil es mir gelungen ist, mich ohne verbindliche Vereinbarungen und bevor Diesel etwas noch Schlimmeres anstellen kann, von den drei Frauen loszueisen. Ich bin gerade beim dritten stummen »Hurra«, als ich spüre, wie mir die Leine aus der Hand gleitet. Hastig versuche ich, danach zu greifen, doch es ist zu spät – und Diesel auf und davon.

2. Kapitel

Toast Toppings und wohin man sie sich stecken kann

The Surf Shack, St. Aidan, Cornwall
Freitag

Als ich die Leerstelle spüre, wo Diesels Leine sein sollte, schließe ich leise fluchend die Augen. Als ich sie wieder öffne, rechne ich fest damit, Diesel mit hochgerecktem Schwanz um die Biegung der Bucht verschwinden zu sehen. Doch er ist viel näher. Und es ist so viel schlimmer, als ich dachte. Er ist schnurstracks auf den Typ zugestürmt, der allein an einem Tisch neben der Treppe sitzt, und hat beide Vorderpfoten bereits fest auf die Schultern seines Opfers gepflanzt.

Ich stöhne leise. Dass Diesel sich auf Clemmies Freundinnen stürzt, ist das eine. Aber ein vollkommen Fremder, das geht gar nicht. Und auch wenn man mir keine Wahl gelassen hatte, wäre es mir doch lieber gewesen, wenn der dumme Hund sich nicht ausgerechnet den muskulösesten Kerl im ganzen Café ausgesucht hätte.

Mit zwei Sprüngen habe ich die Veranda überquert und bin bereit, zu Kreuze zu kriechen. »Tut mir schrecklich leid, mein Hund greift Sie nicht an, er ist nur supergesellig.« Wenn ich eine persönliche Note hinzufüge, reagiert er vielleicht freundlicher. »Sein Name ist Diesel … und natürlich ersetze ich Ihnen jedes Essen, das er angehechelt hat.« Ich krabbele unter dem Tisch herum, in der Hoffnung, das

Ende der Leine zu erwischen, bevor Diesel wieder davonrennt.

»Diesel und ich kennen einander schon gut.«

»Tatsächlich?« Da Diesel mit halb Cornwall befreundet zu sein scheint, überrascht mich das nicht wirklich. Doch die entspannte, leicht herbe Stimme hat etwas erschreckend Vertrautes, das mich so heftig zusammenzucken lässt, dass ich mir den Kopf stoße. Klar, es ist total lächerlich anzunehmen, im Schatten einer Tischplatte den engen Sitz einer Jeans oder die unverwechselbare Kurve eines Oberschenkelknochens wiedererkennen zu können. Doch als ich die Leine endlich zu packen kriege und mich wieder aufrappele, haben meine Eingeweide sich in Gelee verwandelt.

»Eier-Kressy Hobson, wer hätte das gedacht? Du bist es doch, Cressy, stimmt's?«

Das ist dieselbe schokoladendunkle Stimme, die mich einst auf unerklärliche Weise vom schüchternen Teenager in eine großmäulige, um Aufmerksamkeit heischende Prinzessin verwandelt hat. Jetzt befindet sich an Stelle meines Magens ein riesiges Loch, und beim Klang meines Spitznamens aus Kindertagen kneife ich die Augen fest zu.

»Stimmt.« Auch wenn sich in meinem Kopf alles so schnell dreht, dass ich nicht sicher bin, ob ich weiß, wer ich bin. Oder was hier gerade los ist. Ross? Das kann doch wohl nicht wahr sein.

Doch ich muss nur einmal blinzeln, um festzustellen, dass er es ist, noch immer mit dieser unwiderstehlichen Kombination aus kantigem Kinn und verheerenden dunklen Augen. Nicht, dass ich immer noch so oberflächlich wäre, auf diesen umwerfenden Sex-auf-zwei-Beinen-Charme abzufahren. Heutzutage würde ich, sofern das überhaupt ein Thema wäre – was es definitiv nicht ist –, sehr viel mehr auf den Charakter achten, sozusagen das Gesamtpaket.

»Und noch immer außergewöhnlich, nach dem, was ich gerade gehört habe.« Über Diesels Rücken hinweg mustert er mich. »Das überrascht mich nicht weiter. Mir war immer klar, dass du mal was Erstaunliches machen wirst.«

»Du hast gelauscht?« Hoffentlich hat er nicht mitgekriegt, wie ich mich als Berühmtheit aufgeführt habe. Und dass er mich an meinem schlimmsten Frizz-Hair-Day seit Anbeginn der Zeiten ertappt, ist wieder mal typisch.

»Nicht absichtlich«, beteuert er. »Du hast ziemlich laut geredet.«

Das bringt mich ausreichend auf die Palme, um meinen Fokus zurechtzurücken. »Was zum Teufel machst du eigentlich hier?« Präziser ausgedrückt, was zum Teufel ist aus der unausgesprochenen Vereinbarung geworden, die wir getroffen hatten? Er bekam Schottland, das er als bekennender Workaholic niemals verließ, und ich den Rest der Welt. In all den Jahren hatte ich mich in der absoluten Sicherheit gewiegt, dass er niemals versehentlich in eine Londoner Bar schneien würde, um sich durch die Craftbier-Karte zu trinken. Oder dass die Narbe an seiner linken Wange, wo eine Kuh ihn getreten hatte, nicht plötzlich hinter einem Ansichtskartenständer auftauchen und das mit meinen Knien machen würde, was sie jetzt gerade tat. So stämmige Beine wie meine sollten eigentlich unter keinen Umständen nachgeben, dennoch klammere ich mich sicherheitshalber an die Tischkante.

Er räuspert sich. »Vertretungsstelle in der örtlichen Tierklinik.«

»Wie bitte?« Nachdem Charlie sich so fest in Cornwall eingenistet hat, vergisst man leicht, dass eigentlich Ross derjenige ist, der hier aufgewachsen ist. Dennoch mutet es überraschend an, dass er nach so langer Zeit zu seinen Wurzeln zurückkehrt – zumal wir beide wissen, dass jemand

mit so vielen akademischen Buchstaben vor seinem Namen normalerweise nicht befristet für irgendwen in einer Dorftierklinik einspringt.

Er verzog den Mund. »Charlie erwähnte, dass du kommst, aber ich dachte, das wäre erst morgen. Und mein Engagement hier wurde unerwartet verlängert, daher bin ich heute hier am Strand, um ein letztes Mal der Völlerei zu frönen.« Er trommelt mit den Fingern auf der Tischplatte und schreit unerwartet scharf los. »Hey, lass Diesel nicht meinen Toast fressen!«

Die Brotkrusten, die ich Diesels Schnauze entreiße, sind grün und schleimig, aber mein Stolz verlangt, dass ich die ganze Scheibe wieder auf den Teller lege.

Fairerweise sollte man anmerken, dass Diesel Ross womöglich einen Gefallen getan hat. In Anbetracht all der köstlichen Kuchen, die dieses Café im Angebot hat, erscheint mir gegrillter Schlamm eine grässliche Wahl zu sein. »Warum gibst du Diesel nicht diesen zweifelhaften Toast, und ich spendiere dir stattdessen ein extragroßes Stück Schokoladen-Paradies?« Zwar passt mir gar nicht, dass ich mich an seine Schwäche für sämtliche kakaohaltigen Köstlichkeiten erinnere, aber wenn ich schon von unwillkommenem Insiderwissen verfolgt werde, kann ich es genauso gut sinnvoll einsetzen.

Doch mein Vorschlag zur Güte resultiert in einer sturmumwölkten Miene. »Soll das ein Witz sein? Natürlich kriegt Diesel den Toast nicht. Avocado ist Gift für Hunde. Das musst du doch wissen!«

Jetzt weiß ich es. Und denke als vertrauenswürdige Haustier-Hüterin nicht daran, meine klaffenden Lücken in Hundekunde zu offenbaren. »Ach, das ist dieses schleimige Zeug! Gut, dass der Superveterinär hier ist, um mir auf die Sprünge zu helfen.«

Diese Typen und ihr Gesundheitstick. Außerdem guckt er mich gerade so von oben herab an, als wäre ich fünf Zentimeter groß. Ich weiß, er hat Unmengen von beruflichen Qualifikationen, aber andere Eigenschaften zählen auch. In meiner Welt begegne ich Männern bis zum Beweis des Gegenteils auf Augenhöhe. Und lachte er früher nicht laut heraus, statt sich mit einem winzigen ironischen Zucken um die Mundwinkel zu begnügen? Es kommt mir vor, als ob ich vor jemandem stehe, der mit fünfunddreißig einen Humor-Bypass braucht.

Angesichts seiner versteinerten Miene überrollt mich die Erkenntnis, wie trostlos mein Leben hätte verlaufen können, wenn es damals anders zwischen uns gekommen wäre.

Nein, das ist mir jetzt ganz und gar nicht durchs Hirn geschossen. Schließlich habe ich die vergangenen zwölf Jahre darauf verwendet, exakt solche Fantasien zu vermeiden. Was ist bloß in mich gefahren?

Er starrt so düster aufs Meer hinaus, als gäbe es für keinen von uns auch nur den Hauch einer Hoffnung. »Da du ja nun mal verantwortlich für Diesel bist, bringe ich dir besser eine Merkliste vorbei, eine Art Poster.«

»Eine Merkliste?« Ich klinge wie ein gewürgter Igel. »Du willst doch nicht etwa vorbeikommen?« Schlimm genug, ihn hier zu treffen. Wenn ich ihn in Clemmies winziger Wohnung sehen müsste, könnte das definitiv mein Ende sein.

»Keine Sorge, ich trete dir nicht zu nahe. *Nahrungsmittel, die Hunde meiden sollten – ein illustrierter Leitfaden* sollte in den Briefkasten passen.« Er reibt Diesels Ohren. »Charlie liebt diesen Jungen hier abgöttisch, daher können wir in seiner Abwesenheit gar nicht vorsichtig genug sein.«

Hätte es irgendeine andere Option gegeben, hätten Charlie und Clemmie ihn niemals zurückgelassen. Aber ich will verdammt sein, wenn ich Ross spüren lasse, wie sehr die

Verantwortung für ihren Augenstern mir zu schaffen macht. Stattdessen ziehe ich einmal energisch an der Leine. »Also, soll ich dir diesen Kuchen bestellen, bevor wir aufbrechen? Oder noch einen Toast?«

Angewidert verzieht er das Gesicht. »Lieber nicht, danke. Irgendwie ist mir der Appetit vergangen.«

»Na prima.« Ist es natürlich nicht, aber nachdem wir ihm den Besuch im Surf Shack verdorben haben und er mir meinen Nachmittag versaut hat, fällt mir keine andere ironische Entgegnung ein. »Man sieht sich«, werfe ich ihm noch zu, bevor ich mich zum Gehen wende.

Er lehnt sich auf seinem Stuhl zurück und kneift nachdenklich die Augen zusammen, als ob er sich meine Worte in aller Ruhe durch den Kopf gehen lässt. Doch das Zucken der Narbe auf seinem Wangenknochen verrät, wie unbehaglich er sich fühlt. »Ich glaube, ich überlasse den Strand von jetzt an am besten dir.«

Als ich dieses Zucken, begleitet von demselben schmerzerfüllten Stirnrunzeln, das letzte Mal gesehen habe, hatte ich gerade unser Baby verloren, und er verschwand rückwärts aus dem Krankenzimmer, um zurück in die Staaten zu fliegen. Damals nahm ich mir fest vor, ihn niemals wiederzusehen. Und Sie haben keine Ahnung, welche Kraft und Energie ich in die Durchführung dieses Vorsatzes gesteckt habe. Meines Wissens war er seit einer Ewigkeit nicht mehr in Cornwall gewesen, und es gab absolut keinen Grund zu der Annahme, dass sich daran etwas geändert hatte. Wenn ich auch nur den leisesten Verdacht gehegt hätte, dass er sich hier aufhalten könnte, wäre ich ans andere Ende des Landes geflüchtet.

Und wenn ich mir jemals erlaubt hätte, über dieses unwahrscheinliche Zufallstreffen zu fantasieren, dann wäre in diesem Szenario gewiss nicht vorgekommen, dass wir einander finster anstarren und die Zugangsrechte zum Dorf unter uns aufteilen. Für diesen Schock war ich nicht gewappnet. Ich hatte mich so darauf gefreut, am Meer zu relaxen und meinen einstigen Glücksort wiederzuentdecken. Und nun fühle ich mich, als ob eine Flutwelle mein ganzes geordnetes, ausgeglichenes Leben erfasst und ins Chaos geschleudert hätte.

Erst mit einiger Verspätung dämmert mir das volle Ausmaß seiner Bemerkung. »Du meinst, du bleibst noch länger hier?«

Ergeben schließt er die Augen. »Nur zwei Tage.«

Ich bedenke ihn mit meinem allerstrahlendsten Lächeln. »Nun, in dem Fall werden wir dich nicht mehr sehen. Hier oder wo auch immer. Was uns gut in den Kram passt.« Diesel miteinzubeziehen, klingt nach starkem Team und weniger so, als ginge es nur um Ross und mich. Ich bin drauf und dran, ihm noch ein schönes Leben zu wünschen, kann es mir aber verkneifen. Selbst ein betont fröhliches »bis dann« würde sich zu sehr nach einer Stalking-Drohung meinerseits anhören, also begnüge ich mich damit, meine Mutter zu imitieren, wenn die ihre alte Hockey-Lehrerin nachahmt. »Dann lass uns zum Abschied leise Servus sagen. Cheerio!«

Als ich mich endgültig zum Gehen wende, schwänzelt Diesel ausnahmsweise brav neben mir her, und irgendwie gelingt es uns, die Veranda zu überqueren und die Stufen zum Strand hinunterzugelangen, ohne dass mir meine Flip-Flops von den Füßen fallen. Dann sinken wir in den weichen Sand und laufen zum Meeressaum, wo weiß gekrönte Wellen über den schimmernden Schlick schäumen.

3. Kapitel

Süße Füllungen und manches bittere Ende

In Clemmies Wohnung im Seaspray Cottage, St. Aidan
Der nächste Morgen, Samstag

»Schoko-Streusel und Walnüsse, weiße Schokoladenbrocken und Oreo, Bitterschokolade und Pfefferminz …«

Am nächsten Morgen warten Nells Eier auf der apfelgrünen Kommode in der Küche, und ich laufe durchs Wohnzimmer und rezitiere Diesel meine Lieblings-Brownie-Mischungen. Ich habe bereits die Hälfte meiner salzkrausen Haare glatt gebürstet und Clemmie und Charlie mit ein paar frühmorgendlichen Impressionen von St. Aidan versorgt: ein im frischen Luftzug vom Balkon her dösender Diesel neben der offenen Schlafzimmertür. Und Pancake, wie sie mich mit einem stechenden Angewidert-von-St.-Aidan-Blick durchbohrt, weil ich mich beim Servieren des heutigen Garnelen-mit-Bambussprossen-Frühstücks von Gourmet Kitty um zwei Stunden verspätet habe. Was ziemlich gemein von ihr ist, nachdem sie sich die halbe Nacht auf meinem Kopfkissenberg breitgemacht und mir lautstark ins Ohr geschnurrt hat.

Allerdings kann ich mein Schlafdefizit nicht wirklich Pancake ankreiden. Und auch nicht dem ständigen Wellenrauschen vor meinem Fenster. Das Schlafzimmer selbst ist ein Traum, mit dem bequemsten Bett, das man sich wünschen kann, und bezaubernd geblümter Seidenwäsche. Die Lücken zwischen den zahlreichen Gemälden an den Wänden leuchten in verschiedenen Abstufungen von Altrosa. Dass ich mich dennoch bis zum Morgengrauen unruhig unter der weichen Decke gewälzt habe, liegt daran, dass der Nachmittag im Surf Shack durch meinen Kopf flimmerte wie eine endlose Filmschleife. Und wenn es mir mal gelang, sie anzuhalten, stiegen vor meinem geistigen Auge halb vergessene Montagen aus längst vergangener Zeit auf.

Natürlich habe ich mich in jenen langen dunklen Stunden vor Einsetzen der Dämmerung ausgiebig verflucht, weil ich es versäumt hatte, Charlie vor meiner Ankunft einem subtilen, aber sorgfältigen Verhör bezüglich Ross' Verbleib zu unterziehen. Mir hätte klar sein müssen, dass ich noch genauso wachsam sein musste wie damals, als ich ständig meine Umgebung im Blick behielt, um eine Zufallsbegegnung zu vermeiden, und mich im Zweifel lieber dreimal vergewisserte, dass die Luft tatsächlich rein war.

Aber es fällt schwer, sich in St. Aidan lange dem inneren Blues hinzugeben. Vor allem, wenn man, sobald man morgens die Augen aufschlägt, die Sonne auf dem türkisfarbenen Meer glitzern sieht, darüber einen mit Schäfchenwolken betupften Himmel, unter dem die Möwen kreisen, und die Wellen, die sich von einem Ende der Bucht zum anderen ziehen. Ja, Ross hat mich verletzt, weil er letztlich nicht der Mann war, für den ich ihn gehalten hatte. Und durch meine ungeplante Schwangerschaft, die dann so tragisch endete, geriet unsere Trennung weitaus schmerzlicher, als unserer sehr kurzen gemeinsamen Zeit eigentlich angemessen gewesen wäre. Doch all das liegt jetzt lange zurück.

Und in den Jahren davor, wann immer Charlie ihn mit zu uns nach Hause schleppte, hatte ich Ross stets als diesen lächelnden, extrem klugen, enorm umschwärmbaren und charmanten Typ wahrgenommen. Damit will ich nicht sagen, dass er so perfekt war, dass es an Langeweile grenzte. Im Gegenteil, er brachte seine Makellosigkeit extrem interessant und unkonventionell zur Geltung.

So neckte er uns fünf Schwestern immer exakt so lange, bis wir ihn fröhlich zurückneckten. Er brachte meiner Mum ihre Lieblingsblumen mit, dunkelblaue Anemonen, während wir anderen noch nicht mal mitgekriegt hatten, dass sie überhaupt Blumen mochte. Und er kannte nicht nur sämtliche Figuren bei »The Archers«, sondern diskutierte auch bereitwillig die zahlreichen Plot-Twists mit ihr. Mit meinem Dad plauderte er über die »Today«-Nachrichten und Frank Zappa. Ich meine, wer sonst wäre dazu imstande gewesen, ohne einzuschlafen?

Im Prinzip teilte unsere gesamte Familie die Ansicht, dass Ross die Sonne aus den strategisch platzierten Rissen auf seinem strammen, Levis-bedeckten Hintern schien. Und er machte nicht etwa nur zu Hause was her. Immer wieder erzählte er, wie er während seines Veterinärstudiums ganzen Kuh-Herden die Stirn geboten und die Oberhand gewonnen hatte. Einmal hat er sogar einen Elefanten ausgeknockt, mit einem verdammten Betäubungspfeil. Mit dieser Art Superman hatten wir es also zu tun.

Und aus genau diesem Grund war es auch so ein Schock, als er und ich, metaphorisch gesprochen, in eine gefährliche Strömung gerieten und ich feststellen musste, dass er in Wahrheit gar nicht schwimmen konnte. Es gibt dieses Zitat von Eleanor Roosevelt, in dem sie Frauen mit Teebeuteln vergleicht – wie stark sie sind, merke man erst, wenn man sie ins heiße Wasser schmeißt. Im Fall von Ross war der Tee so schwach, dass er praktisch überhaupt keine Farbe hatte. Man könnte sogar sagen, dass der ganze verflixte Beutel sich komplett in nichts auflöste. Und damit war, nach dem supersouveränen Eindruck, den er immer auf uns gemacht hatte, nun wirklich nicht zu rechnen gewesen.

Aber was soll's! Das alles ist längst Schnee von gestern. Ich habe dann ohnehin herausgefunden, dass ich allein super klarkomme, was die beste Empowerment-Lektion war, die man sich vorstellen kann. Außerdem gehöre ich definitiv nicht zu der Art Frauen, die sich ihren Arbeitsurlaub von einem unvermutet aufgetauchten Ex ruinieren lassen. Schon gar nicht, wenn der so irrelevant ist wie Ross. Stattdessen bin ich wild entschlossen, die Dinge auf meine Art wieder ins Lot zu bringen – durchs Backen. Daher werde ich mich jetzt mit aller Kraft auf meine Brownie-Testläufe stürzen.

»Ich darf auf keinen Fall die mit Karamell und Eiercreme weglassen. Aber die mit Nutella sind auch sehr lecker …«

Ich stöpsele das Glätteisen ein, kuschele mich auf das himbeerrosa Samtsofa und zupfe mein liebstes Ditsy-Print-Etuikleid zurecht. Diesel lässt sich neben mich plumpsen. Mein Handy klingelt, und ich checke die Nachricht.

Ich würde den Baiser-Tipps ja mehr trauen, wenn dieser Tortenboden nicht #totalroh gewesen wäre

Was für eine Angeberin! #ScheißCupcake

Das sind genau die Kommentare, die ich seit Ausstrahlung der Back-Show an mir abprallen lasse, heute mit zwei wundervollen neuen Hashtags. Das muss man den Hatern lassen – sie sind wirklich kreativ. Wer hätte gedacht, dass es so viele unterschiedliche Wortbildungen für »nicht ganz durchgebacken« gibt?

Es muss mindestens eine Stunde her sein, seit ich auch meine E-Mails durchgesehen habe, also scrolle ich durch die Inbox und verschlucke mich fast, als ich den Namen Martha

Channing lese. Das ist doch wieder mal typisch. Da aktualisierst du drei Monate lang im Minutentakt den Posteingang, und in dem Moment, in dem du tatsächlich mal eine Weile nicht reinklickst, kommt die ersehnte Mail an.

Martha ist meine Agentin, die mir jetzt mitteilen wird, dass der Verlag endlich den Buchvertrag geschickt hat, was wiederum bedeutet, der gewaltige Vorschuss landet auf meinem Konto, sobald ich die digitale Unterschrift geleistet habe.

Mit zusammengekniffenen Augen überfliege ich die E-Mail.

Cressy, kannst du irgendwann später am
Vormittag telefonieren? Martha x

Selbst in der Medienwelt ist es eine große Sache, eine Agentin zu haben. So was passiert einem normalerweise nur im Fahrwasser einer bekannten TV-Show. Und Martha ist wirklich superreizend, sie nimmt sich sogar die Zeit, mir persönlich zu sagen, dass die Kohle unterwegs ist.

Ich schreibe *Und ob, am liebsten sofort!*. Lösche es aber sofort wieder und versuche, mehr nach der professionellen Autorin zu klingen, die ich künftig sein werde.

Martha, kein Problem, halb zwölf wäre
super. VIELEN Dank, Cressy xxxxx

Sobald ich auf Senden gedrückt habe, fällt mir ein, dass sie sich normalerweise per Videocall meldet. Also sollten beide Seiten meines Haars gleich aussehen, außerdem muss ich mich schminken. Und vorher noch mit Diesel rausgehen. Und ich kann ein Gespräch von einem solchen Kaliber nicht führen, ohne meinen Blutzuckerspiegel mit ein paar habhaften Kalorien auf Trab zu bringen. Das bedeutet, dass auch noch ein Abstecher in die Bäckerei ansteht. Zum Glück liegt der Laden gleich um die Ecke, denn es ist mittlerweile schon zehn, ich habe also keine Sekunde zu verlieren.

Bei meinen Haaren gilt übrigens dasselbe verfluchte Naturgesetz wie bei den E-Mails. Wenn es keine Rolle spielt, lässt es sich traumhaft stylen, aber wenn ich unter Druck Perfektion anstrebe, verhält es sich störrisch wie ein Esel. Die einzige Möglichkeit, mich ausreichend abzuregen, um es in die gewünschte Form zu bringen, besteht darin, an Champagner zu denken. Keine Angst, ich drehe nicht durch, aber bei einer so großen Sache darf man schon mal die Korken knallen lassen. Und dann werde ich mir eine fette Portion Fish and Chips reinziehen, mit allem Drum und Dran, und dabei dem ganzen *#KlitschigerKuchen*-Elend den Stinkefinger zeigen.

Dies hier ist ein kompletter Neustart für Cressida Cupcake, und auch Diesel scheint sich der Bedeutung der Stunde bewusst zu sein, jedenfalls legt er beim Spaziergang durchs Dorf benehmenstechnisch eine Schippe drauf und trabt auf dem Web zu Crusty Cobs folgsam neben mir her. Die vier Erdbeertörtchen, die ich mir spendiere, sind gleichzeitig Belohnung und berufliche Investition, und um zu feiern, wie steinreich ich gleich sein werde, kaufe ich obendrein noch zwei Mandel-Croissants als Proviant für den Heimweg. Das Einzige, was jetzt noch zu tun bleibt, ist, die Stufen zur Wohnung zu erklimmen, ohne dabei mein Leben auszuhauchen, und den Videocall auf dem rosa Sofa entgegenzunehmen, wo der Empfang am besten ist. Mit ein paar wohlplatzierten Patchwork-Kissen neben und der türkis-grün-gestreiften Tapete hinter mir sollte ich ein überzeugendes Bild abgeben. Niemand kann mir nachsagen, ich hätte mir mit meinen Vorbereitungen keine besondere Mühe gegeben.

Alles läuft so genial, dass beim Weg durch den Hafen sogar noch Zeit bleibt, uns an den Hummerfangkörben vorbeizuschlängeln und an der Kaimauer entlangzulaufen, wo die bunten Fischerboote neben ihren aufgehäuften Netzen schaukeln, an denen Diesel so gerne schnuppert. Als mein Handy klingelt, stopfe ich mir hastig den Rest des ersten Croissants in den Mund und versenke das zweite in der Tasche meiner Strickjacke. Dann ziehe ich das Telefon aus der Handtasche, packe Diesels Leine fester und nehme das Gespräch automatisch an. Ich rechne fest mit Charlie oder Clemmie und sehe erst, als mein Finger bereits auf dem grünen Button liegt, dass es Martha ist, zehn Minuten zu früh.

Beim Versuch zu sprechen versprühe ich eine Kaskade von Krümeln. »Marff ... wie phhööön ...«

»Cressy, schön, dich zu sehen. Ich bin etwas zu früh dran, aber du hast offensichtlich Zeit und siehst fantastisch aus.«

Ich lag richtig mit dem Videocall, außerdem ist sie auf laut gestellt, aber ich traue mich nicht, das jetzt zu ändern. Statt zu antworten, stoße ich einen erstickten Protestschrei aus, denn Diesel macht sich die Gelegenheit zunutze und zieht das verbliebene Croissant aus meiner Jackentasche. Ausnahmsweise verschlingt er es nicht mit einem Happs, sondern drückt es mit einer Pfote auf den gepflasterten Boden und zupft mit den Zähnen daran, als wollte er mich foltern.

Mein mit Croissant ausgestopftes Gesicht füllt Marthas komplettes Display, doch sie redet unverdrossen weiter. Ihre Stimme dröhnt durch den ganzen Hafen.

»Es gibt ein winziges Problem, Cressy, aber das war nicht anders zu erwarten nach den Milliarden Klitschiger-Kuchen-Hashtags, mit denen wir uns herumschlagen müssen.« Das ist das Nette an Martha, sie ist stets so fröhlich und unterstützend, dass ich mich immer fühle wie eine Gewinnerin. Zu dumm, dass sie gerade ganz St. Aidan über den Tortenboden-Shitstorm informiert. Noch schlimmer, dass sie die Hassbotschaften offenbar alle kennt.

»Mmmmhmmm …« Noch immer gilt mein gedämpftes Jammern dem immer kleiner werdenden Croissant, doch das Wort »Problem« lenkt meine Aufmerksamkeit schlagartig auf Martha. Was war ich doch für eine Idiotin anzunehmen, das Backshow-Desaster wäre ausschließlich mein privater Albtraum.

»Wir können es der Presseabteilung nicht verübeln, dass sie kalte Füße bekommen«, fährt Martha fort.

Verdammt, verdammt, verdammt. Natürlich hat ein derart öffentliches Debakel sich bis zum Verlag herumgesprochen. Doch Martha klingt so heiter, dass die Situation nicht allzu schlimm sein kann.

»Jedenfalls haben sie ihr Vertragsangebot vorerst zurückgezogen.«

Es dauert zwei Sekunden, bis die Bedeutung ihrer Aussage in mein Hirn einsickert. Mir bleibt fast das Herz stehen, ich taumele zu einer nahe stehenden Bank und schlucke so schwer, dass der letzte Brocken Croissant endlich aus meinem Mund verschwindet. »Also zahlen sie überhaupt keinen Vorschuss?« Es war als empörter Aufschrei konzipiert, kommt aber eher als klägliches Wimmern über meine Lippen.

»Nicht zum jetzigen Zeitpunkt. Und sie wollen die Bücher auch nicht mehr verlegen. Aber wenn du immer noch erpicht darauf bist, eins zu schreiben, nur zu. Wenn es fertig ist, können wir versuchen, es unterzubringen.«

Unglaublich, wie nüchtern sie klingt. Mir kommt es so vor, als hätte ich den Jackpot geknackt und dann den Lottoschein verloren. Ich bin am Boden zerstört. Doch ich muss wissen, woran ich bin. »Das heißt also, ich habe die ganze Arbeit, kriege aber kein Geld dafür. Und auch keinerlei Garantie?«

Wie soll ich bloß die nächsten sechs Monate ohne den Vorschuss überstehen? Alles schien so sicher in Stein gemeißelt, dass ich meine ganzen Finanz- und Lebenspläne danach ausgerichtet habe. Was sehr viel abgehobener klingt, als es ist. Aber wenn man felsenfest mit einem künftigen warmen Regen rechnet, geht man sehr viel leichtsinniger mit seinen gegenwärtigen Mitteln um. Ich meine, noch vor fünf Minuten habe ich in der Bäckerei mit Geld nur so um mich geworfen. Von der Summe, die für Erdbeertörtchen und Croissants draufgegangen ist, könnte ich mich glatt einen Monat ernähren. Plötzlich zähle ich jeden Mandelsplitter. Gott sei Dank, dass ich mir den Schampus verkniffen habe.

Marthas Lächeln wirkt jetzt gezwungen. »Schreib dein Buch, solange Eiszeit herrscht, und bete inbrünstig um Tauwetter. Das ist reine Spekulation, aber mein bester Vorschlag angesichts der …«

Ich kann mich nicht länger beherrschen. »Der Roh-wie-eine-verfickte-Auster-Hashtags?«, brülle ich. Was nützt einem Kohle, die vielleicht niemals kommt, wenn man das verdammte Zeug eher gestern als heute braucht?

Sie wechselt in den Klientenberuhigungs-Modus. »Das ist alles wirklich unglücklich gelaufen. Lass uns bald wieder sprechen, wir überlegen uns was Konkretes, wenn du Zeit zum Nachdenken hattest.«

In diesem Moment zieht Diesel an seiner Leine, und als ich mich aufrappele und ihm zu einer Sandwich-Kruste folge, die ein paar Meter weiter auf dem Pflaster liegt, wird der Empfang schwächer, kurz darauf ist Marthas Anruf beendet.

Der nächste Ruck an der Leine erwischt mich kalt, und bevor ich mich's versehe, saust Diesel los, so kraftvoll, dass mir nichts anderes übrig bleibt, als ihm zu folgen. Zum

Glück kriecht der Verkehr hier nur. Wir weichen einem Traktor aus, der einen Anhänger voller Fischkisten zieht, entkommen knapp zwei fahrenden Autos und haben dann freie Bahn bis zum Ende des Hafen-Parkbereichs.

»Ich habe also einen Hund, der ständig ausreißt, kein Einkommen und vier Erdbeertörtchen, die vermutlich in genauso viele Millionen Stücke zerbrochen sind wie meine Bücherträume«, murmele ich vor mich hin. »Schlimmer kann es nun wirklich nicht mehr kommen.«

Als wir die Ecke erreichen, wo der Asphalt in einen Dünenpfad übergeht, drehe ich mich kurz und beuge mich vor, um mein Seitenstechen zu mildern. Dabei schaue ich für den Bruchteil einer Sekunde über meine Schulter und entdecke eine Gestalt, die neben einem schlammbespritzten Kombi steht und mich mit schräg gelegtem Kopf beobachtet.

Wenn es sich bei der Gestalt um Ross handelt und er mitgekriegt hat, dass Diesel schon wieder außer Kontrolle war, ist mein Tag soeben ein weiteres erhebliches Stück den Bach runtergegangen.

4. Kapitel

Ungebetene Gäste und Gartenpartys

In Clemmies Wohnung
Später am Tag, Samstag

Glauben Sie mir, wenn die ganze Welt über einem zusammenbricht, gibt es nur einen Weg, sich schnell wieder besser zu fühlen. Kuchen backen.

Marthas Anruf und meine spontane Jogging-Runde mit Diesel hatten mich so fertiggemacht, dass ich schon hyperventilierte, bevor ich die Haustür vom Seaspray Cottage erreichte. Doch als ich mich die knarzigen Holzstufen hochschleppte und auf den Treppenabsätzen den Duft nach Thymian und Lavendel wahrnahm, hörte ich auf zu keuchen und begann wieder normal zu atmen.

Und als ich auf der oberen Etage ankomme und die Küche betrete, liegen da Nells Eier neben der Butter, die ich heute Morgen nach dem Aufstehen aus dem Kühlschrank geholt habe, damit sie weich wird. Da Clemmies Vorratsschränke bis zum Bersten mit Backzutaten gefüllt sind und ich die Erlaubnis habe, mich von allem zu bedienen, muss ich nichts anderes mehr tun, als meinen Autopiloten einzuschalten und auf Start zu drücken.

Brownies sind das perfekte Gebäck für eine Krise. Vielleicht schwante mir ja bereits etwas, als ich heute früh eine mentale Liste meiner Lieblingsrezepte zusammengestellt habe. Brownies sind unkompliziert, daher kann ich, nachdem ich die Zutaten abgewogen und Clemmies babyrosa Mixer angeworfen habe, um die Butter zu rühren, meine Gedanken ziellos schweifen lassen. Doch das Beste am Brownie-Backen ist diese dicke, schokoladige Masse, die sich zäh an den Löffel hängt, mit dem ich die Walnüsse unterhebe. Das verheißungsvolle Schimmern der Brocken dunkler Pfefferminzschokolade in der zweiten Charge, wenn ich den Teig in die Formen streiche. Sich die dichte saftig-weiche Mitte und den delikat-dunklen Geschmack auszumalen, während die obere Schicht der Nutella-Charge langsam fest wird. Als die Backofentür schließlich geöffnet wird und einen Dampf-Schwall reinsten Kakao-Aromas in die Küche entlässt, ertrinkt mein Gehirn in Endorphinen. Noch immer habe ich keinen Schimmer, wovon ich leben soll, wenn mein Konto leer ist, aber es macht mir nicht mehr so viel aus.

Genau drei Stunden nach dem Nullpunkt – als welchen ich den Moment definiere, in dem das Gespräch mit Martha mangels Empfang abbrach – wische ich mir die Hände an der Schürze ab und schaue auf eine Reihe bunter Blechtabletts, auf denen köstliche Berge klebriger Schoko-Quadrate prangen. Obwohl ich aufgehört habe, meine Backwerke zu posten, um hässliche Kommentare zu vermeiden, kann ich nicht widerstehen, ein paar Fotos zu schießen. Nur für mich.

Es war noch nie meine Stärke, die Küche direkt nach dem Backen wieder auf Hochglanz zu bringen, aber immerhin schaffe ich es, das schmutzige Geschirr und die Kuchenformen in der Spüle zu stapeln. Dann gönne ich mir eine Pause.

Während ich den Wasserkessel fülle, bedenke ich Diesel mit einem schiefen Grinsen. »Die Kacke ist immer noch am Dampfen, aber der Tag fühlt sich definitiv heller an.« Ich gehe durchs Wohnzimmer, und er folgt mir auf den langen sonnigen Balkon, der sich vor Clemmies und Charlies Wohnungen entlangzieht.

Der Wind verwüstet meine Frisur, aber die Luft ist so frisch, dass ich trotzdem weitergehe, die Schlitze unter meinen nackten Füßen ignorierend, durch die ich freien Blick auf den weit unter mir liegenden Strand habe. Ich quetsche mich an dem Vintage-Tisch samt Stühlen vorbei bis zum Geländer, als ein Ruf aus der Tiefe mich so verschreckt, dass ich fast über den Rand falle.

»Cressy, was machst du da oben?«

Ich beuge mich über den Handlauf und sehe Nells mittelblonden Schopf, Sophies helleren und eine Schar Kinder. Alle Gesichter sind nach oben gerichtet. »Diesel und ich amüsieren uns prächtig.«

Nell lacht. »Wie man hört, hat er dich heute Morgen quer durch den Hafen gejagt.«

Verdammt, und ich hatte so gehofft, dass ich mit dieser kleinen Showeinlage unbemerkt davongekommen bin.

Sophie versetzt ihr einen Rippenstoß. »Ihre bessere Hälfte hat sein Büro dort«, ruft sie zu mir hoch. »Mach dir keinen Kopf, du bist nur deshalb die interessanteste Person im Dorf, weil du neu bist.«

Nell hustet vielsagend in ihre Faust. »Das stimmt nicht ganz. Jeder hier weiß immer, was jeder andere so treibt, manchmal sogar, bevor es überhaupt passiert ist.«

Sophie schüttelt den Kopf. »Das klingt schlimmer, als es ist. Wir wollen in den Surf Shack, auf ein spätes Mittagessen. Hast du vielleicht Lust mitzukommen?«

Kurz zögere ich. Die Mädels-Runde von gestern hat mir eigentlich gereicht, selbst wenn ich nicht jeden Penny dreimal umdrehen müsste. Andererseits mochte ich mich ja nach der Produktion eines Kuchenbergs von der Höhe der hiesigen Klippen wohlig beschwingt fühlen, hatte aber noch keinen Gedanken darauf verschwendet, wer die Brownies essen sollte. Schließlich konnte ich das schlecht im Alleingang erledigen. Jetzt aus meinen Jeans zu platzten, würde meinen Finanzen den Rest geben.

»Alternativ hätte ich einen Stapel ofenwarmer Brownies im Angebot und einen frisch aufgesetzten Wasserkessel. Wir könnten im Garten Tee trinken?« Wenn Sophie und Nell schon mit einer kleinen hungrigen Armee hier aufschlagen, bietet es sich an, meine Vorbehalte beiseitezuschieben und die Truppe willkommen zu heißen. Sie können mir, während sie den Kuchenberg abbauen, das notwendige Feedback geben. Zwar habe ich Marthas Vorschlag, trotz allem mit meinem Buch weiterzumachen, noch nicht vollständig verinnerlicht, aber da ich nun mal diese drei Monate fürs Rezepte-Testen reserviert habe, wäre es Verschwendung, sie nicht zu nutzen.

»Brownies, sagst du?«, fragt Sophie verträumt.

Nell nickt. »Mit einer Kanne starken Tee? Wir sind dabei. Sophie kann sich um die Sitzgelegenheiten hier unten kümmern, ich komme hoch und helfe dir tragen.«

Ich bin nicht sicher, wie ich das finde. »Aber du musst versprechen, mich nicht für den Saustall zu verurteilen, den ich in der Küche hinterlassen habe.«

Offenbar findet Nell das lustig. »Als ob ich das jemals tun würde. Sophie vielleicht, aber ich doch nicht. Ich bin praktisch auf dem Bauernhof aufgewachsen.«

Das erinnert mich daran, dass diese »Instant«-Freundinnen eigentlich zu jemand anderem gehören. Schon komisch, wie wenig ich über ihre Vergangenheit weiß oder darüber, wie sie ticken. Egal, zehn Minuten später teile ich Clemmies hübsche, nicht zusammenpassende Teller aus. Leider bin ich nicht mehr dazu gekommen zu überprüfen, wie wirr meine Haare sind. Nachdem ich auf dem stürmischen Balkon war, sehe ich vermutlich aus wie ein Heuhaufen, der im Windkanal festgeklemmt war.

Noch während Sophie den blassgrünen Metalltisch auf der verblichenen, im Kreuzmuster gemauerten Sitzterrasse zurechtschiebt, macht sie sich über die kleinen Geschmackstest-Quadrate her. »Dieser Teil des Gartens ist zwar nicht so abgeschieden, aber heute besser vor dem Wind geschützt, und wir können immer noch das Meer sehen.«

Nell schaut über die niedrige Mauer zum Strandweg dahinter. »Außerdem können wir dich den Leuten, die vorbeikommen, vorstellen, wenn wir sie kennen. Und Diesel sollte sich heute benehmen, schließlich ist er hier zu Hause.«

Sophie schaut zu, wie die älteren Kinder, in jeder Hand ein Stück Kuchen, durch das Holzgatter laufen und sich unter den Apfelbäumen ins Gras werfen. »Sie lieben diesen Garten. Clemmie veranstaltet hier im Sommer Nachmittagstees für unsere ›Mütter-und-solche-die-es-noch-werden‹-Gruppe.«

Nell nickt. »Und an wärmeren Tagen ist der Ort perfekt für Single-Events im Freien. Die Dessert-Abende sind allseits beliebt – das könnte übrigens auch was für dich sein.«

Die Rede ist von Clemmies erstaunlichem Kleine-Traumküche-Projekt, mit dem sie vor ein paar Jahren oben in ihrem Apartment durchgestartet ist, bevor sie es aus Platzgründen ins geräumigere Erdgeschoss verlegte. Vor zwei Monaten war ich hier, um mit Clemmie an einer Hygieneschulung teilzunehmen. Ich glaube, sie hoffte, dass ich den Laden während ihrer Abwesenheit am Laufen halten könnte. Doch dann kamen wir beide zu dem Schluss, dass ich dieser Herausforderung nicht gewachsen bin.

Warum Nell gerade jetzt darauf zu sprechen kommt und worauf sie damit hinauswill, ist mir allerdings nicht klar.

Sie mustert mich eindringlich. »Ich sag's ja nur. Diese Veranstaltungen bringen gutes Geld. Ich bin sicher, Clemmie hat nichts dagegen, wenn du ein paar davon ausrichtest – falls es eng wird.«

Ich weiß, dass ich wegen des Verdienstausfalls Panik schiebe, hatte aber keine Ahnung, dass ich derart durchschaubar bin. »In welcher Hinsicht eng?«

Seufzend hebt Sophie sich ihr jüngstes Kind auf den Schoß. »Na schön. Karten auf den Tisch. Nells bessere Hälfte hat dein Telefonat heute Morgen im Hafen zufällig mitgehört. Wir sind hier, um dir zu helfen.«

»Wenn du finanzielle Probleme hast«, mischt Nell sich ein, »sind Events im Seaspray Cottage definitiv die Lösung.«

Gegen das, was hier gerade abgeht, wirken die Interventionen von gestern Nachmittag regelrecht harmlos. Abgesehen von allem anderen würde ich niemals Charlies und Clemmies Wohnung benutzen, um Geld zu verdienen, es sei denn, wir hätten das im Voraus so abgesprochen.

So gut diese Frauen es auch meinen, ich muss ihnen den Kopf zurechtrücken. Und sie mit der harschen Realität konfrontieren, dass meine kulinarischen Fähigkeiten auf keinen Fall reichen, um Veranstaltungen auszurichten. Vergesst es! Wenn das Backshow-Desaster mich eines gelehrt hat, dann, dass ich künftig gefälligst bei dem bleiben werde, was ich kann. Allein bei der Vorstellung, so weit von meinem bewährten Pfad abzuweichen, bricht mir der kalte Schweiß aus.

Wie bei vielen Leuten hat meine berufliche Laufbahn sich anders gestaltet als ursprünglich erhofft, und ich zähle eindeutig nicht zu den Menschen, die bereits mit zwei Jahren perfekte Flans zubereiten können. Während des Studiums träumte ich davon, später bei einem Make-up-Magazin zu arbeiten. Mit dem Backen fing ich überhaupt erst an, als ich zwanzig war. Dass ein Beruf daraus wurde, war reiner Zufall. Ich jobbte damals für ein paar anspruchsvolle Lifestyle-

Magazine und filmte mich in einer verrückten Anwandlung mit dem Handy dabei, wie ich einer Freundin beibrachte, Buttercreme-Toppings zu spritzen. Sie lud den Clip exakt in der Woche bei YouTube hoch, als die ganze Welt plötzlich wild auf Cupcakes wurde, und der Rest ist Geschichte. Aber eben auch etwas vollkommen anderes als die wundervollen Partys, von denen Clemmie mir erzählt hat und die sie zu einer lokalen Legende machten. Selbst in meinen kühnsten, überspanntesten Träumen spiele ich nicht in dieser Liga.

Sophie hebt die Brauen. »Anfangs hatte Clemmie keinen blassen Schimmer vom Kochen und Backen. Wenn wir sie auf den richtigen Trichter gebracht haben, können wir dasselbe für dich tun.« Sie fixiert mich mit strengem Blick.

Anders als Clemmie, die in Bars auf der ganzen Welt gearbeitet hat, besitze ich null Konsumenten-Kompetenz und habe keinerlei Gastronomie-Erfahrung. Verzweifelt versuche ich, ihnen zu verklickern, wie sehr sie bei mir auf dem Holzweg sind. »Ich filme mich zwar beim Backen, aber dabei agiere ich wie eine Schauspielerin. Ich gaukele den Leuten etwas vor, das mit dem echten Leben nichts zu tun hat.«

Nell schnieft ungerührt. »Diese Brownies schmecken für mich ziemlich echt.«

Eine andere, konkretere Ausrede schießt mir durch den Kopf. »Es kommt ohnehin nicht infrage. Die Handwerker reißen in Clemmies Arbeitsküche Wände nieder, und alle Tische und Stühle sind abgeholt worden, weil sie einen neuen Anstrich bekommen.«

»Verdammt, das hatte ich ganz vergessen.« Unwillig schlägt Sophie sich aufs Knie. »Deshalb wirkt der Garten so leer.«

Ich ringe mir ein Lächeln ab. »Vielleicht könnt ihr mir ja auf andere Weise helfen. Ich hatte tatsächlich gehofft, das Loch in meinen Finanzen stopfen zu können, indem ich Brownies über die Gartenmauer verkaufe.« Was wieder mal zeigt, wie äußerer Druck sich auf die spontane Hirnzellentätigkeit auswirkt. Ich deute auf eines der Tabletts. »Also, was haltet ihr davon?«

Sophie lehnt sich in ihrem Stuhl zurück und pellt die Hände ihres Kindes von ihrem T-Shirt. »Auf jeden Fall sehr klebrig.« Sie starrt auf ihre mit Kakao bedeckten Brüste. »Das ist der Grund, warum ich zweihundert identische Oberteile besitze – hat Clemmie das erwähnt?«

Nell verzieht das Gesicht. »Ein Brownie nach dem anderen verkaufen? Als Steuerberaterin muss ich dir ehrlich sagen, das wird ein harter Kampf.«

Mein Magen zieht sich zusammen. »Ich meinte, was ihr von den Geschmacksrichtungen haltet.«

Die Erkenntnis, wie sehr wir alle hier herummurksen, verschlägt uns einen Moment lang kollektiv die Sprache. Wir öffnen und schließen unserer Münder, ohne eine Silbe über die Lippen zu bringen. Doch dann geschieht etwas noch viel Schlimmeres.

»Eigentlich wollte ich ja nur das Poster hier einwerfen, aber wenn es gerade um Brownies gehen sollte, bin ich eine weltweit anerkannte Autorität.«

Verdammt, verdammt, verdammt. Ich muss nicht mal hinschauen, um zu wissen, wessen tiefe, raue Stimme das ist. Und dann, als ich gerade denke, dass es nichts Grässlicheres geben kann als den verfluchten Ross Bradbury, der als ungebetener Gast in unsere Tee-Party platzt, springt Diesel elegant wie ein Hindernis-Pferd beim Grand National über die Gartenmauer, um den Kerl abzuschlecken.

»Bei dem erwähnten Poster handelt es sich um *Nahrungsmittel, die Hunde meiden sollten – ein illustrierter Leitfaden.*« Ich bedenke Sophie und Nell mit einem strahlenden Lächeln. »Darf ich euch Ross vorstellen, er ist der Typ, der Charlie ursprünglich mit Cornwall bekannt gemacht hat. Und nur für sehr kurze Zeit in St. Aidan. Er reist in Kürze wieder ab.« Das bringt die Angelegenheit ziemlich präzise auf den Punkt. Und sorgt hoffentlich dafür, dass er die Szene so schnell verlässt, wie er aufgetaucht ist.

Sophie rümpft pikiert die Nase. »Wir wissen, wer Ross ist, wir sind schließlich zusammen aufgewachsen.« Sie sieht ihn freundlich an. »Und zum Glück bleibt er uns diesmal länger erhalten. Blossom und Bluebell gehen immer sehr gerne zu ihm.«

Bei mir schrillen sämtliche Alarmglocken. Offenbar ist sein Aufenthalt hier sehr viel ausgedehnter, als er mir weismachen wollte. Und wie unangenehm, dass sie sich alle kennen, wenn auch von ganz früher. Und ist es nicht typisch für Sophie, solche Fantasienamen für ihren Nachwuchs zu wählen? Fragend schaue ich mich im Garten um. »Welche sind denn Bluebell und Blossom?«

Sophie grinst. »Tatsächlich handelt es sich um unsere Meerschweinchen.«

Nell muss so heftig lachen, dass sie ihren Tee über den Tisch spuckt. »Es gibt einen Trick, sich die Namen von Sophies Kids zu merken, sie fangen alle mit M an. Von klein zu groß Maisie, Marco, Matilda und Millie-Vanilla. Wieso haben wir sie eigentlich nicht längst vorgestellt?«

Verwirrt betrachte ich den Bartschatten auf Ross' Kinnpartie. Ich dachte, er hätte mit Flusspferden und Betäubungspfeilen zu tun, nicht mit kleinen Viechern, die quieken. »Hast du dich nicht auf Großwild spezialisiert?« Mir fällt Amerika ein. »Oder Welpen im Weißen Haus?«

Ungeduldig schüttelt er den Kopf. »Das war ein Ferienjob, Cressy. Und da es in St. Aidan keine große Nachfrage nach Flusspferd-Betäubung gibt, sind mir auch Goldhamster willkommen.«

Sophie lächelt ihn unbefangen an. »In deinem Zoo gibt

es wohl keine offenen Jobs, oder? Cressy könnte ein paar Stunden bezahlte Arbeit neben ihrer Backtätigkeit gut gebrauchen.«

Ich bin so sehr damit beschäftigt, einen Guppy mit Maulsperre zu verkörpern, dass mein Protestschrei ob ihrer Einmischung es nicht ans Licht der Welt schafft.

Was immer Ross gerade mit seinem Gesicht anstellt, ist definitiv kein Lächeln. Trotzdem bilden sich dabei noch immer diese umwerfenden Kerben in der Mitte seiner Wangen. »Der Kleinbauernhof neben der Tierklinik sucht jemanden, der die Kälber füttert.«

»Ich muss doch sehr bitten.« Ich deute mit ausgestreckten Fingern auf mein Haar. Meine sehr hübschen roten Nägel sind hausgemacht. Es dauerte geschlagene dreißig Minuten, sie gestern Abend unter der UV-Lampe auszuhärten, und mein ganzes Leben, sie wachsen zu lassen, daher ist es nur fair, dass er in den vollen Genuss ihres Anblicks kommt. Und ich weiß, dass es heute eine eher hektische Aktion war, aber normalerweise verlasse ich das Haus nicht, bevor ich mich mindestens zweieinhalb Stunden sorgfältig zurechtgemacht habe. »Ich sehe zwar wahrscheinlich aus, als ob eine Möwe sich auf meinem Kopf eingenistet hat, aber jeder hat seine Grenzen. Futtereimer und Gummistiefel sind meilenweit jenseits meines Safe Words.«

»Es ist deine Entscheidung, ich habe nur versucht, einem Freund zu helfen.« Seine Stimme wird noch ein paar Oktaven tiefer. »Dem Bauern, nicht dir. Er ist nicht gut beieinander, daher haben wir uns alle zusammengetan, um einzuspringen. Und da ich sein nächster Nachbar bin, trifft es meistens mich. Übrigens, zu deiner Information: Möwen schlafen meist am Strand oder auf dem Wasser.«

Was für ein unglaublicher Klugscheißer. Wann war Ross bloß zu einem derartigen Arschloch mutiert?

»Sprichst du von unserem Walter von der Snowdrop Farm?«, erkundigt sich Nell. »Wie geht es ihm?«

Ross seufzt. »Nicht gut, fürchte ich. Aber er ist nun mal zweiundneunzig.«

Nell schießt sofort die nächste Frage nach, aber nun, da ich aus der Schusslinie bin, verschwende ich keine Zeit mehr. Ich schnappe mir ein paar Servietten, und bevor Nell mit ihrer Aufzählung von St. Aidans Seniorenheimen fertig ist, habe ich zwei Brownie-Pakete geschnürt, die ich über die Mauer reiche.

»Bitte sehr, Ross. Eins für dich und eins für deinen Freund Walter. Ich hoffe, er fühlt sich bald wieder besser.«

Ross hebt die Schultern. »Da er unheilbar krank ist, wird es dazu wohl nicht mehr kommen. Aber trotzdem vielen Dank.« Als er nach den Paketen greift, sehe ich einen Streifen entzündeter Haut an seinem Finger und zucke unwillkürlich zusammen.

»Was hast du mit deiner Hand gemacht?«, platze ich heraus. Es geht mich nichts an, aber ich konnte mich nicht beherrschen.

»Nichts. Gar nichts.« Eine Millisekunde später hat er die Pakete an sich genommen und die besagte Hand unter seinem anderen Arm versteckt. Er mustert mich prüfend, und seine Augen werden schmal. »Deine Brauen sehen anders aus als früher – sind sie gewachsen?«

Dass ihm ausgerechnet das auffällt. »Es ist zehn Jahre her, viele Dinge sind größer, als sie waren, Ross.« Meine Hüften. Cupcakes. Die Risse in seinen Jeans. Wie sehr ich ihn verabscheue. Ich weiß nicht mehr, was ich je in ihm gesehen habe.

Er hebt die Pakete hoch. »Wir werden dich unser Urteil im Laufe der Woche wissen lassen.«

»So lange bist du noch hier?« Mein Magen zieht sich unbehaglich zusammen. »Das ist wirklich nicht nötig.« Noch immer steht er da. »Sag es Nell. Wenn es denn sein muss.«

»Und du hältst Diesel von jetzt an von Parkplätzen und Avocados fern?«

Also hat er uns heute Morgen im Hafen gesehen. »Und von Schokolade, Kirschen, Limetten und Macadamianüssen.« Als ob ich Diesel dazu bringen könnte, diese Dinge nicht zu fressen, selbst wenn ich wollte. Trotzdem jubiliere ich innerlich, weil ich Google sei Dank die Liste der riskanten Nahrungsmittel wortgetreu nachbeten kann. Während ich durchs Gartentor gehe, um Diesel zurückzulocken, zerbreche ich mir den Kopf darüber, wie ich einigermaßen jugendfrei ausdrücken könnte, in welchem Ausmaß ich Ross niemals wiedersehen will.

»Eine illustrierte Erinnerungshilfe ist viel effizienter als mechanisch abgespulte Listen.« Er redet noch immer über das verdammte Poster. »Häng es über deinem Arbeitsplatz auf. Und nur zur Sicherheit – für Notfälle steht meine Mobilnummer drauf.«

Als ob ich Clemmies Küche durch dieses Ding verschandeln würde. Und was die Telefonnummer betrifft – was zum Teufel? »Alles klar, und jetzt verpiss dich bitte und komm nicht wieder.«

Plötzlich ist da ein Echo im Garten. »Verpiss dich! Das ist gut! Hast du das gehört, Mum?« Doch Sophie reagiert nicht, sie wechselt gerade aus ihrem befleckten T-Shirt in ein identisches sauberes, das sie aus ihrer Wickeltasche gezogen hat.

Das Ganze scheint mehr Fragen zu hinterlassen, als zu beantworten. Ross marschiert um den Garten herum zum vorderen Teil des Hauses und verschwindet.

5. Kapitel

Rosa Haare und plötzliche Planänderungen

Im Garten des Seaspray Cottage
Dienstag

Drei Tage später sind Diesel und ich wieder im Garten vom Seaspray Cottage. Er liegt am Boden, die Nase in die Luft gereckt, und schnuppert die Meeresbrise, die das Gras um ihn herum zaust. Sosehr ich mir auch das Hirn zermartert habe, um eine bessere Lösung zu finden, schien der Verkaufsstand am Gartentor letztendlich doch die sinnvollste Option zu sein, schnell an Geld zu kommen. Also hocke ich auf einer Mauer neben der Kreuzmuster-Sitzterrasse und teile meine Aufmerksamkeit zwischen dem Laptop auf meinem Schoß und einem Tisch, den ich heute Morgen an den Strandweg getragen und mit einem hübschen Gingham-Tuch bedeckt habe. Doch fünf Stunden, nachdem ich dort mein Probegebäck und ein »1.50-Pfund-pro-Stück«-Schild aufgebaut habe, sind die glasierten Biskuit-Teilchen unter den beiden Glasglocken noch vollzählig versammelt.

Als ein vertrautes Karohemd vor dem Verkaufstisch auftaucht, seufze ich resigniert. »Du hattest recht, Nell«, gebe ich zu. »Vom Kuchenverkauf an der Gartenmauer werde ich wohl eher nicht leben können.«

»Ich nehme ein Dutzend.« Sie zieht eine Banknote aus der Tasche und beginnt, einige der Tüten zu füllen, die ich zu diesem Zweck unter einem glatt gespülten Stein vom Strand deponiert habe.

Wieder stoße ich einen Seufzer aus. »Du bist meine Finanzberaterin, betrachte sie als Geschenk. Immerhin ist diese Geschäftsidee jetzt erschöpfend ausgetestet.«

»Das hat nichts mit der Qualität deines Gebäcks zu tun«, versichert sie und lächelt beschwichtigend. »Aber zwischen dem Donuts-Stand am Hafen und dem Surf Shack ist nun mal nicht die beste Location für einen Kuchenverkauf. Viel Publikumsverkehr zwar, aber die meisten Leute, die hier vorbeikommen, sind entweder auf dem Weg zum Essen oder haben sich gerade den Bauch vollgeschlagen.« Sie stopft sich die Tüten in die Armbeuge. »Übrigens, ich bin hier, um dich für unseren Nachmittagstermin abzuholen. Clemmie hat dich doch sicher informiert?«

»Klar. Steht alles im Stundenplan. *›Um zwei Hundetherapie mit Nell.‹* Ich habe sogar schon darüber nachgedacht, wie wir das regeln. Vielleicht könnten wir einfach hier draußen sitzen und mit Diesel über seine Reißaus-Tendenz reden. Oder würde er eine Massage bevorzugen?«

Nells Lippen zucken. »Diesel bekommt keine Therapie, er ist der Therapeut«, klärt sie mich belustigt auf. Eine Weile hält sie meinem perplexen Blick ungerührt stand, dann zeigt sie Erbarmen. »Jeden Dienstag gehe ich mit ihm ins Altenheim, damit er den Bewohnern Hallo sagen kann. Also, bist du bereit?«

Ihre erwartungsvolle Miene lässt nur eine Deutung zu. »Du willst, dass ich auch mitkomme?«

»Ich hab versprochen, dich mitzubringen. Sie lernen so gerne neue Leute kennen, vor allem berühmte.«

In dem Fall werden sie enttäuscht sein, aber ich schließe folgsam den Laptop und werfe einen Blick auf die Uhr meines Handys. »Wie lange gibst du mir Zeit, mich fertig zu machen?«

»Reichen fünf Minuten? Diesels Geschirr und Hundeweste hab ich schon bei mir.«

In Anbetracht des Zustands meiner Haare wären fünf Stunden besser, plus wie lange auch immer es dauert, die Küche wieder auf Vordermann zu bringen, die nach meiner morgendlichen Backorgie aussieht, als wäre eine Puderzuckerfabrik explodiert. Ein weiterer Vorteil von Videoclips ist, dass man das Chaos beim Filmen außen vor lassen kann. Ich mag ja auf YouTube als superordentliche Köchin rüberkommen, aber jenseits der Kamera bin ich das komplette Katastrophengebiet. »Dann schmier ich mir nur rasch ein bisschen Farbe auf die Lippen und schnappe mir ein Jäckchen, dann bin ich wieder da.« Traurig denke ich an die Kartons voll unverkaufter Leckereien, die sich auf der Arbeitsfläche stapeln. Was für eine Verschwendung. »Würden deine Senioren sich vielleicht über etwas Gratis-Karamell-Shortbread freuen? Das schmeckt am besten, wenn es frisch ist.«

Nell strahlt mich begeistert an. »Wenn du mit Diesel und Gebäck in Kittiwake Court auftauchst, wird man dich mit Liebe überschütten.«

Schnelle Aufbrüche sind nicht gerade meine Stärke, trotzdem stehen wir schon eine halbe Stunde später vor einer großen georgianischen Villa an der Ausfallstraße nach Comet Cove, und ich bin so gut präpariert, wie die Umstände es zulassen. Wenigstens einer von uns sieht großartig aus – in seinem gelben Service-Dog-Mantel macht Diesel eine exzellente Figur. Und auch Nell ist in ihrer passenden Betreuer-Weste ziemlich vorzeigbar.

Sie drückt auf die Klingel, und als ich sehe, wie eine Frau sich der Tür nähert, ziehe ich die Strickjacke zitternd enger um mein Polka-Dot-Kleid. »Mit Krankenschwestern hatte ich eigentlich nicht gerechnet.«

»Es ist nun mal ein Altenheim, da gehören Pflegekräfte zum Programm.«

»Wäre es nicht schrecklich, an einem solchen Ort zu leben?« Die Schwesternuniform verleiht dem Ganzen ein sehr medizinisches Flair, und das ist in meinen Augen kein Vorteil. Ich verabscheue Krankenhäuser, seit ich mit sieben während einer Übernachtungsparty aus der oberen Koje eines Etagenbetts gefallen war und mir den Arm gebrochen hatte. Und kaum jemand dürfte Spritzen mehr hassen als ich, weshalb eine Schwangerschaft wirklich nicht besonders weit oben auf meiner To-do-Liste stand. Diese achtzehn Wochen waren für mich eine gefühlte Ewigkeit.

Wegen all der Probleme musste ich so viele Untersuchungen und Blutabnahmen über mich ergehen lassen, dass es mir für den Rest meines Lebens reicht. Selbst jetzt noch, während wir hier warten, ist dieser unverwechselbare Aroma-Mix aus Desinfektionsmitteln und bitterem kaltem Kaffee in wabbeligen Plastikbechern so tief in mein Gedächtnis eingebrannt, als wäre es gestern gewesen. Unwillkürlich macht mein Magen Anstalten, sich aufzulösen.

Nell lacht. »Tatsächlich würde ich später mal gerne hier landen. Das Haus gehört der Gemeinde und wird auch von ihr betrieben. Da drin ist es wie in einem Luxushotel. Ich habe mich bereits auf die Warteliste setzen lassen.«

Als die Tür sich öffnet, schlägt uns der Duft von frisch gewaschenem Bettzeug und Vanille entgegen. An der Stelle, wo mein Bauch sein sollte, wirbelt gerade eine Waschmaschine, doch als ich vom breitesten Lächeln begrüßt werde, das ich seit meiner Ankunft in St. Aidan gesehen habe, wechselt das Programm in den sanftesten Schleudergang.

»Hey, kommt rein.« Die Frau bückt sich, um Diesels Kopf zu küssen, und ich erhasche einen Blick auf den roten Ansatz ihres blond gefärbten Haars. Anders als ich von ihm gewohnt bin, sieht Diesel davon ab, die Frau mit sabbernden Zuneigungsbekundungen zu belästigen. »Ich bin Nells Tante Jen. Wie geht's Ihnen hier bei uns, Cressida? Toller Lippenstift übrigens, darf ich fragen, welches Label?«

»Victoria Beckhams Posh.« Ich hatte das Glück, bei einer Werbeaktion ein paar Proben abzustauben, bevor ich in der Versenkung verschwand. Ein bisschen wundere ich mich, dass das das Erste ist, worauf Jen mich anspricht. Aber wenigstens übersieht sie großmütig meine Gesichtsfarbe, die nach dem Schock wegen ihrer Schwesternuniform vermutlich blassgrün schillert.

Als sie sich verschwörerisch vorbeugt, umweht sie ein Hauch von Diorella, der in nichts an Desinfektionsmittel erinnert. »Das ist eins unserer liebsten Hobbys hier«, erklärt sie. »Wir Frauen schauen uns gegenseitig gar zu gern in die Schminktäschchen.«

Nell zwinkert mir zu. »Die Leute sind nicht hier, um ihr Leben auszuhauchen, sondern um auf die Pauke zu hauen«, zischt sie hinter vorgehaltener Hand.

»Später gibt's noch einen ›Grease‹-Singalong, falls ihr so lange bleiben wollt.« Jen marschiert uns voraus über den cremefarbenen Wollteppich, der so dicht ist, dass meine pinken Converse-Wildlederturnschuhe fast einsinken. Die Wände sind in einem so leuchtenden Türkisblau gestrichen, dass ich langsam anfange, zur inneren Normalität zurückzukehren.

Nell versetzt mir einen Rippenstoß und deutet auf eins der Gemälde. »Die hat Plum gemalt, sie sind als Leihgaben hier.«

»Die sind großartig.« Ich starre auf Leinwände, die knapp zwei Meter hoch sind und mir das Gefühl geben, inmitten eines gewaltigen Wellenbrechers zu stehen. Außerdem erklären sie, warum neulich so viel Farbe auf Plums Latzhose verteilt war.

»Wir nennen diesen Flur den *Ocean Boulevard*«, ruft Jen uns über ihre Schulter zu, dann stößt sie eine breite Flügeltür auf, und wir befinden uns in einem gläsernen Raum mit atemberaubender Aussicht auf die Bay. »Und das hier ist die *Sea View Lounge*, aus offensichtlichen Gründen.«

Ich schaue durch die raumhohen Fenster auf das Wasser unter mir. »Heute ist es blass-blaugrün«, sage ich zu Nell. »Clemmie meinte, ich soll darauf achten, wie die Farben sich im Einklang mit dem Himmel verändern.«

Jen richtet ihre nächsten Worte an die Senioren in den stylisch karierten Sesseln. »Diesel und Nell sind da, und sie haben Cressida Cupcake mitgebracht.«

Plötzlich sind aller Augen auf mich gerichtet. Als die Leute anfangen zu klatschen, muss ich mich dazu zwingen, nicht hinter dem nächstbesten Lehnstuhl abzutauchen. Stattdessen ringe ich mir ein Winken ab. »Eigentlich heiße ich Cressy«, murmele ich und reiche Jen die Schachteln, die ich die ganze Zeit mit mir herumgetragen habe. »Hier ist ein bisschen Gebäck für Sie.«

Wieder schenkt Jen mir ihr superstrahlendes Lächeln. »Vielen Dank. Die gönnen wir uns zum Tee.«

Von der geöffneten Verandatür her ertönt ein Räuspern. »Sind auch Pasteten dabei?«

Jen droht dem Mann, der jetzt ins Zimmer schlurft, spielerisch mit dem Zeigefinger. Er trägt etwas, das aussieht wie Plums Latzhose, minus der Farbkleckse, und dazu eine Tweedmütze. »Noch mehr Frechheiten von dir, Walter, und du kriegst gar nichts ab.« Dann wendet sie sich den anderen zu. »Okay, wer will Diesel zuerst sehen?«

Die Antwort besteht aus enthusiastischen Rufen aus allen Ecken und Enden des Raums, und bevor ich die Chance habe herauszufinden, ob dieser Walter etwas mit von neulich zu tun hat, plaudert Nell bereits mit dem ersten

Klienten, während Diesel sich geduldig den Kopf tätscheln lässt.

Ich kauere mich auf einen Fußschemel und beobachte, wie Nell den Hund von einem Sessel zum nächsten führt. Als Jen sich zu mir gesellt, kann ich mir ein Grinsen nicht verkneifen. »Wirklich erstaunlich, wie glücklich alle sind, wenn sie mit Diesel reden. Bei mir benimmt er sich nie so anständig.«

Jen lächelt. »Dürfen wir denn hoffen, dass Sie ab und zu mal allein mit ihm vorbeischauen, solange Sie hier sind?«

Ich huste unbehaglich. »Lieber nicht, es sei denn, Sie sind scharf auf Chaos und Verwüstung.«

Sie lacht. »Oh, mit Unsinn können wir hier gut umgehen. Wie Sie vielleicht gemerkt haben, ist unser Walter ein emsiger Scherzbold.«

Ich öffne den Mund, um ihr dieselbe Frage zu stellen, die ich Nell zugedacht hatte, doch Jen lässt mich nicht zu Wort kommen. »Ich wollte Sie noch um einen anderen Gefallen bitten – würden Sie für einen kleinen Einsatz hier im Haus zur Verfügung stehen?«

Das kommt unerwartet. Ich fühle mich überrumpelt, aber die Seeluft ist offenbar förderlich für meine Fähigkeit, aus dem Stegreif zu denken. »Ich könnte Maniküre anbieten. Ich habe ein paar sehr hübsche Nailart-Pailetten.«

Jen schnalzt missbilligend mit der Zunge. »Wir können Cressida Cupcake doch nicht als Nagelfee verheizen! Wie wäre es mit etwas Küchenaffinerem? Vielleicht Ende der Woche?«

Da bleibt keine Zeit, sich mit einem »Ich denke drüber nach« aus der Affäre zu ziehen. »Ich könnte ein paar Kuchen zum Glasieren mitbringen?« Das klingt jedenfalls erheblich leichter, als Diesel unter Kontrolle zu halten.

Jen hustet delikat. »Ich glaube, sie hoffen eher darauf, Sie in Aktion zu erleben, vielleicht mit Ihrem Mixer?«

Als wäre es eben nicht schon schlimm genug gewesen, im Mittelpunkt der allgemeinen Aufmerksamkeit zu stehen. »Wenn ich versuchte, vor Publikum zu backen, wäre ich so nervös, dass ich alles Mögliche fallen lassen würde.«

»Alle hier haben iPads, um über Facetime mit Freunden und Angehörigen zu kommunizieren.« Um Jens Mundwinkel zuckt ein amüsiertes Lächeln. »Als Nell hörte, dass Sie herkommen, hat sie ihnen Ihre YouTube-Filmchen hochgeladen, und seither gucken die Leute hier praktisch nonstop Ihre Back-Videos.«

»Ich wäre nie darauf gekommen, dass meine Clips bei dieser Zielgruppe auf Resonanz stoßen.« Ich hoffe, ich habe mein Erstaunen rübergebracht, ohne allzu diskriminierend zu klingen. Klar, von irgendwoher müssen meine Views ja kommen, aber ich dachte immer, meine Fans seien Leute wie ich – und nicht Altersgenossen meiner Großeltern.

Jen zuckt mit den Schultern. »Es erinnert sie an früher, auch wenn die meisten von ihnen sich bewusst dafür entschieden haben, ihr Zuhause aufzugeben.«

»Sprich für dich selbst, Jennifer Crawley«, poltert eine laute Stimme von der Tür her. »Ich für meinen Teil bleibe nicht eine Sekunde länger hier, als ich muss.«

Jen legt die Hände um ihren Mund und poltert zurück. »Mit deinem Gehör ist offensichtlich alles in Ordnung, Walter. Und mit deinem Gebrüll auch.«

Er lacht. »Ich hatte viel Übung, in all den Jahren, in denen ich die Kühe reingerufen habe.«

Damit ist meine Frage wohl beantwortet.

Entnervt verdreht Jen die Augen. »Warum kommst du nicht hierher zu uns, Walter, dann brauchst du nicht mehr so zu schreien?« Doch als er sich dort, wo er ist, in einem Sessel niederlässt, wendet sie sich wieder mir zu. »Also, was sagen Sie? Kommen Sie her und backen für uns?«

Wenn ich auf Zeit spiele, wird irgendwas – höchstwahrscheinlich Diesel – mich retten. Zum ersten Mal beschwöre ich ihn stumm, er möge sich unartig benehmen. Bis es so weit ist, werde ich unsere Unterhaltung einfach so weit wie möglich vom Thema Kuchen weglenken. Ich deute mit dem Kopf auf eine Krankenschwester in einem ausgesprochen reizenden Overall. »Ist das, was sie trägt, etwa ein Sanderson Dandelion Clocks Print?« Als ich in meine letzte WG gezogen bin, habe ich mir zwei Kissenbezüge mit demselben Muster genäht, um mein Zimmer persönlicher zu gestalten.

Nach Jens Strahlen zu urteilen habe ich ein weiteres Steckenpferd von ihr angesprochen. »Wir haben unsere Uniformen extra hier im Dorf anfertigen lassen, mit individuellen Mustern.« Beglückt streicht sie über ihren eigenen Kittel. »Meins ist Faryland.«

»Na klar.« Wie dumm von mir, vorhin zu denken, sie trüge OP-Rosa. Jetzt, da ich ihre Uniform aus der Nähe betrachte, erkenne ich zarte Waldblumen und winzige Flügelwesen.

»Tanya hat dasselbe in Blau. Sie kommt gerade herein, mit den Getränken.«

So, wie Nell und Diesel drei Stühle entfernt aufmerken, haben sie das Klirren des Porzellans längst gehört, bevor der Rollwagen ins Zimmer gefahren wird.

»Tee ist fertig!«, verkündet Tanya grinsend und stellt die Bremse fest. »Und du hast einen Besucher, Walter.«

Wieder mal werde ich kalt erwischt. Es sind der total falsche Ort und die total falsche Zeit für Ross' Anwesenheit, aber das ist noch lange nicht das Schlimmste, als ich aufschaue und ihn neben dem Teewagen erspähe. Denn die Art, wie er hinter der Schwester in der blassblauen Uniform steht, ist eine exakte Nachbildung der Szene vor zwölf Jahren, als er aus den USA einflog und mich im Krankenhaus überraschte. Mir stockt der Atem, und in meinem Kopf dreht sich alles, während die Worte von damals durch meine Hirnwindungen hallen.

›Ich habe dir doch gesagt, dass ich das alleine hinkriege.‹
›Ich bin hier, weil ich dich unterstützen will.‹
›Da bist du definitiv zu spät dran.‹ Als ob er nach Monaten einfach den Schalter auf »Fürsorge« umlegen könnte. Während ich hier lag, noch immer verstört davon, wie heftig die Wehen waren. »Es wird nun doch kein Baby geben.«

Ich weiß nicht, ob ich mich zuerst übergeben oder gleich zu Boden sinken soll. Doch als die Stimmen in meinem Kopf verstummen, sehe ich Ross' schreckgeweiteten Blick. Aus der Art, wie er die Wangen aufbläst, schließe ich, dass er diesmal noch kälter erwischt wurde als ich. Diese Erkenntnis wirkt wie ein erfrischender Schwall Notfalltropfen.

Mein Rückgrat strafft sich, ich schlucke energisch und versuche superfröhlich zu klingen. »Ross, du besuchst Walter! Und bist doch bestimmt hier, um dich zu verabschieden, nicht wahr?«

Ross steht der Mund noch immer zu weit offen, um reden zu können, doch Walter hat dieses Problem nicht.

»So schnell sterbe ich nun auch wieder nicht, Mrs. Cakeface.«

Verdammt, so war das natürlich nicht gemeint. »Ich meinte, dass Ross sich verabschiedet, weil er geht, nicht Sie, Walter.«

Inzwischen ist es Ross gelungen, seinen Kiefer in Bewegung zu setzen. »Und die schlechte Nachricht ist, dass ich noch eine Weile länger bleibe.« Er holt tief Luft und wendet sich ab. »Walter, du bist hier in der Lounge, wie wär's, wenn du mal die Kappe abnimmst?«

Walter lacht laut auf. »Du kennst doch mein Motto, Junge. Immer schön den Kopf bedeckt halten – außer beim Bumsen!«

Nell hustet in ihre Hand. »Walter, du bist mir ja einer.«

Walter grinst sie an. »Hier drin wird meine Hoffnung stündlich größer.«

Nell wechselt das Thema. »Cressy hat die Brownies gebacken, die Ross dir neulich mitgebracht hat, Walter. Sie hat sich gefragt, ob sie dir geschmeckt haben. Und da sie nun hier ist, kannst du es ihr ja direkt sagen.«

So, wie Walter drauf ist, sollte ich mich wohl für seine Antwort wappnen.

»Eine Frau, die so köstlich backen kann? Ich sage, steck ihr einen Ring an, Ross, und zwar ein bisschen dalli.«

Das hat mir gerade noch gefehlt. Doch allein der Ausdruck des Entsetzens, der sich auf Ross' Gesicht breitmacht, war es wert. Und da es hier keine verfügbare Höhle gibt, in die ich mich verkriechen könnte, bleibt mir nichts anderes übrig, als die blöde Bemerkung scherzhaft abzutun.

Also grinse ich in Nells Richtung. »Und ich dachte bisher, ein Bad-Hair-Day wäre das Schlimmste, was mir passieren kann.«

Nell lacht. »Dafür müsste er sie erst mal kriegen, Walter. Cressy hat hohe Ansprüche, sie wird keinem x-Beliebigen das Jawort geben.« Sie zwinkert Ross zu. »Nicht mal, wenn es sich um den heißesten Tierarzt von St. Aidan handelt.«

Offenbar hat ihr Zwinkern dafür gesorgt, dass Diesel sich Ross' Anwesenheit bewusst wird. Seine Nase zuckt, seine Ohren richten sich auf, und dann erhebt er sich so kraftvoll, dass seine Krallen über das polierte Parkett kratzen. Zwei riesige Sprünge später ist er am Teewagen vorbeigeprescht und bleibt stehen, mit beiden Vorderpfoten auf Ross' Schultern.

Seufzend gesellt Nell sich zu Jen und mir. »Ich nehme an, dass unser beruhigender Therapie-Hund für heute den Dienst quittiert hat. Armer Diesel, er hat sich immer noch nicht daran gewöhnt, dass Charlie weg ist.«

Jetzt habe ich ein schlechtes Gewissen, weil ich mir gewünscht hatte, dass Diesel sich danebenbenimmt. Gleichzeitig bin ich ehrlich dankbar, dass er mich davor bewahrt hat, einen langen Nachmittag im selben Raum wie Ross zu verbringen. »Wir kommen gegen Ende der Woche zum Kuchenglasieren vorbei.« Die Worte waren ausgesprochen, bevor ich überhaupt wusste, dass ich sie sagen würde.

Jen springt sofort darauf an. »Donnerstag wäre wunderbar.«

Ich hoffe nur, dass sie damit zufrieden sind, denn mehr kann ich ihnen beim besten Willen nicht anbieten. Und ich muss mit Nell reden, um sicherzustellen, dass Ross sich an dem Tag am anderen Ende von Cornwall befindet.

6. Kapitel

Schauderhafte Vorschläge und durchgreifende Maßnahmen

In Clemmies Wohnung
Der nächste Abend, Mittwoch

Zwar schicke ich Clemmie und Charlie mindestens einmal pro Stunde Fotos ihrer Fellbabys, trotzdem melden sie sich jeden Tag einmal über FaceTime, um auf dem neuesten Stand zu bleiben. Es ist zwar supergeheim, aber die beiden sind nicht nur in Schweden, um Urlaub zu machen. Ein alter Freund von Charlie berät dort eine der renommiertesten Fruchtbarkeitskliniken, und als die beiden feststellten, dass sie ohne In-vitro-Fertilisation wohl kein Baby bekommen würden, wandten sie sich an ihn. Glücklicherweise können sie sich sowohl die Privatbehandlung als auch die Reise leisten, und inzwischen haben sie ein paar Embryos. Doch nachdem ihr erster Kurztrip in die schwedische Klinik vergeblich war, haben sie sich nun für einen längeren Aufenthalt entschieden, um richtig zu entspannen und so die Erfolgschancen zu erhöhen.

Heute Abend beginnt unsere FaceTime-Session damit, dass ich ihnen Pancake zeige, die selig auf meiner Strickjacke schlummert. Mein Display füllt sich mit einer Masse kastanienroter Locken, als Clemmie sich vorbeugt, um einen besseren Blick zu erhaschen. »Typisch Pancake«, sagt sie. »Und wie ich sehe, hat Diesel es sich auf dem rosa

Samtsofa bequem gemacht. Ich hoffe, die Mädels kümmern sich um dich?«

»Sie haben mich herzlich aufgenommen.« Ich schwenke das Handy, damit sie in den vollen Genuss des schlafenden Diesel kommt, der auf dem Rücken liegt, alle viere in die Luft gestreckt. Und um die Unterhaltung in andere Bahnen zu lenken, bevor Clemmie mit weiteren Meerjungfrauen-Vorschlägen um die Ecke kommt. »Wir sind vorhin bis nach Comet Cove gelaufen.« Es war Diesels Idee gewesen, nicht meine, und meine Füße fühlen sich an, als würden sie jeden Moment abfallen.

Charlies tiefe Stimme mischt sich ein. »Wer hätte gedacht, dass Egbert jemals so weite Wege zurücklegt?«

Wenn Charlie mich beim Spitznamen meiner Kindheit nennt, muss er besonders guter Stimmung sein. Egbert war die Weiterentwicklung von *Egg-Cressy*, also *Eier-Kressy*, und mir war damals alles recht, was weniger steif als Cressida klang. Der Name Cressida Cupcake für meine YouTube-Clips war ursprünglich als Witz gedacht. Aber nichts anderes erwies sich als so eingängig, daher blieb es schließlich dabei.

Clemmie lacht. »Sei gewarnt, wenn Pancake sich deine Kaschmir-Strickjacke einmal erschlichen hat, bleibt sie darauf liegen, bis wir zurückkommen. Gibt es sonst noch was Neues?«

Ich denke an gestern und erschaudere. »Ich war mit bei der Hundetherapie, die super lief, und ansonsten mache ich eigentlich nichts anderes, als Rezepte auszuprobieren. Jede Menge Rezepte. Ganz ehrlich, ich bin im Backparadies.«

Obwohl ich seit meiner Ankunft praktisch ununterbrochen abwasche, sieht die Küche immer noch viel chaotischer aus, als Clemmie sie hinterlassen hat, daher halte ich die Kamera lieber nicht drauf. Und ich darf ihnen definitiv nicht von dem geplatzten Buchvertrag erzählen, denn dann wird Charlie darauf bestehen, mein Konto aufzufüllen. Aber er ist reich, weil er sich den Arsch aufreißt, und ich habe noch nie Almosen angenommen. Mich aus eigener Kraft über Wasser zu halten, ist für mich eine Frage der Ehre! Ich würde, metaphorisch gesprochen, lieber sterben als ihn um Hilfe bitten. Immerhin müssen die beiden gerade drei Monate Zwangsurlaub finanzieren, und das traumhafte Beach-Ferienhaus im Skandi-Stil muss ein Vermögen kosten. Hinzu kommen noch die Klinikrechnungen. So reich sie sein mögen, sie brauchen gerade wirklich jeden Penny für sich selbst, also fülle ich die nächsten paar Minuten mit Haustier-Anekdoten, damit sie gar nicht erst auf die Idee kommen, irgendwas könnte nicht stimmen.

Doch als ich schon glaube, noch mal davongekommen zu sein, taucht Clemmies Gesicht wieder auf dem Display auf. »In der grünen Kommode liegt eine Polaroid-Kamera samt Film. Du kannst sie gerne benutzen und mir dann zeigen, was du gebacken hast. Es wäre herrlich, auf diese Weise Tag für Tag miterleben zu können, wie dein Buch zustande kommt!«

Verdammt. Das hatte ich nicht richtig durchdacht. »Danke, Clemmie, Polaroids wären tatsächlich nützlich für die finale Auswahl. Und ich könnte dir meine Kapitel-Ideen zukommen lassen, natürlich nur, wenn du das möchtest.«

Clemmies Augen strahlen. »Ich würde mich da liebend gern mit einbringen. Ich vermisse meine kleine Traumküche schmerzlich.«

»Klasse, das wäre dann abgemacht!« Ich hoffe, keiner aus dem Dorf steckt ihnen versehentlich die Wahrheit. Aber Clemmies Unterstützung könnte genau der Ansporn sein, den ich brauche, um mein Buch ins Blaue hinein fertigzustellen.

Nachdem Clemmie sich winkend verabschiedet hat, erscheint Charlies Gesicht noch einmal auf meinem Display. »Noch eine Sache, bevor ich auflege – ich habe gestern Abend mit Ross gesprochen.«

Mir rutscht das Herz in die Hose. »Tatsächlich?« Wie ich es hasse, dass allein die Erwähnung seines Namens Teile meines Körpers dem freien Fall aussetzt. »Er hat jemanden in Kittiwake Court besucht, als wir dort waren.« Charlie weiß nichts von meiner komplizierten Vergangenheit mit Ross. Da das Timing damals so schlecht war, haben wir es ihm verheimlicht.

Charlie zögert kurz. »Er hat angeboten, mit in Clemmies Wohnung zu ziehen, um dir zu helfen, Diesel in den Griff zu kriegen.«

»Er hat *was* getan?« Mist, das kann er doch nicht ernsthaft in Erwägung ziehen.

»Ihr beide habt euch immer so gut verstanden, und Ross schläft buchstäblich in einem Schrank draußen in der Klinik.« Charlie scheint wild entschlossen, diesen hanebüchenen Vorschlag zu unterstützen. »Und ein zweites Paar Hände könnte gut für dich sein, falls du Schwierigkeiten hast zurechtzukommen.«

Auf diese negativen Vibes werde ich definitiv nicht eingehen. »Wer sagt denn, dass ich hier nicht alles mühelos geregelt kriege?«

Er räuspert sich. »Niemand – absolut niemand – hat auch nur angedeutet, dass du Probleme haben könntest, okay?«

Es wird immer schlimmer. Das Ganze kann nur von einem einzigen Menschen losgetreten worden sein, und selbst für den ist es eine ganz schäbige Aktion. Erst sät Ross die sprichwörtliche Saat des Zweifels, um dann auf seinem verdammten weißen Gaul angeritten zu kommen und das leere Gästezimmer an sich zu reißen. Von all den unerwarteten

Katastrophen, die mich in letzter Zeit heimgesucht haben, wäre das die katastrophalste! Ich muss dieses Feuer ersticken, bevor es weiter um sich greift.

»Sowohl Ross als auch ich haben riesige Egos und massenhaft berufliche Utensilien. Es gibt hier schlicht und ergreifend nicht genug Platz für uns beide und einen Hund von Diesels Größe.« Ich lasse Charlie nicht die Zeit, sich daran zu erinnern, dass ich als jüngstes von sechs Kindern geübt darin bin, auf kleinstem Raum zu existieren. »Lass uns morgen weitertelefonieren und in zwei Wochen oder so noch mal auf diese Sache zurückkommen. Okay, Byeeee.«

Und dann tue ich etwas, was ich eigentlich niemals tue. Ich beende das Gespräch.

7. Kapitel

Gemetzel, Chaos und belangloses Gerede

In Kittiwake Court
Der nächste Nachmittag, Donnerstag

»Hat jeder einen Cupcake?«

Ich sehe natürlich, wenn ich mich in der Tischrunde umschaue, dass jeder einen hat. Mir ist außerdem bewusst, dass meine Stimme vor Aufregung zittert, was in den Videos nie passiert. Daher habe ich das Risiko minimiert, indem ich die ganze Angelegenheit möglichst simpel gestalte. Ich habe drei Dutzend frisch gebackene kleine Muffins mitgebracht, und jetzt erhebt sich aus der Schale vor mir eine Puderzuckerwolke, während ich Wasser dazugieße und zu rühren beginne, um die Glasur herzustellen.

Schwieriger wird's nicht mehr, daher gibt es absolut keinen Grund für all die flatternden Nerven in meinem Bauch. Doch da es sich nun mal um eine Live-Performance ohne Nachbesserungsmöglichkeiten handelt und ich im Geiste noch einmal den Horror jener paar Tage im TV-Studio durchlebte, wachte ich heute früh um vier sorgengebeutelt auf und konnte nicht mehr einschlafen. Immerhin verschaffte mir das einen Zeitvorsprung, der mir eine ausgiebige Haarwäsche und Make-up-Routine erlaubte. Ein Jammer, dass ich meine Haare an dem einzigen Tag, an dem sie wirklich schimmernd und glatt sind, zurückbinden muss.

Ich weiß, dass die Gewohnheit, regelmäßig meine Haare zurückzuwerfen, eins meiner unbeabsichtigten Markenzeichen auf YouTube ist, aber die Kuchen, die ich dort produziere, werden nicht öffentlich zum Verzehr angeboten. Angesichts des heutigen Minenfelds aus Gesundheits- und Sicherheitsvorgaben können wir uns vermutlich glücklich schätzen, hier keine Haarnetze tragen zu müssen. Alles, was Jen neben meinem Pferdeschwanz für nötig hielt, waren Plastikschürzen für die Heimbewohner.

Pam dreht sich in ihrem Rollstuhl und fährt mit einem Finger über das gekräuselte Ende der blau gepunkteten Muffinförmchen. »Früher gab es nicht so schicke Förmchen! Damals in den Sechzigern hatten wir nur die Wahl zwischen weiß oder weiß mit Blümchen.«

Kathleen hebt ihren Cupcake an und seufzt. »Wenn ich daran denke, wie viele von diesen Teilen ich im Laufe der Jahre gebacken habe … Mein Den hatte sie jeden Tag in seiner Lunch-Box.«

Joanie betrachtet versonnen ihren Muffin. »Als unsere Kinder klein waren, gab's keine Geburtstagsfeier ohne Fairy Cakes. Dazu Orangeade und Papier-Strohhalme, die immer sofort durchweichten.«

Unwillkürlich muss ich lächeln. Wie lustig, dass ein kleiner Kuchen so viele Erinnerungen wecken kann. Ich beschließe, eine eigene Anekdote beizutragen. »Meine Mum hat unsere zu Halloween an ihrem Decken-Wäschetrockner aufgehängt, an langen Fäden, und wir mussten sie ohne Hilfe unserer Hände essen, die waren nämlich auf dem Rücken zusammengebunden.«

Joanie stößt Pam an. »Ich wette, das war eine ziemlich klebrige Sauerei.«

»Aber das war es wert.« Ich grinse. »Die Kombination aus Biskuitgebäck und Zuckerglasur ist einfach unschlagbar.«

Schlichte Muffins mit Glasur sind auch deshalb etwas ganz Besonderes für mich, weil sie das Erste waren, was Charlie und ich zusammen produziert haben, in dem Sommer, als er mir das Backen beibrachte. Die Familienlegende besagt, dass unsere Mum sich geweigert hat, Charlie ziehen zu lassen, bevor er vollkommen stubenrein war. Wir necken sie bis heute damit, dass sie glaubte, ein Typ, der großartig kochen, backen und putzen kann, würde die besseren Freundinnen abkriegen. Beim sechsten Kind war ihr verständlicherweise der Drive abhandengekommen, daher erreichte ich unbehelligt mein zwanzigstes Lebensjahr, bevor Charlie beschloss, die Angelegenheit selbst in die Hand zu nehmen.

Jen verfolgt unsere Unterhaltung vom anderen Ende des Raums aus, wo Nell gerade ihre Runde mit Diesel bei den Senioren macht, die sich mir nicht angeschlossen haben. »Muffins an Fäden«, ruft sie. »Das muss ich mir für Oktober merken.«

In dem Sommer nach Fayes Tod, als Charlie und Diesel sich zu Hause bei unseren Eltern verkrochen hatten, war ich ebenfalls da. Ich jobbte während der Semesterferien in der Mutter-und-Kind-Betreuung, und jeden Abend nach der Arbeit banden Charlie und ich uns Schürzen vor und rollten die Ärmel hoch, um zu backen. Dabei ging es nicht nur um die therapeutische Wirkung, etwas Praktisches zu tun und ihn von seinem Schmerz und seiner Trauer abzulenken. All die köstlichen Kuchen, die dabei entstanden, schienen auch irgendwie zu helfen.

Die Wunden, die ein so unfassbarer Verlust wie Charlies hinterlässt, kann man nicht vollständig heilen. Doch am Ende jenes Sommers war er immerhin so weit, allein mit Diesel nach Cornwall zu ziehen. Und ich konnte backen, als ich für mein letztes Studienjahr an die Uni zurückkehrte, auch wenn ich damals keinen Schimmer hatte, wie wichtig diese Fähigkeit ein paar Jahre später werden sollte.

Wie ich in meinen Videos nicht müde werde zu betonen: Unterschätzt niemals die Macht des Zuckers! Selbst wenn ich wie jetzt einfach nur darin rühre und beobachte, wie die glänzende Glasur langsam vom Löffel zurück in die Schale rinnt, fühle ich mich automatisch entspannter und mehr in Kontrolle über mein Leben, auch wenn das nicht stimmt.

Pam stößt Roger an, der neben ihr sitzt. »Freust du dich schon darauf, es auszuprobieren?«

Roger sieht aus, als wäre er von ähnlichen Selbstzweifeln geplagt wie ich. »Ich fürchte, backen war eher Cynthias Bereich, nicht meiner.«

Von Ferne hebt Jen eine Braue. »Du hast Kraftwerke gebaut, Roger, du kannst auch einen Kuchen glasieren.«

Ich nicke ihm ermutigend zu. »Ich zeige Ihnen, wie es geht. Wir machen nichts Schwierigeres, als die Glasur auf dem fertigen Küchlein zu verteilen.« Zumindest brauchen wir uns heute nicht mit Scherzbold Walter herumzuschlagen. Er muss sich irgendwo in der Nähe herumtreiben, aber ich weiß nicht, wo, und danke meinem Glücksstern, dass er nicht an unserem Tisch gelandet ist.

Joanie hebt einen Finger. »Aber diese Glasur ist weiß!«

Ihre Anmerkung entlockt mir ein erinnerungsseliges Lächeln. »Wir hatten zu Hause immer weiß glasierte Muffins mit bunten Liebesperlen.«

Joanie schüttelt den Kopf. »Oh nein. Meine waren immer rosa glasiert.«

Kathleen runzelt die Stirn. »Und mein Den mochte nur gelbe. Wenn meine Muffins nicht gelb glasiert waren, kamen sie ihm verkehrt vor.«

Ich atme tief durch, zähle bis zehn und komme zu dem

Schluss, dass ich genauso gut von mir aus fragen kann. »Wie sieht es bei den anderen aus?«

Pam zuckt mit den Schultern. »Ein zartes Blaugrün war meine Spezialität. Ich brachte sie zu jedem Schulsportfest mit, sie passten so gut zu den Trikots der Mädchen.«

Ian, der neben Roger sitzt, räuspert sich vielsagend. »Ich bin für Exeter City, die spielen in rotweiß gestreift.«

Du liebe Zeit. Jen eilt mir zu Hilfe. »Wir schwelgen alle gerne in Erinnerungen, aber das hier ist Ihre Veranstaltung, Cressy. Weiße Glasur ist für heute völlig okay.«

Während ich noch zustimmend und erleichtert nicke, sehe ich Kathleens Miene. Sie erinnert mich an Diesel, wenn der einen weiteren Keks will und ich Nein sage. Und ich knicke jedes Mal ein. Nicht, dass ich Kathleen mit Diesel gleichsetze, aber eine Sekunde später schaue ich Jen fragend an. »Haben Sie vielleicht noch ein paar Schüsseln mehr und Lebensmittelfarbe? Ich habe genug Puderzucker dabei.« Dies ist mein erstes und letztes Mal hier, da kann ich genauso gut in die Vollen gehen. »Wir machen rosafarbene, gelbe, weiße und auch blaugrüne Muffins.«

Zwanzig Minuten später gebe ich der hübschen blassblauen Glasur in der vierten Schale den letzten Schliff und schiebe sie in die Mitte des Tischs. Jetzt kann ich nur noch hoffen, dass die drei Varianten von Liebesperlen den allgemeinen Ansprüchen genügen. Doch mir bleibt keine Zeit zum Grübeln, denn alle tauchen ihre Löffel gleichzeitig in die Schüsseln. Pam, Joanie und Madge erledigen ihre Aufgabe makellos, doch ein paar der anderen benötigen mehr Hilfe, und die bunte Glasur verteilt sich nicht nur auf den Kuchen, sondern auch in der näheren Umgebung. Aber ich bin zu sehr damit beschäftigt, von einem zum anderen zu laufen, um mir Gedanken um die Sauerei zu machen, die wir hier anrichten.

Erst als ich mich aufrichte, um mir einen Spritzer Glasur von der Wange zu wischen, bemerke ich, dass wir einen weiteren Zuschauer haben. Er lehnt an der Wand, direkt neben dem Sessel an der Tür zum Ocean Boulevard, wo Walter sich niedergelassen hat, und die Schatten, die über seinen Dreitagebart fallen, lassen ihn distanziert und angespannt wirken. Er scheint in einen Tagtraum versunken, bei dem es vermutlich darum geht, wie er sich Clemmies Gästezimmer unter den Nagel reißen kann. Verdammt, ich habe den Blick zu spät von ihm losgerissen. Er ertappt mich beim Starren und erwacht zum Leben.

»Das hier wirkt aber ganz anders als deine Arbeitsfläche bei YouTube, Cressy«, merkt er kritisch an. »Dieser Tisch sieht eher aus wie eine von Plums Meerlandschaften.«

»Du kennst auch Plum?« Natürlich kennt er sie. Und meine Videos hat er sich ebenfalls angeschaut, was mein Herz erst zu Boden fallen und dann zurück in meine Brust hüpfen lässt. »Ich dachte, du arbeitest donnerstags immer?«, füge ich unfreundlich hinzu. Das ist der Vorteil, wenn jeder jeden kennt. Eine Nachfrage bei Sophies Schwägerin, die an der Rezeption der Tierklinik arbeitet, genügte. Zwar widerstrebt es mir, Privatangelegenheiten zu teilen, aber um sicherzustellen, dass ich ihm nicht über den Weg laufen würde, war ich gern bereit, Nell und Sophie darüber in Kenntnis zu setzen, dass Ross nicht mein Favorit unter Charlies alten Freunden war.

Ross zuckt gleichmütig mit den Schultern. »Walter hatte heute einen Arzttermin.«

Der Mann hat nicht nur meine vorausschauende Planung torpediert, er hat Charlie auch von meinen Diesel-Desastern erzählt. Am besten bringe ich diese leidige Angelegenheit umgehend hinter mich. »Und um dir die Enttäuschung zu ersparen, sage ich's dir lieber gleich – ich suche keinen WG-Kollegen fürs Seaspray Cottage.«

Joanie hebt den Kopf. »Was ist noch mal gleich ein WG-Kollege?«

Ups. »Tut mir leid«, zwitschere ich fröhlich. »In einer Sekunde machen wir mit den Streuseln weiter.« Dann funkele ich Ross finster an. »Und Petzen ist nicht cool«, zische ich ihm durch die Zähne zu.

Er machte schmale Augen. »Was soll ich denn gepetzt haben?«

Netter Versuch. Ich schaue zu Diesel in seiner Dienst-Weste, der gerade einem Senior brav die Pfote reicht, als könnte er kein Wässerchen trüben. »Dass Diesel sich nicht immer so wohlerzogen verhält wie in diesem Moment. So, wenn du mich jetzt entschuldigen würdest, ich muss zu meinen Muffins zurückkehren.«

Ross hebt die Stimme. »Man kann mir vieles nachsagen, aber ich bin keine Petze.«

Doch ich bin schon wieder bei meiner Backrunde und öffne die Schachteln mit der Dekoration. »Machen wir mit den Liebesperlen weiter.« Ich wende mich Roger zu, der genauso viel Glasur am Ohr hat wie auf seinem Küchlein. »Nehmen Sie ein paar Perlen zwischen Daumen und Zeigefinger und streuen Sie sie über die Glasur.«

Pam nickt beifällig. »Deshalb nennt man das Streusel, Roger.«

Joanie lächelt. »Die Glasur ist noch nass, und wenn sie trocknet, bleiben die Streusel an ihr kleben.«

»Ah«, sagt Roger und nickt so angelegentlich, als hätte er gerade eine gewaltige Erleuchtung. »Das ist ja wirklich raffiniert.«

Pam schmiedet das Eisen, solange es heiß ist. »Wusstest du, dass jedes Zuckermolekül zwölf Kohlenstoff-Atome, zweiundzwanzig Wasserstoff-Atome und elf Sauerstoff-Atome enthält?«

»Das muss ich mir merken.« Jen schaut mich kopfschüttelnd an. »Man lernt bei dieser Truppe doch jeden Tag was Neues.«

Damit sie nicht noch auf die Idee kommen, mich mit wissenschaftlichen Fragestellungen zu konfrontieren, schiebe ich ihnen hastig die Schachteln zu. »Worauf warten Sie? Los, los, los!« In ungefähr fünf Minuten wird mein Martyrium vorbei sein. Dieser Nachmittag war eine echte Herausforderung für mein lange gehegtes Vorurteil, dass alte Leute den Tag überwiegend dösend verbringen.

Walter späht unter seiner Tweedkappe hervor und hebt den Gehstock. »Meine Sarah hat in dieser Frauengruppe, zu der sie jeden Montagabend ging, für ihre kleinen Kuchen immer den ersten Preis gewonnen.«

Joanies Augen leuchten auf. »Ja! Deine Sarah war die Königin der Butterfly Buns.«

Jen nickt mir zu. »Das klingt doch nach einer guten Rezept-Idee fürs nächste Mal.« Sie senkt verschwörerisch die Stimme. »Dann fühlt sich Walter hier vielleicht mehr zu Hause.« Dann spricht sie wieder lauter. »Passt es Ihnen nächste Woche um dieselbe Zeit, Cressy?«

Mein Magen flattert nervös. »Sie wollen, dass ich nächsten Donnerstag wiederkomme?«

»Es sei denn, Sie können es früher einrichten.«

Die Spritzer auf dem Tisch sehen eher nach einer Explosion auf dem Paintball-Feld aus als nach Backnachmittag in einer Seniorenresidenz. »Was machen wir nächstes Mal?«, fragt Roger. Er und Ian tauchen ihre glasierten Finger in die Schachtel mit den Liebesperlen. Als sie sie wieder herausziehen, klebt eine Kruste aus Zuckerstreuseln daran.

Pam schaut ihnen kopfschüttelnd zu. »Wie viele Captain of Industry-Preise habt ihr beiden doch gleich noch mal abgeräumt? Nehmt euch ein Papiertuch, bevor ihr hier noch mehr herumschmiert.«

Ein Räuspern hinter mir lässt mich herumfahren. »Die Petze war tatsächlich nicht Ross, ich war es.«

»Nell?«

Sie hat die Hände in den Taschen ihrer Neonweste vergraben. Diesel steht schwanzwedelnd neben ihr. »Ich könnte versehentlich Clemmie gegenüber Diesels Eskapaden erwähnt haben.«

»Und was ist mit Ross?« Mein Bauchgefühl sagt mir, dass er etwas damit zu tun hat.

Doch wir kommen nicht mehr dazu, uns dieser Frage zu widmen, denn Diesels Nase befindet sich auf Tischhöhe, und Sekunden später geht er zur Attacke über. Doch ich lerne schnell.

Wie heißt es doch so schön: Arbeite nie mit Hunden oder Kindern? Von wegen! Nachdem es mir mit vollem Körpereinsatz gelungen ist, Diesel Joanies Muffin vor der Nase wegzuschnappen und in Sicherheit zu bringen, drehe ich mich zur Tür um, durch die gerade eine Horde Kinder hereinströmt, gefolgt von Sophie, die mir fröhlich zuwinkt.

»Kannst du noch ein paar Klienten unterbringen? Wir konnten nicht widerstehen, uns mit ein paar Fairy Cakes zu beteiligen!«

Die älteste Tochter interpretiert meine fassungslose Miene korrekt. »Keine Angst«, sagt sie beruhigend. »Ich helfe den Kleinen. Und wir bleiben nicht lange, wir sind auf dem Weg zur Tanzstunde.«

Jen will auch noch einen Wunsch loswerden. »Und bringen Sie doch nächstes Mal Ihren Mixer mit, Cressy. Wir können es nicht erwarten, Ihnen live dabei zuzuschauen, wie Sie Buttercreme rühren.«

Vielleicht ist das ja so die Art in St. Aidan. Und wenn man nicht dagegen ankommt, muss man halt nachgeben. Was kein Problem ist, wenn's darum geht, mit ein paar Kids Cupcakes zu glasieren. Aber definitiv zu einem wird, wenn Ross Bradbury Begehrlichkeiten bezüglich meiner Wohnung anmeldet.

8. Kapitel

Waaaaaahhhhh – sonst nichts

In Clemmies Wohnung
Samstag

Nach dem Glasier-Nachmittag mit den Bewohnern von Kittiwake Court fühle ich mich, als wäre eine Herde Elefanten über mich hinweggetrampelt, und nicht wie nach einem gemütlichen Beisammensein mit Achtzigjährigen. Aber es gibt Neuigkeiten: Nach einem weiteren Videocall mit Martha habe ich beschlossen, mit dem Buch weiterzumachen, solange ich noch über Zeit und eine Agentin verfüge. Und falls sie es dann nicht untergebracht kriegt, veröffentliche ich es einfach im Selbstverlag. Also bin ich eifrig dabei, Rezepte auszuwählen, und habe noch eine Woche, vielleicht auch vierzehn Tage, um mit einer Idee um die Ecke zu kommen, wie ich an Kohle komme, bevor mein Konto kollabiert.

Wenn ich vorankommen will, darf ich mich nicht im Garten oder in Sichtweite auf dem Balkon aufhalten, denn dort droht jederzeit ein sozialer Überfall. Daher habe ich die letzten beiden Tage bei weit geöffneter Tür auf dem Fußboden des Wohnzimmers gesessen und gearbeitet. Das ist die perfekte Position, um die Spätfrühlingssonne durch das Balkongeländer diamantengleich auf dem himmelblauen Meer glitzern zu sehen.

Bisher habe ich gebacken, was mir gerade in den Sinn kam, habe aber beschlossen, um das Ganze methodischer und weniger zufällig zu gestalten, erst mal meinen Blog und meine Videoclips durchzugehen. Eine Aufgabe, die sehr viel umfangreicher ist als gedacht. Am Abend des zweiten Tages bin ich noch nicht mal annähernd fertig.

Seufzend schaue ich der Sonne dabei zu, wie sie Richtung Horizont sinkt, und versetze Diesel, der es sich an meinem Knie gemütlich gemacht hat, einen sanften Stoß. »Ich komme mir gerade vor wie Alice, nachdem sie in den Kaninchenbau gefallen ist.« Ich habe ernsthaft unterschätzt, wie viele Filme und Blogeinträge ich im Laufe der Jahre produziert habe. Was einerseits natürlich toll ist, es mir andererseits aber auch schwerer macht, die Spreu vom Weizen zu trennen.

Diesels müdes einäugiges Blinzeln lässt keinen Zweifel daran, dass er, sofern kein Futter oder Auslauf dabei rumkommt, nicht vorhat, sich in dieser Angelegenheit zu engagieren. Schon komisch, noch vor ein paar Tagen hatte ich keine Ahnung, was Diesel denkt, weil wir beide noch nicht auf einer Wellenlänge tickten. Doch wenn ich mittlerweile schneller nach den Cupcakes greife, als er sie sich schnappen kann, haben wir definitiv einen Meilenstein unserer Beziehung erreicht. Wenn das so weitergeht, bin ich auch bald diejenige, die entscheidet, wohin uns unsere Spaziergänge führen.

Dabei hatte ich anfangs gar nichts dagegen, aufs Geratewohl um die Bucht gezerrt zu werden. Doch da ich nun Ross Bradbury am Hals habe, wäre es schon nützlich, zumindest den Eindruck zu vermitteln, ich hätte die Kontrolle, selbst wenn das nicht zutrifft. Mir ist ja klar, dass Diesel anstrengender ist als üblich, weil er Charlie und Clemmie vermisst. Aber was zum Teufel glaubt Ross dagegen unternehmen zu können – über das hinaus, was ich bereits tue?

Klinge ich angespannt? Das liegt daran, dass ich angespannt bin! Denn erstens ist der Mann unglaublich nervtötend, und zweites bin ich sauer auf mich selbst. Dass ich als Teenager vor Aufregung hechelte, sobald er in Sichtweite kam, kann ich mir rückblickend verzeihen. So was passiert nun mal, wenn man eine hormongesteuerte Vierzehnjährige ist. Natürlich winde ich mich innerlich bei dem Gedanken, dass ich jemals so tief gefallen bin, meine in winzigen Crop Tops steckende Brust rauszustrecken, damit er meine Titten bemerkt, oder echten schwarzen Filzstift zu benutzen, um einen so rauchigen Augenaufschlag wie Avril Lavigne hinzukriegen.

Was ich mir hingegen nicht verzeihen kann, ist die Tatsache, dass ich in seiner Nähe immer noch diesen Adrenalinkick kriege. Denn da mir inzwischen glasklar ist, dass sein Inneres in keinster Weise mit dem rattenscharfen Äußeren mithalten kann, gibt es keinen Anlass für meinen Magen, Purzelbäume zu schlagen, sobald ich einen Blick auf Ross erhasche. Vor allem, da ich ihn umso weniger ausstehen kann, je mehr ich darüber nachdenke, wie manipulativ er versucht, Charlie dazu zu bringen, ihn hier im Apartment wohnen zu lassen. Dass Ross ein emotionaler Feigling ist, weiß ich aus eigener Erfahrung, trotzdem ist es irgendwie schockierend, ihn auch noch als selbstsüchtigen Opportunisten zu erleben.

So, Wutrede vorbei, zurück zu meinem Leben als Tiersitterin. Was Pancake betrifft, so genießt sie die täglichen Bürstenmassagen, die ich ihr verabreiche, und bisher hat sie ihr maritimes Gourmet-Futter immer schneller verputzt, als ich gucken konnte. Auch jetzt gehe ich davon aus, dass sie sich, wenn ich ihr gleich ihre eingelegten Krebse zum Dinner serviere, schnurrend auf die Dose stürzt, noch bevor ich den Deckel geöffnet habe, weil sie den Geruch so sehr liebt, dass sie sogar den Namen der Leckerei kennt.

Ich stehe vom Boden auf und rufe sie zum Essen. »Panpan, Abendbrotzeit, es gibt Kreeebsee …«

Doch ich höre keine eiligen Katzenpfoten tapsen und keine funkelnden blauen Augen, die um den Türrahmen spähen. Diesel schleicht sich an meine Seite, aber sonst rührt sich nichts im Apartment. Als ich zum Schlafzimmer gehe, um nachzuschauen, wo Pancake abgeblieben ist, fällt mir auf, dass die Katzentoilette unbenutzt ist.

»Hallo, Miss Faulpelz, du kannst nicht den ganzen Tag auf meiner Kaschmirjacke herumlungern.« Ich kitzele sie am Ohr. Sie bewegt sich kaum, und es dauert eine Weile, bevor sie leicht den Kopf hebt und mich anblinzelt. Ich spüre ein ängstliches Ziehen in der Brust.

»Komm zu Tante Cressy.« Ich hebe sie vom Bett und habe kurz darauf das Gefühl, dass an meiner Taille eine lauwarme Wärmflasche ausläuft. Die Flüssigkeit rinnt an meinem Bein herunter, und ich stoße einen indignierten Schrei aus. »Panpan, du pisst mich an!!!« Da ich in der Mutter-Kind-Betreuung gearbeitet habe, macht Urin als solcher mir nichts aus. Aber die Katze sollte nicht so schlaff in meinen Armen hängen, es sei denn, sie ist krank. Und sie verrichtet ihr Geschäft normalerweise ausschließlich auf dem Katzenklo.

Hastig schnappe ich mir ein Handtuch, dann trage ich sie in die Küche, sinke stöhnend auf einen hellblauen Stuhl und blättere hektisch durch Clemmies Gebrauchsanweisung. »Du darfst nicht krank sein, Pancake, denn ich weiß nicht, was ich tun soll.« Mein Stöhnen wird lauter. »Oh Gott, was ist, wenn sie stirbt?«

Die Telefonnummer der Tierärztlichen Klinik von St. Aidan steht groß und breit da, und mir erscheint es bei aller Panik das Sinnvollste zu sein, erst herauszufinden, womit wir es zu tun haben, bevor ich Charlie und Clemmie in Angst und Schrecken versetze. Es gibt noch eine andere Nummer für Notfälle, aber die gilt nur außerhalb der Geschäftszeiten und gehört zu einem Veterinär in Penzance, eine halbe Stunde entfernt.

Als ich mein Handy hervorhole, stelle ich entsetzt fest, dass es schon nach acht ist. Und dann fällt mein Blick auf das verdammte Poster, das Ross mir gebracht hat. Es liegt noch immer zusammengefaltet unter einem Stapel Post. Ich hebe eine Ecke an, und tatsächlich, neben seinem Namen steht eine mit Filzstift geschriebene Telefonnummer. Und eine Bemerkung.

Wenn was sein sollte, ich helfe jederzeit gern.

Nun, als ich mich damals bei ihm meldete, hat er nicht so gern geholfen, oder? Aber das ist nur ein flüchtiger Gedanke, und jetzt ist nicht der richtige Zeitpunkt, daran festzuhalten. Natürlich ist Ross der letzte Mensch auf der Welt, den ich anrufen würde, wenn ich's mir aussuchen könnte. Aber er wohnt nur fünf Minuten entfernt. Und ich rufe schließlich für Pancake und Charlie und Clemmie an, nicht für mich selbst.

Ich tippe die Nummer ein, drücke auf Anruf, habe jedoch keinen Schimmer, was ich sagen soll, wenn er rangeht. Was er nach nur einmaligem Klingeln tut.

»Ross Bradbury.«

Ich gerate ins Schwimmen. »Hier ist Cressy, irgendwas stimmt nicht mit Pancake …«

»Ich komme sofort rüber.«

Vor Schreck verschlucke ich fast das Telefon. »Nein, wir kommen besser zu dir.«

»Vom Hafen aus den Hügel hoch, dann eine halbe Meile geradeaus. Die Klinik liegt in Fahrtrichtung links an der Rosehill Road. Ich warte draußen auf dem Parkplatz.«

Er hält Wort. Nicht in meinen wildesten Albträumen habe ich mir ausgemalt, jemals froh zu sein, ihn zu sehen. Doch als ich mit knirschenden Reifen auf die Kies-Einfahrt einer langen, umgebauten Scheune mit dem Schild *Tierärztliche Klinik* einbiege und eine vertraute Gestalt in tief sitzenden Jeans entdecke, bin ich geradezu ekstatisch.

Sobald ich anhalte, öffnet er die hintere Tür von Charlies Auto, und als ich aussteige, hat er Pancakes Korb bereits herausgeholt und Diesels Leine gepackt. Es ist gut, dass er beide Hände voll hat, das hilft mir, dem Drang zu widerstehen, ihn zu umarmen. Stattdessen haste ich ihm hinterher, als er, nachdem er mir über die Schulter zugerufen hat, dass ich mir nicht die Mühe zu machen brauche, den Wagen abzuschließen, zum Klinik-Eingang läuft.

»Komm rein.« Irgendwie schafft er es, Hund und Katze zu manövrieren und mir gleichzeitig die Tür aufzuhalten.

Als ich mich an ihm vorbeischiebe, steigt mir ein Aroma in die Nase, das verstörend deutlicher nach Mann riecht als nach Desinfektionsmittel. Erst in diesem Moment geht mir auf, dass ich ohne nachzudenken aus der Wohnung gelaufen bin. Und noch immer arbeitet mein Mund ohne mein bewusstes Zutun. »Entschuldige bitte, dass ich so nach Katzenpisse stinke.« Das dürfte vermutlich schwerer wiegen als die Tatsache, dass ich mich heute kaum gekämmt habe.

Ross verzieht das Gesicht. »So was gehört hier dazu.« Er führt mich durch ein hohes, weiß gestrichenes Wartezimmer in einen kleineren Raum mit einem großen Tisch, an dem wir stehen bleiben, einer auf jeder Seite. Die Tür fällt hinter uns ins Schloss, und Ross wischt den Tisch ab und checkt die Details, die er an einem Computer aufgerufen hat. »Wir sind technisch nicht besonders modern ausgestattet, aber die Behandlung gleicht das hoffentlich aus.« Im Handumdrehen hat er Pancake aus ihrem Korb gehoben. »So, schauen wir mal, was du angestellt hast, altes Mädchen.« Er steckt sich das Stethoskop in die Ohren und beginnt mit der Untersuchung.

Derweil versorge ich ihn mit Informationssplittern, die helfen könnten. »Sie hat nicht gefressen und viel geschlafen, und als ich sie hochgenommen habe, ist sie praktisch explodiert.«

Er drückt auf ihrem Bauch herum, hebt ihren Schwanz und schiebt ihr ein Thermometer in den Po. »Du solltest eigentlich auch gegen das hier sehr viel mehr protestieren, Pancake.« Nach ein paar Minuten dreht er sich zu mir um. »Ihre Brust ist frei, aber sie hat etwas Temperatur. Ich würde sagen, es ist eine Blasenentzündung. Eine Urinprobe wird das bestätigen, aber ich gebe ihr jetzt schon mal eine Antibiotika-Injektion und ein Schmerzmittel.«

»Also e…explodiert sie nicht und … und wird auch nicht sterben?«, stammele ich.

»Diese Woche hoffentlich nicht.« Er trägt sie zu einer Waage, die auf der Fensterbank steht, und wirkt insgesamt so entspannt, dass ich mich frage, ob meine Entscheidung herzukommen falsch war.

»Dann hätte es wohl auch gereicht, morgen früh herzukommen?«

Er hebt die Schultern. »Es ist immer besser, so was möglichst schnell abzuklären.«

»Vor allem, wenn es nicht deine eigenen Tiere sind.« Die ganze Fahrt über habe ich mir den Kopf zerbrochen, wie ich es Charlie sagen soll, falls Pancake etwas passiert. Während Ross auf die Zahlen an der Waage starrt, bleibt mein Blick an dem Bartschatten an seinem Kinn kleben und an den Haaren, die sich überm Kragen seines Polohemds locken. Normalerweise würde ich ihn natürlich nicht so hemmungslos anstarren, aber ich bin gerade so verdammt dankbar, dass Pancake okay ist, dass ich mich einen Moment lang gehen lasse.

Sein Räuspern holt mich in die Gegenwart zurück. »Sie ist eine schwere Lady. Es war eine reife Leistung, fünf Kilo

Katze all die Stufen hinunterzutragen, noch dazu mit Diesel im Schlepptau.«

»Es war ein Kinderspiel.« Meine Arme fühlen sich an, als würden sie mir gleich buchstäblich von den Schultern fallen. Und jedes Mal, wenn ich den Korb von einer Hand in die andere genommen habe, hat Diesels Leine meine Knie aneinandergefesselt. Aber das war immer noch einem Hausbesuch vorzuziehen.

Ich beobachte, wie Ross eine Spritze aufzieht, und in meinem Schädel bimmelt ein winziges Alarmglöckchen. Falls er wieder mal meine Fähigkeit, auf Tiere aufzupassen, infrage stellt, gilt es, das im Keim zu ersticken.

»Ich bin dir wirklich dankbar, dass du Pancake heute Abend geholfen hast. Aber es wäre unfair, daraus jetzt abzuleiten, dass ich allein nicht klarkomme, und das zu deinem Vorteil auszunutzen.«

Er schiebt ein Stück von Pancakes Fell auseinander, sticht die Nadel hinein, nimmt sie kurz darauf wieder heraus und reibt die Stelle. Dann zieht er aus einer anderen Flasche erneut Flüssigkeit auf, die er Pancake dann in den Mund spritzt.

»Komm mit«, sagt er dann, ohne auf meine Bemerkung zu antworten. »Ich gebe dir etwas Sirup für sie mit.«

»Danke.« Ich folge ihm in ein Zwischending aus Küche und Büro, wo er eine hohe Vitrine aufschließt und eine Schachtel aus einem der Regale nimmt. »Gibt es ein zweites Stockwerk?«, erkundige ich mich.

Erstaunt starrt er mich an. »Die schrägen Wände sprechen eigentlich für sich selbst. Am anderen Ende des Gebäudes ist der Operationssaal, das war's.«

»Und wo schläfst du?« Ich frage nicht aus Neugier, sondern aus schierer Verwirrung.

Er verzieht das Gesicht und schaltet den Drucker ein. »Es gibt hier ein Klappbett.«

»Es ist nur, weil Charlie meinte, du schläfst in einem Schrank.«

»So viel Luxus habe ich nicht. Der Schrank gehört dem Bett, nicht mir. Außerdem gibt's noch eine Mikrowelle, und den Kühlschrank teile ich mir mit den Impfstoffen.«

Es ist so eng hier drin, dass kaum Platz für den Schreibtischstuhl bleibt, geschweige denn ein Bett. »Jetzt verstehe ich, warum Clemmies Apartment so attraktiv für dich ist, trotz der ganzen Nachteile.« Die Treppe, die winzigen Ausmaße und dass ich dort wohne. Es tut gut, die Sache endlich offen anzusprechen.

Seine Augen werden schmal, und sein Ton wird schärfer. »Du denkst doch nicht etwa, das war mein Vorschlag?«

»Wessen denn sonst?«

Er seufzt genervt. »Ich bin es gewohnt, mit wenig Komfort auszukommen, da machen ein paar Wochen mehr den Kohl auch nicht fett. Ins Seaspray Cottage zu ziehen, wäre nun wirklich das Letzte, was ich in Betracht ziehen würde.« Er zieht ein Etikett aus dem Drucker, klebt es an die dafür vorgesehene Stelle und reicht mir die Schachtel.

»Gut zu wissen, dass wir uns da einig sind.« Als ich das Medikament entgegennehme, fallen mir erneut die roten entzündeten Knötchen an den Innenseiten seiner Finger auf, und mein Magen zieht sich zusammen. »Was ist bloß mit deiner Hand?«

Er schüttelt den Kopf. »Es gilt da einiges zu klären, Cressy. Dieser verrückte Vorschlag, dass ich in die Wohnung ziehen soll, stammt von Charlie, nicht von mir. Er machte sich Sorgen um dich, und ich wollte ihm helfen. Weiß Gott, warum, aber er dachte, es könnte eine gute Idee sein, wenn ich im Notfall da wäre.«

»So wie heute Abend.« Ich fühle mich plötzlich fünf Zentimeter groß, weil Charlie natürlich recht hat. Außerdem ist es selbstverständlich seine Entscheidung, wen er wo wohnen lässt. Und ich werde den Teufel tun, die Vergangenheit heraufzubeschwören, um ihm zu erklären, warum es mir so sehr zuwider ist, Ross einziehen zu lassen. Also werde ich in dieser Sache nachgeben müssen. Egal, wie schwer es mir fällt, ein kleines Apartment mit jemandem zu teilen, den ich verabscheue, weil er mich einst so übel im Stich gelassen hat. Ich muss es einfach akzeptieren und lernen, darüber zu stehen. »Das Gästezimmer in Clemmies Wohnung ist frei. Ich kann es nehmen und dir das große überlassen.«

Erst verdreht er die Augen, dann wird sein Blick eisig. »Das wird nicht nötig sein. Und was meine Hände betrifft, ich will kein Mitleid. Schon gar nicht von dir!«

Damit dreht er sich auf dem Absatz um, marschiert erst in den Behandlungsraum, um Pancake samt Korb hochzuheben, und stürmt dann durchs Wartezimmer nach draußen auf den Parkplatz. Ich starre Diesel an. »Das lief ja grandios schief. Und wir wissen immer noch nicht, ob er nun zu uns zieht.« Diesel leckt meine Hand, und wir folgen Ross hinaus in die Dämmerung.

Als wir zum Auto kommen, steht Pancakes Korb bereits sicher auf dem Beifahrersitz, und Ross schließt gerade die Tür. »Bring sie Montagmorgen vorbei. Dann untersuchen wir sie noch mal gründlich und nehmen auch Blut ab.« Er wirft mir einen kleinen Plastiktopf zu. »Bring auch eine Urinprobe mit.«

»Danke für deine Hilfe, Ross.« So wenig mir nach Freundlichkeit zumute ist und so sehr ich mir wünsche, ich hätte mich nicht an ihn wenden müssen, ist meine Dankbarkeit doch echt. Dennoch kommen die nächsten Worte mir nicht leicht über die Lippen. »Ich besorge dir einen Zweitschlüssel für Clemmies Wohnung. Reicht es bis Montag?«

»Es besteht keine Eile.« Er macht ein paar Schritte rückwärts, steckt die Hände in die Hosentaschen und schluckt. »Ich versuche immer, für die Menschen, an denen mir liegt, da zu sein, Cressy. So ticke ich nun mal, mehr steckt nicht dahinter.«

Doch wir wissen beide, dass das nicht stimmt. Denn als ich ihn brauchte, war er nicht da.

9. Kapitel

Zuckerglasur und Anarchie

Im Kittiwake Court
Donnerstagnachmittag

»Hallo miteinander, hier ist Cressida Cupcake, und ich bin hier, um die Welt mit Liebe und Butterfly Buns zu überschütten.«

Es ist der nächste Donnerstagnachmittag, wir befinden uns einmal mehr im Kittiwake Court, und während ich in die erwartungsvollen Gesichter vor mir blicke, ist mein Lächeln deutlich strahlender als meine Laune. Als ich mich bereiterklärte, live ein bisschen Buttercreme zu produzieren, dachte ich an ein paar um den Tisch versammelte Senioren. Hätte ich gewusst, dass ich heute vor einem großen Publikum performen würde, wäre ich garantiert nicht hergekommen.

Doch es gibt Zeiten im Leben, wenn man einfach mit dem Hyperventilieren aufhören und mit dem Strom schwimmen muss. Es gibt keinen anderen Ausweg, ich muss meine Schürze umbinden, den hübschen pinkfarbenen Mixer, den ich mir von Clemmie ausgeborgt habe, an eine Steckdose anschließen und loslegen.

»Es macht Ihnen doch nichts aus, Cressy?«, ruft Joanie aus der Mitte der Zuschauerschar. »Wir finden es einfach nur so großartig, Sie zu sehen wie in Ihren Videos.«

Unwillkürlich muss ich lächeln. »Für heute ist es in Ordnung. Aber ich kann nicht jedes Mal die ganze Arbeit erledigen.« Und ich kann nicht glauben, dass ich rede, als ob das Ganze auf eine regelmäßig stattfindende Veranstaltung hinausläuft.

Fragend schaue ich zu Nell, die einen weiteren Stuhl ans Ende der ersten Reihe stellt. »Was ist mit Diesel und seinen therapeutischen Besuchen?«

Der erwähnte Hund kauert bereits zu ihren Füßen. »Die machen wir hinterher. Plum und Sophie sind hier, um mir zu helfen, ihn im Auge zu behalten.«

Da Diesels resignierter Seufzer schon halb nach schnarchen klingt, dürfte es kaum nötig sein, ihn zu dritt zu bewachen. Ich hoffe, ich habe ausreichend Muffins dabei.

»Machen Sie sich keine Sorgen, Cressy«, sagt Jen, als könne sie meine Gedanken lesen. »Wir haben mit starkem Besucherandrang gerechnet, daher hat die Köchin heute Morgen noch zusätzliche Küchlein gebacken.« Das mit dem Besucherandrang ist kein Scherz. Heute haben sich genauso viele junge Leute eingefunden wie ältere. »Alle vom Personal, die ihren freien Tag haben, sind hier, außerdem Angehörige«, fährt Jen fort. »Und Freunde. Und Freunde von Freunden.« Sie deutet mit dem Kopf zur Verandatür, durch die gerade eine weitere Gruppe den Raum betritt.

»Na toll.« Mein Magen schlägt Purzelbäume, weil so viele Augen auf mich gerichtet sind, doch als ich meinen Pferdeschwanz zurückwerfe, entdecke ich ganz vorn all meine reizenden Klienten von vergangener Woche. Ohne zu registrieren, dass ich es tue, schenke ich ihnen ein echtes Lächeln. Dann wende ich mich mit erhobener Stimme ans ganze Publikum. »Wenn etwas beim ersten Mal nicht klappt, muss ich es noch einmal machen. Ist das okay für Sie?«

Ich sehe zahlreiche Köpfe nicken. »Na, logisch«, rufen Pam und Joanie wie aus einem Mund.

Ehrlich gesagt ist es mir jetzt, da es tatsächlich geschieht, ziemlich egal, wie viele Leute mir zuschauen, solange ein gewisser Veterinär sich nicht irgendwo in der Nähe herumtreibt.

Da wir gerade bei Tieren sind, meine pelzige Patientin zu Hause hat sich gleich nach der Antibiotika-Spritze prächtig erholt und schon am Sonntag wieder gefuttert wie ein Scheunendrescher. Mir graute seit Samstagabend vor dem Folgetermin am Montag, völlig überflüssigerweise, denn Ross war gar nicht in der Klinik. Stattdessen trafen wir Elise an, die jung und hübsch ist und Ross' Loblied sang, so laut und lange, dass sie zwingend in ihn verknallt sein muss. Als sie Pancake endlich genug Blut abgezapft hatte, fühlte ich selbst mich einigermaßen blass.

Danach hinterließ ich an der Rezeption den Zweitschlüssel für Ross, was bedeutet, dass ich seither wie auf Kohlen sitze und auf sein Eintreffen warte – doch bislang ist er nicht gekommen. Tatsächlich empfinde ich es als Erleichterung, heute nicht in der Wohnung zu sitzen und mit gespitzten Ohren auf das Geräusch seines Schlüssels im Schloss der Wohnungstür zu lauern.

Während ich versonnen auf meine Freunde in der ersten Reihe starre, überlege ich, wie ich diese Sache hier angehen soll. In meinen YouTube-Clips sieht dank der späteren Bearbeitung alles immer so einfach und perfekt aus, trotzdem versuche ich immer, möglichst ich selbst zu sein.

Also schneide ich eine kleine Grimasse. »Ich verrate euch ein Geheimnis. Ich musste nachschlagen, wie man Butterfly Buns macht, weil ich die noch nie gebacken habe.« Wahrscheinlich waren sie Charlie und mir vor lauter Eifer, von glasierten Muffins zu Baisers überzugehen, unter den Tisch gefallen. »Glücklicherweise steht in der Küche des Apartments, in dem ich gerade wohne, ein Picknick-Korb voller Rezeptkarten, die von Clemmies Großmutter Laura stammen.« Ihre Anweisungen für Butterfly Buns waren genial, bis hin zur exakten Menge Puderzucker für die Glasur. Dann fällt mir noch etwas ein. »Außerdem habe ich noch nie vor so vielen Menschen in der Küche gebacken, nicht mal bei dieser TV-Show.«

Joanie lächelt beruhigend. »Wenn das Rezept von Laura stammt, sind die Buns garantiert gut. Machen Sie sich keinen Kopf, Liebes, es gibt für alles ein erstes Mal.«

Pam nickt. »Ich erinnere mich noch gut an meinen ersten Tag als stellvertretende Direktorin der Schule, es war fürchterlich.«

»Als ich meinen Bert geheiratet habe«, mischt Madge sich ein, »wusste ich absolut nichts von den Aufgaben einer Bauersfrau. Das erste Jahr war entsetzlich, ich hatte sogar vor den Hühnern Angst.«

Während sie reden, überprüfe ich meine Mengen und Zutaten. »Wie einige von Ihnen vermutlich wissen, habe ich durchaus schon ein, zwei Mal in meinem Leben Buttercreme zubereitet. Die Butter ist bereits schön weich, und für unsere erste Charge werde ich jetzt zweihundertdreißig Gramm nehmen, dazu ein Pfund Puderzucker und einen halben Teelöffel Vanille-Essenz, und sehen, wie weit wir damit kommen.« Ich weiß, dass diese Leute niemals mit solchen Mengen backen werden, aber sie wollten, dass ich so nah wie möglich bei meiner üblichen Routine bleibe.

Walter lacht laut auf. »Mir hat vor allem meine Sarah Angst eingejagt. Sie hetzte mich gnadenlos zurück in den Garten, wenn ich mir an der Hintertreppe nicht die Stiefel ausgezogen habe.«

Kathleen schüttelt tadelnd den Kopf. »Du hättest es besser wissen müssen, als Schlamm auf den sauberen Boden deiner Sarah zu tropfen, du alte Schlafmütze. Sie hat diese Fliesen auf allen vieren gescheuert, bis sie glänzten.«

»Als ich in Rente ging«, ruft Roger von hinten in die Gesprächsrunde, »hat meine Cynthia mich so oft es ging auf den Golfplatz getrieben, damit ich ihr zu Hause nicht in die Quere kam.«

Ich lächle Walter ermunternd zu. »Die Unterhaltung über Ihre Sarah hat uns letzte Woche auf die Butterfly Buns gebracht. Es muss noch jede Menge andere alte Rezepte geben, an die wir uns erinnern können.« Da die Zubereitung der Buttercreme nur ein paar Minuten in Anspruch nimmt, dient das Geplauder dazu, die Veranstaltung etwas in die Länge zu ziehen, aber das ist nicht der einzige Grund für meine Bemerkung. Als ich mich durch den Korb in Clemmies Küche gearbeitet habe, fand ich jede Menge Rezepte aus der Vergangenheit, von denen ich noch nie gehört hatte. Das weckte mein Interesse. Und wenn ich mehr über traditionelles Backen erfahren will, dann rede ich gerade mit den richtigen Leuten.

»Meine älteste Tochter hat mein Rezeptbuch geerbt«, erzählt Kathleen lächelnd. »Wir pflegten sie mit der Hand aufzuschreiben, und wenn jemand in der Frauengruppe auf etwas Neues stieß, dann haben wir es kopiert und rumgereicht.«

»Könnt ihr euch noch an diese Dinger erinnern, die man in den Siebzigern Mucky Golfballs nannten?« Joanie lacht. »Wir haben sie alle gemacht.«

»Geriebene Mandeln, in Schokolade getunkt«, erklärt Madge. Ihre Augen leuchten. »Wenn man einmal damit angefangen hatte, musste man alle essen.«

Pam scheint in Gedanken meilenweit weg. »Mein Rezeptbuch müsste noch bei meinen eingelagerten Sachen sein. Mein Glanzstück war ein Rum-Trifle, das ich jeden Juli für die Firmenparty zum Abschluss des Geschäftsjahrs gemacht habe.«

»Aber nichts geht über einen guten Rhabarber Crumble mit Vanillesoße«, wirft Ian ein.

Jen nickt. »Aber was ist mit Puddingtörtchen? Hat die mal jemand gebacken?«

Bis sie die Vorteile des Blindbackens und die perfekte Dosis Muskatnuss ausdiskutiert haben, vergehen weitere zehn Minuten. Wenn das so weitergeht, ist Teezeit, bevor ich überhaupt angefangen habe.

Als ihr Redeeifer nachlässt, kippe ich den Puderzucker in die Schale und räuspere mich. »Ich habe diesen Mixer von Clemmie ausgeborgt, aber ich besitze das gleiche Modell in Rot, passend zu meiner Schürze.«

Nell lacht. »Wenn das hier regelmäßig stattfindet, müssen wir dir eine Schürze mit rosafarbenen Streifen besorgen, Cressy.«

Wir wissen alle, dass das hier meine erste und letzte Performance ist, also schalte ich rasch den Mixer ein, bevor sie noch weiter übers Ziel hinausschießt. Bis ich in wenigen Minuten in einen glatten, cremigen Strudel blicken und das Aroma von Vanille einatmen kann, ist Nell in Gedanken hoffentlich schon mit etwas anderem beschäftigt.

»Dank der Magie dieses großartigen Smeg-Mixers müssten wir jetzt eigentlich bereits eine wundervolle Buttercreme haben. Ta-da …«, ich nehme die Rührschüssel aus dem Mixer und trage sie herum, damit jeder einmal hineinschauen kann. Natürlich ist mir klar, dass meine Werbeeinlage an einer Zielgruppe vorbeigeht, die über keine eigene Küche verfügt, aber da Smeg nun mal zu den Sponsoren meiner Website gehört, lasse ich mich nicht lumpen.

Als ich mit meiner Schüssel bei Nell ankomme, reißt sie dramatisch die Augen auf. »Und da wäre noch etwas anderes …« Kein Problem, jeder Themenwechsel ist gut. »… nämlich Sophies Kittiwake Court Charity-Gartenparty im Siren House am Samstag.«

»Super.« Keine Ahnung, warum sie das mir gegenüber

erwähnt, aber ich bin schon wieder an meinem Tisch und mehr als bereit, die Sache jetzt etwas schneller voranzutreiben. »Bevor ich Ihnen jetzt zeige, wie man die Muffins aushöhlt, noch eine kurze Frage. Hat jeder Nells Hinweis auf die Charity-Party mitgekriegt?«

Sophie fixiert mich mit ihren hellblauen Augen. »Punkt eins für die Vorbereitungen, um zwei werden die Tore geöffnet. Wir haben dich für den Kuchenstand eingeteilt, Cressy.«

»Du willst also, dass ich mitmache?« Natürlich helfe ich gern, wenn es um Spenden für Kittiwake Court geht. Ich seufze nur, weil das ein weiterer freier Tag sein wird, an dem ich nicht an meinem Buch arbeite.

Nell lächelt strahlend in die Runde. »Also, wer Cressida Cupcake wiedersehen will, sollte am Samstag ins Siren House kommen.«

Noch immer schaut Sophie mir direkt ins Gesicht. »Keine Angst, Cressy, Kuchenstände in St. Aidan sind schneller leergekauft, als du Victoria Sandwich sagen kannst. Du bist im Handumdrehen wieder zu Hause.« Sie hebt die perfekt geschwungenen Brauen. »Aber falls du vorher etwas Zeit zum Backen erübrigen kannst – Rainbow Cupcakes sind gerade heiß begehrt. Ich bringe dir auch einige Einhorn-Hörner vorbei, die du drauftun kannst. Ein paar Dutzend davon würden uns wirklich sehr helfen. Aber vergiss nicht, vegane Varianten sind Pflicht. Wir sind hier sehr auf Inklusion bedacht.«

Und damit ist auch mein Samstagmorgen dahin, dem Erdboden gleichgemacht von Sophies sattelschlepperschwerer Überzeugungskraft. Wie vermutlich auch mein Freitagabend.

Kathleen stößt Joanie an. »Da wir gerade von Victoria Sandwichs reden, erinnerst du dich an das Rezept von Mrs. Hawksleys fettlosem Biskuitteig? Daraus konnte man die beste Himbeer-Sahne-Torte aller Zeiten machen.«

Walter hebt seinen Stock. »Zur Hölle mit Mrs. Hawksley, ich will wissen, wer heute die Schüssel auslecken darf.«

Seine Art, direkt auf den Punkt zu kommen, entlockt mir ein Grinsen. Aber wenigstens hat er uns zurück zu unserem eigentlichen Anliegen gebracht. »Da Sie als Erster gefragt haben, gebührt die Ehre Ihnen, Walter. Sobald die Schüssel leer ist, können Sie sie sich abholen.«

Wieder ist der Stock in der Luft. »Dann sorgen Sie aber auch dafür, dass genug drin bleibt, ich gehe den weiten Weg nicht umsonst!«

Das bringt mich auf eine Idee. Bei so vielen willigen Helfern sollte ich mir ein Beispiel an Sophie nehmen und ihnen was zu tun geben. »Wie gesagt, jetzt zeige ich Ihnen, wie man die Muffins aushöhlt, denn die Buttercreme muss ja irgendwohin. Wer hat Lust, zu mir an den Tisch zu kommen und dann selbstständig damit weiterzumachen?«

»Wir übernehmen das«, ruft Pam und lässt sich von Jen bereits im Rollstuhl nach vorne fahren, während Joanie sich an ihrem Gehstock aufrichtet.

Ich verteile weitere Aufgaben. »Danach kann Kathleen die Creme in die Löcher löffeln. Und anschließend schneiden Madge und Ian die Teigtaler durch und stecken sie so in die Creme, dass sie aussehen wie Schmetterlingsflügel. Und am Schluss helfe ich Roger, das Ganze mit Puderzucker zu bestäuben.«

»Spritzen Sie die Buttercreme nicht?«, ruft jemand von hinten.

Nach der explosiven Erfahrung von letzter Woche hatte ich große Bedenken, diese Meute in die Nähe eines vollen Spritzbeutels zu lassen, daher ist heute die sicherere Löffel-Methode angesagt. Ich versuche immer ehrlich zu sein, aber manchmal muss man einfach zu einer Notlüge Zuflucht nehmen. »Wir begnügen uns diesmal mit der schnelleren, unkomplizierteren Lösung, weil ich mir das Spritzen fürs nächste Mal aufgespart habe.« Verdammt, damit habe ich mich gerade selbst verpflichtet, noch mal herzukommen.

Jen strahlt mich beglückt an. »Wir wussten, dass Sie, nachdem Sie einmal angefangen haben, ein wöchentliches Event daraus machen würden.«

In diesem Moment bringt jemand Schachteln mit noch mehr Muffins aus der Küche, und bevor ich weiß, wie mir geschieht, habe ich Walter vertröstet und noch mehr Buttercreme hergestellt. Als eine halbe Stunde später der Teewagen eintrudelt, biegt sich der Tisch unter Platten voller Butterfly Buns, und die Leute beginnen, sich angeregt zu unterhalten. Ich rücke gerade die letzten Buns zurecht und denke, wie hübsch der Puderzucker auf den kleinen Teig-Flügeln aussieht, als eine Stimme vom Fenster her mich aufschauen lässt.

»Das lief doch super! Ich komme kurz rein, um noch ein paar Fotos von Walter mit seiner Rührschüssel zu schießen.«

Noch bevor ich bewusst erkenne, wer da spricht, bildet sich entlang meines Rückgrats Gänsehaut. Die Vorhänge bewegen sich, und eine Gestalt in Jeans und violettem Polohemd mit dem Logo der Tierärztlichen Klinik von St. Aidan betritt den Teppich der *Seaview Lounge*. Mir fällt die Kinnlade runter, aber ich erhole mich in beeindruckender Rekordzeit. »Ross, was zum Teufel treibt dich diesmal hierher? Eine durchgebrannte Schildkröte oder eine Rennmaus mit Herzinfarkt?« Als er näher kommt und ich sein Handy-Display sehe, stockt mir vor Entsetzen der Atem. Aber nur kurz, dann schreie ich aus vollem Halse los. »Filmst du das hier etwa?«

»Reg dich nicht auf, Egbert«, erwidert er ungerührt. »Es kommt wirklich gut rüber.«

Ich bin so wütend, dass ich buchstäblich speie. »Die meisten anständigen Menschen hätten erst um Erlaubnis gebeten«, fauche ich und setze meine Furcht einflößendste Miene auf. »Und wenn du irgendetwas von hier irgendwo im Netz postest, dann verklage ich dich bis in die Steinzeit und zurück.«

Doch statt zurückzurudern oder, Gott behüte, sich zu entschuldigen, lacht er nur. »Das ist dasselbe Gesicht wie damals, als du vierzehn warst und Charlie dich bis zur Weißglut getriezt hat.« Seine Lippen zucken. »Gut, dass ich da war, um dich zu verteidigen.«

»Wie bitte?« Es passt mir gar nicht, dass er dieses Thema jetzt anschneidet. Außerdem, wenn wir schon dabei sind – beim Triezen war er immer ganz vorne mit dabei.

»Ich weiß ja, dass du daran gewöhnt bist, diejenige zu sein, die im Rampenlicht steht, aber dieser Film hier ist für Walters Sohn in Australien, um ihm zu zeigen, wie sein Dad sich hier eingelebt hat. Aber selbstverständlich werde ich mir deine Erlaubnis einholen, bevor ich den Clip ans andere Ende der Welt sende.«

Ich könnte mich in den Hintern beißen, weil ich schon wieder in eine von Ross' Fallen getappt bin. Natürlich denke ich in Wahrheit nicht, dass sich alles immer um mich dreht, aber ich fühle mich trotzdem gemaßregelt. Und ungefähr fünf Zentimeter groß. Wieder mal.

Er räuspert sich. »Du hast das eben sehr gut gemacht, ihm das Gefühl gegeben, hier zu Hause zu sein.«

»War sonst noch was?« Ich werde nicht einlenken, denn er ist eindeutig im Unrecht, aber künftig beim Urteilen doch etwas vorsichtiger sein.

»Elise sagt, dass Pancake sich offenbar gut erholt.«

»Danke noch mal für deine Hilfe.« Ich muss daran denken, dass er und Elise vermutlich die Luft anhalten müssen, um in dem winzigen Klinikbüro aneinander vorbeizugehen. Eine Vorstellung, die mir aus irgendeinem Grund gar nicht zusagt. Zumal, wenn seine Jeans sich auf diese Art um seine Hüften schmiegt.

»Und es könnte sich lohnen, zwei, drei zusätzliche Unicorn Cakes zu backen.«

Manche Leute klingen, als ob sie die Welt regieren. »Und warum sollte ich das tun?«

»Ich ziehe Freitag bei dir ein, und Rainbow Cakes klingen nach einer guten Methode, für Kittiwake Court zu spenden. Wenn das okay für dich ist?«

Verdammt, verdammt, verdammt. »Unbedingt.« Nichts könnte weiter entfernt sein von okay. Aber es passiert nun mal. Ich kann es nicht verhindern, also muss ich damit klarkommen.

Seine Augen verdunkeln sich. »Und nur, damit du es weißt, bei Buttercreme-Rührschüsseln bin ich genauso gestrickt wie Walter.«

Wenn ich dazu fähig wäre, würde ich jetzt eine einzige Braue hochziehen. »Wie darf ich das verstehen?«

»Setz mich auf die Liste fürs Auslecken.«

All das sind grässliche Neuigkeiten, aber im Moment habe ich ganz andere Sorgen. Denn ich habe mich dem Kollaps meines Kontos um weitere vier Tage genähert und noch immer keine Möglichkeit gefunden, Geld zu verdienen.

10. Kapitel

Panikkäufe und absurde Forderungen

Im Garten von Siren House
Samstagnachmittag

»Die Bäcker und Bäckerinnen von St. Aidan wissen, wie man einen Kuchenstand bestückt. Wenn wir das alles verkauft kriegen, dürfte es für ein stattliches Stück Anbaumauer reichen.«

Es ist Samstagnachmittag, und ich unterhalte mich angeregt mit Sophies Ältester Millie, die heute meine auserkorene Helferin ist. Die ersten frühen Besucher tröpfeln so langsam zur Gartenparty ein.

Nell hat mich neulich auf dem Heimweg über die Details der Charity-Aktion aufgeklärt. Kittiwake Court war der Gemeinde als Erbschaft überlassen worden, damit die Leute aus dem Dorf, die nicht mehr allein zurechtkamen, einen gemütlichen Ort zum Leben hatten. Im Laufe der Jahre wurden immer mehr Verbesserungen an dem Gebäude vorgenommen, die Mittel dafür kamen aus den Hinterlassenschaften dankbarer verblichener Bewohner. Doch zuletzt wurde die Senioren-Residenz zum Opfer des eigenen Erfolges – und einer Reihe neuer Vorschriften.

Langer Rede kurzer Sinn, wenn der Bau nicht durch Anschaffung moderner Küchengeräte und Sanierung der Badezimmer auf aktuellen Standard gebracht wird, droht dem Altenheim die Schließung. Weil Kittiwake sich so gut um seine Senioren kümmert, dass die länger leben denn je, sind die lukrativen Erbschaften jedoch dramatisch eingebrochen. Für die Absicherung der Zukunft wird aber sofort die beträchtliche Summe von rund hunderttausend Pfund benötigt.

Etliche Fördergelder stehen bereit, außerdem läuft seit einiger Zeit eine Spendenaktion. Doch noch immer fehlt ein Betrag, der groß genug ist, um Nell einen Pfiff zu entlocken. Und da die Zeit davonläuft, versucht die jüngere Bevölkerung von St. Aidan alles, um zur Rettung der Residenz beizutragen. Nachdem ich das alles erfahren hatte, war ich gern bereit, bis tief in die Nacht hinein Cupcakes zu backen und dann um sechs Uhr früh aufzustehen, um mich fertig zu machen.

Als Diesel und ich eintrafen, waren Sophies Ehemann Nathan und Nells bessere Hälfte George gerade dabei, den riesigen Kiefernholztisch in den Garten zu schleppen. Kurz darauf bog sich das Teil unter all den Köstlichkeiten, die die Leute hier im Voraus abgegeben hatten. Und jetzt, da Diesel mit seiner Wasserschüssel sicher unter dem Tisch verstaut ist, bestaunen wir jene Art von Vielfalt, die man nur auf einem Wohltätigkeitsbasar zu sehen kriegt: Shortbread mit Distelmuster, in Zellophan verpackt und mit Tartanschleife geschmückt, eine glänzende Aprikosen-Tarte, die auch in einer französischen Patisserie etwas hermachen würde, eine Erdbeer-Sahne-Torte, die aussieht, als könnte man damit ein ganzes Rugby Team satt kriegen.

Dann sind da noch Lebkuchenmänner mit Smarties-Knöpfen und frechem Zuckerglasur-Grinsen und kleine Schoko-Cornflakes-Häufchen in hübschen Papiermanschetten, eine Gabe der Kids aus der Krabbelgruppe. Ganz zu schweigen von Schoko-Bananenbrot, Zitronenkuchen, Kirsch-Scones und ganzen Stapeln von Brownies. Und dank

Sophies Talent, jeden möglichen Aspekt abzudecken, steht hinter uns ein zweiter, leerer Tisch mit einer Rolle Klebeetiketten, wo die Leute alles, was sie nicht sofort aufessen wollen, lagern und später abholen können.

Was meinen ungebetenen Mitbewohner betrifft – Ross hat mich gestern endlich auf meinem Handy angerufen, um mir mitzuteilen, dass er vorbeikommt. Während Diesel und ich unsere Nachmittagsrunde am Strand absolvierten, tauchte im kleinen Gästezimmer eine winzige Tasche auf, und an der Küchentür steckte ein Zettel, auf dem stand: Komme morgen wieder. Und da jetzt morgen ist und wir mittlerweile zwei Uhr nachmittags haben und ich ihn noch immer nicht gesehen haben, werte ich das als Gewinn. Andererseits zerrt die ewige Warterei an meinen Nerven.

Vielleicht wäre es besser, ihn endgültig in der Wohnung zu haben und dann damit klarzukommen. Mit meinen Job-Ideen bin ich auch noch nicht weitergekommen. Die Schwester meiner Mutter, Nessie, macht in Astrologie, und ich bin momentan das, was sie als »festgefahren« bezeichnen würde. Ich habe das Gefühl, ein ordentlicher planetarischer Tritt in den Hintern, um mich voranzubringen, wäre jetzt nicht schlecht.

Millie, die gerade Papiertüten und Kuchenkartons stapelt, damit die Kunden nur noch zugreifen müssen, schaut von ihrer Arbeit auf. »Wir brauchen Berge von Geld, um das Altenheim zu retten. Und die Leute, die dort wohnen, dürfen nicht erfahren, dass es vielleicht schließen muss, damit sie sich keine Sorgen machen.« Sie zieht einen Finger über ihre Lippen, das internationale Symbol für Mund halten. »Mum sagt immer, es ist gut, dass wir hier im Dorf so verschwiegen sind.«

Da meine eigenen hochgeheimen Privatangelegenheiten sich hier im Dorf wie ein Lauffeuer ausbreiten, ist Diskretion kein Konzept, das ich persönlich mit den Einwohnern von St. Aidan assoziieren würde. Daher lasse ich meinen Blick über den weitläufigen Rasen schweifen, in der Hoffnung, auf ein Gesprächsthema zu stoßen, bei dem wir eher einen gemeinsamen Nenner finden. Das sollte nicht weiter schwierig sein, denn das ganze Anwesen ist unfassbar grandios. An einer Seite endet die Grasfläche direkt an einer Klippe, dahinter erstreckt sich das tiefblaue Meer bis zum Horizont. Und wenn ich an den Verkaufsständen und den verschnörkelten Metalltischen vorbeischaue, um die sich bereits Menschen mit Teetassen versammeln, fällt mein Blick auf ein riesiges Bauwerk mit Türmchen, dessen Zinnen sich majestätisch in den kobaltblauen Himmel recken. »Es muss schön sein, in einem Schloss zu wohnen.«

Millie verdreht die Augen. »Lass dich nicht einlullen. Alle wissen, dass Mum sich total verrannt und eine Ruine gekauft hat. Sie werden das Ding ewig renovieren, bis wir völlig pleite sind. Aber zumindest mein Zimmer ist echt cool.« Sie stößt einen tiefen Seufzer aus und grinst dann. »Ich habe mich bei den Farben an Clemmies Wohnung orientiert.«

Sie klingt eher nach einer Hundertjährigen als einer Elfjährigen. Außerdem ist sie für jemanden, der angeblich so gut Geheimnisse bewahren kann, erschreckend offenherzig. »Lass mich raten. Orange, ein leuchtendes Pink und Apfelgrün?«

Millie nickt. »Und der ganze Irrsinn ging damit los, dass Clemmie für meine Party Rainbow Cupcakes gebacken hat.« Mit ernster Miene mustert sie die Cupcake-Berge am Ende unseres Verkaufstischs. »Deine sind sogar noch hübscher. Es stimmt schon, was Mum sagt – mit deinen Kuchen und der Strahlkraft deiner Prominenz können wir jede Menge Geld scheffeln.«

Für den Moment ignoriere ich die Tatsache, dass Sophie vor ein paar Minuten ein großes Schild (»Unicorn Cupcakes von Cressida Cupcake«) neben meinem Gebäck platziert und den Preis mal eben verdoppelt hat. Ich schaue lieber zu, wie Nell Georges Piratenhose hochkrempelt. Er trägt eine Augenklappe und auf der Schulter einen künstlichen Papagei, und während er jetzt in eine Art mittelalterlichen Pranger steigt, tränkt Nell Schwämme in einem Eimer voller Wasser.

Derweil winkt Millie Plum zu, die gerade aus der Doppeltür in den Garten kommt, in einem eisblauen Seidenkleid mit einem Überrock, der aussieht wie ein paillettenbesetzter Fisch. »Ich habe auch so ein Meerjungfrauen-Outfit«, teilt Millie mir mit. »Aber ich dachte, Jeans wären praktischer, um dir mit Diesel zu helfen.« Sie mustert mich prüfend. »Schade, dass wir nicht früher dran gedacht haben, du hättest dir Mums Schwanz ausleihen können. Nell zieht ihren auch gleich an.«

»Ach, kein Problem«, versichere ich hastig. »Ich fühle mich ganz wohl so, wie ich bin. Außerdem erkennen die Leute mich leichter, wenn ich meine Schürze trage.« Keine Ausflucht, die ich üblicherweise nutze, aber ich schätze, dass ich damit diesmal sehr knapp davonkomme. Grundsätzlich bin ich ja offen für vieles, aber ein Ganzkörper-Meerjungfrauenkostüm gehört nicht dazu.

Millie grinst. »Schon gut, die Leute werden ohnehin wissen, dass du es bist, wegen deiner tollen glänzenden Haare.« Sie wirft sich mit einer Bewegung, die sehr an meine eigene erinnert, das Haar über die Schulter und schaut mich dann erwartungsvoll an. »Ich habe das die ganze Woche lang geübt. Ist es richtig so?«

Unsicher, ob ich amüsiert oder erschüttert sein soll, drehe ich mich um – und starre schockiert auf eine violette Brust mit Tierarzt-Logo. Ich gebe mir eine Sekunde, um meinen Magen wie im Hochgeschwindigkeits-Fahrstuhl abwärts sausen zu lassen, bevor ich aktiv werde. »Ross! Kunden auf die andere Seite des Tisches, bitte!« Ich sehe, dass sich am anderen Ende des Rasens eine größere Menschenmenge zusammengefunden hat. »Was immer da hinten vor sich geht, scheint sehr beliebt zu sein, vielleicht möchtest du dir das ja mal anschauen.«

Millie späht mit zusammengekniffenen Augen an mir vorbei. »Das ist Nells Single-Club, sie haben einen Speed-Dating-Tisch und eine Glücklich-verliebt-Lotterie.«

Ross deutet auf seine prall gefüllte Jeanstasche. »Da war ich schon, und glaub mir, an dieser Lotterie ist gar nichts glücklich. Ich habe ein ›Lern-deinen-Partner/deine-Partnerin-besser-kennen‹-Quiz gewonnen, das mir gar nichts nützt, da ich keine Partnerin habe.«

Er tritt einen Schritt zurück, was die Sache eher schlimmer als besser macht, denn nun habe ich kein kleines Quadrat Polo-Piqué mehr vor Augen, sondern den ganzen lächelnden Typ. Und selbstverständlich nehme ich komplett gleichgültig und auf gar keinen Fall innerlich jauchzend zur Kenntnis, dass er ungebunden ist. Dann fährt er mit einer Hand durch seine Locken und grinst dieses unergründliche Grinsen, das mich immer völlig fertiggemacht hat. »Ich bin gekommen, weil ich gesehen habe, dass Diesels Leine um das Tischbein gebunden ist. Sollte ich dabei Cressidas weltberühmtem Cupcake-Turm zu nahe getreten sein, wäre das reiner Zufall.«

Es könnte helfen, wenn ich die Augen schließe. »Dann kraul Diesel, nimmt dir ein Stück Kuchen und …« Wie formuliert man »verpiss dich« öffentlichkeitstauglich? »… geh und wirf ein paar Schwämme auf einen Piraten.« Dann mache ich die Augen wieder auf, in der sicheren Erwartung, dass er längst über alle Berge ist, aber er steht immer noch an exakt derselben Stelle.

»Der Pranger steht direkt neben dem Bierzelt. Ich habe gerade Walter und all seine Kumpels dort abgesetzt. Außerdem wollte ich was mit dir besprechen.«

Offenbar sind die Tore jetzt geöffnet worden, denn plötzlich ist der Garten voller Menschen, und vor unserem Tisch bildet sich eine lange Schlange. Ich nehme das Geld für ein Victoria Sandwich, vier Tüten Karamellbonbons und ein halbes Dutzend Unicorn Cakes entgegen und drücke Ross dann einen Cupcake in die Hand, um zu überspielen, wie mulmig mir bei der Vorstellung wird, mit ihm zu reden. »Iss das und komm wieder, wenn es hier ruhiger ist.«

In den nächsten zwei Stunden hätte Ross, selbst wenn er hier wäre, keine Chance, ein Wort oder einen Blick zu erhaschen. Ich kassiere ununterbrochen, während Millie Tüten und Kartons packt und die Kuchen auf unserem Verkaufstresen zurechtschiebt. Glücklicherweise habe ich eine brillante Methode entwickelt, die Leute von dem ganzen Cressida-Cupcake-Ding abzulenken – ich frage sie einfach nach ihrem Lieblingskuchen, und danach bleibt nur noch Zeit für ein »Ich hoffe, es schmeckt Ihnen« und das Wechselgeld, bevor der nächste Kunde dran ist. Ich bin so beschäftigt, dass ich keinen Gedanken an Ross verschwende, bis der Andrang schließlich nachlässt und ich ihn aus dem Haus und in unsere Richtung kommen sehe. Er trägt ein Tablett mit Tassen.

»Du bist immer noch hier.« Es ist eine Feststellung, keine Frage, schließlich steht er inzwischen direkt neben uns.

Millie grinst. »Er hat die ganze Zeit total hart mitgearbeitet und immer wieder Kuchen aus der Küche angeschleppt.«

»Wirklich?«

Millies Grinsen wird breiter. »Damit ich die Lücken auf dem Verkaufstisch auffüllen konnte. Er ist halt, wie Mum das nennt, von Natur aus hilfsbereit.«

»Ich mache nur, was Sophie mir sagt«, gibt Ross gleichmütig zurück. »Und jetzt, wo es ruhiger geworden ist, habe ich uns Tee geholt.«

»Siehst du.« Millie strahlt mich an. »Von Natur aus hilfsbereit. Er kann sich einfach nicht beherrschen.« Damit könnte sie recht haben.

»Na schön.« Die Tasse steht bereits vor mir, also komme ich wohl nicht mehr aus der Nummer raus, aber zumindest stehen wir, was das Ganze weniger verbindlich macht.

Ross hüstelt bedeutungsvoll und greift zu seiner eigenen Tasse. »Ich nehme an, du hast meinen Rucksack in der Wohnung gesehen? Ich habe es so lange wie möglich hinausgezögert, aber du wirst mir sicher zustimmen, dass es momentan vor allem darum geht, Charlies Stresslevel so niedrig wie möglich zu halten.«

»Gewiss.« Das Argument ist stimmig, es ist mir nur aus Prinzip verhasst, Ross in irgendwas recht zu geben.

»Wir müssen Clemmies und Charlies Wohlbefinden über unser persönliches Widerstreben stellen.« Noch immer klingt er unglaublich ernst.

»Natürlich.« Was mich betrifft, ist persönliches Widerstreben eine happige Untertreibung.

Er runzelt die Stirn und schaut mich fragend an. »Du weißt doch, warum sie in Schweden sind, oder?«

Mist. Ich muss ihm rasch in die Parade fahren, bevor er die beiden der neugierigen Öffentlichkeit zum Fraß vorwirft. »Na klar! Sie machen eine Tour zu Wallanders Lieblingsplätzen, recherchieren skandinavische Backtraditionen und besuchen umweltfreundliche Bauprojekte.« Ich werde Clemmies und Charlies vertrauliche Fruchtbarkeitsprobleme gewiss nicht auf einem Rasen voller Gartenparty-Besucher ausbreiten, daher bleibe ich bei der offiziellen Version und bin ziemlich stolz auf mich, weil ich mich noch an jedes Detail erinnere. »Denn die Schweden sind Weltmarktführer bei innovativer energiearmer Technologie.«

Millie sieht aus, als ob sie gleich explodiert. »Entschuldigung, aber das ist kompletter Blödsinn«, echauffiert sie sich. »In Wahrheit sind Clemmie und Charlie dort, weil sie sich eins dieser Babys holen wollen, die man in einem Reagenzglas macht.«

Ross hätte nicht entgeisterter wirken können, wenn das Schlosstürmchen ihm auf den Kopf gekracht wäre. »Sie haben dir von der IVF erzählt?«

Millie strahlt ihn unschuldig an. »Nicht nur mir. Alle wissen es. Wir hatten es sogar schon in der Schule. Manchmal, wenn Spermien und Ei nicht auf die normale Art zusammenkommen, muss man nachhelfen.« Sie mustert Ross kritisch. »Eigentlich dachte ich, du wüsstest das alles, schließlich bist du Tierarzt.«

Bedauernd schüttelt er den Kopf. »Mein Ding sind eher Katzen mit Blasenentzündungen. Aber danke, dass du es mir erklärt hast.«

Seine entsetzte Miene tröstet mich ein wenig darüber hinweg, dass das große Geheimnis im ganzen Dorf rum zu sein scheint. Sein Gesichtsausdruck ist so komisch, dass ich mir auf die Unterlippe beißen muss, um mein Grinsen zurückzuhalten.

Aber Millie ist noch nicht fertig mit ihrem Vortrag. »Nicht jeder braucht IVF«, doziert sie strahlend. »Ich bin zum Beispiel viel eher entstanden, als meine Mum geplant hatte. Sie ist mit mir schwanger geworden, als sie noch auf der Uni war.«

Das kam aus heiterem Himmel und trifft mich wie ein Schlag ins Zwerchfell. Geschieht mir recht, weil ich Ross auslachen wollte. Normalerweise würde ich ja vor all den Leuten warten, bis ich wieder frei durchatmen kann, bevor ich etwas sage. Doch unter Ross' wachsamem Blick muss ich mich trotz Sauerstoffmangel durchkämpfen. Von irgendwoher sauge ich genug Luft in meine Lunge, um mit fröhlicher Stimme einen sehr wichtigen Punkt hervorzuheben. »Ich bin ganz sicher, dass deine Mum unglaublich glücklich war, dass sie dich bekommen hat, Millie.«

Sie nickt zufrieden. »Ich war eine Überraschung, aber eine sehr schöne.« Nachdenklich kräuselt sie die Nase. »Eine Weile waren Mum und ich allein, dann haben wir Nate gefunden, der jetzt mein Dad ist, und dann kriegte Mum die Zwillinge und Maisie, und jetzt sind wir ganz viele.«

Ich zwinkere ihr zu. »Sogar so viele, dass ihr ein Schloss zum Wohnen braucht.«

Es versetzt mir einen Stich, diese echte, tolle, liebenswerte und dreidimensionale Person vor mir zu haben. Natürlich weiß ich, dass Kinder in allen möglichen Varianten kommen und ihre Persönlichkeiten und Begabungen sich vollkommen individuell entwickeln. Trotzdem kann ich den Gedanken nicht abschütteln, dass mein Uni-Baby, wenn es denn geboren worden wäre, jetzt ungefähr so groß wäre wie Millie.

Das Ziehen in meiner Brust wird stärker. Sie wären wohl vom Alter her so nah beieinander gewesen, dass sie dieselbe Schulklasse besucht hätten. Was natürlich eine lächerliche Vorstellung ist, schließlich wäre ich auf keinen Fall in St. Aidan hängen geblieben. Genau deshalb vermeide ich diese Was-wäre-wenn-Fantasien nach Möglichkeit. Sie neigen dazu, sowohl überwältigend als auch verstörend zu sein.

Bewusst vermeide ich es, Ross anzuschauen – bis ich es nicht mehr aushalte. Doch als ich versehentlich auf die Schatten unter seinen Wangenknochen starre, stellt sich heraus, dass er offensichtlich keinen Gedanken an das verschwendet, was Millie gerade gesagt hat. Sein Blick ist auf ein Fischerboot weit draußen in der Bucht gerichtet.

»Du musst auch mal in die Hufe kommen, Ross«, ruft Millie, und er zuckt erschrocken zusammen. »Selbst männliche Fruchtbarkeit hält nicht ewig. Du hättest unbedingt zu diesem Speed-Dating-Tisch gehen sollen.«

Offenbar hat er meinen Blick im Nacken gespürt, denn er schaut über die Schulter zu Millie. »Du redest ziemlich viel, was?« Dann lacht er, was seine Worte rückblickend mehr nach einem Witz klingen lässt und nicht so vorwurfsvoll wie zunächst. »Du erinnerst mich sehr an Cressy, als die ein bisschen älter war als du.«

Das kann ich ihm nicht durchgehen lassen. »Es ist nie eine gute Idee, die Vergangenheit aufzuwärmen, Ross. Schon gar nicht, wenn es um mich als Teenager geht.«

Ungerührt erwidert er meinen Blick. »Dann lass uns über die Zukunft reden.« Dass mein Magen bei diesem Vorschlag ein Rad schlägt, beweist einmal mehr, was für ein rücksichtsloser Kerl Ross ist. »Wenn du immer noch Arbeit suchst, kann ich dir ein paar Stunden in der Klinik anbieten. Wir haben einen ganzen Schrank voller Patientenakten, die dringend auf den Computer übertragen werden müssen. Der Job wird bezahlt, ist sehr viel reinlicher, als Kühe zu füttern, und ich kann mir keinen einzigen Grund denken, warum du dich nicht sofort darauf stürzen solltest.«

Er scheint zu glauben, dass er mir einen Gefallen erweist, was zeigt, wie verflucht wenig Ahnung er vom wirklichen Leben hat. Selbst wenn es der einzige Job auf der Welt wäre, würde ich lieber ins Meer springen, als mit Ross zusammenzuarbeiten. Auch wenn das der sichere Tod für meine geliebten pinkfarbenen Wildleder-Converse wäre. Das heißt allerdings, dass ich nur noch ungefähr zehn Sekunden habe, um mit einer besseren Alternative aufzuwarten – die auch noch realistisch klingen muss.

In diesem Moment kommen Nell und Plum in einem kollektiven Schimmer aus Türkis und Pink auf unseren Stand zu. Damit hat sich meine Gnadenfrist für eine zündende Idee um ein paar Minuten verlängert.

»Wie gefallen dir unsere Meerjungfrauenschwänze?« Plum wirbelt einmal um die eigene Achse, so schnell, dass die Muscheln in ihren Zöpfen klappernd zusammenstoßen.

»Sie sind klasse. Aber ich habe eine Idee und platze gleich, wenn ich euch nicht davon erzähle.« Es ist eher ein flüchtiger Einfall, aber ich muss es groß klingen lassen. »Es gab heute so viel Interesse an den Kuchen, dass ich beschlossen habe, ein paar Back-Abendkurse für kleine Gruppen zu geben.« Das ist verrückt, das ist völlig irre, und ich selbst bin mindestens so überrascht, diese Worte aus meinem Mund quellen zu hören, wie vermutlich alle anderen.

Wenn man bedenkt, wie eng ihre Knöchel durch den Meerjungfrauenschwanz zusammengeschnürt sind, ist Nells Luftsprung spektakulär. »Das nenne ich doch mal einen Geistesblitz, Cressy!«

Plum lacht. »Für so was gibt es definitiv Kundschaft!«

Ich denke beim Sprechen, entwickele spontan ein Konzept. »Clemmies Wohnung will ich dafür nicht benutzen, ich müsste also zu den Leuten nach Hause kommen. Wie in Kittiwake Court, nur in kleinerem Maßstab.« Mit besonderer Betonung auf klein, denn ich will mich nicht zu etwas hinreißen lassen, das ich dann nicht bewältigen kann. Andererseits möchte ich so klingen, als hätte ich alles sorgfältig durchdacht. »Morgen mache ich ein paar Aushänge in den örtlichen Läden und setze einen Post auf der Facebook-Seite des Dorfs ab, und dann schauen wir mal, wie es angenommen wird.«

»Klasse Idee.« Plum klatscht begeistert in die Hände. »Ich kann in der Galerie auch ein paar Flyer für dich auslegen.«

»Das ist im Grunde das, was Clemmie mit ihren Dessert-Abenden gemacht hat«, sagt Nell. »Nur umgekehrt. Bei ihr haben die Leute dafür bezahlt, in die Küche im Seaspray Cottage zu kommen. Und dich werden sie dafür bezahlen, dass du zu ihnen kommst.«

Je konkretere Formen das Spontan-Projekt in meinem Kopf annimmt, desto mehr kommt es mir vor wie etwas, das ich meistern könnte – und bei dem womöglich tatsächlich ein Einkommen abfällt. »Ich würde mit Getränken und meinen eigenen Zutaten kommen, und während die Gäste mir dabei zuschauen, wie ich ein paar Cupcakes oder Brownies oder was auch immer produziere, können sie Prickelwasser kippen und dazu die Cakes essen, die ich schon fertig mitgebracht habe.«

Aus schmalen Augen schaut Ross mich skeptisch an. »Das kommt mir ziemlich übers Knie gebrochen vor. Und ist sehr viel weniger verlässlich als Büroarbeit.«

Plums Lippen zucken. »Spontane Ideen sind oft die erfolgreichsten, Ross.«

Sophie eilt herbei, erpicht darauf, sich an der Ideenfindung zu beteiligen. »Und kleine Gruppen bedeutet Exklusivität, das heißt, du kannst den Preis entsprechend höher ansetzen.«

Ich grinse jetzt von einem Ohr zum anderen. »Ich spreche das natürlich mit Clemmie ab, aber ich denke, ich könnte das Ganze ›Kleine Traumküche on Tour‹ nennen.« Da sie ohnehin mit dem Gedanken gespielt hat, mich während ihrer Abwesenheit den Laden schaukeln zu lassen, wird sie bestimmt nichts dagegen haben.

»Brillante Idee!«, findet Plum. »So bleibt der Name aktiv, während sie weg ist.«

Schon erklingt eine Art Chor im Garten. »Die Kleine Traumküche geht auf Tournee? Die Kleine Traumküche geht auf Tournee!«

Ich kann gar nicht mehr aufhören zu lächeln. »Es ist ja nicht für lange, nur um mich über Wasser zu halten, während ich hier in St. Aidan festsitze.« In drei Monaten werden es die Hater hoffentlich leid sein, jedes Wort, das ich poste, mit hasserfüllten Kommentaren zu versehen, und ich kann nach London zurückkehren und vorsichtig mit meinen YouTube-Videos und dem Back-Blog weitermachen.

»Wir klären das mit Clemmie«, versichert Sophie strahlend. »Ich weiß, dass sie nichts dagegen haben wird.« Sie umfasst meinen Oberarm. »Und mach dir keine Sorgen. Wir stehen Gewehr bei Fuß, um dich zu unterstützen.«

Ich bin Clemmies Freundinnen wirklich von Herzen dankbar für ihren Enthusiasmus, hoffe aber, dass sie nicht erwarten, allzu sehr involviert zu werden. Ich bin es gewohnt, allein zu arbeiten. Tatsächlich wäre es einfacher für mich, in einen Meerjungfrauenschwanz zu schlüpfen, als die Hilfe der drei bei diesem Projekt zu akzeptieren. Und wir wissen ja alle, wie sehr ich diesen Schwanz verabscheuen würde.

Zwar versetzt der bloße Gedanke, vor fremden Menschen im Haus eines anderen zu backen, mich in Panik, aber noch schrecklicher wäre es, völlig bankrott zu sein. Und den Albtraum, mit Ross zusammenarbeiten zu müssen, könnte ich noch schwerer ertragen. Also bleibt mir nichts anderes übrig, als die Zähne zusammenzubeißen, die Sache durchzuziehen und aus einer spontanen Eingebung einen Erfolg zu machen.

Und ich hatte gedacht, mir könnte nichts Schrecklicheres mehr passieren als Ross' Einzug in Clemmies Wohnung.

Doch neben dem angstvollen Schaudern spüre ich auch einen unerklärlichen Anflug freudiger Erregung. Wenn ich mit solchen Kursen wirklich Geld verdienen kann, dann bedeutet das einen kompletten beruflichen Neuanfang. Und das ist nicht nur beängstigend, sondern auch gut.

11. Kapitel

Letzte Bestellungen und schmutziges Geschirr

In Clemmies Wohnung
Sonntagmorgen

Walter und seine Kumpels waren gestern so darauf fixiert, jedes einzelne Craftbier im Bierzelt zu probieren, dass wir schon dabei waren, die letzten Krümel vom Tisch zu wischen, als sie endlich über den Rasen zum Kuchenstand taumelten. Doch ihre Bestellung von zehn Schachteln »klebriger Schokoladen-Ziegel«, wie Walter das nannte, war zu groß, um sie abzulehnen, zumal sie im Voraus zahlten und ein gigantisches Trinkgeld obendrauf legten, das vermutlich ebenso sehr der Menge Rip Curl Brew geschuldet war, die sie intus hatten, wie ihrer Großzügigkeit.

Kurz danach zog Ross mit Walter und dessen fröhlichen Kumpanen davon. Und da ich das donnernde Rauschen von Clemmies Toilettenspülung nur dann hörte, wenn ich sie selbst betätigte, vermute ich, dass er wieder mal einen besseren Ort zum Übernachten gefunden hat. Was mir mehr als recht ist.

Trotz des Regens, der vor meinem Fenster auf den Balkon trommelte, wachte ich heute Morgen unternehmungslustig auf, angefeuert vom doppelten Adrenalinkick einer opulenten Kuchenbestellung und meiner neuen Geschäftsidee. Um sechs lief ich bereits mit Diesel durch den Garten, er in seiner Regenjacke und ich in Charlies. Ich hatte Lust, vor dem

Brownie-Backen ein Stück am Strand entlangzulaufen, aber Diesel mochte nicht mitspielen. Und da der waagerecht fallende Regen uns scheffelweise aufgewirbelten Sand ins Gesicht peitschte, konnte ich dem Hund nicht mal verübeln, dass er nur einmal kurz das Bein hob und sich dann schleunigst wieder ins Trockene verzog.

Während wir auf besseres Wetter warteten, wog ich Zucker und Butter ab, träufelte Vanille-Essenz, schrieb die zigste Version der Hausregeln für Ross auf und machte Notizen für meine Aushänge. Im Hintergrund rührte der Mixer summend Brownie-Teig. Diesel lag zusammengerollt auf dem Läufer vor der Küchentür, die ideale Position, um sowohl mich bei meiner Arbeit in der Küche im Auge zu behalten als auch Pancake, die vor dem Wohnzimmerfenster saß und versuchte, die Regentropfen zu fangen, die auf der Balkonseite der Scheibe schräg nach unten rollten, angetrieben vom Wind, der kräftig vom Meer her blies.

Ich hatte bald vier Kuchengitter voll glänzender Brownies vorzuweisen, Flyer und Hausregeln waren allerdings noch unvollendet, und die Küche duftete zwar göttlich, sah aber aus, als wäre in einer Kakaofabrik eine Bombe hochgegangen. In der Spüle stapelten sich Backformen und Rührschüsseln fast bis zur Decke. Doch der Regen hatte aufgehört, die Wolkendecke riss auf, und Diesel stieß sanft seine Nase an mein Bein, um mich wissen zu lassen, dass er nun doch für einen Spaziergang zu haben wäre. Und wie jede vielbeschäftigte Frau weiß, sind die richtigen Prioritäten der Schlüssel zum erfolgreichen Multitasking. Also beschloss ich, dass es jetzt das Effizienteste wäre, die Tür hinter dem Chaos zu schließen und zum Strand zu laufen, bevor der Himmel wieder zuzog.

Als Diesel und ich eine Stunde später in die Wohnung zurückkommen, sehen wir beide aus, als wären wir in einen

Hurrikan geraten. Er schüttelt sich ausgiebig, und ich wische mir ohne Eile die salzige Gischt aus den Augen. Erst als ich Klappern aus der Küche höre und Diesel leise bellt, dämmert mir, dass wir nicht allein sind. Der Hund wetzt so schnell los, dass der Teppich hinter ihm wegrutscht, und schießt wie eine wuschelige Kanonenkugel durchs Wohnzimmer. Ich folge ihm und erreiche die Küchentür gerade noch rechtzeitig, um einen Stapel Backbleche zu Boden gehen zu sehen, während Diesel sich auf Ross stürzt, der vom Spülbecken herumwirbelt. Er trägt gelbe Gummihandschuhe, und kleine Seifenblasen ziehen sich bis zu seinen Ellbogen hoch.

Ich warte mit meiner Begrüßung, bis die obligatorische Runde Gesichtslecken vorbei ist, und dann fällt sie deutlich weniger enthusiastisch aus als Diesels. »Vielen Dank, Ross, aber es ist wirklich nicht nötig, dass du meinen Abwasch erledigst.« Das nennt man wohl freundliche Übernahme. Er hätte sein Territorium nicht deutlicher abstecken können, wenn er einmarschiert wäre und auf dem Balkon seine Familienflagge gehisst hätte.

Und jetzt, da er hier ist, wirkt er sogar noch raumfüllender, als ich mir ausgemalt hatte. Der Geruch nach dunkler Schokolade ist bereits komplett von seinem Männer-Aroma verdrängt worden – Weichspüler, kombiniert mit einem derart köstlich duftenden Bodyspray, das man weiche Knie davon bekommt.

»Reg dich ab, Egbert, das ist keine große Sache. Wenn wenig Platz ist, finde ich es einfach praktischer, sofort aufzuräumen, das ist alles.«

Wenn er sich einbildet, dass ich ihm hier gleich am Anfang das Ruder überlasse, hat er sich geschnitten. »Aber das hier ist nicht dein Bereich, sondern meiner. Wenn wir uns die Wohnung teilen, kannst du das Wohnzimmer haben, und ich nehme die Küche und den Balkon.« Gott sei Dank habe ich dieses Arrangement so gründlich durchdacht, dass ich es bereits schriftlich niederlegen konnte.

Er hebt ein Backblech vom Boden auf, schaut mich an und zieht eine Braue hoch. »Redest du etwa über diese Liste von Hausregeln, die du auf dem Küchentisch ausgelegt hast?«

»Sie sind noch nicht ganz fertig.«

Er schüttelt lachend den Kopf. »Sie sind auch nicht wirklich praktikabel. Nicht in Boxershorts herumlaufen? Als ob sich die Frage jemals stellen würde. Ich trage keine Unterwäsche.«

Entsetzt reiße ich die Augen auf. »Bitte sag, dass du nicht …« Schlimm genug, dass ich mich noch so gut daran erinnere, wie entsetzlich unwiderstehlich er in seinen schmal geschnittenen Calvin Kleins aussah, aber für diese neue, schreckliche Wendung war ich nicht gewappnet.

»Du glaubst nicht, wie viele Wäschen das einspart.« Seine Miene ist undurchdringlich, doch als ich sichtbar erschaudere, beginnen seine Lippen zu zucken. »Ahh, Bertie, du fällst jedes Mal drauf rein, stimmt's?«

Von schlechten Scherzen lasse ich mich nicht aus dem Konzept bringen. Ich stehe da vollkommen drüber. »Du wirst sehr bald feststellen, dass dem nicht so ist.«

»Wir werden sehen.« Er verzieht das Gesicht, wird aber gleich wieder ernst. »Keine Angst, ich habe nicht vor, dich mit dem Anblick meiner Unterhosen zu verschrecken. Und vergiss den Badezimmer-Zeitplan, ich dusche in der Klinik.«

»Das ist nun wirklich nicht nötig.« Jetzt hat er mir ein schlechtes Gewissen gemacht.

»Ich kümmere mich nach der Arbeit um Walters Tiere, da ist es ratsam, sich zu waschen, bevor ich ins Auto steige«, erwidert er sachlich. »Ich verspreche, dass ich mich an öffentlich zugänglichen Orten nur voll bekleidet zeige. Und wenn du darauf bestehst, dass ich jederzeit jeden Quadratzentimeter Haut bedecke, dann füge ich mich dem gern. Vorausgesetzt, du tust dasselbe.«

»Das heißt, keine Shorts?« Und keine Röcke, deren Saum oberhalb des Knöchels endet. Oder ausgeschnittene Tops an heißen Tagen.

Er zuckt gleichmütig mit den Schultern. »Du bist diejenige, die von übermäßiger Freizügigkeit und gestörter Privatsphäre besessen ist, ich habe damit keine Probleme.«

Hastiges Umdenken ist dringend erforderlich. »Vielleicht könnten wir es ja etwas vereinfachen …«

Er nickt. »Wie wär's, wenn wir beide die gesamte Wohnung rücksichtsvoll nutzen. Und wenn einer von uns an irgendwas Anstoß nimmt, lässt er es den anderen wissen.«

»Großartig.« Ich versuche so heiter zu klingen, als wäre das Ganze von vornherein meine Idee gewesen. Hätte er das gleich am Anfang gesagt, wären mir viele Stunden quälender Grübelei erspart geblieben, aber egal. »Ich kann mir beim besten Willen nicht erklären, warum du so ein Gewese darum machst.«

Er stößt einen tiefen Seufzer aus. »Du hast wirklich keine Ahnung, wie schwer das für mich ist, was?«

Vor Empörung stoße ich meinen Igel-in-der-Falle-Schrei aus. »Schwer für *dich*? Warum zum Teufel sollte es für dich schwer sein?« Ich war schließlich diejenige, die ihr Baby verloren hat. Ich weigere mich, *unser* Baby zu sagen, nachdem er derjenige war, der sich, sobald er von der Schwangerschaft erfuhr, aus dem sprichwörtlichen Staub gemacht hat.

Er räuspert sich. »Wenn ich dich jeden Tag sehe, ist das eine ständige Erinnerung daran, wie sehr ich versagt habe, und es tut mir leid, aber ich fühle mich dann jedes Mal wie das letzte Stück Scheiße. Ich hasse es, Fehler zu machen, und das damals war wohl der schlimmste meines Lebens.«

Du lieber Himmel. Ich traue meinen Ohren nicht. Nach so langer Zeit beißt er sich wegen unserer kurzen Affäre immer noch selbst in den Hintern. Dass er alles, was damals passiert ist, auf sich und sein Ego runterbricht, ist wohl typisch Mann. Ich dachte, ich hätte diese Geschichte hinter mir gelassen, aber seine Worte treffen mich wie ein Messerstich ins Herz und öffnen die alte Wunde wieder. Doch der plötzliche, sengende Schmerz befeuert auch meinen Zorn. »Tut mir echt leid, dass ich dir so viel Kummer und Leid bereitet habe, in der Vergangenheit und auch heute«, zische ich wutentbrannt.

Er öffnete den Mund, um zu antworten, und ich zermartere mir das Hirn nach einer weiteren ätzenden Bemerkung, mit der ich ihm ins Wort fallen kann, als es an der Wohnungstür klopft und Stimmen aus dem Flur ertönen.

»Hey, mach dir keine Mühe, wir kommen einfach rein.«

Ich spähe um den Türrahmen herum und sehe Nell und Sophie samt Kinderschar auf die Küche zueilen. »Wow, da seid ihr ja alle! Schon wieder! Kommt rein! Tolles Timing! Wie schön, euch zu sehen!«

Der Überfall kommt zum denkbar schlechtesten Zeitpunkt. Aber vielleicht ist es ja besser so. Wenn uns die Unterbrechung nicht gezwungen hätte, die Pausentaste zu drücken, wäre unser Streit nur weiter eskaliert. Ich bin normalerweise nicht der Typ für laute Wortwechsel, aber ich bin immer noch so wund, so verletzt, dass ich mich wohl nicht hätte zurückhalten können. Außerdem bin ich tief schockiert über Ross' Reaktion. Ich war bisher einfach davon ausgegangen, dass die ganze Sache ihn nicht weiter tangiert hat, während er seit Jahren innerlich wütet, dass er sich überhaupt darauf eingelassen hat.

»Nicht alle«, erwidert Sophie lachend, während sich die Truppe an mir vorbeiquetscht und auf den Stühlen um den Küchentisch verteilt. »Plum hat in der Galerie zu tun.«

Nell nickt Richtung Spüle. »Und Ross ist auch da. Gut zu sehen, dass du ihn schon in die Pflicht nimmst, Cressy.«

Millie grinst mich an. »Ich wusste, dass er gern abwäscht. Man spürt so was einfach.« Als sie die Brownie-Stapel sieht, leuchten ihre Augen auf. »Sind das die für Walters Freunde? Soll ich sie einpacken? Wir haben dir ein paar Kuchenkartons mitgebracht.«

»Ja, bitte.« Ich schicke ein stummes Dankgebet an meine imaginäre gute Fee, dass keiner was von der eisigen Stimmung zwischen Ross und mir mitgekriegt hat.

Sophie nimmt Maisie auf den Schoß und greift nach meinen Flyer-Skizzen, was ich als mein Stichwort interpretiere. »Ich habe Clemmie gestern Abend von der Idee erzählt, und sie findet es großartig, dass die Kleine Traumküche in ihrer Abwesenheit etwas von der Welt sieht.«

Sophie klopft auf die Skizzen. »Die brauchst du nicht mehr, wenn du unsere Neuigkeiten gehört hast.« Sie stößt Nell an. »Nun mach schon, erzähl's ihr.«

Nell lehnt sich in ihrem pinkfarbenen Stuhl zurück und zupft ihre Steppweste zurecht. »Wir wollen dir gewiss nicht auf den Schlips treten, aber nachdem du gestern die Gartenparty verlassen hast, gab es so viele Anfragen von Mitgliedern des Single-Clubs, dass wir einfach zugreifen mussten. Wir wollten das Interesse ja nicht ungenutzt verpuffen lassen. Also …« Sie zieht ein Bündel Papiere aus ihrer Tasche. »Hier sind die ersten vier On-Tour-Abende, schon durchgebucht mit Teilnehmern, Terminen und Örtlichkeiten, zehn weitere sind bereits vorgemerkt, außerdem haben wir eine lange Liste von Leuten, die gar nicht erwarten können, bis sie dran sind.«

Wenn man diese Intervention nach den Kriterien des Sich-auf-den-Schlips-getreten-Fühlens einordnen will, dann wäre sie das Äquivalent einer kompletten Fußballmannschaft, die in Nagelschuhen nicht einfach nur auf meinem Schlips herumtrampelt, sondern mit voller Kraft darauf herumspringt. »Muss ich überhaupt noch was tun?«

Sophie überhört die Ironie. »Du wirst vollauf mit deinen Planungen und Tischvorlagen beschäftigt sein«, säuselt sie.

»Und wir brauchen deinen Input beim Prosecco und den künftigen Terminen«, wirft Nell ein. »Die häufigsten Anfragen waren übrigens für Baisers, Schokoladenkuchen, Blondies und Karamell-Shortbread.«

Sophie übernimmt wieder. »Die Gastgeber wohnen alle im Dorf, wir haben die nettesten Leute mit den besten Küchen ausgesucht, um dir den Einstieg zu erleichtern, und den Preis so hoch angesetzt, dass du gar nicht verlieren kannst. Und wir werden alle da sein, um dich moralisch zu unterstützen.«

Ich lächele in die Runde. »So gesehen, ist es eine Win-win-Situation. Da kann man nicht meckern.«

Millie nickt eifrig. »Und Ross kann auch mitkommen.«

Wie heißt es doch so schön: Wähle deine Schlachten weise. Wenn ich hier bei irgendwas meinen Kopf durchsetzen kann, dann ist es bei Ross' Teilnahme. Beziehungsweise Nicht-Teilnahme. »Ich bin sicher, dass wir auch so genug sind und Ross nicht damit belästigen müssen.«

»Aber wir dürfen ihn nicht außen vor lassen«, jammert Millie. »Er hat schon gezeigt, dass er super abwäscht, und sucht außerdem eine Frau. Und er hat, wie Mum sagt, momentan das Sozialleben einer Wasserschnecke.«

Ross stöhnt peinlich berührt auf. »Danke für die Blumen.«

Nach dieser krachenden Breitseite für ihn fühle ich mich großmütig genug, ein bisschen nachzugeben. »Na gut, er kann beim ersten Mal mitkommen. Aber danach muss er

sich eigenverantwortlich um sein Soziallеben kümmern.«
Ich weiß, dass alle hier nur helfen wollen, aber nachdem ich nun in Sachen Ross überstimmt wurde, habe ich das dringende Bedürfnis, mich zumindest etwas mehr einzubringen. Schon um mir zu beweisen, dass ich ein Mitbestimmungsrecht über mein eigenes Schicksal habe. »Wenn das okay für euch alle ist, würde ich gern den ersten Abend mit einer Auswahl Cupcakes bestreiten.«

Millie, die gerade eine Brownie-Schachtel zumacht, stößt einen Jubelschrei aus. »Du bist Cressida Cupcake, klar musst du mit Cupcakes anfangen.«

Ich liebe dieses Kind. Aber eins muss ich noch klarstellen, bevor wir loslegen. »Ich weiß allerdings nicht, ob ich es mir leisten kann, euch alle für euren unermüdlichen Einsatz zu bezahlen.«

Nell hüstelt dezent. »Wir helfen als Freundinnen. Unentgeltlich, bis dein Laden richtig brummt.«

Das ist immerhin eine Erleichterung. »Danke. Und wenn die ersten beiden Abende funktionieren, sehen wir weiter.« Hoffentlich fühle ich mich bis dahin mehr als Herrin der Lage und komme allein zurecht. Womit nur noch eine drängende Frage bleibt. »Wann fangen wir an?«

»Dienstagnachmittag bist du in Kittiwake Court, um Buttercreme zu spritzen, was der perfekte Probelauf ist.« Nell grinst ermutigend. »Was hältst du von Mittwochabend?«

Mist, Mist, Mist. Warum so bald? Aber ich muss das Projekt aus den Startlöchern bringen, außerdem macht mein Mund ohnehin, was er will. »Super«, höre ich mich sagen. »Es könnte nicht besser passen.«

Noch nie ist mein Gefühl, keine Kontrolle über mein Leben zu haben, stärker gewesen. Aber die Lage ist ernst. Und genau wie bei meinen grässlichen Klitschiger-Kuchen-

Tweets kann ich mir sagen, dass es nicht ewig währen wird. Bevor ich weiß, wie mir geschieht, ist meine Zeit hier in St. Aidan vorbei, und mein Leben wird wieder so sein wie vorher. Und selbst wenn ich mich hier unsterblich blamieren sollte, bleibt der Trost, dass ich all diesen Menschen später nie mehr begegnen muss.

Ich lächele meine Gäste strahlend an. »Fabelhaft! Möchte jemand zur Feier des Tages ein paar Brownies? Dann setze ich jetzt mal den Kessel auf und mache uns eine Kanne Tee.«

Von der Spüle her erklingt ein Räuspern. »Schon erledigt.« Ross ist gerade dabei, Tassen auf ein Tablett zu stellen, auf dem bereits eine Teekanne dampft. »Lass ihn noch ein paar Minuten ziehen, dann ist alles fertig.«

Als sechstes Kind bin ich daran gewöhnt, um alles und jedes kämpfen zu müssen. Aber damit hat er mich kalt erwischt. Ich starre ihn mit offenem Mund an.

Nell blinzelt mir zu. »Du hast dir deinen Mitbewohner gut ausgesucht, Cressy. Wahrscheinlich musst du dir nie wieder selbst ein Heißgetränk zubereiten.«

Millie sucht ebenfalls meinen Blick. »Was hab ich dir gesagt? Mum hat recht, der Typ könnte einen guten Ehemann abgeben.«

Manchmal ist Kuchen der einzige Ausweg. Ich springe auf und steuere auf Clemmies Turm nicht zusammenpassender Teller zu. »Ich serviere jetzt die Brownies, bevor Ross das auch noch übernimmt.« Und dann fällt mir noch etwas anderes ein. Klar, ich brauche das Geld, aber ich bin nicht der einzige Mensch in Not. »Das alles ist im Grunde durch Kittiwake Court zustande gekommen, und wenn ihr alle mir helft, dann ist es nur fair, wenn wir einen Teil der Einnahmen an das Altenheim weitergeben.«

Wenigstens wird es mir auf diese Weise leichter fallen, mich vor mir selbst zu rechtfertigen, dass es ja für einen guten Zweck ist, wenn ich mich demnächst Hüfte an Hüfte mit dem grauenhaften Ross vor einer wildfremden Mikrowelle herumdrücken muss. Ganz ehrlich, wenn es nur mir zugutekäme, müsste ich es glatt absagen.

12. Kapitel

Fehlstarts und grüne Schranktüren

Cressy und die Kleine Traumküche on tour im Saxifrage Cottage
Mittwochabend

»Wollen wir nicht Waffenstillstand schließen? Nur für heute Abend.«

Der Vorschlag kommt von Ross. Wir befinden uns einen Schritt vor der rosa Eingangstür des Hauses, in das wir gleich eintreten werden. Es ist mein erster Cupcake-Abend, und als unsere finsteren Blicke sich über den Kisten voller Backutensilien treffen, die wir beide schleppen, muss ich zugeben, dass der Mann Sinn für Timing hat. Zumindest hat er sich für seine Anregung den – für ihn – denkbar günstigsten Moment ausgesucht. Denn da das große Auto, das er von Charlie ausgeliehen hat, aktuell hinter uns auf der steilsten Kopfsteinpflasterstraße von ganz St. Aidan eingezwängt ist, werde ich gewiss keine Einwände erheben. Das einzig Positive ist, dass diese Armladung Küchenkram hier nach meiner Einschätzung unsere vorletzte sein müsste.

»Okay.« Es ist nur ein einziges Wort. Da ich nun weiß, welchen Groll Ross nach all den Jahren noch immer gegen mich hegt, ist das alles, was er von mir kriegt. Es ist immerhin ein deutlich intensiverer verbaler Austausch, als wir ihn in den vergangenen vier Tagen hatten. Seit Nell und Sophie und die Kids uns am Sonntag allein gelassen haben, habe ich mich nach Kräften bemüht, ihm aus dem Weg zu gehen. Ich bin extra früh aufgestanden und habe den armen Diesel so lange über den Strand gezerrt, bis ich sicher sein konnte, dass Ross bei unserer Rückkehr bereits auf dem Weg in die Klinik war.

Die meisten Vorbereitungen für das heutige Back-Event erledigte ich tagsüber, um mich anschließend mit Diesel und Pancake in mein Schlafzimmer zu verkriechen und dort den Ablaufplan zu überarbeiten, bis Ross nach Hause kam und sich in sein eigenes Zimmer zurückzog. Erst wenn ich sicher war, dass er die donnernde Toilettenspülung betätigt und sich schlafen gelegt hatte, schlich ich auf Zehenspitzen in die Küche zurück, um weiterzumachen.

Die einzige Ausnahme war gestern das Buttercreme-Festival in Kittiwake Court, wo er auftauchte und seine Handykamera auf mich richtete. Wenn er Walter dabei filmen wollte, wie der das Senioren-Programm genoss, würde ich ihn nicht daran hindern. Und selbst als er mir nahe genug kam, um aufzunehmen, wie ich verschiedene Spritztüten benutzte, um die blütenförmigen Toppings der Cupcakes zu formen, schaffte ich es, mich rechtzeitig abzuwenden, sodass er mir nicht ins Gesicht schauen musste.

Mit einer Geschichte wie der unseren werden wir nie mehr beste Freunde werden; da wird immer eine unüberbrückbare Kluft zwischen uns bleiben. Und uns zusammen in eine kleine Wohnung zu zwingen, ist genauso, als versuchte man, dieselben Pole zweier Magneten zusammenzubringen – die Nähe verstärkt nur noch die Kräfte, die uns auseinandertreiben.

Dabei bin ich eigentlich überhaupt nicht nachtragend. In meinem normalen Leben ziehe ich es vor, auch aus schwierigsten Situationen das Beste zu machen und zuversichtlich nach vorn zu blicken. Aber Ross scheint nur das Negative zu sehen, regelrecht darin zu schwelgen und noch immer den dunkelsten Kapiteln seiner Vergangenheit nachzuhängen. Herauszufinden, dass er noch immer so viel Gift und Feindseligkeit im Herzen trägt, hat mich nicht nur in Verteidigungsstellung gebracht, sondern auch meine Gefühle ihm gegenüber verändert. Vorher hatte ich einfach nur jeglichen Respekt vor ihm verloren und keine Probleme damit, so zu tun, als existiere er gar nicht. Doch jetzt wünsche ich mir heimlich, ihn plattzumachen. Was es besonders schwierig macht, ihn heute Abend dabeizuhaben.

Während ich an seinen muskulösen Unterarmen vorbei zum schräg geparkten Auto starre, muss ich anerkennen, dass er tatsächlich wie ein Möbelpacker für mich schuftet, was jedoch nicht mein Bestreben war – Sophie hat ihn dazu verdonnert. Obwohl wir schon diverse Male zwischen dem Wagen und der Küche, die meine temporäre Basis für heute Abend ist, hin- und hergelaufen sind, scheint der Kofferraum noch immer so vollgestopft zu sein wie bei einem Studenten auf dem Weg zur Uni. Verdammt, es geht nur um ein paar Cupcakes, warum zum Teufel habe ich dann den größten Teil von Clemmies Wohnungseinrichtung dabei? Plötzlich nagen die Zweifel so heftig an mir, dass ich meine Ein-Wort-Politik revidiere.

»Ich hab viel zu viel mitgenommen, stimmt's?«

»So würde ich das nicht formulieren.« Er senkt kurz den Blick und grinst dann breit. »Du wirst schnell merken, was du weglassen kannst. Beim nächsten Mal reicht dann schon ein etwas kleinerer LKW. Jetzt komm, lass uns das Zeug reinschaffen.«

Ich stöhne leise auf. »Saxifrage Cottage könnte aus allen Nähten platzen.«

»Oder schlicht und ergreifend unter der Last aller der Menschheit bekannten Kuchenschaufeln im Meer versinken.« Er drückt die Tür auf und schaut über seine Schulter. »Ich parke rasch den Wagen um, und wenn du herausgefunden hast, was du wirklich brauchst, verstecke ich den Rest in irgendeiner Abstellkammer.« Auf diese Weise kriegt der zahlende Kunde wenigstens nichts von meiner Unsicherheit mit.

Zum Glück haben die Meerjungfrauen Wort gehalten und mir eine Küche mit echtem Wow-Faktor beschert. Von vorn wirkt das Cottage eher klein, aber das Wohnzimmer führt in einen gewaltigen hinteren Anbau mit glattem Kalksteinboden, deckenhohen Fenstern und einer spektakulären Aussicht auf die Bucht.

In den vergangenen zwei Tagen, während ich hundert »Mitbring-Cupcakes« gebacken, ununterbrochen meine Performance geübt und alles getan habe, um heute Abend möglichst gut auszusehen, war ich durch meine Bemühungen, Ross aus dem Weg zu gehen, segensreich abgelenkt. Doch jetzt, da ich hier bin und das Lampenfieber langsam mein Hirn auflöst, kommt mir der Gedanke, dass ich mich eigentlich mehr hätte verrückt machen müssen.

Ich lächele der Gastgeberin und Cottage-Besitzerin Chloé zu, die sich an die Wand drückt und ebenso verschreckt aussieht wie ich. »Was für eine wundervolle Küche. Tolle Pflanzenaufhänger.« Da sämtliche Fronten in der Trendfarbe erbsengrün gehalten sind, muss die Küche wirklich brandneu sein.

»Die Aufhänger stammen von einer Frau im Dorf, die Macramé-Arbeiten produziert und über eine Facebook-Gruppe verkauft«, erwidert Chloé schüchtern.

Plum versetzt mir im Vorbeigehen einen aufmunternden Rippenstoß. »Du solltest dich hier gründlich umschauen, es ist eine echte Fundgrube.«

Chloé wedelt verlegen mit den Händen. »Ich fürchte, die

Küche ist so gut wie unbenutzt. Ich will nicht wie ein wandelndes Klischee klingen, aber normalerweise ernähre ich mich von Single-Portionen aus der Mikrowelle.«

Das entlockt Nell einen fröhlichen Gluckser. »Cressy wird sie stilvoll einweihen.« Sie schiebt mich in die Vorratskammer und zischt mir ins Ohr. »Chloé ist eine unserer schwieriger zu vermittelnden Singles, wir hoffen, dass der heutige Abend mit seinem ganz neuen Schwerpunkt Wunder für sie wirkt.«

Empört fahre ich auf. »Du nutzt mein Event, um Leute zu verkuppeln?«

Hastig legt sie einen Finger an die Lippen, um mich daran zu erinnern, gefälligst leise zu reden. »Nicht jeder ist allein so glücklich und zufrieden wie du. Und für alle Einsamen, die gern Teil eines Paars wären, ist jede soziale Interaktion eine Gelegenheit.« Okay, Clemmie hat definitiv nicht übertrieben, als sie meinte, Nell sei eine überzeugte Single-Club-Missionarin. Jetzt winkt sie mich verschwörerisch näher. »Wir glauben, Chloé könnte Gavin mögen«, flüstert sie. »Wenn du also irgendwas in der Richtung tun könntest ...«

Und ich war so naiv zu glauben, die Leute kommen, weil sie lernen wollen, wie man Cupcakes backt. Trotz meines verzweifelten Wunsches, unabhängig zu bleiben, muss ich übrigens zugeben, wie heilfroh ich bin, dass Diesel in diesem Moment sicher in Nells Wohnung aufgehoben ist und friedlich mit George fernsieht.

Da es noch so viel zu tun gibt, ist es ebenfalls eine große Erleichterung, dass Sophie diejenige ist, die sich bemüht, einer äußerst zurückhaltenden Chloé ein paar Worte zu entringen, und Nell den Prosecco im Weinkühlschrank verstaut und die Gläser hervorholt. Auch Plum bleibt nicht untätig, während ich den Mixer aufbaue und meine Schüsseln und Zutaten auspacke – sie bestückt den Tortenständer mit meinem mitgebrachten Gebäck und arrangiert Clemmies hübsche bunte Teller vor den sechs Stühlen, die bereits um die Kücheninsel herum aufgestellt worden sind.

Ross kommt herein und schleppt alles, was ich nicht brauche, in die Vorratskammer. Als er damit fertig ist, bleibt er vor der Kochstation stehen. »Du brauchst die beiden großen Backöfen. Auf welche Temperatur soll ich sie einstellen?«

»Hundertsechzig, bitte.« Das Umluft-Symbol habe ich bereits registriert.

Zwar ist Millie heute Abend nicht dabei, aber ich kann sie förmlich hinter Ross stehen sehen, wie sie mich anstrahlt und beide Daumen hochreckt, nach dem Motto »Ist er nicht ein Schatz?«. Tatsächlich ist es nicht unwahrscheinlich, dass ich in der ganzen Hektik ohne seine Erinnerung vergessen hätte, die Backöfen vorzuheizen. Die Vorstellung, wie sehr das meinen Zeitplan durcheinandergebracht hätte, jagt mir einen kalten Schauder über den Rücken, aber ich habe keine Zeit, darüber nachzudenken, denn die Schiffsglocke draußen vor der Tür meldet das Eintreffen erster Gäste.

Nell schaut auf ihre Armbanduhr und hebt vielsagend die Brauen. »Zehn Minuten zu früh. Das zeigt, wie erpicht sie darauf sind.«

Plum tänzelt auf mich zu. »Ich denke, du bist bereit.« Sie holt ein Stück Stoff hinter ihrem Rücken hervor und wedelt damit vor mir herum. »Hier, bitte sehr, deine pinkweiß gestreifte Schürze für unsere St.-Aidan-Version von Cressy.«

Mist, wie konnte ich bloß meine Schürze vergessen? Ich stülpe mir die neue über den Kopf und schiebe die Zettel mit meinen Stichworten in die Tasche. Beim nächsten Mal muss ich unbedingt daran denken, meine eigene einzupacken, genau wie an das rechtzeitige Vorheizen des Backofens. Doch als ich an mir runterschaue, sehe ich einen gestickten Schriftzug.

Plum grinst. »*Cressy Cupcake in der Kleinen Traumküche*. Wir hoffen, das ist okay für dich.«

Unwillkürlich muss ich schlucken. »Danke.« Ich drücke Plums Hand. »Sie ist perfekt.«

Plötzlich steht Sophie hinter mir, zieht den Kragen meines roten geblümten Kleides zurecht, bindet die Schürzenbänder und befreit mein Haar. »Und du bist auch perfekt, Cressy! Sei einfach du selbst, dann haust du sie alle um.«

Und dann passiert es wirklich! Die Gäste – Gavin, Tash, Harry, Fi und Josh – nehmen zusammen mit Chloé ihre Plätze an der Kücheninsel ein, ich beziehe am Kopfende Stellung, umklammere die Kante der Arbeitsfläche aus gehämmertem Metall und sage, wie schön es ist, sie alle zu sehen. Um dann sofort weiterzureden. »Ich bin Cressida Cupcake und heute mit der Kleinen Traumküche hier, um die Liebe zum Backen nach St. Aidan zu bringen.«

Als ich mich unterbreche, um nach Luft zu schnappen, erhasche ich einen Blick auf meine weiß hervortretenden Fingerknöchel. »Heute Abend zeige ich euch, wie man Cupcakes macht. Würdet ihr gern was trinken, während ihr mir zuschaut?« Allmählich klingt meine Stimme ein bisschen mehr wie meine eigene, und ich traue mich, die Tischkante loszulassen.

Nell reicht Prickelwasser herum, Plum verteilt die mitgebrachten Mini-Cupcakes zum Kosten, und ich beginne mit dem Abwiegen und Mixen, begleitet vom üblichen laufenden Kommentar. Ich weiß von meinen Events in Kittiwake Court, dass die Sache zum Selbstläufer wird, sobald die Zuschauer sich mit Scherzen und Geplänkel einbringen. Was sie diesmal allerdings nicht tun. Der erwartete Schwall von Fragen, Anmerkungen und Abschweifungen bleibt aus, stattdessen ist es hier stiller als in einer Lateinklasse. Ich schenke den Gästen ein strahlendes Lächeln.

»Wie wär's zur Auflockerung mit ein paar Anekdoten, während ich Butter und Zucker rühre! Was sind eure Lieblings-Cupcakes?«

»Lavendel«, murmelt Chloé. Und mehr kommt dann auch nicht.

Also beginne ich damit, alle mir bekannten Geschmacksrichtungen aufzuzählen. »Zitrone ... Vanille ... Schoko-Karamell ... Ich schlage jetzt die Eier auf. Es empfiehlt sich immer, die Eier auf Raumtemperatur zu bringen, bevor man sie verwendet.«

Ich blicke in die schweigende Runde und vermisse schmerzlich Pam und Madge und Joanie und ihre reizenden Freunde, die mir ungefragt von ihren Bauernhöfen oder ihren hauswirtschaftlichen Gewohnheiten oder ihrem Liebesleben damals in den Siebzigerjahren erzählen. Und ich könnte mir selbst in den Hintern beißen, weil ich auf kleinen Gruppen bestanden habe. Sicher, bei wenigen Teilnehmern sinkt das Risiko, feindselige Zwischenrufer dabeizuhaben, aber wie ich darauf gekommen bin, dass sechs stumme Zuschauer weniger qualvoll sind als ein paar laute, wissen die Götter.

»Ich rühre jetzt das Mehl ein, und zwar ganz vorsichtig und immer mit einem Metalllöffel. Hat einer von euch schon mal Malteser Cupcakes probiert? Oder Key Lime?« Wenn sie sich nicht bald beteiligen, ist die Veranstaltung in Rekordzeit vorbei, und sie verlangen ihr Geld zurück. »Entschuldigt mich bitte einen Moment.« Ich suche Nells Blick, und sie verzieht das Gesicht und folgt mir in den Wirtschaftsraum.

Wo ich ein hilfloses Stöhnen ausstoße. »Ich sterbe da draußen, Nell. Wenn das meine Kumpels wären, würde ich ein paar Shots Hochkarätiges empfehlen, damit sie ein bisschen lockerer werden.« Alkohol ist nicht immer die Lösung, aber verzweifelte Zeiten erfordern verzweifelte Maßnahmen. Hektisch beäuge ich die Regale. »Wie wär s, wenn wir uns den Gin dort ausleihen, die Pfefferminzpflanze plündern und sie mit einem Prosecco-Cocktail überfallen?«

»Gute Idee.« Nell hat schon den Gordon's in der Hand. »Überlass das mir.«

Erst jetzt nehme ich die Hintergrundmusik bewusst wahr, und als Ross wie durch Magie im Türrahmen auftaucht, drücke ich ihm mein Telefon in die Hand. »Könntest du bitte, bitte diese Bach-Präludien abstellen und stattdessen meine *Cook-Like-Crazy*-Playlist spielen?« Plötzlich bin ich Millie zutiefst dankbar, weil sie so hartnäckig darauf bestanden hat, dass er dabei ist. »Fang an mit ›Jump (For My Love)‹.«

Wenn sie danach immer noch steif wie Bretter dasitzen, habe ich zumindest mein Bestes gegeben. Ich nehme erneut meine Stichwort-Karten zur Hand, da kommt mir noch ein Gedanke. »Vielleicht können Chloé und Gavin ja nach vorn kommen und mir helfen, den neutralen Mix in die Papierförmchen zu füllen. Und während ich die Schoko- und Zitronen-Versionen des Biskuitteigs zusammenrühre, erzähle ich euch von der Zeit, als ich bei einem *Wie-werde-ich-schlank*-Magazin gearbeitet und fünfundzwanzig Kilo zugenommen habe.«

Wenigstens ich habe Spaß, wenn sonst schon keiner. Ich werfe wieder den Mixer an und hoffe, dass Nell mitkriegt, wie Chloés und Gavins Köpfe sich zweimal fast berühren, während sie sich ihrer Aufgabe widmen.

Ich hebe ein voll bestücktes Backblech hoch, zeige es herum und schwenke mein Thermometer. »Es ist immer eine gute Idee, die Backofentemperatur ein zweites Mal zu kontrollieren.« Noch schäme ich mich zu sehr, um die ganze Geschichte meines Klitschiger-Kuchen-Tags zu teilen, daher müssen sie sich mit dieser Anmerkung begnügen.

Mittlerweile bin ich entspannt genug, um darüber zu reflektieren, wie anstrengend es sein muss, eine Küche zu haben, bei der der Weg von einem Ende zum anderen in eine Wanderung ausartet. Erst als ich die erste Backofentür öffne, dämmert mir, dass etwas nicht stimmt. Statt des erwarteten Schwalls heißer Luft, begleitet vom Surren der Umluft, begrüßt mich kühle Dunkelheit. Ich springe zum zweiten Backofen, reiße die Tür auf, mit demselben Ergebnis.

Mein unbehagliches Hüsteln geht in eine Art Jaulen über. »Wie es aussieht, brauche ich das Thermometer gar nicht.« Ich schaue zu Ross. »Du hast die Backöfen doch vorhin eingeschaltet?«

»Mist.« Binnen einer Nanosekunde ist er neben mir. »Ganz sicher. Gibt's ein Problem?«

Problem ist weit untertrieben. Zu vergessen, den Backofen einzuschalten, während man vor Publikum backt, grenzt eher an eine Naturkatastrophe. »Sie scheinen, äh, nicht zu heizen.«

Chloé schürzt die Lippen. »Ich kann leider nicht helfen, ich habe die Öfen noch nie benutzt.«

Gavin zwinkert ihr zu. »Noch jemand, der sich aus der Mikrowelle ernährt? Wir sollten uns mal treffen und unsere Lieblingsgerichte vergleichen.«

Ross berührt einen Schalter, und Licht und Umluft springen an. »Verdammt, tut mir echt leid, Anfängerfehler«, sagt er. »Die Öfen waren beide im Timer-Modus, deshalb sind sie nicht angesprungen. Aber jetzt ist alles gut.«

»Nun, das sind fantastische Neuigkeiten. Ich danke unserem Technik-Experten Ross, dass er den Tag gerettet hat!« Die Schuld liegt allein bei mir, ein Profi hätte sich vergewissert, dass alles läuft. Aber ich könnte gut auf die Extra-Viertelstunde Vorheizzeit verzichten, die es zu füllen gilt.

Nell schwenkt einen Krug. »Wir wär's mit ein paar Cocktails, während wir warten? Oder einer schnellen Runde Reise nach Jerusalem?«

Chloés panische Miene ist ein deutliches »Nein« zu diesem Vorschlag.

Ross schaut mir direkt ins Gesicht. »Was ist mit dem Spiel, das du als Kind gespielt hast?«

»Lieber nicht.« Dass er ausgerechnet jetzt meine Kindheit heraufbeschwört, ist nicht besonders hilfreich.

Doch Nell macht schon wieder ihre Luftsprünge. »Glasierte Muffins essen, die am Wäschetrockner hängen! Als du in Kittiwake Court davon erzählt hast, klang das so lustig!«

»Stimmt ja!« Das könnte mir tatsächlich den Arsch retten. Ich laufe zu dem Stapel Kuchenschachteln, die ich den Gästen mit nach Hause geben wollte, und danke meinem Glücksstern, dass ich so viele vorbereitet habe. »Cupcakes mit Zuckerglasur habe ich da, wir brauchen also nur noch ein paar unterschiedlich lange Schnüre und eine Tischdecke, um den Boden zu schützen.«

Ross starrt schon prüfend zur Decke, auf der Suche nach günstigen Hängepositionen. Dann geht er zur Vorratskammer. »Deine maximalistische Pack-Strategie zahlt sich aus. Du hast beides in einer der Taschen da drin.«

Gavin hält es nicht mehr auf seinem Stuhl. »Das Kochtopfgestell wäre ideal, um die Muffins aufzuhängen.«

Zwei Minuten später steche ich Löcher in Cupcakes und mache Knoten in Schnüre. Als die Gäste sich um das Gestell drängeln, schiebt Nell sich an mir vorbei. »Sieht aus, als hätten wir die perfekte Aufwärm-Methode gefunden«, flüstert sie mir zu, bevor sie sich räuspert und an die Gruppe wendet. »Die einzige Regel lautet: keine Hände benutzen. Am besten startet ihr in Paaren, jeder von einer Seite.«

Mit einem etwas mulmigen Gefühl beäuge ich die an ihren Fäden schwingenden Küchlein. »Ist das nicht ein bisschen zu gewagt?«

Nell grinst. »Ach was, es ist vollkommen einvernehmlich. Und eine solche Chance, einander näherzukommen, dürfen wir nicht ungenutzt verstreichen lassen.«

Sophie beobachtet, wie Chloé sich ohne Zögern auf einen Cupcake stürzt. Sekunden später verteilt sie mit ihrer Nase Karamell-Buttercreme und Toffee-Tropfen auf Gavins Wange. »Das könnte das süßeste Spiel in all den Jahren deines Single-Clubs werden, Nell.«

Woraufhin Nell mir auffordernd ihren Ellbogen in die Rippen stößt. »Willst du es vielleicht mal mit Ross ausprobieren?«

Ich springe mindestens einen Meter vom Topfgestell weg. »Auf gar keinen Fall! Ich muss noch drei Sorten Buttercreme machen. Und zwar sofort.« Ich deute mit dem Kopf auf die Spüle, in der sich die Rührschüsseln stapeln. »Und da Ross angeboten hat, sich um den Abwasch zu kümmern, gibt's auch für ihn reichlich zu tun.« Und fürs Protokoll: Ich versuche mit diesem Hinweis keineswegs, ihn von Fi und Tash fernzuhalten, die beide ausgesprochen hübsch sind, sogar dann, wenn ihre Gesichter mit Schoko-Buttercreme beschmiert sind. Nein, Ross kann sich ranschmeißen, an wen er will, wenn mir gerade ein bisschen übel ist, dann liegt das ausschließlich an dem Schock, dass der Abend fast den Bach runtergegangen wäre. Und nicht etwa an der Vorstellung, dass Ross seine Zunge in ein fremdes weibliches Ohr stecken könnte.

Als ich auf die Krümel und Zuckergussbrocken starre, die auf dem Tischtuch landen, drängt sich mir das nächste Problem auf. »Wie reagiert polierter Kalkstein auf Fett?«

Plum packt meine Schultern und dreht mich um. »Überlass den Boden mir. Rühr du mal deine Buttercreme und füll deine Spritztüten, denn gleich wirst du dich vor aufgekratzten Helfern gar nicht mehr retten können.« Unter dem Topfgestell ertönt ein weiterer Triumphschrei, den Plum mit zufriedenem Lächeln quittiert. »Das wird ein grandioser Abend.«

Schon komisch, sobald die Leute sich einmal prächtig amüsieren, spielt der Rest der Veranstaltung eigentlich keine Rolle mehr. Niemanden störte es, dass mir ein paar der Schoko-Cupcakes leicht verbrannten, weil wir alle zu lange auf der Veranda standen, um den Sonnenuntergang zu bewundern. Und alle konnten sehen, wie schlecht Joshs Idee war, noch warme Küchlein mit Topping zu versehen, statt sie in Ruhe abkühlen zu lassen, als seine Buttercreme zu einer klebrigen Pfütze zusammenschmolz. Die Zeit verging wie im Flug, und noch bevor wir das Ende meiner Playlist erreicht hatten, konnten wir Chloé ihre spezielle Gastgeberinnen-Rührschüssel überreichen und die übrigen Gäste fröhlich ihres Weges schicken.

»Das sind sechs überglückliche Kunden.« Nell tätschelt zufrieden meinen Rücken.

Ich vermute, sie übertreibt ein bisschen. »Jedenfalls wollten sie alle Schürzen und Spritzbeutel haben.«

Sophie drückt meinen Arm. »Die Merchandising-Optionen sind großartig, nicht wahr?«

Plum und Sophie schleppen die letzten Kisten zum Auto.

Ross kommt mit einer vollen Abfalltüte aus dem Haus. »Und das alles machen wir in zwei Tagen wieder?«

»Wir alle?« Ich bin im Adrenalinrausch und voller Tatendrang, aber wenn die anderen nach diesem Abend ebenso erledigt sind wie ich, haben sie vielleicht keine Lust mehr, sich das Ganze noch mal anzutun. Und Ross war ohnehin nur für diesen einen Termin eingeplant.

»Na klar«, rufen Sophie, Nell und Plum wie aus einem Munde. »Für dich und für Kittiwake. Wir bleiben bei diesem Arrangement, bis dein Geschäft richtig in Gang kommt.«

Ross zuckt gleichmütig mit den Schultern. »Nächster Abend, nächste Küche. Wir sollten Charlie vielleicht fragen, ob er einen größeren Wagen hat.«

Wenn wir noch miteinander sprechen würden, könnte ich ihm sagen, dass er nicht mehr gebraucht wird. Aber ich schätze, unser Waffenstillstand ist vorbei, daher muss ich das Sophie überlassen. Sie und Plum fahren mit Ross, während ich Nell begleite, um Diesel einzusammeln und mit ihm nach Hause zu laufen.

Als Diesel und ich an Charlies Auto vorbeikommen, bleibe ich stehen, um wenigstens schon mal eine der Taschen mit in die Wohnung zu nehmen. Ich rechne damit, den ganzen morgigen Tag mit Ausladen zu verbringen, doch als ich den Kofferraum öffne, ist er bereits komplett leer geräumt, und als ich in der Wohnung ankomme, ist alles ordentlich in der Küche gestapelt.

Ja, ich erledige meine Angelegenheiten gern selbst. Aber dieses eine Mal fühlt es sich doch gut an, Hilfe zu haben. Wer weiß, wie lange meine Glückssträhne anhält. Wenn die nächsten paar Abende genauso chaotisch verlaufen wie dieser, wird sich das rumsprechen, und die Nachfrage könnte abrupt einbrechen. Aber wenigstens habe ich heute genug verdient, um mir ein paar Tage länger Kakao leisten zu können.

13. Kapitel

Prinzipien, Rückzieher und Online-Dating

Am Strand von St. Aidan
Montagnachmittag

Als das Wochenende vorbei ist, habe ich zwei weitere Cressy-Cupcake-Abende hinter mir, doch keiner davon war das, was ich als durchschlagenden Erfolg bezeichnen würde. Wechselnde Gruppen und Orte machen es unmöglich, potenzielle Fallgruben vorherzusehen, und jede Konstellation hatte ihre ganz eigenen Tücken und Desaster.

Am Freitag backte ich in einem winzigen Cottage mit einer Gruppe lebhafter Frauen, die vom Temperament her das krasse Gegenteil von Chloés stiller Truppe waren. Aber anders als in Chloés riesiger Küche gab es hier kaum Platz, ein Cocktailglas zu heben, geschweige denn eine Spritztüte. Der Abend war ausgefüllt mit hysterischem Gelächter, literweise Tequila Sunrise und Leuten, die von ihren Stühlen fielen. Niemand nahm die Handouts mit den Rezepten und Backanweisungen mit. Unter dem Gesichtspunkt des Erkenntnisgewinns hätten sie genauso gut zu Hause bleiben und Häagen-Dazs futtern können.

Die Samstaggruppe wiederum bestand aus Männern und Frauen und benahm sich entsetzlich gesetzt. Der Prosecco wurde dankend abgelehnt, stattdessen tranken sie Eiswasser mit Zitronentwist und schrieben jedes Wort mit – in Notizbücher mit ihren Initialen. Sie überschütteten mich mit

Fragen und bestanden darauf, einen Wettbewerb um die ordentlichste Spritzgarnitur der Klasse durchzuführen. Sie waren solche Spaßbremsen, dass wir das Hängende-Kuchen-Spiel bis ans Ende der Veranstaltung schoben, aber als sie dann dabei waren, gingen sie so ehrgeizig zur Sache, dass es einem vorkam wie eine Szene aus »Fight Club«.

Ich hatte ja auf Mundpropaganda gehofft, um die Nachfrage anzukurbeln, aber wenn diese Truppe von ihren Erlebnissen berichtet, dürften die Zuhörer eher die Flucht ergreifen, als sich um einen Termin zu reißen. Doch das Aufregende daran, neue Dinge auszuprobieren, liegt in den Überraschungen. Die Abende mögen vielleicht nach ein paar suboptimalen Versuchen im Sande verlaufen, aber diese ersten persönlichen Begegnungen mit meinem Publikum haben zumindest untermauert, wie sehr die Leute auf Back-Accessoires abfahren.

Daher mache ich Montagnachmittag mit Diesel einen Abstecher zum Stoffladen im Dorf, um herauszufinden, was es kosten würde, ein paar individuell gestaltete Schürzen zu produzieren. Die Besitzerin des Ladens, Helen, ist enorm um ihre Kunden bemüht und arbeitet wirklich schnell. Sobald sie Diesel ausführlich gestreichelt und mit einem Leckerli versorgt hat, zaubert sie ein paar Ballen hübscher Streifenstoffe herbei und braucht nur dreißig Sekunden, um mir zu der Entscheidung zu verhelfen, welche beiden für meinen Zweck am geeignetsten wären. Und dann gibt sie mir auch noch einen speziellen Friends-and-Family-Rabatt.

Dennoch brauche ich erst mal mehr Geld, um den Stoff zu bezahlen, was mich zu meinem nächsten Projekt bringt. Am Wochenende bin ich der St. Aidan Angebot-und-Nachfrage Facebookgruppe beigetreten. Dort kann man alles nur Erdenkliche kriegen, von freundlichen Elektrikern bis hin zu Second-Hand-Brautjungfernkleidern, und nach der Geschwindigkeit zu urteilen, mit der die angebotene Vintage-Frisierkommode wieder verschwunden war, herrscht dort jede Menge Verkehr.

Da ich gestern den ganzen Morgen lang Rezepte für mein, wie ich es nun nenne, spekulatives Buchprojekt ausprobiert habe, quillt Clemmies Küche gerade vor Blechkuchen über. Bevor ich vorhin aufgebrochen bin, habe ich deshalb noch rasch meine Preisvorstellungen mit Sophie durchgesprochen und dann ein Foto mit einem kurzen Text in der Gruppe gepostet, um diverse Gebäck-Kartons aus dem Seaspray Cottage zum Verkauf anzubieten.

Als ich jetzt mit Diesel nach unserem Abstecher ins Dorf am Strand entlang spaziere, klopfe ich erwartungsvoll auf die Jackentasche, in der mein Handy steckt. »Das muss einfach besser laufen als ein Kuchenstand im Garten, Diesel. Wir brauchen jetzt nur noch darauf zu warten, dass die Facebook-Anfragen eintrudeln.«

Ich werfe Kieselsteine ins flache Wasser, denen Diesel begeistert spritzend nachjagt, warte aber hauptsächlich auf das Mail-ankündigende Vibrieren des Handys an meinen Rippen.

Nachdem wir den ganzen Weg bis Comet Cove und zurück gegangen sind, ohne dass das Telefon auch nur einen Piep von sich gegeben hat, kann ich nicht anders, als meine Enttäuschung zu teilen. »Die Leute in St. Aidan mögen offensichtlich Kuchen doch nicht so gern, wie wir dachten, Diesel.«

Während wir die Stufen zur Wohnung erklimmen, schwindet meine Hoffnung immer mehr. Als ich dann auch noch durchs Fenster auf dem Treppenabsatz sehe, wie Ross sich dem Haus nähert, rutscht mir das Herz endgültig auf Höhe meiner Wildleder-Converse. »Verdammt, jetzt müssen wir uns etwas Proviant fürs Abendessen schnappen und ins Schlafzimmer flüchten.«

Wir schaffen es gerade so. Diesel ist noch dabei, sich auf dem Lehnsessel neben dem Bett zusammenzurollen, als wir hören, wie Ross hereinkommt und den Kessel aufsetzt. Dann hole ich endlich mein Telefon aus der Tasche, und das schwarze Display ist eine adäquate Zusammenfassung meines Nachmittags. »Jetzt ist auch noch der Akku leer.« Zum Glück habe ich ein Ladegerät griffbereit.

Ich öffne eine Dose Pepsi Max und will gerade die Pom-Bär-Tüte aufreißen, als mein Telefon auf dem Nachttisch brummt. Und dann noch einmal brummt. Und noch mal. Bis ich Facebook Messenger geöffnet habe, liegen schon elf Nachrichten vor, alle drehen sich um die Gebäckschachteln, und noch während ich meine Antworten tippe, treffen weitere ein. Ich arbeite mich systematisch durch, als ein Mensch namens Dave Rave kurzerhand das Geld für zwei Schachteln auf mein PayPal-Konto schickt, mit dem Hinweis, dass er in fünf Minuten vorbeikommt, um die Kuchen abzuholen.

Als ich in die Küche sause, sehe ich, dass Ross in einem der Sessel neben der Balkontür sitzt, einen Handdruckball zwischen den Fingern und seinen Laptop vor sich. Ich schnappe mir zwei Schachteln, fülle sie rasch mit einer Auswahl von Blondies und flitze damit durchs Wohnzimmer zur Treppe. »Tut mir leid, dass ich störe«, rufe ich Ross im Vorbeilaufen zu. »Ich muss mal schnell in den Garten.«

Ich öffne die Haustür im selben Moment, in dem Dave Rave sich zu klingeln anschickt, drücke ihm die Kartons mit einem hastigen »Guten Appetit« in die Hand und renne schneller die zahllosen Stufen wieder hoch, als man sagen kann »Cressy Cupcake hat einen Lauf«.

Dann bereite ich ein paar weitere Kartons vor, tippe ein paar weitere Antworten, und schon wieder ist jemand auf dem Weg.

Also hole ich tief Luft und schlendere an Ross vorbei. »Ich schon wieder, bin gleich zurück.«

Diesmal schaut er kaum von seinem Monitor auf. Irgendwann kommt Diesel aus dem verwaisten Schlafzimmer, um sich auf den Läufer neben der Küchentür zu legen, und um halb zehn war ich siebenmal unten, habe fünfzehn Kartons verkauft und den Großteil meiner Blechkuchen. Was immer Ross sich gerade anschaut, muss enorm spannend sein, denn abgesehen von dem ein oder anderen Grunzer oder einer vagen Handbewegung hat er keinerlei Reaktion gezeigt. Ich stehe gerade neben der grünen Kommode, versenke meine Zähne in das letzte Jammie Dodger Blondie und denke, das ist dermaßen lecker, das muss mit ins Buch, als Ross' Stimme aus dem Wohnzimmer dringt.

»Cressy, hast du einen Moment?«

Ich schiebe mir die letzten Krumen in den Mund und hoffe, dass er mir nicht auf die Schliche gekommen ist. Ich habe zwar überhaupt nichts dagegen, Cupcakes zu verkaufen, dennoch wäre es mir lieber, er wüsste nicht, dass ich es an der Haustür tue. Ich fühle mich einfach nur sehr verwundbar, wenn ein paar Kuchenkartons den Unterschied zwischen Geld haben und nicht haben ausmachen. Vor allem, wenn ich daran denke, dass ich vor gar nicht langer Zeit dreihundert-Pfund-Kleider geschickt bekam und man mir sogar noch mehr dafür bezahlte, dass ich sie auf den Back-Fotos für meine Instagram-Beiträge trug. Ich bin nicht übertrieben stolz, würde von Ross aber trotzdem gern als die erfolgreiche Person gesehen werden, die ich mal war, und nicht als das temporäre Katastrophengebiet, das ich derzeit darstelle.

Nachdem ich die letzten Blondie-Reste runtergeschluckt habe, stecke ich den Kopf durch den Türrahmen und bemühe mich um einen geschäftsmäßigen Ton. »Was kann ich für dich tun?«

Ross dreht den Laptop in meine Richtung. »Charlie ist auf FaceTime und möchte mit uns beiden sprechen.«

Im Vorbeigehen kitzele ich Diesel hinterm Ohr. »Zeit für einen Schwatz mit deinem Dad.« Doch als ich Ross' Stirnrunzeln und halbes Kopfschütteln sehe, lasse ich den Hund, wo er ist. Ich kauere mich auf eine Stuhlkante und bereue sofort, dass ich Ross jetzt so nahe bin, dass wir praktisch dieselbe Luft atmen.

Die Art, wie Charlie sich durchs Haar fährt, während er darauf wartet, dass ich auf seinem Monitor auftauche, ist ebenfalls kein gutes Zeichen. Hinter seinem Kopf erkenne ich eine holzverschalte Ecke des Schwedenhauses, durch das sie mir gestern noch eine FaceTime-Tour gegeben haben, und das vom Wind gekräuselte Wasser. Dann kommt er richtig in Sichtweite und stützt das Kinn auf eine Faust. »Nur, um euch beide auf den neuesten Stand zu bringen – Clemmies IVF hat nicht funktioniert, und wir werden diesmal kein Baby haben.«

Er klingt so niedergeschmettert, dass ich förmlich in mich zusammensinke. »Das tut mir so leid, Charlie.« Ich würde ihn jetzt schrecklich gern in den Arm nehmen. Ich hatte bereits zuversichtlich die Tage gezählt, da ich ja wusste, dass ein Schwangerschaftstest anstand. Doch nun, nach seiner traurigen Nachricht, wird mir klar, dass ich einfach als selbstverständlich vorausgesetzt hatte, dass es definitiv klappen würde. Schließlich konsultierten sie eine der renommiertesten Kliniken auf der Welt, mit einem Chefarzt, den sie persönlich kannten, der besten Behandlung, und sie waren extra so lange in der Nähe geblieben. Wenn ich schon völlig geplättet bin vor Enttäuschung, wie grässlich muss es nach all den Kosten und Mühen und Hoffnungen, die sie hineingesteckt hatten, jetzt Clemmie und Charlie gehen?

Ross holt ebenfalls tief Luft und bläst dann die Wange auf.

»Ich bin am Boden zerstört für euch beide. Aber ihr habt doch die Chance, es noch einmal zu versuchen, oder?«

Charlie seufzt. »Ja, schon. Aber das heißt, noch mal sechs Wochen, bevor wir das Ergebnis kennen. Ich wollte bloß checken, ob ihr beide okay seid mit der Verlängerung?«

»Selbstverständlich. Wir sind dabei, solange ihr uns braucht.« Sein Ellbogen bohrt sich in meine Rippen. »Stimmt's, Cressy?«

»Na klar.« Nichts, was ich sage, kann Charlie in diesem Moment wirklich helfen, aber ich muss es wenigstens versuchen. »Gib Clemmie meine Liebe, und sei auch gut zu dir selbst. Wenn ich irgendwas tun kann, du weißt, wo ich bin.«

»Danke. Ich sollte jetzt wohl mal die Eltern anrufen.«

Er seufzt so tief, dass ich nicht anders kann, als mich in den Ring zu werfen. »Soll ich das machen?«

Er schüttelt den Kopf. »Nett von dir, aber das muss schon von mir kommen. Umarme Diesel für uns, wir hören uns bald wieder.« Er winkt kurz, und dann ist der Bildschirm leer.

Ich starre über den Balkon hinweg aufs Wasser und fixiere die unsichtbare Linie, wo das Meer den Himmel trifft. »Wenn ich bedenke, dass ich mir Gedanken um Blechkuchen gemacht habe, und die ganze Zeit lagen ihre Hoffnungen und Träume in Scherben.« Ich rede mehr zu mir selbst als zu Ross.

Er rutscht auf seinem Stuhl hin und her. »Es ist nicht das Ende, sie haben noch immer ein paar Embryos.«

Vor lauter Frust balle ich die Fäuste so fest, dass sich meine Nägel in meine Haut bohren. »Es ist einfach nicht fair, nach allem, was Charlie schon durchgemacht hat.«

»Es ist eine Ironie des Schicksals, dass es bei uns so einfach geklappt hat und für sie so schwer ist.« Die Worte sind so bedeutungsschwer, dass ich zusammenzucke.

Ich lasse mich in meinen Sessel zurückfallen und versuche mir eine Erwiderung abzuringen, was nicht einfach ist, da ich mir einst geschworen habe, nie wieder darüber zu sprechen. Schon gar nicht mit ihm. »So toll waren wir darin nun auch wieder nicht.« Ich seufze, weil mir Charlie und Clemmie so leidtun, aber auch, weil ich entsetzt darüber bin, dass Ross den Fokus auf uns gedreht hat. »Allerdings hast du insofern recht, als sie nicht wissen, wie es sich anfühlt, einen positiven Schwangerschaftstest zu haben.« Das wird das Gespräch hoffentlich wieder direkt zu Clemmie, Charlie und ihren Kampf zurückführen.

Jetzt stößt auch Ross einen Seufzer aus. »Weißt du, was nach all den Jahren das Merkwürdigste für mich ist?«

»Nun?« Ich verspüre zwar nicht den geringsten Wunsch, etwas über seine diesbezüglichen Gefühle zu erfahren, nehme aber stark an, dass er es mir trotzdem erzählen wird.

Er mustert mich aus schmalen Augen. »Ich verstehe einfach nicht, dass das, was uns damals passiert ist, dich offenbar nicht im Geringsten berührt hat.«

Mir klappt buchstäblich die Kinnlade runter. Ich könnte ihn jetzt fragen, wie zum Teufel er dazu kommt, sich einzubilden, er könne in meinen Kopf schauen, aber wenn er schon redet wie ein Arschloch, muss ich das ja nicht auch noch tun. »Wärst du so freundlich, das näher auszuführen?«

Er öffnet und schließt seine Fäuste, starrt eine Weile schweigend darauf. Dann hebt er den Kopf und schaut mir ins Gesicht. »Du hast es deiner Familie nicht erzählt. Es gab nicht mal eine Pause in deinem Leben. Du hast dich sofort wieder auf dein Examen und deine Karriereplanung konzentriert, als wäre nichts gewesen.«

Ich will verdammt sein, wenn ich mich vor ihm rechtfertige. Und falls mein Inneres sich unter dem Blick seiner dunkelbraunen Augen gerade vollkommen aufgelöst haben sollte, dann war das ein einmaliges Vorkommnis. Ich schwöre, dass ich beim nächsten Mal für diesen schmelzenden Direkt-ins-Herz-Blick gewappnet bin. »Jeder geht auf seine Weise mit solchen Dingen um. Ich habe einfach akzeptiert, dass es ein Fehler war, und mit meinem Leben weitergemacht.«

Er reibt mit einem Daumen über seine Bartstoppel. »Was immer einem durch so was durchhilft, schätze ich. Und gut für dich, dass du taff genug gewesen bist, so zu reagieren. Für mich hingegen ist kein Tag vergangen, ohne dass ich darüber nachdachte, mein ganzes Leben wurde davon geprägt, alles, wirklich alles, was ich seither getan habe.«

Diese Aussage ist ein ziemlich starkes Stück, wenn man bedenkt, dass er bislang noch keinerlei Regung gezeigt hat, die sich auf das bezieht, was damals passierte. Aber zumindest erklärt es, warum er so verbittert ist.

Für mich wäre es jedoch ein Ding der Unmöglichkeit gewesen, etwas, das mir so schrecklich wehgetan hat, in die Länge zu ziehen. Alles, was ich tun konnte, sobald Schock und Benommenheit sich in Schmerz verwandelten, war, diesen Schmerz zu verdrängen, an irgendeine entlegene Stelle meines Gehirns, wo ich ihm nie wieder begegnen musste, und mich auf die Zukunft zu stürzen. Und es hat auch weitestgehend für mich funktioniert. Oder vielmehr, es hatte funktioniert. Bis jetzt.

Ross ist der Letzte, dem gegenüber ich das zugeben würde, aber irgendeine Antwort erwartet er von mir. »Ich habe daraus gelernt. Vor allem, meine Ziele hochzustecken.« Nutze jede Gelegenheit und verlass dich auf keinen außer dir selbst. Ich beiße die Zähne so fest zusammen, dass meine Kiefermuskeln sich verkrampfen. »Ich werde mich nicht dafür entschuldigen, dass ich mein Leben danach zum Erfolg geführt habe.«

Er schüttelt den Kopf. »Ich kann nur sagen, gut gemacht, für alles, was du erreicht hast, Cressy. Aber das ist auch etwas, das ich nur schwer in meinen Kopf kriege. Deine Medienpersönlichkeit und dein Glamour sind Welten entfernt von der Person, die du mal warst.«

»Was?« Ich öffne und schließe meinen Mund, bringe aber kein weiteres Wort heraus.

Er holt tief Luft. »Ich habe dich immer als Menschen mit einem großen Herzen erlebt. Doch heute bist du so auf dich selbst konzentriert, dass es den Eindruck erweckt, nichts anderes zählt mehr für dich.«

Ich schlucke meinen Protestschrei herunter und bemühe mich um einen ausgeglichenen Tonfall. »Das ist ein ziemlich vernichtendes Urteil.« Es bringt nichts, mich gegen eine solche Attacke zu verteidigen. Er hat jedes Recht zu denken, was er will. Ich muss es nicht für bare Münze nehmen und mich schon gar nicht davon runterziehen lassen.

Ross schnaubt abfällig. »Nimm zum Beispiel heute Abend. Du rennst zigmal wegen irgendwelcher Tinder-Dates die Treppe rauf und runter, statt deine Familie zu unterstützen.«

»Wie kommst du auf Tinder?« Vielleicht ist es besser, wenn er das glaubt, als die Wahrheit zu kennen. »Und was hat meine Familie damit zu tun?«

»Ständige Messages und Männer, die kommen und gehen, könnten ein Hinweis gewesen sein.« Er verzieht das Gesicht und tut so verdammt selbstgefällig und allwissend. »Keiner schert sich einen feuchten Kehricht um die Details, Cressy. Was zählt, ist, dass Charlie dir vor einiger Zeit eine Nachricht geschickt hat, weil er reden wollte, aber du warst zu beschäftigt, um ihm zu antworten.«

Mit weit aufgerissenen Augen starre ich ihn an. »Das kann doch nicht stimmen, oder? Warum hast du nichts gesagt?«

Hastig greife ich nach meinem Handy und scrolle ängstlich durch die Messages. Mein Magen fühlt sich an, als würde er von einer Stahlhand zusammengequetscht. Tatsächlich, weit unten in der Liste, gleich hinter Dave Rave steht Charlies Name fett hervorgehoben, eine ungeöffnete Nachricht anzeigend. Ich klicke drauf, und da ist sie.

Scheißtag hier, Egbert, ich könnte ein paar freundliche Worte gebrauchen, falls du Zeit hast x

»Oh, verdammt, wie konnte ich das bloß übersehen?« Ich schlucke schwer. Charlie hatte das Bedürfnis, mir zu erzählen, dass es mit dem Baby wieder nicht geklappt hat, und ich habe es ignoriert. Ross mochte ein bornierter Besserwisser sein und bei allem anderen total falschliegen, aber in dem Fall hatte er recht. »Ich hätte für Charlie da sein müssen. Ich habe ihn schändlich im Stich gelassen.«

Ross klappt den Laptop zu. »Ihr habt ja jetzt geredet. Das ist das Wichtigste.« Er steht auf und nimmt seine Kaffeetasse vom Seitentisch. »Ich gehe noch mal mit Diesel an den Strand, bevor die Flut reinkommt. Wenn das okay für dich ist?«

»Klar, das wird ihm Spaß machen.« Es freut mich, dass er erst bei mir nachfragt. Außerdem bin ich erleichtert, dass er mir mein Versagen nicht weiter unter die Nase reibt, denn ich fühle mich auch so schon wie der letzte Dreck. Gleichzeitig überschlagen sich meine Gedanken. Nach allem, was Ross mir heute Abend vor den Latz geknallt hat, sollte ich seine Hilfe künftig wirklich nicht mehr in Anspruch nehmen. »Und danke für alles, was du für die Kleine Traumküche getan hast, aber ich kriege das künftig ohne dich hin.«

Er runzelt die Stirn. »Nell hat gesagt, wir alle sind Team Cupcake und dass meine Witze über Bulldoggen das Eis bei diesen grauenhaft seriösen Bankern gebrochen hat. Und weißt du überhaupt, wie viele dieser Taschen ich schleppe?«

Ich atme einmal tief durch. »Ich weiß wirklich zu schätzen, was du getan hast, aber wir können die Vergangenheit nicht ändern. Und wenn du nicht mehr dabei bist, musst du dich wenigstens nicht mehr ständig damit konfrontieren.« Es ist unmoralisch, seine Hilfe anzunehmen, wenn er mich dermaßen verabscheut. Klar, die Leute lieben seine Hundescherze, aber ich muss stark bleiben.

Er macht schmale Augen. »Ich weiß nicht, was Sophie dazu sagen wird.«

Ein paar Sekunden lang starre ich an ihm vorbei in die Wolken, die sich langsam dunkelviolett färben. »Ich sorge schon dafür, dass sie das versteht.«

Auf diese Weise kann ich meinen Prinzipien viel treuer bleiben. Wenn ich aus dem Gespräch mit Ross etwas mitnehme, dann die Bestätigung, wie wichtig es ist, mich allein auf mich zu verlassen und auf niemanden sonst. Hätte ich mich von Anfang an konsequenter darangehalten und wäre mehr auf Distanz zu Ross gegangen, dann hätte ich den Ärger heute Abend vermeiden können.

Vor der Küche bleibt er stehen und lehnt sich an den Türrahmen. »Ich bin nicht sicher, wie Charlie es findet, dass du diese Dating-App benutzt. Sich ohne Backup mit Fremden zu treffen, ist nicht gut.«

Ich bin zwar nicht bei Tinder, habe aber das Gefühl, dass er mit seiner Anmerkung schon wieder eine Grenze überschreitet. »Ist es Charlie, der das missbilligt, oder bist du es?«

»Ich finde nur, du kannst was Besseres haben als die Typen, die sich da rumtreiben.«

»Wir schreiben das einundzwanzigste Jahrhundert, Ross, höchste Zeit, dass du da ankommst!« Unwillkürlich kralle ich die Finger um die Gebäck-Notizen in meiner Tasche. Ich habe keine Lust, dieses lukrative Geschäft aufzugeben. Ross ist auf dem total falschen Dampfer, aber da dieser Tinder-Unsinn die perfekte Tarnung für den Kuchenverkauf ist, werde ich bis auf Weiteres mitspielen. »Du kannst ganz beruhigt sein, ich werde nichts tun, mit dem Charlie nicht einverstanden wäre, okay?«

»Ich nehme an, damit muss ich mich zufriedengeben.« Ross späht in die Küche. »Habe ich hier vorhin nicht Kuchen gesehen?«

»Was für Kuchen?«

Wieder runzelt er die Stirn. »Diese Jammie Dodger Schnitten. Davon waren sogar ziemlich viele da.«

»Tut mir leid, die waren vorbestellt. Und den Rest hab ich gegessen.«

Er wirkt tatsächlich enttäuscht. Und das nach allem, was er mir an den Kopf geworfen hat. Bei manchen Leuten ist die Lust auf Süßes eben stärker als ihre Ideale. Was gut zu wissen ist, wenn man mit einem so verbitterten Feind wie Ross Bradbury eingepfercht ist.

14. Kapitel

Trockene Münder und Fehlurteile

In Clemmies Wohnung
eine Woche später, sehr früher Montagmorgen

Ohne Ross' Hilfe bei den nächsten drei Back-Events schmerzen meine Schultern dieser Tage manchmal so sehr vom ewigen Kistenschleppen durch St. Aidan, dass ich mir eher wie eine Lieferantin vorkomme als wie eine Bäckerin. Zwar bin ich immer noch weit entfernt von einer Gym-Queen, aber man kann mit Fug und Recht sagen, dass ich an Stellen straffer werde, von denen ich nicht mal ahnte, dass dort Muskeln sind. Nell gab sich redlich Mühe, die Lücke zu füllen, die Ross hinterließ, und holte einen ehrenamtlichen Pflegehelfer aus dem Altenheim an Bord, um beim Tragen, Geplänkel und Abwasch einzuspringen, doch als Anfänger brauchte er verständlicherweise mehr Anleitung als Ross.

Nachdem ich das Kraftpaket des Teams gefeuert hatte, schien es mir sinnvoll, den Arbeitsaufwand an meinem Ende etwas zu reduzieren. Also sprach ich bei den Handwerkern vor, die sich im Erdgeschoss um Clemmies Veranstaltungsort kümmern, und kann nun über einen kleinen ebenerdigen Abstellraum verfügen, was es mir zumindest erspart, wann immer ein Event ansteht, jedes einzelne Teil die Treppe runter- und wieder raufzutragen.

Und falls das klingt, als ob ich bereue, auf Ross' Unterstützung verzichtet zu haben, muss ich einräumen, dass es eine emotionale Anwandlung war, die ich nicht richtig auf ihre praktischen Folgen hin durchdacht hatte. Die Tatsache, dass er nicht mehr dabei war, machte mir zumindest eines sonnenklar: Wenn ich versuchen würde, diese Sache komplett allein durchzuziehen, hätte ich ein Riesenproblem. Ich muss verrückt gewesen sein, jemals zu glauben, dass das funktionieren könnte. So gesehen hat sein Abgang nur umso mehr untermauert, wie glücklich ich mich schätzen kann, dass ich Sophie, Plum und Nell habe, die mir so bereitwillig unter die Arme greifen.

Alle drei führen selbst geschäftige Leben, aber wir haben noch mal darüber geredet, und da die Kleine Traumküche höchstens ein paar Wochen lang touren wird, werden sie weiter mit anpacken, wo immer Bedarf besteht, und die Aufgaben unter sich aufteilen. Als Gegenleistung für ihren Einsatz leiste ich eine Spende für Kittiwake. Außerdem spende ich einen Teil des Verkaufserlöses meiner Kuchenkartons, sollte das Interesse daran unvermindert anhalten, was bedeutet: mehr Geld für mich und Kittiwake.

Ross habe ich seit dem Abend, an dem Charlie uns seine traurige Nachricht verkündete, übrigens kaum gesehen. Jetzt komme ich gerade mit Diesel von seinem Kurz-vor-Mitternacht-Auslauf zurück. Zuvor war ich damit beschäftigt gewesen, die Sachen vom zweiten Back-Event des Wochenendes auszuladen. Es ist noch ungewöhnlich warm für die späte Stunde. Als wir über den Parkplatz am Hafen laufen, werfe ich einen prüfenden Blick auf die Autos.

»Immer noch nichts von Ross' Rostlaube zu sehen, Diesel.« Ich ziehe meine Strickjacke enger um mich und beobachte, wie das Mondlicht auf den Wellen tanzt, die an den Strand rollen. Unvermittelt fällt mir die geöffnete Proseccoflasche ein, die ich nach meinem letzten Treppenaufstieg im Kühlschrank verstaut habe. »Vielleicht gönne ich mir als Belohnung ein Glas Prickelwasser auf dem Balkon unter den Sternen.« Von dort aus würde ich Ross schon von Weitem kommen sehen und könnte wie üblich rechtzeitig in meinem Zimmer verschwinden.

Der Prosecco ist nicht nur eine Belohnung. Er soll mich auch über etwas weniger Gutes hinwegtrösten, das ich bislang in all dem Back-Event-Stress noch gar nicht richtig an mich herangelassen habe.

Einer meiner größten Werbepartner hat mir nach längerem Hin und Her am späten Freitagabend endgültig mitgeteilt, dass er sich aufgrund der »negativen Publicity« vorerst – was vermutlich heißt für immer – von meinen Social-Media-Plattformen zurückziehen wird. Klar, wir haben einen Vertrag, aber deren Ausstiegsklauseln sind wasserdicht. Und wenn man bedenkt, wie lange ich gebaggert habe, bis es endlich mit der Kooperation geklappt hat, müsste ich eigentlich ob des Verlusts am Boden zerstört sein. Doch irgendwie scheint mir das Ganze erstaunlich weit weg zu sein, als ob es jemand anderem passiert, nicht mir. Was vermutlich daran liegt, dass ich nicht in London bin und alle Hände voll mit der Kleinen Traumküche zu tun habe.

Das Wundervolle an Hunden ist, dass sie einem meist zustimmen. Und nach Diesels Schwanzwedeln zu urteilen, hält er Alkohol auf dem Balkon für eine Superidee. Allerdings hat Schaumwein den großen Nachteil, dass man ihn wegtrinken kann wie Limonade, vor allem, wenn man total erschöpft ist. Nach vier großen Gläsern wird mir klar, dass auf Sturz gekippter Prosecco weder mich noch meine Zukunft wiederbeleben wird, und ich beschließe, ins Bett zu gehen. Als ich das Licht ausmache und mein Kopf auf dem Berg Daunenkissen liegt, dreht sich der Raum um mich wie damals, als ich ein beschwipster Teenager war.

Als ich vier Stunden später aufwache, dringt die Morgendämmerung durch die Musselin-Gardinen, in meinem Kopf hämmert es, meine Kehle fühlt sich an, als wäre sie aus Sandpapier, und in meinem Gehirn ist nur Platz für einen Gedanken: eiskaltes Sprudelwasser.

Ohne die Augen zu öffnen, drehe ich den Türknauf und taumele in den halbdunklen Flur. Auf dem Weg zur Küche torkele ich direkt in etwas Warmes und Hartes.

»Cressy! Was zum Teufel …?«

Verdammt. Ich spüre, wie Ross' kräftige Finger sich um meine Schultern schließen, und atme einen Mix aus heißer Haut und einem vertrauten Bodyspray ein, das aus der Nähe noch betörender duftet als aus ein paar Metern Entfernung. Meine Wange ist gegen seine nackte Brust gepresst, und mein Knie hat sich irgendwie mit muskulösen Beinen und weichem Denim-Stoff verheddert.

»Es ist halb vier Uhr morgens, Ross.« Ich versuche, etwas weniger zu klingen wie Alexa, die ihm die Zeit ansagt.

Noch immer hält er mich fest. »Ich komme gerade von einem Noteinsatz. Elise hatte Probleme mit einer Darmtorsion bei einem Dobermann. Ich bin in die Klinik gefahren, um ihr zu helfen.«

Ich habe nicht den Hauch einer Ahnung, wovon er redet, aber trotzdem plötzlich das Bild vor Augen, wie er und Elise sich zusammen über den OP-Tisch beugen und seine zerzausten Locken ihren glatten dunklen Bob streifen. Was natürlich total lächerlich ist, weil die beiden beim Operieren garantiert Schutzhauben tragen. Außerdem gibt es nicht den geringsten Grund, warum sich diese imaginierte Szene so verdammt anfühlt wie das Ende der Welt.

»Wo ist dein Hemd?«

Er deutet mit dem Kopf auf die um seine Taille geknoteten Ärmel. »Niemand hat mir gesagt, dass ich auf dem Weg ins Bett über die Dress-Code-Polizei stolpern würde. Ich hab's im Wohnzimmer ausgezogen. Und warum bist du in deinem Pyjama unterwegs? Was ist deine Entschuldigung?«

»Ich hab zu viel von dem übrig gebliebenen Prosecco getrunken und hole mir jetzt ein Glas Wasser.« Es gibt auch keinen Grund, mich weiter an ihm festzuhalten, und schon gar keinen Anlass für meine Knie, so weich zu sein, dass er mich buchstäblich stützen muss.

»Es ist wichtig, nach dem Alkoholgenuss nicht zu dehydrieren.« Er zögert kurz. »Soll ich dir das Wasser holen?«

Und mir dann ans Bett bringen? Das macht mich munter genug, um entschieden zu klingen. »Auf keinen Fall!«

Prüfend starrte er mich im Halbdunkeln an. »Kannst du denn sicher laufen? Wir wollen schließlich keine alkoholbedingten Unfälle.«

Ich lehne mich zwar so fest an ihn, dass ich seinen Gürtel an meiner Hüfte spüre, bin aber nicht in Gefahr umzukippen. »Ich bin durstig, Ross, nicht stockbesoffen.«

»Gut zu wissen. Ah, und wo du gerade hier bist, da ist noch etwas.«

Ist nicht immer noch etwas? »Und das wäre?«

»Walters Sohn hat mich gebeten, die Filme, die ich mit seinem Vater gedreht habe, auf YouTube hochzuladen. Hättest du damit ein Problem?«

Walter? Es ist mitten in der Nacht, und er redet über Walter? »Warum fragst du mich das ausgerechnet jetzt?«

»Sonst sehe ich dich ja nie. Und ich weiß nie, wie lange Walter noch hat.« Er holt tief Luft. »Die Clips stammen aus dem Altenheim, aber du bist auch drauf, und ich wollte dir nicht vorgreifen.«

»Danke, dass du das checkst.« Die Filmchen dauern jeweils nur ein paar Minuten. Und von meiner Karriere ist ohnehin nicht mehr so viel übrig, dass da groß was zu ruinieren wäre.

»Ist ja meine eigene Schuld, wenn ich eine Prominente abfilme. Aber wir würden uns freuen, wenn du grünes Licht für die Veröffentlichung gibst. So, dann lass ich dich mal dein Wasser holen, wenn du sicher bist, dass du keine Hilfe brauchst?«

»Ja, bin ich. Und ja zu den Filmen.« Um diese Uhrzeit sage ich zu allem Ja und Amen. Na ja, zu fast allem. Beim nächtlichen Room Service ziehe ich dann offenbar doch die Grenze.

»Klasse. Dann mache ich das gleich morgen früh.« Er gibt meine Schultern frei, hält mich am Arm fest, bis ich wieder sicher auf beiden Füßen stehe, weicht zurück und drückt sich an die Wand, um mich vorbeizulassen.

Trotzdem dreht sich in meinem Kopf alles, als ich schließlich in der Küche stehe, und das hat nichts mit dem Prosecco zu tun.

Ich gieße mir ein Glas Perrier ein, trinke es in einem Zug aus, spüre das befriedigende Stechen in der Kehle und schenke mir noch einmal nach. Es hätte schlimmer sein können, denke ich. Wenn ich auf dem Weg nach oben mit ihm zusammengestoßen wäre, hätte ich uns beide mit Wasser überschüttet.

»Und ich tagge dich als Cressy Cupcake, okay?«, ruft Ross aus dem Flur.

»Klar, warum nicht, mach, was du willst.« Im Moment ist mir das kackegal, ich will einfach nur weiterschlafen. Doch dann erwacht der vernünftige Teil meines Ichs und interveniert. »Oder du schickst die Videos mir, damit ich sie hochlade. Auf die Weise kriegst du wahrscheinlich mehr Views.« Und ich behalte zumindest eine gewisse Kontrolle über den Content.

Aber der Gedanke, dass ich mich im Falle einer Voll-Kollision in meinem verschwitzten knappen Pyjamatop und ohne BH an seine feuchte nackte Brust geschmiegt hätte, ist so daneben, so falsch, dass er mir bis zum Aufstehen den Schlaf raubt.

15. Kapitel

Teenage Kicks und gelegentliche Hilfe

Kittiwake Court
Dienstagnachmittag

»Okay, lasst uns noch mal checken, welche Glasuren wir brauchen, dann rühre ich die Farben ein.«

Es ist mal wieder Dienstag. Heute Morgen hatte ich ein sehr nützliches Brainstorming mit Clemmie, in dem wir die Kapitelüberschriften für mein spekulatives Backbuch festgezurrt haben. Und jetzt habe ich eine Gruppe Senioren um den Tisch der *Seaview Lounge* versammelt. Es ist eine Mitmach-Veranstaltung nur für Bewohner von Kittiwake. Jeder durfte sich eine Ladung Keksteig ausrollen und Formen seiner Wahl ausstechen, und während die Bleche im Backofen waren, haben wir uns angeregt unterhalten. Und jetzt stehe ich – Überraschung, Überraschung! – vor einer riesigen Rührschüssel und produziere Zuckerglasur.

Noch einmal hebe ich den Holzlöffel, und die glatte weiße Flüssigkeit tropft in der genau richtigen Konsistenz zurück in die schimmernde Pfütze. Ich werfe einen prüfenden Blick in die Runde. »Also, Grün für deine Kaninchen, Walter, Ian und Roger brauchen was für bunte Zickzack-Muster, Joanies Blumen kriegen weiße Blüten und gelbe Stempel, Madges sollen pink und orange werden. Jen will ihre Herzen rosa glasieren, Pams Schweine kriegen einen kornblumenblauen Anstrich, und alle anderen nehmen, was so kommt.«

Joanie wischt sich einen Mehlstreifen von ihrer Brust. »Wir müssen vorsichtig sein, diese Schürzen, die du uns mitgebracht hast, sind viel zu hübsch zum Bekleckern, Cressy.«

Unwillkürlich muss ich lachen. »Dazu sind sie da, Joanie. Keine Sorge, man kann sie waschen.«

Walter schnaubt entrüstet. »Keine Ahnung, warum ich eine Schürze brauche, wenn ich schon meine Latzhosen trage.« Noch immer ist es Jen nicht gelungen, ihn dazu zu überreden, seine Bauernkluft abzulegen. Er besteht darauf, dass seine Alltagssachen nur für besondere Gelegenheiten sind. Auch nach dem Versprechen, dass er die Rührschüssel auslecken darf, legte er die Schürze nur äußerst widerwillig an und hält sich dicht an meiner Seite, um sicherzustellen, dass ich mich an unsere Abmachung halte.

Joanie hat ebenfalls an unserer Seite des Tisches Stellung bezogen, denn die Kekse waren ihr spezieller Wunsch für heute. Sie tätschelt Walters Arm. »Ich wette, das ist das erste Mal, dass du in Nadelstreifen zur Arbeit kommst, mein Lieber.«

Madge zwinkert Pam zu. »Ich bin allerdings nicht sicher, ob deine Kappe dazu passt, Walter. Wir sollten Cressy bitten, dir das nächste Mal eine Kochmütze mitzubringen. Oder vielleicht eine Melone.« Sie lehnt sich in ihrem Stuhl zurück. »Du bist allerdings nicht der Mann vom Lande, der eine Schürze trägt. Wenn die Hufschmiede auf unseren Hof kamen, um die Zugpferde zu beschlagen, trugen sie immer Lederschürzen.«

Ich hatte die fertig genähten Schürzen heute Vormittag abgeholt, mit Kuchenkartons-Geld bezahlt und jedem meiner Senioren eine geschenkt. Wenn sie nicht so hartnäckig gewesen wären, hätte ich nie damit angefangen, vor Publikum zu backen, und die Schürzen sind eine Art Dankeschön dafür, dass sie mir diesen Anstoß gegeben haben.

Helens Empfehlungen haben ins Schwarze getroffen. Die rosa-weiß gestreifte Variante, für die die meisten Frauen sich entschieden haben, sieht schön frisch aus, während die dunkelgrau-weiß gestreiften »Nadelstreifen«-Schürzen eine elegante Alternative sind. Das Logo *Cressy Cupcake @ Die Kleine Traumküche* ist toll für Clemmie und mich – und Helen hat es aufgestickt, ohne etwas extra dafür zu berechnen. Gestern war eine Lieferung Klebeetiketten mit derselben Aufschrift in der Post, für die Kuchenkartons. Ich bin hier jetzt also, auch wenn es nur temporär ist, offiziell in Amt und Würden.

Lächelnd bringt Jen die Kuchengitter mit den Keksen aus der Küche und stellt sie auf den Tisch zwischen uns. »So, Shrewsbury Biskuits sind mit Ei, und Shortbread ist ohne. Wenn ich schon eine Schürze trage, muss ich mir das merken.«

Jetzt scheint mir der richtige Moment zu sein, noch einmal unsere Pläne für die nächste Zeit zu referieren. »Also, nur zu Erinnerung: Wir waren übereingekommen, nächstes Mal Rogers Shortbreads zu backen.« Sie waren das Lieblingsgebäck seiner Frau Cynthia, und seine Tochter hat uns ihr spezielles Rezept vorbeigebracht. »Außerdem stehen Madges Plätzchen auf dem Programm, Kathleen ist sehr erpicht darauf, dass wir ihre Lebkuchen ausprobieren, und Ian bat um Haferkekse.«

»Im Büro sind noch ein paar Rezepte für dich angekommen«, sagt Jen. »Ich gebe sie dir, bevor du gehst.« Als ich meinen Senioren neulich vorschlug, dass wir ihre Rezepte backen statt meine, hätte ich mir nie träumen lassen, dass das auf derart begeisterten Zuspruch treffen würde.

Millie, die zusammen mit einer Freundin ebenfalls am Tisch sitzt, sucht meinen Blick. »Ich wechsele mal die Seiten, damit jeder eine Chance hat, gefilmt zu werden.« Die beiden sind heute Nachmittag im Rahmen ihres Gemeinde-Schulprojekts hier und ersetzen Ross an der Handy-Kamera. Meine Bedenken, sie könnten zu jung für die Aufgabe sein, erwiesen sich rasch als dummes Vorurteil – die Clips, die die beiden mir gezeigt haben, während die Kekse im Backofen waren, sind mindestens so gut wie meine eigenen.

Joanie tippt Walter auf die Schulter. »Dann rück besser mal deine Kappe zurecht, schließlich geht es nicht, dass unser Hauptdarsteller sein Gesicht versteckt.« Bevor er reagieren kann, hat sie sich schon vorgebeugt und es für ihn erledigt.

»Wo ist denn dein junger Mann heute, Cressy?«, fragt Madge. »Normalerweise ist es doch seine Aufgabe zu filmen.«

Ich öffne den Mund, um jegliche Verbindung zu Ross von mir zu weisen, doch Millie kommt mir zuvor.

»Ross ist in der Klinik, aber er gehört nicht zu Cressy. Sie ist sehr glücklich als Single. Jedenfalls im Moment.« Den letzten Satz hätte sie sich sparen können, aber ansonsten hätte ich sie für ihre Antwort am liebsten umarmt.

Ich unterdrücke ein Grinsen. »Ich hoffte ja darauf, dass der junge Walter hier mich mal ausführt, aber bislang vergeblich.«

»Da musst du dich hinten anstellen.« Jen zwinkert mir zu. »Er ist hier in der Lounge sehr begehrt. Bei so viel Aufmerksamkeit bleibst du doch bestimmt gerne bei uns, oder, Walter?«

Ich lächele ihm zu. »So ist das eben, wenn man ein YouTube-Star ist.«

Walter lacht. »Pam sagt, wir haben seit heute Morgen schon wieder tausend ›Looks‹ mehr.«

»Großartig.« Bislang hat Ross mir nur das Video vom Fairy-Cake-Backen geschickt, aber als ich vor dem Hochladen gestern Nachmittag rasch reingeguckt habe, wäre ich nie darauf gekommen, dass es auf so viel Interesse stoßen würde. Klar, es war nett zu sehen, wie alle sich begeistert einbrachten, aber die wackelige Kameraführung prädestinierte das Werk nicht unbedingt für eine Oscarnominierung.

Jen geht um den Tisch herum, um die frisch gebackenen Kekse zu ihren jeweiligen Schöpfern zu bringen. »Ganz St. Aidan ist hingerissen, und jeder teilt uns auf Facebook und Twitter. Wenn uns bald Leute auf der ganzen Welt zuschauen, werden wir noch alle berühmt.«

»In dem Fall sollten wir wohl langsam mal weitermachen, und dann laden wir dieses Video auch gleich hoch.« Ich schiebe Schüsseln mit unterschiedlich eingefärbter Zuckerglasur den Tisch entlang. Unwillkürlich muss ich daran denken, wie mein allererster Buttercreme-Clip durch die Decke ging. Ich erinnere mich noch gut an das berauschende Gefühl, live zu verfolgen, wie die Zahl der Views immer weiter nach oben kletterte. Als die Hunderttausend-Grenze geknackt war, hatte ich das Gefühl, meine Brust würde vor Freude gleich explodieren.

Davor war ich eine vollkommen andere Frau gewesen. Das Leben war so einfach, als ich nichts anderes zu tun hatte, als von montags bis freitags mit ein paar Lifestyle-Themenvorschlägen in der Zeitschriftenredaktion aufzutauchen. Doch nachdem meine Social-Media-Karriere Fahrt aufgenommen hatte, stand ich plötzlich rund um die Uhr unter Druck. Ich wachte jeden Morgen in dem Bewusstsein auf, dass ich neue Ideen brauchte und damit schneller sein musste als meine Nachahmer. Mein ganzes Dasein drehte sich nur noch um Likes und Views und Follower, mein einziges Ziel war, die aktuellen Werbepartner bei Laune zu halten und neue zu finden.

Natürlich bin ich nicht beglückt darüber, wie die Dinge sich zuletzt entwickelt haben, wie sollte ich auch? Aber seit ich mich diese spezielle Erfolgsleiter hochgekämpft habe, sind mir auch die Schattenseiten des Internet-Ruhms bewusst. Schattenseiten, von denen Außenstehende nichts mitbekommen.

Daher fühle ich einen gewissen Beschützerinstinkt, wenn ich mir die um den Tisch versammelten Gesichter anschaue. Es gab mal eine Gruppe von Senioren, die sich dabei gefilmt haben, wie sie in ihrem abgeschirmten Wohnkomplex Heavy Metal Songs performten. Die Videos gingen viral, und die Medien haben sich das Leben dieser Menschen einverleibt.

Es ist eine schwierige Wahl. Verbringt man seine letzten paar Monate lieber damit, in Stretch-Limousinen nach London chauffiert zu werden, um mit Popstars Cocktails zu schlürfen und sich für die Daily Mail fotografieren zu lassen? Oder wäre es schöner, den letzten Abschnitt seines Lebensabends ruhig in einem Altenheim auf einem Kliff in Cornwall zu verbringen, umgeben von Freunden, die einen lieben, und die kreisenden Möwen und glitzernden Wellen zu beobachten?

Als junger Mensch würde ich mich natürlich jederzeit für London entscheiden, aber ich lebe ja dort, weil ich den Trubel mag. Und mir bleibt noch jede Menge Zeit, mich am Spiel von Wind und Meer zu ergötzen, wenn ich nicht mehr jung bin. Aber für meine Freunde hier will ich nur das Beste. Und etwas tief in meiner Seele sagt mir, dass sie hier genau am richtigen Ort sind. Das möchte ich ihnen auf keinen Fall verderben.

Millie reißt mich aus meinen Gedanken. »Hast du da etwa eine Welle im Haar, Cressy?«, ruft sie.

Hastig greife ich mir an den Kopf. »Bitte nicht.«

Millie grinst. »Ich fragte mich gerade, wie du das hingekriegt hast. Sieht cool aus.«

Ahnungsvoll streiche ich mir über den Hinterkopf, ertaste jede Menge Knicke und Erhebungen und verziehe das Gesicht. »Ich muss offenbar wieder öfter zum Glätteisen greifen.« Doch dafür bleibt mir momentan schlicht und ergreifend nicht mehr so viel Zeit wie früher. Und vermutlich bin ich auch weniger motiviert. Klar, ich bin hier immer noch auf dem Präsentierteller, aber vor deutlich unkritischerem Publikum.

Millie schaut ihre Freundin an. »Wellen sind superangesagt, stimmt's, Luce?«

Luce nickt und wirft ihre Lockenpracht zurück. »Total. Wir finden, du solltest es mal ausprobieren.«

»Das muss ich wohl auch, wenn ich weiter so viel zu tun habe.« Das ist natürlich ein Scherz. Ich habe meinen Haaren zuletzt mit zwölf freien Lauf gelassen. Außerdem weiß doch jeder, dass perfekte Wellen noch wesentlich aufwendiger zu stylen sind als glattes Haar. Hoffentlich erweitern die beiden Mädchen ihr elfjähriges Urteil nicht auf mein Kleid, denn das habe ich heute einfach aus dem Schrank genommen und angezogen, statt es vorher noch mal überzubügeln. Ich wage gar nicht, darüber nachzudenken, wie sehr ich mich in den vergangenen sechs Wochen habe gehen lassen. Ferien am Meer sind ja gut und schön, trotzdem habe ich Panik, dass mir die übliche Routine gänzlich flöten geht und es eine höllische Quälerei sein wird, mich in die Cressy von früher zurückzuverwandeln.

Rasch ziehe ich ein Spiralhaarband aus der Tasche und binde meine Haare hastig zum Pferdeschwanz, um den Schaden zu begrenzen, bin aber nicht schnell genug für Nell, die jetzt vom anderen Ende der Lounge, wo sie mit Diesel geschäkert hat, zu uns stößt. Ohne Diesel, der sich vermutlich, erschöpft von all der Aufmerksamkeit, die ihm zuteilwurde, für ein Nickerchen zurückgezogen hat.

»Beach Waves würden gut zu unserer cornischen Cressy passen«, verkündet sie, um übergangslos fortzufahren. »Ich bin gekommen, um dir die guten Neuigkeiten vor laufender Kamera zu überbringen.« Sie schaut Millie auffordernd an. »Sieh zu, dass du das mitfilmst.«

Ich stehe auf, um die Löffel zu verteilen, stelle jedoch fest, dass Jen das bereits erledigt hat, und helfe stattdessen Walter, die grüne Glasur gleichmäßig bis zum Schwanz seines Kaninchens zu verteilen. »Worum geht's denn?«

Nell strahlt wie ein Honigkuchenpferd. »Ich freue mich, dir mitteilen zu können, dass das Feedback auf deine Back-Events durch die Bank sensationell ist.«

»Aber die waren doch alle katastrophal«, erwiderte ich verdutzt. »Ich bin nicht ein einziges Mal bis zu den Problemlösungen gekommen. Woher kommt dieses Feedback überhaupt?«

»Alle Mitglieder des Single-Clubs verteilen nach jedem Event, an dem sie teilgenommen haben, online ihre Punkte.«

»Punkte?«, kreische ich entsetzt. »Was wird denn bewertet?«

Nells Augen glitzern mutwillig. »Oh, viele Dinge, aber hauptsächlich der Spaß-Faktor. Und deine Back-Abende haben mit die besten Bewertungen abgesahnt, die wir je hatten.«

Mir drohen noch rückwirkend die Nerven zu versagen. »Hätte ich das gewusst, dann hätte ich mich nie im Leben an so was rangetraut. Ich kann auch gar nicht glauben, dass es den Leuten gefallen hat. Ich war sogar ziemlich sicher, dass die Mundpropaganda uns den Garaus machen wird.«

Nell klaut sich eins von Jens Herzen und steckt es in den Mund. »Ganz im Gegenteil. Die Nachfrage ging schon vorher durch die Decke, aber seit das Video freigeschaltet wurde, steigt sie noch mal exponentiell.«

Jen fährt mit einem Finger über ihren Glasierlöffel und leckt ihn dann ab. »Das sind sensationelle Neuigkeiten für unser Fundraising – ich meine, wenn ihr bereit seid, mit den Abenden weiterzumachen?«

Nell schluckt ihr drittes Keksherz runter. »Du wolltest dich zwar künftig selbst um die Buchungen und Termine kümmern, Cressy, aber wenn wir jetzt richtig in die Vollen gehen und alles auf eine Karte setzen, dann bin ich gern bereit, das weiterhin für dich zu erledigen, während du dich aufs Backen konzentrierst.«

Es liegt mir nicht, Aufgaben zu delegieren und Kontrolle abzugeben, aber im vorliegenden Fall ist ihr Angebot eine echte Rettungsleine. »Klasse Idee, solange du mir zwischen den Shows genug Vorbereitungszeit lässt. Vielen Dank, Nell. Aber ihr alle habt doch auch ohne diese Sache schon mehr als genug zu tun. Bist du sicher, dass ihr mir weiter unter die Arme greifen könnt?«

Nell lächelt. »Wer Hilfe braucht, sollte immer eine vielbeschäftigte Person fragen.« Gut und schön, aber ich denke vor allem an Sophie. »Wie soll denn jemand mit einer internationalen Kosmetikfirma und vier Kindern noch Zeit für meinen Kram erübrigen?«

Nell setzt eine nachdenkliche Miene auf, während sie sich meinen Einwand durch den Kopf gehen lässt. »Nun, Nate ist ein Engel und sehr zupackend. Und Sophie eine Weltmeisterin im Delegieren.« Dann grinst sie breit. »Sie würde sich das um keinen Preis entgehen lassen, nachdem sie Clemmie ihr Wort gegeben hat, für dich da zu sein. Womit wir beim Thema Samstag wären …«

»Ja?« Ich stehe hinter Joanie und Madge und schaue zu, wie sie jedes einzelne Segment ihrer Keksblumen mit unterschiedlichen Farben glasieren. Eine schattenhafte Silhouette schiebt sich in mein seitliches Blickfeld. Ich schaue hoch und zucke so heftig zusammen, dass ich Jens Ellbogen anstoße. »Ross! Was soll das, sich so anzuschleichen. Jetzt habe ich Jen den Keks aus der Hand geschlagen.«

Madge lächelt strahlend zu mir hoch. »Wir wussten doch, dass er herkommt. Er kommt immer, wenn du hier bist.«

Nell hüstelt bedeutungsvoll und nimmt den Faden wieder auf. »Wir haben eine ganz besondere Anfrage für Samstag. Eine Kundin mit einer fabelhaft großen Küche und hübscher Sitzterrasse im Garten wünscht sich einen Baiser-Abend für zwölf Personen!«

»Zwölf?«, wiederhole ich schockiert. »Das sind doppelt so viele wie sechs.«

»Man könnte auch sagen doppelter Profit. Und keine unbehaglichen Gesprächspausen.« Nell ist offensichtlich hin und weg. »Sophie und ich werden dort sein, und Blake hat ebenfalls Zeit, uns noch mal auszuhelfen. Nachdem er ein paarmal dabei war, kapiert er langsam, wie der Hase läuft.«

Natürlich meide ich Ross' Blick. Aber ich sehe trotzdem, wie seine Miene sich bei Nells letzten Worten verdüstert.

»Prima.« Normalerweise hätte ich mich länger gesträubt, aber da ich wirklich nicht gewollt hatte, dass Ross auf so öffentliche Weise erfährt, dass er ersetzt worden ist, versuche ich, das Thema möglichst schnell abzuhandeln. »Dann texte ich dir später meine Eierbestellung.«

Es gibt diese Situationen, in denen man es einfach nicht recht machen kann. Ich weiß, dass Ross es hasste, mir bei meinen Abenden zu helfen, trotzdem passt es ihm offensichtlich nicht, dass jemand anderes seine Aufgaben übernimmt. Und der verletzte Ausdruck in seinen Augen geht mir auf sehr seltsame Weise zu Herzen.

Nell lacht. »Wenn das so weitergeht, brauchen wir mehr Legehennen.«

Ich denke laut. »Und ich bitte Helen, noch mehr Schürzen zu nähen.«

Jen schiebt ihren Stuhl zurück und steht auf. »Während ihr hier große Pläne schmiedet, gehe ich mal schnell ins Büro und hole den Umschlag mit den Rezepten.« Zwei Minuten später ist sie wieder da, eine dicke Mappe an die Brust gedrückt.

»Das ist kein Umschlag, Jen, das ist ein Aktenordner.«

»Aktenordner, Mappe, was auch immer. Sobald sich rumgesprochen hatte, dass wir Lieblingsrezepte sammeln, war kein Halten mehr. Die Rezepte kommen aus dem ganzen Dorf.«

Selbst wenn es weit mehr sind, als wir jemals ausprobieren können, bin ich gerührt, dass so viele Menschen sich die Mühe gemacht haben, sie rauszusuchen. »Das ist großartig. Ich sehe sie durch und erstelle eine Terminliste, damit die Leute wissen, wann ihre jeweiligen Lieblingsrezepte dran sind, und sich schon mal drauf freuen können.«

Ich erwähne nicht, dass ich längst wieder weg sein werde, bevor jeder hier am Tisch dran war, von Personal und Freunden ganz zu schweigen. Jen wird bestimmt jemanden finden, an den ich meine Chefbäckerin-Schürze weiterreichen kann, wenn es so weit ist. Trotzdem wird mir beim Gedanken, dass ich in ein paar Wochen keinen der Kittiwake-Bande wiedersehen werde, schon wieder das Herz schwer.

Lachend reicht Jen mir die Mappe. »Wie wär's, wenn wir dich für heute vom Abwaschdienst befreien?«

Nell zieht grinsend die Brauen hoch. »Ich würde sagen, bei so vielen anstehenden Events ist das das Mindeste, was ihr tun könnt.«

In diesem Moment wird mir klar, dass ich mich erneut in etwas habe hineinquatschen lassen, das ich ursprünglich gar nicht tun wollte. Wie zum Teufel konnte das passieren? Es ist nicht das erste Mal. Und eine innere Stimme sagt mir, dass es auch nicht das letzte Mal sein wird.

Als Jen sich zum Gehen wendet, flüstert sie mir noch rasch etwas ins Ohr. »Du hast keine Ahnung, wie sehr wir das hier brauchen, Cressy.«

Absolut kein Druck also.

16. Kapitel

Kompromisse und Bärenhunger

In Clemmies Wohnung
Samstagmorgen

Es ist Samstagmorgen, Ross ist längst weg, und Diesel und ich haben unseren Strandlauf hinter uns. Um mich für die Konfrontation mit zwölf Leuten hochzuputschen, habe ich auf dem Rückweg einen Zwischenstopp bei Crusty Cobs eingelegt und in ein paar Croissants für die Lunch-Pause investiert. In der Küche stapeln sich bereits Schachteln voller Baisers und Cupcakes, und da ich vor der Zeit mit den Vorbereitungen fertig war, konnte ich einen weiteren Videocall mit Clemmie einschieben und habe jetzt eine felsenfeste themenbasierte Kapitelaufteilung für mein Buch. Um diesen Meilenstein zu feiern, sitze ich jetzt auf dem Balkon und blättere durch die Mappe, die Jen mir Dienstag mitgegeben hat.

Es sind sogar noch mehr Rezepte, als ich zunächst dachte, eine wundervoll bunte Mischung. Einige sind rasch auf irgendwelche Zettel gekritzelt, andere in Schönschrift abgeschrieben, wieder andere getippt und ordentlich ausgedruckt, mit sauberen Rändern und Clipart-Grafiken. Nachdem ich eine Weile beim Dorset Apple Cake verharrt habe, stoße ich auf die Windbeutel von Jens Mum, die mit der Notiz »unfassbar köstlich« versehen sind, und mir läuft das Wasser im Mund zusammen. Es gibt personalisierte Rezepte wie Mrs. Baxters Honey-Pecan-Pie oder Marshas Rum Bumble, und es wäre eine Schande, wenn Gossipy Pudding und Moon Mountains kein breiteres Publikum finden würden.

Da ich in letzter Zeit so viel Zeit damit verbracht habe, meine eigenen Rezepte auszuprobieren, bin ich derzeit voll auf dem Buch-Trip. Daher drängt sich mir, während ich mich langsam durch die Mappe auf meinem Schoß arbeite, automatisch der Gedanke auf, dass es doch eine hübsche Idee wäre, all diese Rezepte in einer kleinen Broschüre zu sammeln, als Dankeschön für all die wundervollen Nachmittage in Kittiwake Court.

Ich fülle gerade in der Küche den Wasserkessel, um Kaffee zu kochen, als ich höre, wie die Wohnungstür aufgeschlossen wird, und eine Sekunde später steht Ross im Türrahmen. Diesel tänzelt und springt so wild um seine Beine, als hätte er ihn seit Tagen nicht mehr gesehen.

»Tut mir leid, ich habe nicht mit dir gerechnet.« Hätte ich gewusst, dass er mich hier überfallen würde, trüge ich jetzt definitiv längere Shorts, was ich aber nicht weiter ausführe, um keine Aufmerksamkeit auf mein knappes Outfit zu lenken.

»Ich bin zurückgekommen, um ein paar Bücher zu holen.« Einen Sekundenbruchteil starrt er auf meine Beine, dann wandert sein Blick zu meinem Gesicht. »Du siehst glücklich aus.«

Auch mit einer derart persönlichen Bemerkung habe ich nicht gerechnet. »Warum auch nicht? In ein paar Minuten verleibe ich mir eine Tasse Kaffee und eine Schachtel frische Croissants ein.« Auch meine Ideen für die Rezepte und die Fortschritte mit meinem eigenen Buch heben meine Stimmung, aber ich habe nicht vor, Ross mit Back-Gerede zu langweilen.

Er schaut sich suchend in der Küche um. »Ich habe nicht gefrühstückt, gib es noch irgendwo Kuchen, den du entbehren könntest?«

»Mini-Baisers für heute Abend.« In den Varianten in Pink, Weiß und Chocolate Chip. Später werde ich jeweils zwei davon mit Buttercreme zusammenkleben, um sie beim Event als Appetizer zum Prosecco zu reichen. Der weitere Plan für den Abend sieht vor, erst das Grundrezept für Baisers nachzustellen und dann, während die Lernobjekte im Backofen garen, aus mitgebrachten Baisers Mini-Baisertörtchen, sogenannte *Pavlovas*, zu bauen. Ich nehme den Deckel von einer Blechdose und schiebe sie Ross zu. »Nimm ein paar und sag mir, wie sie sind.«

Ein Knirschen, und er ist fertig. »Köstlich. Aber sehr schnell verschwunden.«

»Das ist so bei Baisers.« Ich öffne eine weitere Dose. »Hier, diese Cupcakes sind zwar noch nicht glasiert, aber trotzdem etwas habhafter.« Sie sind für das Hängende-Kuchen-Spiel gedacht, auf das Nell bei jedem Event besteht. Wenn Ross allerdings dermaßen hungrig ist, wäre er an der Fish-and-Chips-Bude wohl besser aufgehoben.

Er nimmt einen Cake in jede Hand. »Elise hatte heute in der Klinik irgendeine Kuchenschachtel mit Blondies, aber als ich aus dem Morgen-Meeting kam, war schon alles weggefuttert. Sie sollen nach mehr geschmeckt haben.«

Ich atme zischend ein. »Dumm gelaufen.« Als ich meine Klebeetiketten für die Schachteln bestellt habe, war mir gar nicht der Gedanke gekommen, dass Ross da draußen in der Welt über das Logo stolpern könnte.

Er mustert die diversen Dosen mit Gebäck. »Kuchen in Kartons zu vertreiben, klingt nach einer guten Geschäftsidee. Du würdest das doch im Schlaf hinkriegen.«

Du liebe Zeit. »Wenn ich nicht so viel zu tun hätte. Mit Tinder und so.« Es entspricht meinem Wesen eher, die Schlussfolgerung zu bekräftigen, zu der er fälschlicherweise gelangt ist, als ihm eine echte Lüge aufzutischen. Auch wenn ich nie viel Geld hatte, bin ich doch zutiefst beschämt, in eine Situation geraten zu sein, in der ich buchstäblich von der Hand in den Mund lebe und nicht weiß, woher das nächste Pfund kommen soll. Und ich lege wirklich gesteigerten Wert darauf, dass Ross, der selbst so ein erfolgreiches und geordnetes Leben führt, nie etwas von meiner Misere erfährt.

»Also, ich würde sie dir abkaufen …«, beginnt er, wird aber zum Glück durch das Klingeln meines Telefons in seiner Protestrede unterbrochen.

Es ist Nell, die sich nach dem Stand der Dinge erkundigt. Ich gebe ihr ein Update. »Alles in trockenen Tüchern für heute Abend, und meine Panik hält sich auch in Grenzen. Wie sieht's bei dir aus?«

Das Schweigen am anderen Ende der Leitung lässt mir das Herz in die Hose rutschen.

Schließlich schnieft Nell unglücklich. »Alles gut, abgesehen davon, dass Blakes Mum gestürzt ist und er nach Truro fahren musste.«

»Also brauchen wir heute Abend jemanden, der für ihn einspringt?« St. Aidan brummt, und Nell, Plum und Sophie kennen das ganze Dorf, da muss es doch reichlich potenzielle Helfer geben.

Doch Nell stöhnt verzweifelt. »Jeder, den wir bislang gefragt haben, hat irgendwas mit dem Finale des Playbackwettbewerbs im Hungry Shark zu tun.« Dann könnte es also an mir hängen bleiben, für Ersatz zu sorgen.

»Gib mir ein paar Minuten, dann ruf ich zurück.« Ich wollte Ross wirklich um nichts bitten, aber wenn alle anderen schon Nein gesagt haben, wird mir wohl nichts anderes übrig bleiben.

Er kratzt gerade das letzte Biskuit-Küchlein aus seiner Keksdose. »Personalprobleme? Heute ist kein guter Tag, um jemanden anzuhauen, schätze ich. Die Frauen in der Klinik haben erzählt, dass abends im Dorf irgendein offenbar ziemlich großes Ding steigt.«

Ich bin anscheinend allzu selbstverständlich davon ausgegangen, dass Ross das Sozialleben einer Spinne pflegt. Schlimmer noch, dieser Playbackwettbewerb hört sich nach exakt der Art Veranstaltung an, für die Elise einen Begleiter suchen könnte. Ich sende stumme Signale an meine gute Fee, damit sie gefälligst in meine Richtung fliegt, denn gerade jetzt könnte ich ihre übersinnlichen Kräfte gut gebrauchen. »Hast du etwa vor, dahin zu gehen?«

Er verzieht angewidert das Gesicht. »Eher nicht.«

Ich atme unauffällig auf und wappne mich innerlich, indem ich mir vor Augen führe, dass es nicht nur um mich geht, sondern auch um Jen und alle Menschen in Kittiwake Court. »Wenn das so ist, könntest du dann vielleicht später auf Diesel aufpassen? Eigentlich sollte George das tun, aber den werden wir für das Baiser-Event brauchen.«

Ross seufzt. »Nichts gegen George, er ist ein toller Anwalt – aber nicht unbedingt ein häusliches Genie.«

»Na und?«

Er bläst auf diese typische Weise die Wangen auf. »Ich sag's ja nur. Gut möglich, dass er beim Abwaschen all deine Teller zerbricht.« Er schweigt einen Moment, um seine Worte wirken zu lassen. »Vermutlich ist es die bessere Lösung, Diesel wie geplant zu ihm zu bringen und stattdessen mich helfen zu lassen.«

Es ist das Letzte, was ich will oder mir aussuchen würde, andererseits aber meine letzte Option. Aber es muss einen Weg geben, das Ganze weniger unbehaglich zu machen. »Ich kann deine Hilfe nur akzeptieren, wenn es etwas gibt, das ich als Gegenleistung für dich tun kann.« Ich bin zwar nicht in der Position, Bedingungen zu stellen, habe aber dennoch Grenzen. »Aber bitte kein Klinik-Papierkram.«

Ich dachte ja, es würde von selbst wieder vergehen, aber mittlerweile weckt die Vorstellung, mich in einem winzigen Büro an ihm zu reiben, nicht weniger, sondern mehr Bedenken. Wahrscheinlich seit unserer Begegnung im Flur neulich, oder vielleicht ist es auch einfach nur die salzige Seeluft. Aber meine Schwäche für Muskeln unter abgetragenem Denim scheint sich in letzter Zeit fast schon zu einer Obsession ausgewachsen zu haben.

»In Ordnung.« Um seine Mundwinkel zuckt ein Lächeln. »Ich wollte gerade die Schafe auf Walters Bauernhof zusammentreiben und könnte dabei ein zusätzliches Paar Hände gebrauchen, falls du eine Stunde erübrigen kannst.«

»Jetzt?« Ich starre auf meine Fingernägel und frage mich bang, ob sie einen solchen Einsatz überleben würden. Ich meine, um wie viele Schafe geht es eigentlich? Andererseits mag ich die Babys. Mein schönster Schulausflug war der, bei dem ich Lämmer gesehen habe. Okay, abgesehen natürlich von der Musikklasse-Exkursion zu einem Konzert von Avril Lavigne.

Es ist, als ob Ross meine Gedanken gelesen hat. »Keine Angst, du musst nicht mit den Widdern ringen. Es geht mehr darum, die Tore zu öffnen und zu schließen.« Er zögert kurz. »Es sei denn, du hast was anderes vor. Oder«, er räuspert sich, »irgendwelche Tinder-Verabredungen.«

»Kein Tinder. Nicht heute.« Meine Stimme klingt dünn, weil mir meine Pläne neben seinem Vorhaben plötzlich so unwichtig und oberflächlich erscheinen. »Die Zeit von zwölf bis halb vier hatte ich eigentlich dafür reserviert, mich fertig zu machen.«

»Dafür brauchst du dreieinhalb Stunden?«, platzt er schockiert heraus. Dann senkt er die Stimme wieder. »Entschuldige, natürlich dauert das so lange, das war mir schließlich durchaus bekannt. Nun, dann halt ein anderes Mal.«

Aber wenn ich mich jetzt vor den Schafen drücke, wird er heute Abend trotzdem zum Helfen kommen, denn so ist er nun mal. Und ich würde mich deshalb wie der letzte Dreck fühlen. Wir haben halt beide unsere schwachen Seiten. Ich bin die Frau, die jeden Tag Stunden damit verbringt, ihr Äußeres zu perfektionieren. Und er ist der verlässlichste Typ der Welt, stets bereit, Leuten in Notsituationen beizuspringen, koste es, was es wolle.

Diesmal ist der Ball eindeutig in meiner Ecke. »Nun ja, meine Haare habe ich immerhin gestern Abend schon gewaschen. Ich breche einfach mal mit meinen lieb gewordenen Gewohnheiten und style mich heute weniger aufwendig.« Es ist ja nur ein Tag. Das werde ich schon überleben. Es darf nur nicht noch mal passieren. Nie mehr. Beherzt greife ich nach der Crusty-Cob-Schachtel. »Wenn wir unterwegs essen, spare ich Zeit für später.«

Seine Augen leuchten auf. »Croissants!«

Plötzlich sorge ich mich um seine Sitzbezüge. »Es sei denn, die machen zu viel Dreck.«

»Mein Auto ist total verschlammt. Da machen ein paar Gebäckkrümel auch nichts mehr.« Er runzelt die Stirn. »Ich hoffe, du erwartest keine porentief reinen Polster. Es macht dir doch nichts aus, auf Stroh zu sitzen, oder?«

»Ich kann damit leben.« Klingt ganz schön langfristig. Immerhin dauert die Fahrt nur fünf Minuten.

»Klasse, dann hole ich uns zwei Becher Kaffee vom Imbiss unten am Kai.«

Ich schaue an meinen nackten Beinen runter bis zu meinen mit Strass besetzten Flip-Flops. »Ich schnappe mir schnell ein paar Turnschuhe. Und suche längere Hosen raus.«

Erschrocken reißt Ross die Augen auf. »Du musst dich für diesen Trip nicht großartig fertig machen«, versichert er hastig. »Shorts sind völlig okay.«

Und mir nichts, dir nichts ist der Samstag, den ich akribisch bis zur letzten Minute durchgeplant hatte, komplett aus dem Ruder gelaufen.

Zehn Minuten später rumpeln wir die Rose Hill Road entlang zu Walters Farm.

17. Kapitel

Nackte Beine und wilde Winde

Auf dem Weg zur Snowdrop Farm, High Hopes Hill
Samstagmittag

»Liegt dir zu viel Heu im Fußraum?«

Das ist Ross' erster Anlauf, Konversation zu machen, seit wir losgefahren sind. Mittlerweile haben wir das Dorf verlassen und sind auf einen holprigen Feldweg hinter der Klinik abgebogen. Diesel steckt den Kopf aus dem hinteren Seitenfenster, und sein Fell wird vom Fahrtwind am Kopf ganz platt gedrückt.

Dank der Croissants, die wir gierig in uns hineingestopft haben, brauchten wir bisher nicht miteinander zu reden. Was nicht heißt, dass wir still unterwegs waren, im Gegenteil. Aus den Lautsprechern in den Autotüren dröhnt Pink Floyd.

Ich muss brüllen, um mich gegen den Soundtrack durchzusetzen. »Kein Problem.« Er arbeitet praktisch auf Feld und Wiesen, da wäre ein blitzsauberer Wagen schon erstaunlich. Außerdem gibt es kaum was Schöneres, als in der Wildnis süßes Gebäck zu futtern. Ich bin keine Nörglerin, aber seine Musikauswahl kann ich nicht unkommentiert durchgehen lassen. »Mir ›Dark Side of the Moon‹ anzuhören, ist, wie in eine Zeitschleife zu fallen. Und nicht auf angenehme Weise.«

Er wirft mir einen gekränkten Seitenblick zu. »Das ist absolut Kult, wie kann dir das nicht gefallen?«

Ich ziehe eine Schnute. »Also, ich denke dabei weniger an Kult als daran, wie ich als Teenager meinen Midlife-Crisis-gebeutelten Dad eines Samstagnachmittags in unserem Wohnzimmer dabei überrascht habe, wie er bei voller Lautstärke versuchte, seine verlorene Jugend wiederzubeleben.« Inklusive deutlich zu knapper Schlaghose, hautengem violetten Samtshirt und Stiefeln mit Plateausohle.

Um Ross' Lippen spielt ein erinnerungsseliges Lächeln. »Dein Dad war der Erste, der es mir vorgespielt hat. Und die Zeit hat ihm recht gegeben, diese Musik hat so vieles, das später kam, beeinflusst. Und feiert übrigens gerade ein echtes Comeback; Hipster lieben Pink Floyd.«

Das kann ich so nicht stehen lassen. »Verdammt, Ross, als Nächstes erzählst du mir noch, dass du Fleetwood Mac hörst.«

Seine schuldbewusste Miene sagt mehr als tausend Worte. Natürlich hört er Fleetwood Mac. Ich stöhne gepeinigt auf. »Wir haben so viel grandiose eigene Musik, warum um alles in der Welt hörst du die meines Dads?«

»Ich war einfach immer schrecklich gern bei euch zu Hause. Du hast keine Ahnung, wie glücklich du dich schätzen kannst, eine solche Familie zu haben.« Er trommelt mit den Fingern aufs Lenkrad. »Meine Eltern haben nie Musik gehört, und sie waren immer zu sehr damit beschäftigt, sich Sorgen zu machen, um Zeit für meine Freunde zu erübrigen. Das Schlimmste war aber, dass sie sich nicht mal vorstellen konnten, dass es auch anders sein könnte. Sie hatten keinerlei Ehrgeiz, irgendwas an ihrer Situation zu ändern. Damit zu leben, war verdammt schwer.«

»Klar.« Das bekräftigt einmal mehr meinen Status als verwöhntes, privilegiertes Kind.

Er stößt einen tiefen Seufzer aus. »Ich höre das nicht nur aus Nostalgie, manchmal drückt Musik einfach aus, was man in einem bestimmten Moment fühlt. Und die hier entspricht mir eben gerade.«

In dem Fall ist der Name Programm. »Das ›Dark-Side‹-Album kommt aber aus einer sehr düsteren Phase.« Das klingt tiefsinniger, als es ist, ich denke einfach nur laut vor mich hin. Mein Dad hat sich jedenfalls nicht um die finstere Stimmung geschert, wenn er Luftgitarre spielte, herumtanzte und von Sonnenfinsternis grölte und von Leuten, die den Verstand verlieren. Wir Kinder haben ihn immer scharf kritisiert, weil er unverdrossen seine Mick-Jagger-Moves einsetzte, egal, welche Songs er gerade mitsang. Doch plötzlich dämmert mir die tiefere Bedeutung von Ross' beiläufigem Bekenntnis. »Verdammt, Ross, alles okay bei dir?«

Nachdenklich legt er den Kopf schräg. »Klar, so wie immer.« Wir kommen durch ein Schlagloch, und seine Knöchel werden weiß, als er das Lenkrad fester umklammert, um den Wagen aus den Nesseln heraus und wieder auf den Weg zu manövrieren. »Du darfst nicht davon ausgehen, dass jedermanns Leben so voller Buttercreme und Rainbow Cakes ist wie deins, Cressy.«

Ich bin nicht davon überzeugt, dass es ihm so gut geht, wie er vorgibt, gratuliere mir aber im Stillen, dass er so offensichtlich keine Ahnung hat, wie tief ich gefallen bin. »Danke für den Hinweis, ich werde das künftig berücksichtigen.«

Wir biegen um eine lang gezogene Kurve, und plötzlich ist die Sicht frei auf mehrere von grünen Wiesen umgebene Steingebäude mit schimmernden Schieferdächern. »Das ist Walters Hof«, sagt Ross.

Unter dem Wagen knallt irgendwas, und ich werde kräftig durchgerüttelt, als wir über einen Weiderost rumpeln und dann noch einmal, als wir im nächsten Schlaglock landen.

Am Rand des Feldwegs entdecke ich ein Schild. »*Snowdrop Farm, High Hopes Hill.* Was für ein wundervoller Name!«

Ross verdreht die Augen. »Cressy, die ewige Optimistin. Ich fürchte, die Realität ist nicht ganz so malerisch, wie der Name suggeriert.«

Ich mag ja pleite sein und mich damit abgefunden haben, für alle Zeit #CCKlitschigerKuchen zu sein. Aber niemand kann mich davon abhalten, das Positive zu sehen. »Es gibt immer eine Sonnenseite, Ross.«

Er hält auf einem gepflasterten Vorplatz an, und eine Gruppe Hühner umringt den Wagen. Diesel bellt, und ich reibe meine Handflächen zusammen, um anzudeuten, dass ich zu allem bereit bin. »Also, worauf warten wir? Lass uns ein paar Schafe zusammentreiben!«

Was natürlich kompletter Blödsinn ist, aber ich versuche, Ross zuliebe etwas Enthusiasmus zu verströmen. Außerdem habe ich nicht den ganzen Tag Zeit. Immerhin muss ich noch Baisers füllen. Und mich danach wirklich für den Abend zurechtmachen!

18. Kapitel

Amateure, Wiesenkönigin und ein übles Missgeschick

Auf der Snowdrop Farm, High Hopes Hill
Samstagmittag

»Deine Mum muss wenigstens ein bisschen romantisch gewesen sein, immerhin hat sie dich nach dem Helden aus ›Poldark‹ benannt.«

Meine Kehle brennt, und ich muss rennen, um mit ihm mithalten zu können, aber das macht mir nichts aus. Je schneller wir diese Schafsjagd hinter uns bringen, desto besser. Und irgendwie mag ich nicht so recht glauben, dass sein Zuhause so trostlos war, wie er es beschrieben hat.

Ross hält kurz in seinem Dauerlauf inne und schaut über die Schulter zurück. »Du vergisst, wie alt ich bin. Aidan Turner hat erst 2015 angefangen, sich das Hemd vom Leib zu reißen.«

»Es gab auch eine 1975er-Version der Serie.« Das weiß ich, weil meine Mum total darauf steht. Selbst nach fünf Staffeln der neuen »Poldark«-Reihe bevorzugt sie immer noch die Demelza der Siebzigerjahre-Version. »Das würde passen.«

»Tut mir leid, dir deine Illusionen zu nehmen, aber meine Eltern hielten streng auf Tradition. Ich trage den Namen meines Großvaters.«

So schnell gebe ich nicht auf. »Es kann doch sein, dass sie dich nach beiden benannt haben.«

Ich habe meine Hände in die Taschen meiner langen Strickjacke vergraben und versuche, sie durch geschickte Ziehbewegungen von Disteln und Wiesenkerbel fernzuhalten. Das ist zwar nicht einfach, trotzdem bin ich heilfroh, dass ich die Jacke angezogen habe, denn auch in den längeren Shorts gingen meine nackten Schenkel entsetzlich in die Breite, sobald ich das Knie beugte, um ins Auto zu steigen, und der Kaschmir hat das Schlimmste verdeckt.

»Sind deine Eltern weggezogen?« Eigentlich erübrigt sich die Frage, denn wenn sie immer noch in St. Aidan wohnen würden, hätte er wohl kaum im Klappbett in der Tierklinik geschlafen. Schon komisch, wenn man jünger ist, nimmt man die Menschen, wie sie sind. Erst jetzt beginne ich mich überhaupt zu fragen, woher Ross kommt und warum er wurde, wie er ist. Allerding ist er nicht sonderlich mitteilungsfreudig.

Er setzt sich wieder in Bewegung. »Meine Schwester lebt bei Plymouth. Sie hat ein kleines Häuschen für sie gefunden, mit Blick auf den Tamar.«

Ich schließe zu ihm auf. »Eine ganz schön große Veränderung, wenn sie ihr ganzes Leben hier waren. Gefällt es ihnen dort?«

Im Gehen zuckt er mit den Schultern. »Wer weiß? Immerhin kaufen sie ihre Bettwäsche jetzt bei Dunelm, nicht mehr beim Discounter, daher hat sich offenbar doch was zum Besseren gewendet.« Er rennt auf den Zaun zu, dem wir uns nähern, und springt rüber. »Noch zwei Weiden, dann sind wir da.«

Als er mir eine Hand entgegenstreckt, um mir vom Zauntritt zu helfen, zucke ich beim Anblick der rötlichen Narben auf den Innenseiten seiner Finger erneut zusammen. Beklommen stelle ich mir vor, wie die Metallhenkel der Futtereimer in diese Wunden schneiden. »Wie kannst du denn damit überhaupt Stallarbeit verrichten?«

Unwillkürlich schiebt er seine freie Hand in die Jeanstasche. »Es ist nicht ideal, und mir fehlt auch oft die Zeit. Deshalb habe ich ja jemanden gesucht, der mir mit den Tieren hilft.«

»Du sagtest Kühe. Sind die groß?« Wenn ich schon mal hier bin, kann ich das genauso gut klären.

»Nells Eltern haben den Großteil der Herde vorübergehend aufgenommen, hier auf dem Hof sind nur die Jungtiere geblieben. Also, wann immer dir der Sinn nach Jobwechsel steht, du weißt, wo du mich findest.«

Sosehr ich seine Hilfe benötigen könnte, so vorsichtig bin ich, jetzt schon irgendwas zuzusagen. »Lass uns erst mal schauen, wie es heute so läuft.« Ich springe ohne Assistenz vom Gatter aufs Gras, und als ich lande, klebt sein Blick förmlich an meiner Brust. »Was?« Ich brauche eine Nanosekunde, um zu kapieren, dass er mein T-Shirt anstarrt und nicht das, was sich darunter befindet. Ich habe es, ohne näher hinzugucken, übergestreift, bevor wir aufgebrochen sind, doch als ich jetzt an mir herunterschaue und sehe, was vorne drauf steht, wird mir ganz anders.

Er runzelt die Stirn. *»Ich liebe dich, willst du mich heiraten?«* Nach einem letzten kritischen Blick marschiert er weiter, ist mit dem Thema aber noch nicht durch. »Was für Signale sendet das denn bitte aus?«, ruft er über seine Schulter. »Kein Wunder, dass ständig dein Telefon brummt.«

Verzweifelt schüttele ich den Kopf. Offenbar hat der Mann all meine zahlreichen Glücklicher-Single-Deklarationen verpasst. »Das T-Shirt ist ironisch gemeint, Ross.« Ich haste ihm hinterher. »Wenn du den Witz nicht verstehst, dann liegt das daran, dass dir dein Sinn für Humor schon länger abhandengekommen ist.«

Abrupt bleibt er stehen und funkelt mich finster an. »Ich lache. Ich lache dauernd.«

Ich bin wohl zu weit gegangen. »Ja, klar tust du das«, sage ich beschwichtigend. »Ständig.« Ich war nur nie dabei.

»Nicht jedermanns Leben ist ein Ponyhof, Cressy. Manche von uns arbeiten in Bereichen mit großer Verantwortung. Ich würde es auch gar nicht anders wollen, aber mein Alltag besteht wahrlich nicht nur aus Jux und Tollerei. Nicht immer läuft alles nach Plan.«

Bevor er mir gleich wieder vorwirft, mich im Glanz bunt schillernder Feenflügel zu sonnen, möchte ich noch etwas loswerden. »Und genau darum haben manche von uns ironische Sprüche auf ihrem T-Shirt. Um die Stimmung aufzuhellen.« Und jetzt muss ich dringend das Thema wechseln. Was ein guter Zeitpunkt sein könnte, vor der Begegnung mit lebenden Tieren etwas Naturnähe zu demonstrieren. »Die gelben Blumen sind hübsch.«

»Meinst du den Löwenzahn, die Butterblumen, den Kleinen Klappertopf oder das Beinritzenkraut?«

Ich ärgere mich schwarz, dass ich nicht von selbst auf den Namen Butterblume gekommen bin. »Nun, alle eigentlich.«

Er dreht sich um und grinst. »Ich ziehe dich nur auf. Siehst du, manchmal kann ich einer Situation sehr wohl etwas Lustiges abgewinnen.« Dann wird er wieder schneller. »Walters Heuwiesen sind wirklich wunderbar, was daran liegt, dass sie mit gutem altmodischem Kuhmist gedüngt werden statt mit Chemie.«

Als wir das nächste Tor erreichen, keuche ich vor Anstrengung, aber zumindest liegt nun eine weitere Weide hinter uns. »Du klingst, als ob du ihn schon ewig kennst.«

»Im Grunde, seit ich als Schüler in der Tierklinik ausgeholfen habe«, erwidert Ross nachdenklich. »Zumindest habe ich ihn damals richtig kennengelernt. Selbst da muss er schon knapp siebzig gewesen sein. Er war bereits Witwer.«

»Dann ist er ja eine lange Zeit allein zurechtgekommen.« Ich erhasche einen Blick auf das Bauernhaus. Die Fassade verschwindet fast hinter einem Dickicht aus Kletterrosen, und auf dem Hof steht ein zusammengewürfelter Haufen Scheunen mit nicht zusammenpassenden Türen und rostigen Wellblechdächern. »Es ist wirklich schön hier, aber doch auch sehr heruntergekommen.«

Ross starrt auf die Ansammlung von Gebäuden in der Ferne. »Der Hof hat bessere Tage gesehen, aber hier ist Walters Zuhause. Ich weiß nicht, ob er jemals zurückkehren wird, aber ich möchte den Laden für ihn am Laufen halten, solange ich kann.«

Als ich mir vor Augen führe, was Walter alles verliert, bildet sich ein Kloß in meinem Hals. »Wenigstens ist er nicht allzu weit weg.«

Ross lächelt. »So gut wie jetzt hat man sich seit Ewigkeiten nicht mehr um ihn gekümmert, und egal, was er sagt, er genießt die Gesellschaft.« Sein Lächeln erstirbt. »Es wäre wirklich eine Tragödie, wenn Kittiwake Court schließen müsste.«

»Aber das wird doch gewiss nicht passieren?«

»Das Heim ist weit näher am finanziellen Abgrund, als den Leuten bewusst ist. Aber bitte erwähn das dort nicht, wir dürfen die Bewohner zum gegenwärtigen Zeitpunkt nicht beunruhigen.«

Plötzlich gefriert mir das Blut in den Adern. »Was soll aus ihm werden, wenn es Kittiwake Court nicht mehr gibt?« Und es geht ja nicht nur um Walter. »Was soll aus ihnen allen werden?«

»Sie müssen umziehen. Es gibt verschiedene Möglichkeiten, aber die liegen alle weiter weg.«

Die Vorstellung, dass Madge und Pam und Kathleen nicht mehr zusammen am Tisch sitzen, entlockt mir einen

Protestschrei. »Aber sie sind wie eine Familie, man darf sie nicht auseinanderreißen.«

Während er nach dem Gatter greift, schaut er mich eindringlich über die Schulter an. »Darum ist es ja so wichtig, dass wir das Geld auftreiben. Damit sie alle bleiben können, wo sie sind.« Er schlägt auf die Stahlstange, die aus dem Zaunpfosten ragt, geht durch das aufschwingende Tor und hält es für mich fest.

Ich schwöre mir im Stillen, so viele Back-Events durchzuführen, wie nötig sind, um die Kohle zusammenzukriegen. Als ich weitergehe, sehe ich dieses gewisse Glitzern in Ross' Augen. Falls er sich schon wieder über mich mokiert, muss ich ihm dringend zeigen, wo der Hammer hängt.

»Danke, aber den Rest kriege ich schon allein hin. Ich mag ein Großstadtgewächs sein, aber ein Tor zu schließen, sollte meine Fähigkeiten nicht übersteigen.« Ich packe die oberste Latte, drücke das Tor an den Pfosten zurück und lehne mich ein Stück vor, um sicherzugehen, dass der Riegel eingeschnappt ist. So, Job erledigt. Hocherhobenen Hauptes marschiere ich los, nur um mit einem gewaltigen Ruck nach hinten gezogen zu werden. »Was zum …?«, rufe ich, als ich mich mit der Schulter am Torpfosten wiederfinde.

Ross hustet in seine Hand. »Hat deine Jacke sich womöglich am Riegel verfangen?«

Verdammt. Mist. »Stimmt. Danke für den Hinweis.« Ich befreie den Kragen meiner Strickjacke, zupfe meine Ärmel zurecht und starte einen neuen Versuch, mich vom Tor zu entfernen. Diesmal klappt es. »Alles in Ordnung?«, frage ich, denn Ross steht weit vorgebeugt da und sieht aus, als könnte er gleich ersticken. Er wischt sich mit einer Hand übers Gesicht, und als er mich endlich wieder anschaut, wirkt er wieder ganz normal.

»Mach dir nichts draus, das kann jedem passieren. Tor-Attacken auf Menschen gehören hier praktisch zur Tagesordnung.«

»Tatsächlich.« Er macht sich schon wieder über mich lustig, aber ich beiße nicht an.

»Und ich gestehe, ich habe möglicherweise gelacht. Aber nur ein ganz kleines bisschen.« Dann deutet er auf den Boden. »Tut mir leid, ich wollte es schon früher sagen, die Kühe waren auf dieser Weide, achte also bitte auf … Ups, zu spät.«

Dieses Gefühl, wenn die Sohle deines Schuhs unter dir weggleitet und du einfach weißt, dass du in etwas Grauenhaftes getreten bist, gleicht keinem anderen. Allerdings ist in diesem Fall das, was ich sehe, wenn ich nach unten schaue – grünbraunen Schlamm, der sich über meinen Fuß ergießt – hundertmal grässlicher als das Bild in meinem Kopf. Und so gern ich das Ganze runterspielen würde, der Entsetzensschrei, der sich meiner Kehle entrinnt, spricht eine andere Sprache.

Ich habe keine Ahnung, wie er das macht, aber Ross' Stimme klingt noch eine Oktave tiefer als sonst. »Es ist nur ein Kuhfladen, Cress, betrachte es einfach als verdautes Gras.«

Erstens, wenn er sich einbildet, dass seine Stimme umso beruhigender wirkt, je tiefer sie ist, dann liegt er zumindest bei mir meilenweit daneben. Das Einzige, was er damit bei mir auslöst, ist eine Ganzkörper-Gänsehaut. Und zweitens, falls er andeuten will, dass ich überreagiere … »Klar, für dich ist alles okay, du bist ja auch nicht derjenige mit Kuhscheiße auf den drittbesten Turnschuhen.« Natürlich bin ich selbst schuld. Wir befinden uns auf Farmland. Ich hätte aufpassen sollen, wohin ich trete. Unglaublich, dass mir dieser blöde Fehler ausgerechnet in dem Moment unterlaufen ist, in dem ich versucht habe, wie eine coole Landfrau auszusehen. »Ich weiß, man kann das abwaschen, und dann sind sie wieder wie neu, aber bis dahin ist es einfach nur richtig eklig.«

Bedauernd verzieht er das Gesicht. »Ich bin ziemlich sicher, dass man das nicht spurlos entfernen kann, jedenfalls nicht von diesem hellen Wildleder. Tut mir leid, fürs nächste Mal besorgen wir dir ein Paar Gummistiefel.« Er mustert mich prüfend, um herauszufinden, wie viel er noch in den Ring werfen muss. »Und ein paar neue Turnschuhe. Pinkfarbene. Definitiv. Ganz bestimmt.«

Ich fasse es nicht, dass er glaubt, ich wäre noch mal zu so was bereit. »In Zukunft werde ich mich auf Stadtparks beschränken.« Aufgebracht schubbere ich mit dem Fuß übers Gras, um den schlimmsten Dreck abzustreifen.

»Sag das nicht. Ich dachte immer, du liebst das Landleben.«

Diese Bemerkung beantworte ich mit dem Augenrollen, das sie verdient. »Ich gebe zu, dass ich mich auf die Lämmer freue. Als ich sieben war, haben wir auf einem Schulausflug welche in einem Streichelzoo gesehen, und ich wollte unbedingt eins mit nach Hause nehmen und im Garten halten. Also, wir reden doch von diesen weißen wuscheligen Tieren mit dem niedlichen Wackelschwänzchen, oder?« Ich bin zwar ziemlich sicher, dass das stimmt, aber diese Wiesen hier sind ein solches Minenfeld, dass ich mich lieber noch mal vergewissere. Immerhin, eine ganze Weide voller Lämmchen könnte mich sogar über einen ruinierten Turnschuh hinwegtrösten.

Ross wirft mir von der Seite einen merkwürdigen Blick zu. »Du ziehst mich doch schon wieder durch den Kakao, Bertie, stimmt's?«

»Wann hätte ich das je getan?« Er ist schließlich derjenige, der sich hier ständig mokiert.

Er holt tief Luft. »Die Lämmer sind bereits ein paar Monate alt, sie sind nicht mehr klein.« Die beiden Falten über seiner Nasenwurzel werden tiefer. »War das etwa der einzige Grund, warum du mitgekommen bist?«

Ich werde mir meine Enttäuschung nicht anmerken lassen. »Nein, Ross, ich bin hier, damit ich kein schlechtes Gewissen habe, wenn du mir heute Abend hilfst, schon vergessen?«

Was mich daran erinnert, dass ich noch einiges vorhabe, auch wenn es leicht ist, die Zeit zu vergessen, wenn die sonnenbeschienenen Butterblumen um einen herum in der Meeresbrise beben. Und nachdem ich nun weiß, wie schlecht es wirklich um Kittiwake steht, ist es umso wichtiger, dass das Baiser-Event ein voller Erfolg wird.

»Vielleicht sollten wir langsam mal anfangen.« Doch dann schaue ich über den nächsten Gatterzaun, hinter dem eine Reihe Schafe mit schwarzen Gesichtern und hängenden Ohren Stellung bezogen hat. Sie starren uns an und stampfen mit den Hufen. Und nicht, dass ich panisch werde, aber die Horde, die sich hinter dieser Vorhut drängelt, erinnert mich stark an den Bahnhof London Euston am Freitagnachmittag, nur wolliger. »Wie viele sind das denn?«

»Ungefähr dreißig.«

Ich bin bekennende Optimistin, trotzdem rutscht mir das Herz in die Hose. »Die Großen sind aber sehr …«

»Groß?« Ross nickt zustimmend. »Das sind Suffolks, aber keine Angst, die sind sehr sanft und friedlich.«

Ich bin nicht sicher, ob mich das beruhigt. »Und was machen wir mit ihnen?«

»Wir treiben sie auf die nächste Weide und ziehen auch den Wassertank rüber.« Er beißt sich auf die Unterlippe, um nicht loszulachen. »Aber du musst sie nicht tragen, sie laufen von alleine.«

Und ich habe mir Sorgen über abgebrochene Fingernägel gemacht. Jetzt weiß ich, dass ich hätte zu Hause bleiben und Buttercreme rühren sollen.

Außerdem hätte ich mir in einer idealen Welt nicht zwingend diese Situation ausgesucht, um Ross mit seinem verloren gegangenen Sinn für Humor wiederzuvereinen. Doch dann schießt mir eine Idee durch den Kopf, die mir ein breites Grinsen ins Gesicht zaubert. Ich weiß jetzt, wie ich es ihm heute Abend so richtig schön heimzahlen kann.

19. Kapitel

Prickelwasser und Zuckermatsch

Der Baiser-Abend in Comet Cove
Samstagabend

Es trifft sich gut, dass man rund um die Bay nie mehr als fünf Minuten fahren muss, um sein Ziel zu erreichen, denn als wir alles eingeladen haben und Ross endlich vom Hafenparkplatz losfährt, müssten wir eigentlich schon beim Kunden sein.

Ich gestehe, dass die Verspätung allein meine Schuld ist. Inmitten so vieler vorbeipreschender Schafe fühlte ich mich nachmittags eher wie beim Dreh von »Am grünen Rand der Welt« als auf einer Weide in St. Aidan. Wie auch immer, ich will mich gar nicht rausreden, jedenfalls vergaß ich die einzige Aufgabe zu erledigen, die mir zugedacht war, nämlich das Tor hinter den Viechern zu schließen, nachdem Ross mit dem Wassertank-Traktor hindurchgefahren war.

Einen Moment lang war ich abgelenkt von seiner Silhouette hoch oben auf dem Fahrersitz vor dem dramatischen Hintergrund von Himmel und Meer. Und schon raste die ganze verfluchte Herde dorthin zurück, woher sie gekommen war, was bedeutete, dass wir noch mal von vorn anfangen mussten. Nur dass die Schafe diesmal wussten, was ihnen blühte, und unserem höflichen Vorschlag, sich doch bitte noch mal ein paar Meter weiter auf die andere Seite des Zauns zu bemühen, deutlich mehr Widerstand entgegensetzten.

Mein Fazit nach dieser Erfahrung? Nun, ich sage mal, ich bin im Nachhinein sehr froh, mich für Medienwissenschaften entschieden zu haben, da ich als Schäferin eine totale Fehlbesetzung wäre.

Einmal dürfen Sie raten, was nach dieser Verzögerung zu kurz kam. Selbstverständlich war es wichtiger, die Mini-Baisers zusammenzukleben und in ihren hübschen bunten Papierförmchen zu verstauen und sicherzustellen, dass alles Notwendige ins Auto geladen wurde, als mich um mein Aussehen zu kümmern. Daher wird das Haar, das ich heute Abend gewohnheitsmäßig zurückwerfen werde, ausnahmsweise keinerlei Ähnlichkeit mit meiner sonstigen Frisur haben, was unter anderem damit zu tun hat, dass ich beim Schafauftrieb rückwärts durch eine Hecke gestoßen wurde. Es ist wirklich ein Jammer, denn für dieses doppelt besetzte Event wollte ich mich eigentlich von meiner glamourösesten Seite zeigen. Doch die Minuten verrannen mir unter den Händen, sodass es am Ende nur für eine Zweiminuten-Dusche und eine ebenso hastige Schminkaktion reichte, nach der ich gerade noch Zeit hatte, in meine sauberen Jeans und ein Unterhemd zu schlüpfen und meine blaue Pünktchen-Bluse auf einen Bügel zu hängen, um sie mitzunehmen und nach meiner Ankunft anzuziehen. Dann band ich mir einen gedrehten Schal als Haarband um den Kopf und rannte die Treppe hinunter.

Und nun, da wir vor dem niedrigen frei stehenden Cottage anhalten, bleibt mir nichts anderes übrig, als die Situation zu akzeptieren, die Gastgeber Bonnie und Marc freundlich anzulächeln, als sie uns durch die marineblau gestrichene Haustür hereinbitten, und ein stummes Dankgebet an Nell zu senden, die alle Anwesenden dazu animiert, sich fröhlich am Hereintragen des Equipments zu beteiligen. Chloé und Gavin sind direkt hinter mir, die Arme voller Kuchenschachteln, und auch von den übrigen Gästen erkenne ich viele von früheren Back-Events.

Kaum bin ich in der großen, aber gemütlichen Küche angekommen, als Plum mir ein Glas in die Hand drückt. »Hier, trink das und atme erst mal in Ruhe durch. Die Gäste haben schon einen Riesenvorsprung, die sind schon den halben Nachmittag hier und kippen Prosecco.«

»Danke.« Erst als ich das Glas in einem Zug geleert habe, fällt mir ein, dass ich normalerweise erst nach der Veranstaltung trinke. Doch die Wirkung setzt sofort ein. Sobald ich das Prickelwasser runtergeschluckt habe, entspannen sich meine Nackenmuskeln.

Millie stellt einen Stapel Eierkartons auf den Tisch, und Sophie bringt den Mixer rein und beugt sich vor, um mir etwas ins Ohr zu flüstern. »Du hast doch nichts dagegen, wenn Millie wieder mitfilmt? Ihr Video vom Dienstag ist auf so viel Resonanz gestoßen, dass sie es unbedingt noch einmal machen will.«

Lachend nicke ich. »Nur schade, dass wir diesmal auf Walter und seine Witze verzichten müssen.«

Sophie grinst. »Wie ich höre, warst du heute auf seinem Hof. Mit Ross?«

Mir gefällt nicht, wie sie das betont. »Nur, um mir seine Hilfe für heute Abend zu sichern.« Ich muss das dringend klarstellen. »Es war definitiv das erste und letzte Mal, dass ich Schafe über eine Weide jage.«

Nell, die gerade die Tortenständer bestückt, schüttelt kichernd den Kopf. »Du darfst dich nicht von einem einzigen Kuhfladen entmutigen lassen, Cressy. Wir werden schon noch ein Bauernmädchen aus dir machen.«

Dieses Detail hat sie nicht von mir. Aber wenn mir daran läge, meinen Ausrutscher geheim zu halten, hätte ich Ross meine Turnschuhe vermutlich nicht an einem so öffentlichen

Ort wie dem Parkplatz der Tierärztlichen Klinik abspritzen lassen sollen. Weitere Gedanken kann ich nicht mehr an mein nachmittägliches Missgeschick verschwenden, denn in diesem Moment trifft eine Tasche voller Schürzen ein, und die sind schneller verkauft, als ich *Kleine Traumküche* sagen kann. Kurz darauf bin ich von schürzentragenden Leuten umgeben, die gut gelaunt durch die geöffneten Doppeltüren zur Veranda hereinströmen.

Ich will schon anfangen, da drückt Nell mir ein weiteres Glas Prosecco in die Hand, gleichzeitig trägt Ross die Rührschüssel herein, um die ich ihn gebeten habe, und ich bin inzwischen so entspannt, dass ich das zweite Glas genauso schnell kippe wie das erste. Manche Gäste beginnen, sich Schemel und Stühle an den Tisch heranzuziehen, andere hocken auf der Arbeitsfläche, und bevor ich mir dessen richtig bewusst bin, mache ich bereits meine traditionelle Ansage und lege los. Ich rede über die unterschiedlichen Arten, Eier zu trennen, zeige ihnen meine bevorzugte Methode, nämlich das Eigelb von einer Schalenhälfte zur anderen zu wiegen und dabei das Eiweiß in einen Behälter tropfen zu lassen, und kann nach wenigen Minuten zurücktreten und zuschauen, wie der Mixer den Eischnee schlägt.

»Die Einkaufsliste für Baisers ist fabelhaft kurz«, fahre ich fort. »Man braucht nur Eiweiß und Zucker.« Nachdem ich mich heute dermaßen weit von meiner Komfortzone entfernt hatte, ist es eine Wohltat, endlich wieder zu wissen, was ich tue. Ein Gefühl, das noch durch die Gewissheit versüßt wird, ein winzig kleines Ass im Ärmel zu haben, mit dem ich Ross seine nachmittäglichen Sticheleien heimzahlen kann.

Doch dann fällt mir auf, dass etwas nicht so läuft, wie es sollte. Da Pavlovas meine Spezialität waren, sobald ich backen konnte, habe ich schon so oft Baiser-Mischungen angerührt, dass ich es buchstäblich mit geschlossenen Augen hinkriege. Allein die Menge an Baisers, die ich diese Woche hergestellt habe, würde schon ausreichen, um zu wissen, dass der Mix in dieser Phase sehr viel steifer sein müsste. Normalerweise verschiebe ich die Problemlösungen an das Ende des Kurses und komme dann nie dazu, doch diesmal werde ich wohl gleich zu Beginn thematisieren müssen, was alles schiefgehen kann.

Ich räuspere mich. »Der Eischnee hier wird nicht richtig fest, daher rufe ich meinen bewährten Gehilfen und Pausenclown Ross nach vorn, um herauszufinden, woran das liegen könnte.« Das hier hat nichts mit dem geplanten Witz auf seine Kosten zu tun, es ist vollkommen ungeplant.

So enthusiastisch, wie Ross meiner Aufforderung nachkommt, ist garantiert ein Entertainer an ihm verloren gegangen. »Kennt ihr schon den von der Spinne und dem Käseberg?«

Ich hüstele diskret. »Scherz beiseite, hast du irgendwas mit der Rührschüssel angestellt, bevor du sie mir gegeben hast?« Vor unserem Aufbruch hatte ich sämtliche Schüsseln mit Essig gereinigt und sorgfältig trocken gewischt, um exakt diese Situation zu vermeiden.

Er grinst und zwinkert dem Publikum zu. »Auf dem Weg hierher habe ich sie noch mal rasch ausgespült, um doppelt sicherzugehen, dass sie makellos sauber ist.« Als er hört, wie ich tonlos vor mich hin fluche, verdüstert sich seine Miene.

»Wie gut hast du sie danach abgetrocknet?« Ich sehe, wie seine Augen sich schuldbewusst weiten. »Denn wenn auch nur ein winziger Tropfen Wasser oder Schmutz in der Schüssel ist, wird der Eischnee nicht fest.«

»Verdammt. Tut mir leid. Da hast du deine Antwort. Ich habe sie praktisch gar nicht abgetrocknet.«

»Dafür musst du in die Ecke, Ross«, ruft Gavin vom anderen Ende des Tischs.

»Und zwar ganze zehn Minuten«, füge ich hinzu. Lächelnd vor Erleichterung, dass es nichts Komplizierteres ist, greife ich wieder nach den Eiern. »Wenn du mir jetzt eine neue Rührschüssel herschaffst, während ich die Quirle reinige, fangen wir noch mal von vorn an. Und die misslungene Mischung behalte ich hier, damit ihr einen Vergleich habt, wenn der nächste Schwung die korrekte Konsistenz hat.«

Binnen Sekunden ist Ross mit der nächsten Schüssel und einem Geschirrtuch zurück. »Bitte sehr.« Er schlägt zwei Holzlöffel zusammen und zwinkert Millie zu. »Wenn alle bereit sind, kommt jetzt Take Nummer zwei.«

Diesmal fliegt das Eiweiß förmlich in die Schüssel, und Minuten später bin ich wieder auf Kurs. »Seht her, es wird schon weiß und schaumig. Ihr müsst immer darauf achten, nicht zu lange zu schlagen. Hört auf, sobald der Schnee Spitzen bildet. Wenn es hier so weit ist, wird Ross mir dabei helfen, euch zu demonstrieren, wie man am besten herausfindet, ob der Mix fest genug ist.«

Ich trete einen Schritt vom Tisch zurück und nicke Ross aufmunternd zu, wohl wissend, dass er keine Ahnung hat, was ihn erwartet. »Okay, Ross, nimm bitte die Schüssel.«

»Schon passiert.« Er hebt sie hoch und zeigt sie mit einer kleinen Verbeugung dem Publikum.

Ich lächele ihn an. »So, und jetzt halte sie mir bitte umgedreht über den Kopf.«

Perplex starrt er mich an. »Willst du mich veräppeln?«

Das Ganze macht mir einen Heidenspaß. »Auf keinen Fall. Vertraue mir. Ein perfekt gerührter Baiser-Mix bleibt in der Schüssel, auch wenn die mit der Öffnung nach unten gehalten wird.« Es ist einer meiner Lieblingstricks in meinen Videos, und ich mache es immer wieder gern.

»Das kann nicht dein Ernst sein«, ruft er ungläubig. »Ich meine …«

»Keine Widerrede.« Ich kann vor Lachen kaum reden. »Hebe die Schüssel einfach über meinen Kopf und dreh sie um.«

Die Zuschauer halten den Atem an. Ross kommt näher, und ich atme seinen schwindelerregenden Duft ein. Dann tritt er wieder zurück und stellt die Schüssel auf den Tisch.

»Nur für den Fall, dass das eine Falle ist, um mich wie einen Idioten dastehen zu lassen, werde ich den Boden abdecken.« Er holt das Tischtuch, das wir für das Hängende-Kuchen-Spiel benutzen, aus dem Flur und breitet es am Fußboden aus.

Falls das seine Taktik ist, die Spannung zu steigern, geht sie voll auf. Umständlich schiebt er mich in die Mitte des Tuchs und drückt meine Schultern durch. Was gut und schön ist, allerdings kriegen wir, wenn er in diesem Tempo weitermacht, die verdammten Dinger nie in den Backofen.

»Okay«, dränge ich, »nimm bitte einfach die Schüssel und dreh sie um – jetzt!«

Ross reizt seine Rolle bis zum Letzen aus, lässt seinen ganzen Charme spielen und hält so ausgiebigen Blickkontakt mit dem Publikum, dass er kaum auf die Schüssel schaut, die er vom Tisch nimmt.

Als er sie hoch über meinen Kopf schwingt, erhebt sich um den Tisch herum ein Raunen, und als ich nach unten schaue, sehe ich auf dem Tisch vor mir eine Schüssel mit perfekt geschlagenem Eischnee. Vielleicht sind es die zwei Gläser Prosecco, die ich intus habe, vielleicht lenkt mich auch Ross' verdammte Nähe ab. Jedenfalls reagiere ich eine Sekunde zu spät, als ich erkenne, dass er die falsche Schüssel gegriffen hat und drauf und dran ist, mir die mit dem missglückten, halb flüssigen Eischnee über den Kopf zu kippen.

»Stopp!« Hastig greife ich nach seinem Arm, doch es ist zu spät. Die Mischung aus Schleim und Bläschen ergießt sich bereits über mich, gleitet durch mein Haar, schäumt über meine Stirn und tropft an meinen Wangen herunter.

Die Gäste brechen in brüllendes Gelächter aus, gefolgt von tosendem Beifall.

»Was zum Teufel …?«, zischt Ross mir zu.

Während ich mir die klebrige Soße mit der Faust von der Nase wische, sterbe ich innerlich tausend Tode, schaffe es aber, mir ein Grinsen abzuringen. »Das sollte auch alle, die den Trend nicht gutheißen, davon überzeugen, dass buschige Augenbrauen sehr, sehr nützlich sein können.« Dann nehme ich die zweite Schüssel vom Tisch und halte sie umgedreht über meinen Kopf. »Und nur, damit ihr es mal gesehen habt, das hier wäre passiert, wenn ich Ross rechtzeitig mitgeteilt hätte, dass er für unsere Demonstration die richtige Schüssel nehmen soll – der perfekt geschlagene Eischnee hätte der Schwerkraft definitiv getrotzt.«

»Und das Lustigste ist«, mischt Ross sich ein, »dass Cressys Spitzname als Kind Eier-Kressy war, stimmt's, Egbert?« Dann flüstert er mir ins Ohr. »Tut mir schrecklich leid, aber wenn wir das Ganze auf komisch drehen, kommen wir vielleicht davon.« Er wendet sich wieder an die Zuschauer. »Ich bin gern bereit, mit ein paar Hundewitzen einzuspringen, bis Cressy sich gewaschen hat.«

Nell ist bereits an meiner Seite und nimmt einen Stapel Handtücher von Bonnie entgegen. »Großartig, Ross, superhilfreich wie immer. Ich komme mit dir, Cressy.«

Man lernt aus jeder Erfahrung, und aus dieser hier nehme ich nicht etwa mit, dass ich mir meine Helfer sorgfältiger aussuchen sollte. Sondern dass es selbst an meinem katastrophalsten Bad-Hair-Day immer noch schlimmer kommen könnte.

Und da wir gerade von Tiefpunkten reden, ich hoffe inständig, dass meiner für heute erreicht ist. Denn noch tiefer kann ich doch sicher nicht sinken, oder?

Jedenfalls ist dieser Abend total entgleist, und das habe ich allein mir selbst zuzuschreiben. Wobei das Traurigste daran ist, dass ich, weil ich Ross seine Frotzelei von heute Nachmittag unbedingt mit gleicher Münze heimzahlen wollte, eine Riesenchance versaut habe, Geld für Kittiwake Court zu beschaffen.

20. Kapitel

Pointen und zweite Chancen

Der Baiser-Abend in Comet Cove
Samstagabend

»Niemand in St. Aidan wird mich jemals wieder ernst nehmen. Ich habe alle Glaubwürdigkeit verloren.« Man kann so einiges vergessen machen, aber sich freiwillig eine Ladung klebrige Eiermasse über den Kopf kippen zu lassen, gehört ziemlich sicher nicht dazu. Schon gar nicht, wenn man bei anderen Leuten zu Gast ist. Es ist unverzeihlich.

Ich sitze auf dem Bett in Bonnies Gästezimmer und rubble mit einem Handtuch über meinen Kopf, während ich mich bei Sophie, Millie und Nell ausheule. Meine Bluse und meine Haare hatten das meiste von dem Eier-Horror abgekriegt und mussten daher in die Wäsche, meine Jeans und das Unterhemd sind immerhin noch tragbar. Und Ross hat sich, statt die Menge zu entertainen, dann doch lieber der undankbaren Aufgabe gewidmet, meine Converse so gut es geht zu reinigen.

Was meine derzeitige Stimmung betrifft – ich habe so gut wie resigniert. Nach dem, was hier gerade abging, dürfte mein Versuch, eine steile Karriere als Back-Beraterin in St. Aidan aufzubauen, offiziell als gescheitert gelten.

Ich lege das Handtuch weg und schüttele meine Haare aus. Nell mustert mich prüfend. »Du gehst aber schon wieder da raus, oder?«

Ein Blick in den Frisiertisch-Spiegel sagt mir, dass die Realität weit schlimmer ist, als es sich im Schutze von Bennies marineblauem Velour-Handtuch anfühlte. Mit feuchten Strähnen, die wie Rattenschwänze um mein bis auf ein paar verschmierte Mascara-Flecken ungeschminktes Gesicht hängen, bin ich ungefähr so glamourös wie ein breitgetretener Pferdebohnenkäfer.

»Abgesehen von allem anderen kann ich ja wohl kaum weitermachen, wenn ich so verboten aussehe.« Ich ziehe meine Strickjacke über das Unterhemd, um jederzeit fluchtbereit zu sein, und seufze still in mich hinein. »Selbst wenn ich jetzt zu Hause wäre, würde ich mindestens bis Mitternacht brauchen, um mich wieder präsentabel zu machen.«

Entsetzt reißt Nell die Augen auf. »Du meine Güte, Cressy, das sind Stunden deines Lebens!«

Sophie nickt. »Aber das zeigt deine Professionalität, Cressy. Man sieht dir nie an, wie viel Mühe du dir geben musstest.«

Millie runzelt kritisch die Stirn. »Aber genau das ist die Falle, in die man hineintappt. Wir haben in der Schule darüber gesprochen. Je regelmäßiger man Make-up benutzt, desto mehr muss man auflegen, um sich normal zu fühlen. Du solltest vielleicht auf kalten Entzug gehen und dann einen natürlicheren Look ausprobieren.«

Ich stöhne auf, weil sie so jung ist und trotzdem wahrscheinlich so recht hat. »Aber meine strikte Beauty-Routine hält mich seit Jahren aufrecht. Sie macht mich zu dem, was ich bin.« Als mir die tiefere Wahrheit meiner Aussage dämmert, schniefe ich kläglich. »Manchmal denke ich, ohne Schminke und Styling bin ich gar nichts. Daher kann ich den Leuten unmöglich in diesem Zustand unter die Augen treten.«

»Mit Verlaub«, widerspricht Nell, »da unten sitzen zwölf Menschen, die sich keinen feuchten Kehricht um deine

Panda-Augen scheren, aber verzweifelt auf deine Pavlovas warten!«

Die Mascara-Flecken sind ihr also nicht entgangen, aber ihre sachliche Interpretation der Situation entlockt mir ein Lächeln.

Auch Millie lässt mich nicht so leicht vom Haken. »Ich habe mehrere ›Bleib-dir-treu-und-mach-gleichzeitig-das-Beste-aus-dir‹-Workshops mitgemacht. Ich verspreche dir, dass ich dich in zehn Minuten schön machen kann.«

Sie wirkt so mitreißend mit ihren leuchtenden Augen, dass ich ihr einen Moment lang beinahe glaube. Aber das ist nicht alles, was mir durch den Kopf geht, während ich sie so selbstbewusst und kontrolliert vor mir stehen sehe, so beeindruckend und überzeugend und mit so viel Drive, anderen zu helfen. Mit ihrer liebenswerten Persönlichkeit rührt sie noch an einen anderen, fast vergessenen Nerv; sie erinnert mich daran, wie glücklich und aufgeregt ich damals war, als ich dachte, dass ich ein Baby bekommen würde.

Millie ist der lebende Beweis, dass es keine Katastrophe sein muss, während des Studiums ungeplant schwanger zu werden. Sicher, in meinem Fall wäre es harte Arbeit gewesen, und ganz bestimmt wäre mein Leben anders verlaufen. Aber ich hätte mir die Finger blutig geschuftet, wenn mir diese Chance vergönnt gewesen wäre, hätte alles getan, um das Ganze zu wuppen. Ross hingegen ist nie über seine negative Wahrnehmung der Situation hinweggekommen. Und das wird für immer zwischen uns stehen, ganz egal, wie viele Paar Schuhe er für mich reinigt – wofür ich ihm natürlich immens dankbar bin.

Sophie fixiert mich mit durchdringendem Blick. »Vergiss nicht, wir sind hier in St. Aidan, Cressy. Ungefilterte Wahrheit ist unser Markenzeichen.«

Damit liegt sie natürlich völlig richtig. Und dabei geht es keineswegs nur um Fotos. Keiner hält hier irgendwas zurück, alle sagen dir direkt auf den Kopf zu, was sie denken. Das tut manchmal weh, lässt aber Heuchelei und Vorwände sehr schnell auffliegen. Es gibt hier einfach sehr viel weniger Raum für Täuschungsmanöver. Wer auf Tricks und Kunstgriffe steht, ist hier eindeutig fehl am Platz. Was den Vorteil hat, dass man meist ganz genau weiß, woran man ist.

Millie beugt sich bereits mit einer Haarbürste über mich. »Wenn dir das Ergebnis nicht gefällt, dann kannst du abhauen. Aber bitte, bitte lass es mich vorher versuchen.«

Lächelnd kehre ich in die Gegenwart zurück. »Das ist natürlich ein überzeugendes Angebot. Also, was hast du mit mir vor?«

Sie lehnt sich ein Stück zurück und starrt konzentriert auf mein Gesicht. »Ein paar Zöpfchen, um dein Haar seitlich zurückzunehmen, ein gedrehter Pferdeschwanz, sattrosa Lippenstift …«

Jetzt bringt sich auch Sophie ein und hebt mein Kinn an, um mich besser begutachten zu können. »Brauen-Gel, ein bisschen Eyeliner und ein Hauch Contouring.«

»Und eine nette, saubere Schürze«, ergänzt Nell. »Dann bist du so gut wie neu. Sogar noch besser!«

Unvermittelt greift Millie nach meiner Hand und drückt sie. »Du bist so viel toller, als dir bewusst ist, Cressy. Sobald wir diesen Abend hinter uns gebracht haben, werden wir daran arbeiten.«

Sophie umarmt mich. »Dem kann ich mich nur vollinhaltlich anschließen. Sie mag klein sein, aber sie ist sehr weise. Und trifft erschreckend oft genau den Kern der Sache.«

Ich beiße mir auf die Unterlippe und schlucke heftig an dem Kloß, der sich in meiner Kehle gebildet hat. Unvorstellbar, dass ich bei meiner ersten Begegnung mit Sophie, Nell und Plum dachte, dass ich ihre Hilfe nicht brauche. Und jetzt weiß ich nicht, was ich ohne sie machen würde.

Sie sind alle so unterschiedlich, aber jede von ihnen ist ganz bei sich und weiß genau, wer sie ist. Und vielleicht haben sie recht, vielleicht muss ich mehr über mich nachdenken. Und darüber, was falsch gelaufen ist. Denn verglichen mit ihnen scheine ich ziellos durchs Leben zu schweben und mich überhaupt nicht zu kennen. Was total lächerlich ist, schließlich sind sie die Meerjungfrauen, und ich bin eine Person, die mit beiden Beinen fest auf dem Boden steht und seit zwölf Jahren zielstrebig nach den Sternen greift. Ich bin nur nicht sicher, wie gut dieses Konzept mittlerweile noch für mich funktioniert.

Hinzu kommt noch etwas anderes. Seit ich hier nach oben in dieses Gästezimmer geflüchtet bin, ist alles anders, obwohl sich objektiv nichts geändert hat. Und das liegt allein an ihnen. Wäre mir klar gewesen, wie gut es sich anfühlt, Freundinnen zu haben, dann hätte ich wohl schon früher welche haben wollen.

Ich hole tief Luft. »Okay, Ladys, wollen wir? Unten wartet eine hungrige Meute auf ihr Dessert!«

Und dann schließe ich die Augen und wappne mich für das, was auf mich zukommt.

21. Kapitel

Talent-Tausch und Naturbegabungen

Im Hafen
Sehr spät am Samstagabend

»Ich habe mich geirrt, als ich sagte, dass mein Leben nie Jux und Tollerei ist«, bemerkt Ross, während wir die letzte Ladung des Tages aus Charlies Auto holen. »Heute Abend war ziemlich viel von beidem dabei.«

Er hat recht, es war zweifellos eine äußerst lebendige Veranstaltung. Auch wenn sie nicht den besten Start hingelegt hat mit dem schleimigen Eischnee, der erst nicht fest werden wollte und dann auf meinem Kopf landete. Millie und Sophie hatten nach Kräften Wunder gewirkt, aber als ich nach meinem Mini-Makeover wieder nach unten kam, war ich immer noch so ramponiert, dass ich wirklich nichts mehr zu verlieren hatte. Und irgendwann, während ich meine mitgebrachten Pavlovas herumreichte und bergeweise Schlagsahne dazu quirlte, hörte ich auf, mir Sorgen zu machen, und begann, Spaß zu haben. Und das Publikum reagierte auf den Stimmungsumschwung. Als wir schließlich zum Hängende-Kuchen-Spiel kamen, hätte man meinen können, dass hier fünfzig Leute feierten statt zwölf.

Natürlich freue ich mich, dass sich alle so gut amüsiert haben, kann mir aber nicht jedes fröhliche Hurra ans Revers heften. »Sie hatten ziemlich viel Alkohol intus, deshalb das alberne Gegacker und die hysterischen Lachanfälle.«

Nachdem er noch eine Kiste mit Geschirr an sich genommen hat, schließt Ross den Kofferraum leise, um die Leute, die hier am Hafen wohnen, nicht zu stören. »Zähl beim nächsten Mal gerne wieder auf mich. Wenn ein Sozialleben immer so vergnüglich ist, dann brauche ich dringend eins.«

»Dann hatte die reizende Millie wieder mal recht.«

Er runzelt die Stirn. »Die reizende Millie nimmt sich manchmal ganz schön wichtig.«

Nachdem sie mir heute so geholfen hat, will ich kein schlechtes Wort über sie hören. »Vielleicht treffen ihre Wahrheiten ja auch bei manchen Leuten unangenehm nah ans Eingemachte«, gebe ich zu bedenken, begleitet von einem vielsagenden Blick. Was seinen plötzlichen Drang zu weiteren Hilfseinsätzen betrifft, bin ich misstrauisch. Ich weiß zwar, dass er nichts getrunken hat, aber womöglich hat die beschwingte Atmosphäre ihn einfach mitgerissen. »Nell hat noch viele größere Events auf der Warteliste. Aber du solltest vielleicht noch mal drüber schlafen, bevor du dich freiwillig meldest.«

Energisch schüttelt er den Kopf. »Nein, ich mach's.«

Ich kann mir nur einen Grund vorstellen, aus dem er beschlossen hat, seinen persönlichen Widerwillen beiseitezuschieben – weil die Veranstaltungen so überlebenswichtig für Kittiwake sind.

Er balanciert die Kiste auf der Rückenlehne einer Sitzbank und drückt auf den Schlüssel, um das Auto zu verschließen. »Es geht mir nicht nur um den Spaß«, räumt er ein. »Sondern auch um Hilfe für Walters Hof. Wenn du bereit bist, mir dort unter die Arme zu greifen, dann stehe ich so oft du willst Gewehr bei Fuß, um dir Eier über den Kopf zu kippen.«

Ich kann nur hoffen, dass die Arbeit auf Walters Weiden nicht immer so zeitaufwendig ist wie heute, sonst komme ich nicht mehr zum Backen. Auf die Erinnerung an den

Eiermoment, der mir immer noch innere Demütigungskrämpfe verursacht, hätte ich gut verzichten können, aber wenn Ross das weiß, reitet er nur noch mehr darauf herum.

»Wann immer du mir eine Aufgabe auf Walters Hof zuteilen willst, lass es mich wissen«, erwidere ich betont lässig, während ich gleichzeitig verzweifelte Gute-Fee-Botschaften in den Äther sende, ob dabei bitte, bitte nicht allzu viele Tiere involviert sein könnten. »Was die Events betrifft, da habe ich beschlossen, sie künftig so simpel wie möglich zu gestalten.« Ich lerne aus meinen Fehlern. Je weniger potenzielle Komplikationen ich bedenken muss, desto glatter verlaufen die Veranstaltungen.

Er zuckt mit den Schultern. »Die Leute werden es mögen, was immer du machst, du bist einfach so quirlig und unterhaltsam, dass man dir gern dabei zuschaut. Und dein Gebäck ist köstlich.«

Ich stöhne entgeistert. »Als mein Kopf über der Badewanne hing und ich zuschauen konnte, wie mein Gesicht im Abfluss verschwand, war ich definitiv nicht quirlig.«

Der erstickte Laut, den er ausstößt, ähnelt verdächtig einem Lachen. »Du musst zugeben, dass die Naturkatastrophe für einen unvergesslichen Abend gesorgt hat. Wir sollten die Nummer öfter einsetzen.«

Plötzlich ahne ich, worauf er hinauswill. »Wir werden das auf keinen Fall jedes Mal machen!«

Er redet weiter, als hätte ich nichts gesagt. »Oder du könntest die Eierpampe über mich gießen? Es macht mir nichts aus, fürs Team den Kopf hinzuhalten.«

Während ich auf die Lichter starre, die um die Bucht herum glitzern und die an den Strand rollenden Wellenkronen gerade so eben sichtbar machen, schießt mir durch den Kopf, dass er im Grunde nicht mal Teil des Teams ist. Und doch scheint er sich immer unentbehrlicher zu machen, und nicht nur durch seine praktische Unterstützung. Auch wenn er heutzutage sehr viel missmutiger ist und ganz anders als der junge übermütige Typ von früher, den Charlie so oft mit nach Hause brachte, habe ich doch noch dieses unleugbare Gefühl, dass ein Raum sich belebt, sobald er ihn betritt. Und das ist nicht nur mein Eindruck, ich kriege ständig mit, dass auch andere es spüren.

Generell laufen die Dinge immer deutlich besser, wenn er da ist. Auf der rein persönlichen Ebene hingegen ist das glatte Gegenteil der Fall; wann immer er auftaucht, geht mein Tag meist sehr schnell den Bach runter. Doch für die nächsten paar Wochen kann ich damit leben. Wenn durch seine Anwesenheit mehr Geld für Kittiwake Court zusammenkommt, dann genießt das höchste Priorität, und meine eigenen Befindlichkeiten rücken in den Hintergrund.

Eine unerwartete Welle der Dankbarkeit für seinen unermüdlichen Einsatz überrollt mich. »Danke, Bradbury, ich weiß das wirklich zu schätzen.«

Verwirrt starrt er mich an. »Wofür bedankst du dich?«

»Dafür, dass du so ein großartiger Assistent bist. Und natürlich auch für den Rest.«

»Gern geschehen.« Er zögert. »Seit einer Ewigkeit hat mich niemand mehr Bradbury genannt.«

Verdammt. Ich könnte mir auf die Zunge beißen für den Lapsus. »Es wird vermutlich nicht noch mal passieren.« Nicht, wenn ich es verhindern kann.

Er seufzt. »Und ich muss mich bei dir entschuldigen. Es war falsch von mir zu kritisieren, wie du mit unserer Vergangenheit umgehst, an dem Tag neulich, als du Charlies Message übersehen hattest. Das ist mir jetzt klar.«

»Auch dafür danke ich dir, Bradbury.« Das ist jetzt aber wirklich das letzte Mal. Aber es kann ihm nicht leichtgefallen sein, in dieser Sache klein beizugeben.

Er fixiert kurz ein Boot, das Richtung Horizont fährt, und schaut mir dann ins Gesicht. »Nicht viele Menschen können einen Raum so zum Strahlen bringen wie du. Sicher, du bist gut in dem, was du tust, aber die Leute reagieren hauptsächlich auf deine warme Ausstrahlung. Es ist diese ganz besondere Persönlichkeit, die dich zum Star gemacht hat.« Er stößt mich mit dem Ellbogen an. »Wäre ich Walter, würde ich den Hut vor dir ziehen.«

Walter nimmt seine Kappe nur beim Bumsen ab, aber daran werde ich ihn jetzt bestimmt nicht erinnern. Was den Rest betrifft – da wird es höchste Zeit, dass ich reinen Tisch mache. »Ich hatte durchaus Erfolg, aber die Karriereleiter, die ich erklommen habe, war sehr zerbrechlich, und jetzt bricht alles zusammen. Das ist das Problem mit Zuckerschlössern.«

Noch immer überschlägt er sich mit Lobpreisungen. »Du hast es in deinem Bereich bis an die Spitze geschafft, und dafür verdienst du jeden Respekt.«

Ich hole tief Luft, denn mir ist klar, dass ich aufhören muss, in Metaphern zu reden, und sagen, was Sache ist. »Ich war mal erfolgreich, aber damit ist jetzt Schluss. Nach der TV-Show haben die Leute sich von mir abgewendet, und dann ist alles superschnell koppheister gegangen. Der Verlag hat sein Vertragsangebot zurückgezogen, meine Werbepartner sehen ebenfalls zu, dass sie Land gewinnen. Momentan lebe ich von diesen Veranstaltungen und dem Verkauf von Kuchenkartons an der Haustür.« Es ist eine Erleichterung, dass die Wahrheit nun auf dem Tisch liegt. Ich fühle mich besser, weil ich es ihm erzählt habe. Weniger wie eine Hochstaplerin. Die Worte laut auszusprechen, macht sie realer, aber es steckt noch mehr dahinter. Ich komme mir vor, als ob ich mich zum ersten Mal wirklich den Tatsachen stelle.

»Mist, Cressy. Ich hätte helfen können. Warum hast du nichts gesagt?«

Eine gute Frage. Die Antwort lautet, dass ich zu stolz bin. »Ich wollte es keinen wissen lassen, der mir was bedeutet, bevor ich die Lage wieder im Griff habe.« Erst recht nicht Leute wie ihn und Charlie. »Und du hilfst mir ja, aber ich werde es schon schaffen. Es wird leichter sein, wenn ich wieder in London bin.«

»London?« Er klingt erstaunlich verdutzt. »Aber so weit ist es doch sicher noch lange nicht.«

»Ich wohne dort, hast du das vergessen? Klar gehe ich zurück.« Die Versicherung gilt ebenso mir selbst wie ihm. Ich mag mich momentan sehr weit entfernt von meinem früheren Leben fühlen, aber natürlich kehre ich zurück, so bald wie möglich. Und ich werde alles Notwendige unternehmen, um mich wieder aufzurappeln. Ich bin davon überzeugt, dass mir, solange ich hart arbeite, eine rosige Zukunft blüht, und ich will, dass er das versteht.

Ein paar Meter vor dem Cottage bleibt Ross stehen. »Dann bist du also gar nicht auf Tinder?«

»Selbstverständlich bin ich nicht auf dem verdammten Tinder.« Als ob das eine Rolle spielt. »Ich renne die Treppe runter und rauf, um Kuchen zu verkaufen.«

»Gott sei Dank.« Er atmet hörbar auf. »Und ich wusste doch, dass Kuchenkartons eine gute Geschäftsidee sind! Hast du vielleicht noch welche oben in der Wohnung? Ich kann sie dir direkt abkaufen. Sechs wären ideal.«

Da wären wir also wieder mal bei seinem Magen. Ich verdrehe die Augen. »Woher sollte der Kuchen denn kommen, wenn ich heute Mittag keinen hatte? Falls du es vergessen haben solltest, ich habe den Nachmittag damit verbracht, Schafe zu jagen.« Dann fällt mir wieder ein, dass demnächst noch viel mehr Jobs dieser Art auf mich zukommen könnten, und ich zwinge mich zu einem heitereren Ton. »Könntest du mich morgen auf Walters Hof einarbeiten?«

Das lässt er sich nicht zweimal sagen. »Ich bin ganz früh am Morgen dort und dann wieder am späten Nachmittag.« Er stößt das Gittertor zum Garten auf. »Hast du Lust auf Pommes?«

»Pommes?« Normalerweise wiederhole ich nicht, was mir jemand sagt. Doch ich habe gerade im Mondschein einen Blick auf die Umrisse seiner Kehle erhascht, als er gerade schluckte, und das hat jeden vernünftigen Gedanken aus meinem Kopf vertrieben. Ich brauche eine Nanosekunde, um mich wieder auf Kurs zu bringen. »So spät?« Immerhin ist es nach Mitternacht, und wir sind nicht in London, sondern am Ende der Welt.

»Ich lade dich ein. Irgendwas im Dorf muss noch geöffnet haben.«

»Und später Nachmittag klingt gut für einen Abstecher zu Walters Hof.« Davor habe ich einiges zu tun, um mich nach dem temporären Absenken meiner Standards wieder in präsentable Form zu bringen.

Im gedämpften Licht, das von den Wellen reflektiert wird, sehe ich ihn lächeln. »Wir machen noch eine richtige Bäuerin aus dir.« Er wackelt mit den Brauen. »Guck nicht so entsetzt. Das war ein Scherz.«

»Juhu, du hast einen Witz gemacht! Schon der zweite im Laufe eines Tages!« Ich mustere meine Fingernägel und frage mich, wie zum Teufel sie sich mit Metalleimern und Weidentoren vertragen werden.

Doch während ich neben der Gartenmauer stehe und aufs Wasser starre und auf die Wolken, die über den Himmel ziehen, macht sich noch ein anderes Gefühl in mir breit. Als ich hier ankam, ging ich davon aus, dass meine Probleme sich binnen einiger Wochen von selbst erledigen würden.

Dass ich nur eine Weile abtauchen müsste, um anschließend zurückzukehren und genau da weiterzumachen, wo ich aufgehört hatte. Doch in diesem Augenblick und nachdem ich mich erstmals laut zu meiner desolaten Situation bekannt habe, bin ich sehr weit weg von jener überselbstbewussten Back-Influencerin, die mit der Aussicht auf einen fetten Vorschuss und einem noch immer geregelten Leben in St. Aidan aufschlug, um sich eine kurze, überschaubare Auszeit zu nehmen. Das ist erst sechs Wochen her, aber mit jedem Tag, der verging, ist mein altes Leben mir weiter entglitten und könnte jetzt in so weite Ferne gerückt sein, dass ich es niemals zurückbekomme. Eine entsetzliche Vorstellung, die ich rasch verdränge, um an etwas Angenehmeres zu denken.

»Wenn du das mit den Pommes ernst meinst, muss ich nach oben laufen, um Ketchup zu holen.« Das ist eine dieser kindischen Gewohnheiten, denen ich längst entwachsen sein sollte. Aber Pommes kann man sich knicken, wenn die Soße nicht stimmt. »Ich akzeptiere nur Heinz, weißt du noch?«

Ich spüre förmlich, wie Ross die Augen verdreht. »Als ob ich das jemals vergessen würde, Bertie.«

Es war eine Frage, die ich niemals hätte stellen sollen. Und es ist definitiv die falsche Antwort.

22. Kapitel

Landleben und Notizen zur Sicherheit

Snowdrop Farm, High Hopes Hill
Sonntag

»Als Nächstes sind dann also … die Kälber dran?«

Wir sind auf der Snowdrop Farm, und Ross hat mir bereits erklärt, wie man das Trinkwasser der Hühner auffüllt, wie viele Nüsse die Schweine kriegen und wie man den Schafen Futter zustellt, ohne dabei zu Boden getrampelt zu werden. Heißer Tipp: die Tüte so schnell wie möglich auskippen und dann die Beine in die Hand nehmen. Daher bleiben, im reinen Ausschlussverfahren, nicht mehr allzu viele Möglichkeiten.

Ross meinte, wenn ich schon mal da wäre, könnte er mir auch gleich alles zeigen. Was er dabei außer Acht lässt, ist die Tatsache, dass man sich Dinge, die einem so vollkommen fremd sind, nur schwer merken kann. Das stylische Notizbuch mit Wiesenblumenmotiv, das ich sicherheitshalber mitgebracht habe, ist jedenfalls schon ziemlich voll. Blöderweise hat Ross schon ein paarmal mitgekriegt, wie ich hineinkritzele.

»Du musst das nicht mitschreiben, Bertie, es ist ganz einfach. Vier Schaufeln Milchpulver in den Eimer, dann Wasser bis zum Rand und wie verrückt mit dem Besenstiel umrühren. Und dann auf die Tröge verteilen.« Eine Reihe besabberter Nasen drückt sich durch das Gatter, aber solange die

Kälber auf ihrer Seite des Zauns bleiben, bin ich durchaus dazu in der Lage, ihre seelenvollen blauen Augen und die wuscheligen Fellknoten auf ihren Köpfen zu bewundern.

Er hat dasselbe über meine Notizen gesagt, als wir bei den Schweinen waren. Die übrigens die Ausmaße eines Kleinwagens haben und tatsächlich grunzend im Schlamm wühlen. Die gute Nachricht ist, dass es nur zwei davon gibt. Die schlechte, dass Walter sich auf seltene Rassen spezialisiert, das heißt, wenn ich versehentlich eins oder alle beide umbringe, ist es so gut wie unmöglich, Ersatz heranzuschaffen. Doch wenn ich mich strikt an mein Notizbuch halte, wird es hoffentlich nicht zum Äußersten kommen.

»Willst du mal mixen?« Ross arbeitet so schnell, dass er bereits eine Reihe kleinerer Eimer voller Milchpulver und Wasser aufgebaut hat. Jetzt hält er mir auffordernd den Besenstiel hin. »Dafür solltest du vielleicht den Kugelschreiber ablegen.«

»Klar.« Ich stopfe das Buch in meine Handtasche, zupfe an den weit geschnittenen Beinen meines geblümten Shorts-Kleides, packe den Besenstiel und rühre Pulver und Flüssigkeit kräftig um. »Zu Hause würde ich einfach meinen Stabmixer nehmen.«

»Walter schwört auf traditionelle Methoden. Als er die Kälber vor ein paar Wochen gekauft hat, ahnte er nicht, dass er nicht hier sein würde, um sie zu versorgen. Hinter dem Haus sind noch mehr, bei den Wohnwagen Richtung Apfelgarten.«

Endlich mal eine Information, mit der ich was anfangen kann. »Also leben hier Leute?«

Ross schüttelt den Kopf. »Nicht mehr. Aber das hier ist eher ein Kleinbauernhof als eine große Farm, daher hat Walter früher einen Teil seiner Einnahmen mit Feriengästen und hausgemachtem Cider erzielt.« Er seufzt. »Mittlerweile haben die Hühner sich in den Wohnwagen häuslich eingerichtet. Du wirst dort vermutlich mehr Eier finden als in den Nistkästen, die ich dir vorhin gezeigt habe.«

Das einzig Gute an unserem Arrangement ist der Zugang zu einer weiteren Eierquelle. Wenn ich mir die Dinger allerdings immer erst mühsam zusammensuchen muss, ist dieser Vorteil hart erarbeitet.

Ross verteilt die cremige Mischung auf die Tröge. »Du musst sie beobachten, während sie trinken, um sicherzustellen, dass die stärkeren die schwächeren nicht wegstoßen und ihr Futter stehlen.« Er hüstelt. »Welche du besonders im Auge behalten solltest, findest du schnell heraus.«

Ich lehne den Besenstiel an die Wand und greife nach meinem Notizbuch. »Das ist deutlich aufwendiger, als ich dachte. Gut, dass ich Sophies Ersatz-Gummistiefel anhabe, wenn ich da reinklettern und mit den Kälbern ringen muss.«

»Ich lasse dich nicht mit ihnen allein, bevor du dich auskennst«, versichert Ross, und sein Gesicht verzieht sich zu etwas, das verdächtig nach einem Lächeln aussieht. »Hellblaue Stiefel mit lila Punkten könnten sie aber so verschrecken, dass sie sich ganz von selbst benehmen.«

Es ist nicht direkt eine Stichelei, aber doch nah genug dran, um mich wieder auf das Thema zu bringen, das mich seit gestern Abend umtreibt. »Du veräppelst mich schon wieder.«

»Ist nicht böse gemeint. Ich mache nur Spaß.«

Ich schnaube entrüstet. »Für dich mag das ja ein Riesenspaß sein. Aber ich bin seit meiner Geburt von einem Bruder und vier Schwestern gnadenlos verulkt worden, die machen das bis heute, wann immer ich sie sehe.« Große, lebhafte Clans sind nicht immer die heiteren Häfen, als die sie von außen erscheinen. Meine Familie ist liebevoll und aufmerksam, und ich würde sie um keinen Preis der Welt eintauschen wollen. Aber meine älteren Geschwister haben mich wirklich ohne Unterlass gefoppt, und es gab so viele davon, dass, selbst wenn ein paar Ruhe gaben, immer mindestens einer da war, der sich über mich lustig machte. In der Schule und später an der Uni hatte ich kaum Freunde, weil ich einfach nur die ungewohnte Ruhe genoss.

Ich hole tief Luft, bevor ich weiterrede. »Meine Schwestern sind alle so gut organisiert und erwachsen und professionell, sie haben Kinder und feste Beziehungen und gleichzeitig steile, intellektuell anspruchsvolle Karrieren.« Bella therapiert benachteiligte Kinder, Zoe arbeitet als Kunsthistorikerin für den National Trust, Laura ist Top-Epidemiologin und Jo eine Koryphäe der Verhaltenspsychologie. Und die Kids sind auch alle super. »Sie geben sich wirklich Mühe, nett zu sein, aber im Grunde schauen sie auf mich herab, weil mein Leben im Vergleich zu ihrem so substanzlos und oberflächlich ist. Deshalb war es unglaublich wichtig für mich, Erfolg zu haben, auch wenn mein Influencer-Ruhm sich nicht mit dem messen kann, was sie erreicht haben.«

Ross mustert mich besorgt und gleichzeitig forschend. »Aber du hast auf deinem Gebiet wirklich Erfolg, und das ist es doch, was zählt, oder?« Verblüfft schüttelt er den Kopf. »Außerdem seid ihr die Hobsons, ihr seid legendär. Ich war bislang davon ausgegangen, dass ihr euch immer alles erzählt.«

Meine Antwort ist ein entnervtes Stöhnen, das ich dann aber weiter ausführe. »Genau deshalb wollte ich ja, als alles den Bach runterging, so verzweifelt verhindern, dass es jemand herausfindet. Und deshalb musste ich verschleiern, wie sehr ich hier ins Schwimmen gerate. Ich verstecke mein Versagen immer vor ihnen!«

Er setzt den Fuß auf die unterste Sprosse des Gatters und schaut mich von der Seite an. »Aber was war mit dem Baby?

Ich weiß, dass wir übereinkamen, es Charlie zu verheimlichen, aber die anderen haben dich damals doch bestimmt unterstützt, oder?«

Ich bin erschüttert, dass wir schon wieder bei dieser Geschichte sind. »Ich konnte ihnen doch unmöglich offenbaren, was für ein Schlammassel ich da angerichtet hatte!« Ich rede nicht von der Schwangerschaft selbst, von der war ich schon zwei Minuten nachdem ich die beiden Striche auf dem Test gesehen hatte, total begeistert. Und ich wusste, dass meine Familie sich mit mir freuen würde. Nein, mein größter Fehler war, dass ich es mit jemandem dazu kommen ließ, der kein Interesse hatte, daran teilzuhaben. Und dass ich es dann verloren habe.

Sein Blick ist plötzlich schmerzerfüllt. »Natürlich, das hätte mir klar sein müssen. Aber wenn es wirklich hart auf hart kommt, dann kann es helfen, seine Last zu teilen.«

Ziemlich sicher wären sie nach der Fehlgeburt alle ebenso am Boden zerstört gewesen wie ich, wenn ich ihnen zuvor von der Schwangerschaft erzählt hätte. Aber da sie damals ohnehin schon durch Fayes Tod und Charlies Trauer völlig aufgelöst waren, bin ich im Nachhinein wirklich froh, ihnen das erspart zu haben.

Doch dann stößt mir etwas anderes auf. »Du bist gerade der Richtige, um mir vorzuwerfen, dass ich Dinge für mich behalte. Wo du doch selbst nicht unbedingt berühmt dafür bist, dich anderen anzuvertrauen.« Außerdem hat er keinen müden Schimmer, wie es ist, alles zu verlieren, was einem wichtig ist. »Hast du überhaupt den Hauch einer Ahnung, wie hilflos man sich fühlt, wenn man alles verliert, wofür man je gearbeitet hat?«

Beschwichtigend stößt er mich mit der Schulter an. »Ich verstehe, was du durchgemacht hast, und kann vollkommen nachvollziehen, wie grässlich sich das anfühlt.«

Aber es ist mein Riesendesaster. Wenn er so tut, als ob er alles versteht, dann wertet er es nur ab. »Echt süß von dir, dich einzufühlen, aber du kannst es unmöglich kapieren, bevor du es selbst durchlebt hast.« Nachdem ich meine Position nun klargemacht habe, muss ich ihm allerdings vermitteln, dass ich durchaus vorhabe, mein Leben wieder ins Lot zu bringen, wie auch immer. »Es wird schon wieder aufwärtsgehen. In ein paar Monaten bin ich mit meiner Krise durch. Aber bis dahin ist es mir lieber, wenn keiner über meine schwierige Situation Bescheid weiß.«

Neben mir seufzt Ross so tief, dass seine Schultern sich sichtbar senken. »Ich wünschte, ich könnte genauso optimistisch in meine eigene Zukunft blicken, aber das kann ich nicht.«

Als die Bedeutung seiner Worte einsickert, setzt mein Herz einen Schlag aus. »Moment mal, Ross, was ist los?«

»Ich musste mich eben nicht groß einfühlen.« Seine Stimme ist kaum mehr als ein heiseres Flüstern. »Denn ich lebe gerade in demselben Albtraum wie du. Und ich kann hoffen, so viel ich will, für mich gibt's keinen Weg zurück.« Er streckt die Hände aus, öffnet und schließt seine Fäuste. »Ich bin hierhergekommen, um mich zu erholen, aber es tritt einfach keine Besserung ein.«

»Deine Hände!«

Er schließt die Augen und schüttelt den Kopf. »Es war nicht mal irgendwas Heldenhaftes. Ich bin bei einem Schlammrennen ausgerutscht und hab meine Finger an irgendeinem verborgenen Stacheldraht aufgerissen. Seither sind die Nerven an beiden Händen geschädigt, ich kann kaum etwas fühlen.«

Mein Magen hat sich in einen Stein verwandelt. »Aber du arbeitest in einer Tierklinik. Wie kannst du ohne Gefühl in den Händen operieren?«

Ein Muskel in seiner Wange zuckt. »Ganz einfach – ich kann es nicht.« Er tritt gegen die harten Grasbüschel, die zwischen den Pflastersteinen des Hofs wachsen. »In der Klinik springen die jüngeren Kollegen für mich ein. Du hast mich ja mit Pancake gesehen. Ich hätte ihr kein Blut abnehmen können, selbst wenn es um mein Leben gegangen wäre. Im Grunde beaufsichtige ich die Abläufe hier nur, um mir die Chance auf Genesung zu geben. Es gibt da oben in Schottland eine international renommierte orthopädische Tierpraxis, mit deren Aufbau ich praktisch mein ganzes Berufsleben verbracht habe. Dort wartet ein Team von Kollegen darauf, dass ich endlich die Kurve kriege. Und je länger ich hier bin und nicht dort, desto schlimmer lasse ich sie im Stich.«

»Aber die Zeit hier am Meer tut dir doch bestimmt gut.« Die Worte klingen selbst in meinen eigenen Ohren bedeutungslos.

Er schüttelt den Kopf. »Ich hatte wohl auf ein Wunder gehofft. Aber mit jedem Tag, der vergeht, ohne dass das Gefühl in meine Finger zurückkehrt, schwindet die Hoffnung. Das Leben, das ich kannte, ist sehr wahrscheinlich vorbei.«

Mein Mund wird trocken, als mir das ganze Ausmaß seiner Katastrophe dämmert. Doch er hat mir schon vor einiger Zeit gesagt, dass er kein Mitleid will. »Und was wirst du tun?«

»Ich spiele auf Zeit. Erst mal helfe ich Walter, solange er mich braucht. Und wenn das vorbei ist, könnte ich einen Schreibtischposten annehmen und irgendwann in den Vorruhestand gehen.«

»Wir sind hier immerhin auf High Hopes Hill«, rufe ich beschwörend. »Du darfst nicht so schnell aufgeben.« Sosehr er mich auch verletzt hat, würde ich ihm ein solches Schicksal niemals wünschen. »Es tut mir so leid, Ross.« Ich drücke seinen Handrücken. »Egal, wie schlimm es wird, ich bin für dich da.«

»Ich habe noch ein paar Untersuchungstermine, aber ich wappne mich für das Schlimmste. Momentan gleicht die Zukunft, die vor mir liegt, einem tiefen schwarzen Loch.« Das ist mal wieder typisch Ross. Er ist unglaublich intelligent und besessen von Fakten, aber ihm fehlt die Fähigkeit zu träumen. Daher ist er außerstande, über seine aktuelle Misere hinwegzusehen und sich irgendein Licht am Ende des Tunnels vorzustellen. »Man kann es nicht leugnen«, fährt er fort und schneidet eine Grimasse, »wir sitzen beide tief in der Scheiße.«

Doch das stimmt nicht. Verglichen mit seiner Situation sind meine Herausforderungen die reinste Lachnummer. Ich werde mich wieder aufrappeln und zum nächsten Projekt weiterziehen. Mit richtig viel Glück kann ich mich sogar in den Bereich zurückschleichen, in dem ich bis vor Kurzem so erfolgreich war. Sein Leiden ist hingegen viel greifbarer, denn für ihn gibt es womöglich keinen Weg zurück – und keine wirkliche Alternative.

»Wie wär's, wenn du mir jetzt zeigst, wie man die Kälber zur Räson bringt? Und dann muss ich wissen, wo die Hühner ihre Eier verstecken.« Natürlich ist das jetzt das Letzte, wonach mir zumute ist, aber wenn er mich herumkommandieren kann, lenkt ihn das vielleicht von seinem Elend ab.

»Mach doch ein paar Selfies mit den Tieren«, schlägt er vor. »So eine ländliche Version von Cressy Cupcake könnte bei deinen Followern gut ankommen.«

Ich weiß nicht, ob ich wirklich so weit gehen muss, würde es aber tun, wenn es ihn auf andere Gedanken bringt. »Und soll ich, wenn wir wieder zu Hause sind, ein paar von meinen hochkarätigen Turbo-Brownies backen?«

Er mustert mich unter halb geschlossenen Lidern hervor. »Sind das diese klebrigen, von denen du in deinem Blog schreibst, sie würden dich praktisch zum Schoko-Orgasmus bringen?«

»Hmm, so ungefähr.« Mist, Mist, Mist. Wenn ich solches Zeug von mir gebe, dann gehe ich nicht davon aus, dass es zu mir zurückkommt. Und selbstverständlich habe ich nicht damit gerechnet, dass der verdammte Ross Bradbury es jemals liest, geschweige denn zitiert.

»Du kennst mich so gut.« Mir fiel der traurige Esel aus *Winnie Puuh* ein. »Vielleicht hätte I-Aah genau das gebraucht, um ihn aufzumuntern. Also, ich wüsste jedenfalls ganz genau, wie ich mich entscheiden würde, wenn ich die Wahl zwischen orgastischen Schoko-Kuchen und einem Maul voller Disteln hätte. Du etwa nicht?«

Wie auch immer wir auf dieses schmale Brett gekommen sind, ich muss uns da ganz schnell wieder runtermanövrieren. »Jo sagt, I-Aah hatte eine massive depressive Störung, er brauchte Verhaltenstherapie, keine Schokolade.« Dies ist einer der wenigen Momente, in denen ich froh bin, eine Psychologin zur Schwester zu haben. »Apropos, wo sind eigentlich Walters Esel?«, erkundige ich mich, um den Schoko-Orgasmus noch weiter hinter mir zu lassen. »Ich hätte nichts dagegen, ein paar Eselsohren zu kraulen.«

Seiner perplexen Miene nach hat Ross offensichtlich Mühe, den rasanten Wendungen meiner Konversation zu folgen. »Im Moment hat er keine, aber ich bin sicher, dass er dir einen – oder mehrere – besorgen kann, wenn du großen Wert darauf legst.«

Da wir uns jetzt wieder auf sicherem Boden befinden, gestatte ich mir ein Grinsen. »Ich glaube, hier gibt's auch so schon genug Viecher. Wollen wir weitermachen?«

Natürlich reicht ein rascher Schoko-Kick auch bei mir nicht aus, um sämtliche Probleme zu lösen. Zumal gerade ein neues hinzugekommen ist. Der Ross, den ich zu kennen glaubte, war für mich eine verbotene Zone, unerreichbar und unberührbar. Während diese neue, verwundbare Version mir so ans Herz geht, dass ich ein schmerzhaftes Ziehen in der Brust verspüre. Und das ist definitiv keine gute Entwicklung. Für keinen von uns.

23. Kapitel

Neunzig Prozent Kakao und sinkende Standards

In Clemmies Wohnung
Sonntag

Es ist bereits früher Abend, als ich in Clemmies Küche meiner eigentlichen Arbeit nachgehen kann. Ross' Brownies stapeln sich bereits auf dem Küchengitter, und ich schiebe gerade ein Blech Baisers in den Backofen, als die Wohnungstür geöffnet wird.

»Ich bin wieder da.« Das klingt schrecklich häuslich, aber Ross meldet sich nur deshalb zurück, weil er seinen Kuchen haben will. Sonst macht er das nie.

»Und deine Brownies sind hier«, rufe ich. Ich vermeide bewusst das Wort warten, weil es so viel mehr impliziert. »Möchtest du sie in einer oder zwei Schachteln? Zum Hieressen oder Mitnehmen?«

»Kommt drauf an.« Grinsend steuert er die grüne Kommode an, nimmt einen Brownie und beißt genüsslich hinein. Dann spricht er durch einen Mundvoll Schokolade weiter. »Machst du mir die immer, wenn ich darum bitte, oder müssen diese hier für den Rest meines Lebens reichen?«

Ich versuche, nicht zu lächeln. »Man könnte mich überreden, auf Bestellung zu backen. Hängt davon ab, wie viele Eier du mir über den Kopf kippst.«

»Das ist die richtige Antwort.« Er wedelt mit seinem

zweiten Brownie, bevor er ihn an den Mund führt. »Vielen Dank, sie sind köstlich, ich hätte gerne bitte die Hälfte für später zum Hieressen und die andere zum Mitnehmen morgen früh.«

Als er nach dem dritten Quadrat greift, kann ich mein Lachen nicht mehr zurückhalten. »Wenn du so weiterfutterst, dann reden wir hier von zwei leeren Schachteln.«

Was immer man über Schokolade und Endorphine sagt, trifft auf Ross definitiv zu, er schwebt praktisch im siebten Himmel, wenn er Kakao auf der Zunge spürt, und während das für ihn sicher großartig ist, komme ich damit weniger gut zurecht. Vor allem, als er nicht mehr so schlingt und sich die Zeit gönnt, den Geschmack wirklich zu genießen, mit vor Ekstase glasigem Blick unter halb geschlossenen Lidern. Unwillkürlich zieht sich meine Brust so heftig zusammen, dass mir prompt der Quirl, den ich gerade aus dem Mixer gedreht habe, auf den Boden fällt und nach ein paar Drehungen vor Ross' abgewetztem Timberland Boot liegen bleibt.

Mit einer geschmeidigen Bewegung bückt er sich, hebt das Teil auf und drückt es mir wieder in die Hand. »Was soll das, Bertie? Ich habe den Boden erst heute Morgen gewischt.« Bevor ich ihn fragen kann, wann zum Teufel er das auch noch geschafft hat, ist er schon wieder unten und wischt die Eischnee-Spritzer mit einem Küchentuch auf. Dann schaut er zu mir hoch. »Bevor ich's vergesse, ich habe Sophie und die Gang unten am Hafen getroffen. Sie haben mich gebeten, dir was zu zeigen.«

Mühsam reiße ich meinen Blick von dem straff gespannten Denim an den Innenseiten seiner gebeugten Oberschenkel los und versuche, mich zu konzentrieren. »Wie bitte?« Nach dem Anblick, den ich eben hatte, muss er noch mal von vorn anfangen.

Er steht auf, steckt sich den Rest des Brownies in den Mund und macht mich schon wieder fertig, indem er sich in den Hüften windet, um das Handy aus der vorderen Tasche seiner knapp sitzenden Jeans zu extrahieren. »Millie hat ein kleines Video von dem Eier-überm-Kopf-Vorfall gemacht. Komm her und guck's dir an, es ist zum Brüllen.«

Er kommt auf mich zu, und ich flüchte hinter einen fuchsiafarbenen Stuhl. Erst als der Tisch sich zwischen uns befindet, beuge ich mich vor und verdrehe mir den Hals, um aufs Display seines Telefons zu starren. Nach dem dritten Durchlauf des Clips habe ich Nackenkrämpfe, aber wenigstens den nötigen Sicherheitsabstand gewahrt.

»Klasse.« Es ist genau das, was zu erwarten war. Als sechstes Kind bin ich geübt darin, über mich selbst zu lachen, also ringe ich mir ein schwaches Grinsen ab und hoffe inbrünstig, dass das Thema damit erledigt ist.

»Und?« Erwartungsvoll schaut er mich an. »Millie hat da viel Arbeit reingesteckt, jetzt bist du dran.«

Mir rutscht das Herz in die Hose. »Bitte sag mir, dass sie nicht von mir erwartet, dass ich es hochlade.«

»Ich glaube, sie hofft darauf. Und warum auch nicht? Es ist saukomisch.«

Ich hole tief Luft und suche nach den richtigen Worten, um meinen Standpunkt klarzumachen. Ich will keine Spielverderberin sein, aber diese Art Schenkelklopfer-Humor ist meilenweit entfernt von der coolen und gleichzeitig heiteren und vor allem makellosen Routine, die mein Markenzeichen ist. »Aber es passt einfach nicht zu der Zielgruppe, die ich normalerweise erreichen will.«

»Vielleicht solltest du dich breiter aufstellen?«

Ich versuche es noch einmal. »Warum sollte ich mir jetzt alles kaputtmachen, nachdem ich buchstäblich jede Sekunde der letzten paar Jahre darauf verwendet habe, sicherzustellen, dass jeder einzelne Beitrag, den ich ins Netz stelle, mich und alles, was ich tue, perfekt aussehen lässt? Und mit perfekt meine ich übrigens nicht ›möglichst gut‹, sondern so überwältigend und berauschend vollkommen, dass es einfach nicht besser sein könnte.«

»Okay.« Sein Schniefen lässt keinen Zweifel daran, dass er noch mehr zu sagen hat. »Aber Walters Filmchen lädst du hoch?«

Ich richte mich zu meiner vollen Höhe auf und ziehe meine Schürze zurecht. Wenn wir darüber streiten, muss ich ernsthaft genug aussehen, um meine Ecke zu verteidigen. »Unter den obwaltenden Umständen und weil das Mitgefühl es gebietet, war ich bereit, die Cressy-in-Kittiwake-Court-Clips zu veröffentlichen, auch wenn das meinen Glanz ein wenig beeinträchtigen könnte. Aber das hier ist etwas ganz anderes.«

Er starrt mich so eindringlich an, als könnte er direkt in meine Seele blicken. »Und wie gut funktioniert dieses idealisierte, glamouröse, Besser-als-jeder-andere-Image für dich?«

Ich funkele ihn so finster an, wie es mir möglich ist, während ich mir gleichzeitig mit dem Finger eine Kostprobe Baiser-Mix vom Quirl streiche. »Danke der Nachfrage, es hat grandios funktioniert. Und wie bereits erwähnt, besteht eine realistische Chance, dass es auch wieder funktionieren wird, sofern ich geduldig bleibe und nicht allzu früh versuche, dort weiterzumachen, wo ich aufgehört habe.«

Ross schluckt, und als er weiterspricht, ist seine Stimme sehr leise. »Ich habe länger darüber nachgedacht und bin zu dem Schluss gekommen, dass es vielleicht an der Zeit ist, dieses Täuschungsmanöver aufzugeben. Vielleicht wärst du ja besser, wenn du es mal als du selbst probierst?«

Ein paar Sekunden lang verschlägt es mir die Sprache. »Verdammt noch mal, Ross«, zische ich dann. »Lass nur alles raus, was du denkst, warum so zurückhaltend?«

Die Konzentrationsfalten zwischen seinen Brauen zeigen, dass er wirklich angestrengt darüber nachdenkt. »Auf diesem Video bist du mehr, wie du früher warst …«

Ich unterbreche ihn mit einem Laut, der mehr nach Jaulen klingt, als mir lieb ist. »Ich war draußen auf der Weide und habe Schafe gejagt, deshalb hatte ich keine Zeit, mich fertig zu machen. Dass meine Nase auf dem Clip mehr glänzt als mein Haar, ist keine Absicht!« Dann lasse ich sacken, was er sonst noch gesagt hat. »Außerdem ist es völlig sinnlos, mich mit meiner eigenen Vergangenheit zu vergleichen. Damals war ich ein total anderer Mensch.« Sogar mit einundzwanzig, als ich fast Mutter geworden wäre, war ich tief im Inneren noch immer eher ein Kind als eine erwachsene Frau.

Die Falten auf Ross' Stirn werden noch tiefer. »Ich behaupte ja gar nicht, dass du als Cressida Cupcake nicht fantastisch rüberkommst. Aber für mich persönlich bist du einfach nachvollziehbarer, wenn du quirlig und schön, aber eben auch echt bist. Und das könnte anderen Leuten genauso gehen.«

Das habe ich nun von meiner Offenherzigkeit. Ich hätte ihm niemals von meinem Scheitern erzählen sollen. Als ich sehe, wie er auf sein Telefon schaut, explodiere ich. »Nein, ich werde meine Meinung nicht ändern, wenn ich es mir noch mal anschaue. Meine Entscheidung ist endgültig.«

»Nein, das ist was anderes«, murmelt er abgelenkt. »Ich muss noch mal los, Finanzkrisensitzung in Kittiwake Court.«

»Was hat das mit dir zu tun?«, platze ich heraus, bevor ich mich stoppen kann. Er wohnt oder arbeitet dort nicht mal, trotzdem scheint er seine Nase in alles reinzustecken.

»Frag nicht! Tut mir leid, ich muss mich sputen. Ich schicke dir das Video, was du damit machst, ist natürlich deine

Sache. Aber denk noch mal drüber nach, Bertie – da ist etwas an deiner Mimik und dem Timing, das jedes Mal die Note ›perfekt‹ von mir bekommt. Sophie, Nate und Millie sehen das genauso, du bist die einzige Zweiflerin.«

Vor fünf Minuten war ich total auf seine Schenkel fixiert, und jetzt muss ich mir diesen Schwachsinn von ihm anhören. Was wieder mal beweist, dass man stets seinem ursprünglichen Bauchgefühl folgen sollte. Schlanke, muskulöse Beine und ein verträumter Schlafzimmerblick bedeuten gar nichts. Schlimmer noch, sie können dich direkt vom eingeschlagenen Kurs abbringen.

Hastig stapele ich ein paar Brownies in eine Schachtel und schiebe sie ihm zu. »Hier, für unterwegs, ich wünsche dir einen fantastischen Abend, bis später.«

An der Küchentür zögert er. »Ich weiß nicht, wann … Ich meine, warte besser nicht auf mich.«

Als ob ich das jemals tun würde. Mir ist absolut schnuppe, wann er kommt und geht, ich kriege es nicht mal mit. Innerlich kann ich nur mit den Augen rollen, dass er sich mir gegenüber wegen ein paar Brownies so in der Pflicht sieht. »Viel Glück beim Zahlenjonglieren.«

Falls ich mich durch seinen überstürzten Aufbruch seltsam beraubt fühle, ist das natürlich total verrückt. Sobald er weg ist, werde ich Diesel vorbeten, dass ich alle Hände voll zu tun habe und absolut keinen Platz in meinem Leben für irgendwas anderes als die nächsten tausend Baisers. Schon gar nichts irgendwie Ross-förmiges.

Noch immer lungert er an der Küchentür herum. »Ich lass dich wissen, was dabei herauskommt.«

»Lass endlich den Türrahmen los und verzieh dich, Bradbury.« Es ist nur ein flüchtiger Eindruck, aber ich könnte schwören, dass ich ein Grinsen gesehen habe, als er sich endlich durchs Wohnzimmer davonmacht.

»Bis später, Bertie.« Die Worte hallen durchs Apartment, dann fällt die Wohnungstür krachend ins Schloss.

Als ich ihm an meinem ersten Tag in St. Aidan ein beiläufiges »Man sieht sich« zuwarf, hatte er praktisch einen Nervenzusammenbruch. Mir ist klar, dass sich in sieben kurzen Wochen eine Menge ändern kann, trotzdem ist sein neuerdings so entspanntes Geplänkel aus mehreren Gründen verwirrend, und ich bin nicht sicher, ob ein guter Grund darunter ist. Es würde die Situation jedenfalls immens vereinfachen, wenn wir uns an die Vereinbarung jenes ersten Tages gehalten hätten und einander konsequent aus dem Weg gegangen wären.

Drei Chargen Baisers später sitze ich auf dem Balkon und belohne mich mit einem Piccolo Prosecco, weil ich endlich die finale Auswahl für das Baiser-Kapitel meines Buches getroffen habe. Während ich aufs Meer starre, das der Mondschein mit einer silbernen Schicht überzogen hat, kitzelt mich die Kohlensäure in der Nase. Und ich überdenke noch mal die Sache mit Millies Video.

Natürlich hasse ich es schon aus Prinzip, Ross' Vorschlag anzunehmen. Aber in Wahrheit und entgegen all meiner Proteste war es an dem Tag, als die Klitschiger-Kuchen-Show ausgestrahlt wurde, mit meiner »perfekten« Reputation vorbei. Und so gern ich wieder an die Erfolge der strahlenden Sauberfrau Cressida anknüpfen würde, fürchte ich doch, dass sie längst verschwunden ist. Daher habe ich wirklich nur noch sehr wenig zu verlieren, wenn ich diesen Clip ins Netz stelle. Und wenn Millie und Sophie ekstatisch auf ein paar Likes reagieren, dann wäre es ziemlich gemein von mir, dieser Freude im Wege zu stehen.

Aber wenn ich schon diejenige bin, die das Ding in die Welt schickt, dann kann ich auch einen professionellen Launch hinlegen und mich bei den Hashtags richtig austoben.

#DieKleineTraumkücheOnTour
#CressidaCupcakeKatastrophen
#WirLiebenKittiwakeCourt
#WieManBaisersNichtMacht!

Gerade will ich auf »Video hochladen« drücken, da poppt eine Nachricht in meinem Handy auf. Sie ist von Ross.

Es sieht nicht gut aus für Kittiwake Court –
ich habe versprochen, dass du haufenweise
Ideen für GROSSE Spendenaktionen hast.
Sie zählen auf dich, Bertie Buncase.

Mir bricht das Herz, als ich an Walter, Pam und die anderen denke. Noch während ich eine rasche Antwort tippe, lasse ich sämtliche Optionen vor meinem geistigen Auge Revue passieren.

Okay, Cakeface, ich denke nach.

Natürlich erwähne ich es nicht, aber da die Abendbrise so angenehm lau ist, könnte ich immer noch hier sein, wenn er nach Hause kommt. Und ein Brainstorming auf dem Balkon ist jetzt womöglich genau das Richtige. Doch dann plingt mein Telefon schon wieder.

Elise hat eine schwierige Abkalbung
außerhalb der Dienstzeit, ich fahre hin, um
ihr zu helfen. Könnte länger dauern.

Verdammt, verdammt, verdammt. Und noch verdammter, weil es mir tatsächlich was ausmacht. Und am allerverdammtesten wegen des bitteren Stechens in meiner Brust, wenn ich mir diese engen Jeans neben Elise kauernd vorstelle. Die nach diesem Einsatz noch viel mehr Vorwände haben wird, sein Loblied zu singen.

Ich stupse Diesel, der mit dem Kopf auf meinem Fuß schläft, leicht an. »Manchmal hat man wirklich nichts mehr zu verlieren, Diesel.«

Ich drücke auf »Video hochladen«, kippe den Rest des Proseccos, dann gehen wir schlafen.

24. Kapitel

Süße Schnitten und gute Ideen

Auf der Veranda von Plums Galerie
Dienstag

Nach dem gestrigen Einsatz auf Walters Hof war es die reine Wonne, in Clemmies Küche zurückzukehren. Während ich endlich dazu kam, Plätzchenteig für einige Bestellungen zu kneten und dabei weitere Ideen für mein Kekskapitel zu entwickeln, wollte ich nie wieder einen Fuß auf einen Bauernhof setzen. Doch so funktioniert das Landleben nun mal nicht. Da sind viele lebendige Tiere, die fast so viele Mahlzeiten brauchen wie wir, also war ich heute Morgen schon wieder dort, um Milch für das Frühstück der Kälber anzurühren.

Zurück im Seaspray Cottage sichtete ich mit Clemmie meine Cupcakefotos. Wir konnten uns lange nicht entscheiden, ob ich auf ungewöhnlich oder auf bewährt setzen sollte, bis ein plötzlicher Geistesblitz ergab, dass im Buch durchaus zwei Cupcakekapitel Platz finden könnten – eins für traditionelle Favoriten, eins für ausgefallene Rezepte.

Und jetzt ist Mittagszeit, und Diesel und ich sind den Hügel zu Plums Galerie hinaufgestiegen, zu einem dringenden Fundraising-Gedankenaustausch mit der Hälfte der Meerjungfrauen. Danach ziehen Diesel und ich direkt weiter, um Nell für den heutigen Backnachmittag in Kittiwake Court zu treffen.

Ursprünglich hatte ich gehofft, meine Zeit in St. Aidan zum Ausspannen nutzen zu können, doch während die Wochen ins Land gehen, habe ich mehr und mehr zu tun. Dass ich mein Probegebäck fürs Buch zum Befüllen der Kuchenkartons verwende, ist natürlich eine Win-win-Situation, und dank Clemmies bezauberndem Geschirr und der hinreißenden Wohnung wächst mein Fotoarchiv stetig weiter.

Ich habe meine Arbeitsmethoden optimiert und schon mit dem Schreiben der Kapitel-Einführungen begonnen, mache also auch in der Hinsicht gute Fortschritte. Tatsächlich nimmt das Buch bei jeder FaceTime-Sitzung mit Clemmie konkretere Formen an. Klar, ich war auch früher gut damit beschäftigt, meine Videos zu filmen und meinen Blog zu pflegen und über alles, was im Netz so abging, auf dem Laufenden zu bleiben, aber verglichen mit meinem aktuellen Pensum kommt es mir so vor, als ob ich mich ausruhen könnte, wenn ich wieder zu Hause bin.

Vor ein paar Jahren hat Plum sich einen alten Krämerladen unter den Nagel gerissen, um ihren Traum von einer eigenen Galerie zu verwirklichen, und jetzt schweben Diesel und ich durch hohe weiße Räume voller Meerlandschaften, vorbei an Postkartenständern und Regalen voller Schmuck und Geschenke, auf die Veranda, wo Plum, Sophie und die kleine Maisie sich bereits vor dem Hintergrund des blassblau schimmernden Ozeans um einen Tisch versammelt haben.

Nachdem Sophie ihrer Tochter eine Scheibe Wassermelone gereicht hat, schaut sie zu mir auf. »Wie läuft's denn so bei unserem Bauernmädchen?«

Ich grinse. »Wie sich herausgestellt hat, sind deine Joules-Gummistiefel prima geeignet, um die Kälber zu disziplinieren. Und ich habe noch immer sechseinhalb Fingernägel zur Verfügung.« Heute Morgen hat schon wieder einer den Geist aufgegeben. Es fühlt sich so grauenhaft an, wenn sie brechen, dass ich mich langsam mit dem Gedanken anfreunde, sie kürzer zu tragen. Vielleicht gelingt es mir dann ja, meine landwirtschaftlichen Pflichten schneller zu erledigen. Wenn ich weitermache wie bisher, verbringe ich mehr Zeit auf den Weiden als in der Küche.

Plum schaut auf ihre eigenen farbverschmierten Finger. »Für Ross ist es sicher sehr hilfreich, da oben auf ein zweites Paar Hände zurückgreifen zu können.«

Unwillkürlich verziehe ich das Gesicht. »Ich hatte keine Ahnung, dass sein Unfall so schlimm war.«

Sophie runzelt die Stirn. »Es ist sehr viel ernster, als er durchblicken lässt.« Was bestätigt, dass sie alle Bescheid wissen – wie auch über alles andere hier. Doch dann weicht ihre besorgte Miene einem Lächeln. »Ihr beide scheint eure Differenzen ja beigelegt zu haben.«

Da ich weiß, dass sich jedweder Klatsch rasend schnell im Dorf verbreitet, hüte ich mich, Öl ins Feuer zu gießen. »Es ist leichter, seit ich ihn besser kenne. Millie hatte recht, er ist sehr nützlich beim Abwaschen.« Das lässt ihn hoffentlich distanziert und bedeutungslos genug erscheinen, außerdem sollte das, was ich jetzt aus meiner Tasche hole, sie ausreichend ablenken. »Ich habe euch etwas Old School Sponge Cake mitgebracht, das ist klassischer Biskuitkuchen mit Zuckerguss und Liebesperlen, in Quadrate geschnitten.«

Als Plum den Deckel der Schachtel anhebt, leckt sie sich über die Lippen. »Genau wie wir ihn früher in der Schule zum Nachtisch hatten, mit rosa Vanillesoße.« Sie legt einige der Stücke auf einen großen Teller. »Wie kommt es, dass der Kuchen so gelb ist?«

Ich muss ein Geständnis ablegen. »Er ist mit Walters Eiern gebacken, die von Hennen mit Federn an den Füßen in der Klosettzelle eines von Walters stillgelegten Wohnwagen-Oldtimers gelegt wurden. Wo ich sie dann aufgesammelt habe.«

Sophie hält ihr Kuchenstück hoch. »Das ist eine ziemlich fesselnde Hintergrundgeschichte. Und dann noch gebacken von einer Londonerin, die hier so lange ist, dass sie beinahe schon einen Wohnsitz in St. Aidan hat.« Sie hüstelt bedeutungsschwanger. »Und die in ihrem Zweitberuf als prominente Influencerin soeben für das Video ›Wie man Baisers nicht macht‹ zwanzigtausend Likes binnen zwei Tagen eingeheimst hat.«

Schockiert starre ich sie an. »Soll das ein Witz sein?« Ich habe einmal gecheckt, ob Sonntagnachmittag alles vollständig hochgeladen wurde, und war dann, wie ich zu meiner Schande gestehen muss, mehr mit hungrigen Kälbern beschäftigt. Und obwohl ich weiß, wie unberechenbar Social Media sein kann, hätte ich doch nie mit einem solchen Zuspruch gerechnet.

»Millie ist hin und weg«, erzählt Plum strahlend. »Sie hat mir gestern den ganzen Tag Textnachrichten geschickt, als die Zahlen in die Höhe schossen.«

Auch Sophies Augen leuchten. »Dabei war sie nur mit ihrem Handy zur rechten Zeit am rechten Ort. Der Zuspruch ist allein deinen Followern zu danken, Cressy. Und natürlich deinem komödiantischen Talent!«

Ich schneide eine Grimasse. »Selbst ich muss zugeben, dass es lustig ist.«

Plum drückt meine Hand. »Es war sehr großmütig von dir, das ins Netz zu stellen. Man braucht Charakterstärke, um sich zum Trottel zu machen.«

Sophie gibt mir ein High Five. »Danke für deinen Mut, wir wissen das alle zu schätzen.« Sie versucht, in meine Tasche zu spähen. »Was hast du da sonst noch drin?«

Ich lache. »Nichts Essbares, nur ein paar Ideen, um Spenden einzutreiben.«

Egal, wie viele Leute gesehen haben, wie mir Eimasse über den Kopf gegossen wird, noch habe ich mich nicht vollständig von den schönen Dingen des Lebens losgesagt, daher habe ich meine Ideen ordentlich in mein Lily Flower Notebook geschrieben, denn die Seerose symbolisiert Kreativität und Erfolg. Und in Zeiten wie diesen können wir jede Hilfe gebrauchen.

Plum schenkt Kaffee aus einer großen Kanne aus. »Was haltet ihr von einer »Mamma-Mia!«-Filmvorführung am Strand mit Singalong?«

Sophie klatscht in die Hände. »Mit Kostümen.«

Ich sehe es praktisch schon vor mir. »Und Moussaka!«

Plum notiert alles mit dickem schwarzem Filzstift auf einem großen Skizzenblock. »Das ist schon mal ein sicherer Kandidat. Was noch?«

Sophie hebt einen Finger. »Ich habe Nell versprochen, dass wir über Hennen-Rennen nachdenken. Und George schlug einen St. Aidan Wrong Trousers Day vor, an dem man Geld mit verrückter Beinkleidung sammelt.«

Plum macht sich weiter Notizen. »Armer George, er muss in der Kanzlei immer Anzug tragen. Das sind beides gute Ideen.«

»Und Nate findet, ein Schlammrennen wäre was für alle Altersklassen. Ich würde einen Wohlfühltag im Siren House in den Ring werfen«, wirft Sophie ein.

Plum zwinkert mir verschwörerisch zu. »Sie ist seit ihrem Einzug völlig versessen darauf, Wohlfühl-Wochenenden anzubieten.«

Sophie grinst selbstzufrieden. »Es ist die perfekte Gelegenheit, das Ganze mal auszuprobieren und gleichzeitig für unsere Sophie-May-Produkte zu werben. Ich plane dich als

Kunst-Tutorin ein, Plum, und wir brauchen definitiv Wohlfühl-Backkurse, Cressy. Wenn ich das Programm zusammengestellt habe, lasse ich euch Näheres wissen, aber wie wär's mit Sonntag in zwei Wochen?«

Keine Ahnung, warum ich verdutzt blinzele. Ich sollte langsam wissen, dass hier alles immer sofort passiert.

»Was ist mit dir, Cressy, hast du noch irgendwelche Vorschläge?«, fragt Plum, bevor sie sich eine Handvoll Kuchen- und Zuckergusskrümel in den Mund schiebt.

Ich atme tief durch, wühle in meiner Tasche und hoffe inständig, dass sie meine Idee mögen. Endlich habe ich Jens Mappe ertastet, ziehe sie heraus und schiebe sie über den Tisch. »Jen hat Lieblingsrezepte von allen Bewohnern und Mitarbeitern des Altenheims gesammelt, damit ich sie an den Dienstagnachmittagen nachbacken kann. Ich wollte eigentlich vor meiner Abreise eine Broschüre daraus machen.«

Plum blättert schon durch die Rezepte. »Australischer Karamellkuchen, Melting Moments, Dumpsie Dearie Jam – die sind alle ganz wundervoll. Und schaut euch bloß mal die Kommentare an. ›Lecker und schnell gemacht für unerwartete Gäste‹. ›Schmeckt sehr nach mehr‹. ›Geht ganz leicht, und es bleibt nie was übrig‹.«

Ich bin erleichtert, dass ihnen die Rezepte genauso viel Vergnügen machen wie mir. »Wenn wir eine Kollektion zusammenstellen und als hübsches Büchlein drucken lassen, meint ihr, wir könnten das dann verkaufen?«

Vor Begeisterung schlägt Plum mit der Hand auf den Tisch. »Was für eine brillante Idee! Wir könnten die Recherche auf das gesamte Dorf ausdehnen und noch mehr Rezepte sammeln, die sich dann noch besser verkaufen.«

Sophie ist ganz atemlos vor Aufregung. »Wenn jeder, der ein Rezept im Buch unterbringen will, fünf Pfund bezahlt, haben wir die Druckkosten wieder raus. Und wenn wir dann tausend Exemplare à fünf Pfund verkaufen, ist das unmittelbarer Reingewinn.« Wieder klatscht sie in die Hände. »Großartig. Und wie nennen wir es?«

Alle schauen mich an. »Wie wärs mit ›Ein Stück von St. Aidan – süße Rezepte aus einem cornischen Dorf?‹«

Plum nickt eifrig. »Mit einem Vorwort von Cressy Cupcake! Ich verbreite das auf Facebook und mache ein paar Aushänge in den Schaufenstern der Galerie.« Fragend schaut sie mich an. »Kannst du die Auswahl treffen und in eine Abfolge bringen?«

Mit meiner Magazin-Erfahrung kann ich sogar mehr als das. »Klar, ich erstelle auch ein erstes Layout.«

Sophie nickt. »Den Rest kann unsere Grafikabteilung in der Firma übernehmen und auch eine Titelseite gestalten. Vielleicht wäre es nett, eins deiner Cupcake-Fotos als Cover-Motiv zu haben, Cressy.«

Offenbar habe ich mich an ihr Tempo gewöhnt, jedenfalls schwebt mir sofort das passende Bild vor. Ich scrolle rückwärts durch mein Telefon bis zu dem Tag, an dem wir die Butterfly Cakes gebacken haben. »Wie wär's damit? Kuchen, Buttercreme und eine Schicht Puderzucker in Nahaufnahme.«

Sophie wedelt mit ihrem halb gegessenen Stück Old-School Sponge. »Mir läuft das Wasser im Mund zusammen, obwohl der bereits voll ist.«

Plum begutachtet das Foto. »Sehr dynamisch. Diese Bücher werden der Renner. Haben wir schon einen Zeitplan?«

»Sobald wir die Mappe durchsortiert haben, setze ich unsere Druckerei subito darauf an. Wir reden von Tagen, nicht Wochen.«

Nachdenklich beißt Plum sich auf die Unterlippe. »Ich sammele die Rezepte und das Geld ein, den Rest übernimmt dann Cressy.«

Sophie, die es offensichtlich gewohnt ist, in ihrer Firma Druck zu machen, schaut mir direkt in die Augen. »Also, können wir von einem Buch-Launch in einem Monat ausgehen?«

Das heißt, ich habe gerade mal zwei Wochen, um alles zusammenzukriegen. Eine echte Herausforderung, andererseits muss ich realistischerweise einräumen, dass ich, wenn es sehr viel länger dauern würde, vermutlich nicht mehr da wäre, um das Ergebnis zu sehen. »Klar, warum nicht.«

»Gute Arbeit, Mädels!« Sophie reibt sich zufrieden die Hände, doch dann verdüstert sich ihre Miene. »Nell wird außer sich sein, dass sie das verpasst hat!«

»Arbeitet sie nicht ohnehin jeden Vormittag?« Wir treffen uns demnächst in Kittiwake, daher kann ich mir nur vorstellen, dass sie heute Morgen irgendeine Steuerprüfung außerhalb hatte.

Plum schlägt ihre farbverschmierten Beine übereinander und verzieht das Gesicht. »Sie war beim Arzt.«

Offenbar hat Sophie meine Gedanken gelesen. »Nell ist nie krank, aber vor ein paar Monaten hatte sie eine Zyste und deshalb einen Eierstock verloren.«

»Mist«, platze ich heraus. »Wir Frauen brauchen alle Eierstöcke, die wir kriegen können.« Da ich weiß, wie Clemmie und Charlie sich gerade quälen, bin ich mir der diesbezüglichen Probleme sehr wohl bewusst.

Plum nickt. »Zum Glück hat sie immer noch einen. Aber sie werden ihre Familienplanung jetzt nicht mehr auf die lange Bank schieben.«

Ich rede, ohne nachzudenken. »Wenigstens hat sie schon eine feste Beziehung mit George.« Ich weiß, dass ich vehement auf meinem glücklichen Single-Dasein bestanden habe, als ich die Meerjungfrauen kennenlernte, aber neuerdings reagiere ich panisch, wenn ich höre, dass Menschen, die mir nahestehen, Fruchtbarkeitsprobleme haben. »Ich treffe nie jemanden, mit dem ich zusammen sein will.« Die einzige sehr unangenehme Ausnahme hat sich selbst vor Jahren aus dem Rennen genommen.

Und das ist meine privateste, schlimmste Angst, die mir nachts den Schlaf raubt. Dass ich niemals einen Mann treffen werde, an dem mir genug liegt, um Kinder mit ihm zu wollen, bis es zu spät ist. Denn ich habe auf die harte Tour erfahren, dass es nicht nur darum geht, dass ein Typ mein Inneres in geschmolzenen Toffee verwandelt und mich so sehr liebt, wie ich es verdiene. Er muss auch verlässlich sein und stark genug für uns beide, und zwar in den taffsten Zeiten und nicht nur dann, wenn sowieso alles super läuft.

Und was die Anziehungskraft betrifft, das ist die nächste Hürde. Ihr-wisst-schon-wer war der Einzige, von dem ich buchstäblich nicht die Finger lassen konnte. Und es ist nicht etwa so, als würde ich nach einem Klon suchen, aber keiner, den ich nach ihm geküsst habe, hat bei mir diesen unfassbaren, unkontrollierbaren Rausch ausgelöst. Und wenn man das einmal erlebt hat, fällt es schwer, sich mit weniger zufriedenzugeben.

Plum lacht. »Genau das hat Clemmie immer gesagt, bevor dein Bruder um die Ecke kam. Und ist es nicht immer so? Du denkst gerade noch, dass du auf ewig glücklicher Single sein kannst, und im nächsten Moment bist du schon verloren.«

Sophie löffelt Joghurt in Maisies geöffneten Mund. »Jeder erlebt das anders. Glücklicherweise müssen nicht viele von uns durchmachen, was Charlie und Clemmie gerade tun.«

»Unsere Schwestern haben alle schon Kinder.« Meine Bemerkung ist ebenso an mich selbst gerichtet wie an die anderen.

»Stimmt, die meisten haben wir schon kennengelernt«, erwidert Plum lächelnd.

Das ist das Komische, wenn man sich aus seiner Komfortzone entfernt. Mein normales Londoner Leben dreht sich um Küchen und Backen, aber auch um Bars und Kino und Drinks und nächtliche Fahrten in der Tube. Abgesehen von Familientreffen sehe ich nur sehr selten Kinder aus der Nähe und denke gemeinhin auch nicht darüber nach, selbst welche zu haben. Doch seit ich hier in St. Aidan bin, tauchen an jeder Ecke Kinder auf. Und wenn man sie dauernd trifft, dann merkt man, wie großartig sie sind. Wie lustig. Und wenn man Eltern aus der Nähe beobachtet, merkt man auch, welche Bereicherung Kinder sind. Und dann, nach ein paar Wochen, lässt sie sich nicht mehr verdrängen, die Erkenntnis, wie wahnsinnig gern ich ein eigenes Kind hätte.

Zunächst tut man diesen Wunsch als lächerlich ab. Doch dann lässt man diese neuen Gefühle zu, wenigstens ein bisschen. Dreht und wendet sie in seinem Kopf. Spielt sogar damit, gestattet sich kleine Fantasien. Die rot markierten fruchtbaren »Kein-Sex«-Tage in der Zyklusapp erscheinen einem plötzlich in einem ganz anderen Licht. Wie zum Teufel wäre es dann, wenn sie einem stattdessen grünes Licht geben würden? Grünes Licht für ein Baby? Und bevor man sichs versieht, wird der Wunsch zur Sehnsucht und zu einem Schmerz, der nie mehr verschwindet. Das alles sind sehr fremde Emotionen für eine wie mich, die stets im Moment lebt und versucht, mit dem, was sie hat, glücklich zu sein. Abgesehen von jenen Jahren als in Ross verknallter Teenager habe ich mir niemals gestattet, etwas zu wollen, das ich nicht kriegen kann.

Damit keine Missverständnisse entstehen: Als ich und Ross Sex hatten, gab es noch keine Zyklus-Apps. Und als ich Ross' Baby verlor, trauerte ich, kam aber damit klar, indem ich die grauenhafte Lücke, die es hinterließ, mit anderen Dingen füllte. Ich war traurig, weil ich dieses Baby nicht haben konnte, spürte aber nicht das Bedürfnis, es sofort durch ein anderes zu ersetzen. Und erst jetzt, wo ich Millie kennenlerne, habe ich wirklich begriffen, was mir entgangen ist. Damals habe ich etwas verloren, das nur ein paar Unzen wog. Seit ich hier bin, scheint mir der Verlust plötzlich sehr viel schwerer zu wiegen. Als hätte er all die Jahre in mir geschlummert, aber in dem Moment, in dem ich Millie kennenlernte, von jetzt auf gleich zwölf Jahre Wachstum nachgeholt und wäre zur Größe einer echten Person angeschwollen. Und nachdem ich dieses Geheimnis so lange tief in mir behütet habe, kämpft es jetzt plötzlich darum, ans Licht zu kommen.

Ich knote die Strickjacke fester um meine Taille und hole einmal tief Luft, um mir Mut zu machen. »Mir ging es wie dir, Sophie. Ich bin während des Studiums schwanger geworden. Aber nach achtzehn Wochen habe ich das Baby verloren, bin also keine Mum geworden.«

Sophie legt den Arm um mich und tätschelt mir den Rücken, genauso, wie sie es bei Maisie macht, und es ist merkwürdig tröstlich. »Schätzchen, das tut mir so leid, das wussten wir nicht.«

Diesel scheint etwas zu spüren, denn plötzlich liegt sein Kopf auf meinem Schoß. In meinem Mund sammelt sich säuerliche Spucke. »Millie ist ungefähr in demselben Alter, wie meins jetzt sein würde. Ich habe keinem davon erzählt, außer zwei Leuten im Wohnheim.« Die unausgesprochene Frage in Plums Augen ist nicht zu übersehen. »Und dem Dad, aber der war damals in den Staaten.« Ich schniefe leise. »Millie kennenzulernen und zu sehen, wie toll sie ist, hat mir erst richtig klargemacht, was ich verloren habe. All das, was ich nicht gehabt habe.«

Liebevoll schiebt Sophie mir das Haar aus dem Gesicht. »Eines Tages hast du ein anderes, es wird dein Regenbogen-

Baby sein und genauso stark und wundervoll wie Millie, auf seine eigene, ganz besondere Art. Das verspreche ich dir.«

Ich wische mir gerade eine Träne von der Wange, als Plums Stimme in unsere intime Unterhaltung platzt. »Maisie, sei ein braves Mädchen, stell den Becher wieder hin.«

Eine Sekunde später ist ein Platsch zu hören und Sophies spitzer Schrei. »Volltreffer! Und alles meinen Rücken runter.« Sie schneidet eine Grimasse und löst sich dann sanft von mir. »Lass dich nicht von Maisie entmutigen, sie ist bislang unsere Chaotischste, längst nicht alle sind so schlimm.«

Plum wühlt bereits in Sophies Wickeltasche. »Sauberes Shirt gefällig, Sophie Kartoffelchen?« Lachend wischt sie mit einer Serviette Joghurt von Sophies Rücken. »Als wir Kinder waren, mochte Soph nichts anderes essen als Kartoffelbrei, deshalb nannten wir sie so«, klärt sie mich auf.

Grinsend schält Sophie sich aus ihrem taubenblauen Oberteil. »Das hat sich grundlegend geändert, Eier-Kressy, heute kann ich Kuchen wegputzen wie ein Scheunendrescher.« Das schmutzige T-Shirt wandert in einen Windelbeutel, eine Sekunde später hat Sophie ein identisches sauberes übergestreift. »Mein drittes heute!«

Das bringt mich dazu, auf die Uhr zu schauen. »Will jemand noch Kuchen? Ich müsste so langsam los.«

Rasch greift Sophie noch mal zu. »Danke, Maisie und ich müssen uns auch sputen, wir müssen zum Kleinkind-Trampolinspringen und danach in die Kita.«

Ich ertappe Plum bei einem sehnsüchtigen Blick auf die restlichen drei Stücke in der Schachtel. »Die schaffst du doch sicher noch, oder? Wir backen heute in Kittiwake Court Rogers Shortbread, dafür brauche ich noch Platz im Magen.«

Begeistert hebt Plum beide Daumen. »Und wir sehen uns dann beim nächsten Baiser-Abend?« Sie zückt ihr Handy.

»Du hast übrigens, seit wir hier sind, noch viel mehr Views bekommen. Und alle Kommentare sagen dasselbe – dass du dich dringend an Ross rächen musst!«

Und schon sind wir alle wieder mit den nächsten Aktivitäten beschäftigt. Aber etwas hat sich in der vergangenen Stunde geändert. Das liegt weniger daran, dass ich mein Geheimnis gelüftet habe. Entscheidend ist, dass ich Menschen gefunden habe, denen so viel an mir liegt, dass es sich richtig anfühlte, es mit ihnen zu teilen.

Als Diesel und ich schon über die Veranda laufen, drehe ich mich noch mal zu den beiden Frauen am Tisch um. »Danke, dass ihr für mich da seid, Leute, das bedeutet mir eine ganze Menge.«

Sie winken mir zu und rufen wie aus einem Munde. »Jederzeit gern, Cressy Cupcake.«

Es ist wundervoll zu wissen, dass sie das wirklich so meinen. Doch etwas muss ich noch rasch loswerden. »Ihr könnt es gern Nell erzählen, und auch Clemmie, wenn sie wieder da ist.« Jetzt, da Charlie wieder glücklich ist, gibt es keinen Grund mehr, ihm etwas zu verheimlichen, das so lange zurückliegt.

Während ich mit Diesel den Hügel runter zum Hafen laufe, fühle ich mich trauriger als zuvor, wegen allem, was mir gerade klar geworden ist. Aber gleichzeitig auch leichter, als hätte ich einen weißen Fleck in meiner Vergangenheit endlich ausgemalt. Meinen Verlust zu verdrängen und tief in meinem Inneren wegzuschließen, mag mir damals Schmerz erspart haben, führte aber über die Jahre auch dazu, dass es sich irgendwann so anfühlte, als wäre es gar nicht passiert. Dadurch, dass ich das Geheimnis nun geteilt habe, lasse ich zu, dass es wieder real für mich wird. Und indem ich endlich anerkenne, was ich einst erlebt habe, bestärke ich die Person, die ich heute bin. Und das muss etwas Gutes sein. Zumindest für mich.

25. Kapitel

Harter Wettstreit

Der Baiser-Abend in Oyster Point
Samstagabend

Es hat den Anschein, als ob im Laufe der Wochen, die ich in St. Aidan verbringe, stetig neue und komplexere Aufgaben hinzukommen, und diese Woche ist keine Ausnahme. Nachdem Plum unsere Pläne für das Büchlein weiträumig gestreut hat, fluten die Rezepte nur so rein. Auf der Kommode in der Küche stapeln sich mittlerweile so viele Beiträge, dass wir uns von der Idee einer schmalen Broschüre wohl verabschieden müssen – es sieht jedenfalls eher nach einem dicken Folianten aus. Jede freie Minute arbeite ich zudem an meiner eigenen Buchidee, wobei sich Clemmie, Charlie und Ross eifrig an der finalen Auswahl der Rezepte beteiligen.

Auch Sophie verliert keine Zeit. Ihr Wohlfühltag im Siren House steigt in zwei Wochen und umfasst nun zusätzlich einen Auftritt von Diesel samt Vortrag über die Freuden und Vorteile des Hundehaltens. Sophie hat die Ankündigung durch den Slogan »mit Cressy Cupcake« aufgepeppt, in sehr großen Buchstaben das Wort »exklusiv« über die Werbeanzeige drapiert und den abgesprochenen Preis für die Teilnahme mal eben verdreifacht. Offensichtlich kennt sie den Markt, denn bevor man »Gravy Bones« sagen kann, sind alle dreißig Plätze gebucht. Wie ich auf Gravy Bones komme? Nun, Diesel ist süchtig danach, seit Ross diese Hundekekse neulich angeschleppt hat.

Wobei ich einräumen muss, dass mir die Einordnung »exklusiv« einigermaßen vermessen vorkommt. Denn mittlerweile haben mich hier so viele Leute backen sehen, dass ich wirklich keine besondere Attraktion mehr bin. Auf den Baiser-Abend vom Dienstag folgte Donnerstag ein Cupcake-Event mit zwanzig Gästen, dann schoben wir Freitagnachmittag noch einen Käsekuchen-Kurs für Sophies Schwägerin und ihre besten Freundinnen ein. Und jetzt steigt gerade unser Samstagnacht-Special in einer umgebauten ehemaligen Bootswerft in Oyster Point, die Nells Freundin Caroline gehört.

Es geht wieder um Baisers, sechzehn Leute gucken zu, Millie ist fürs Filmen zuständig, und damit ihr heutiges Werk nicht hinter dem superpopulären YouTube-Clip vom vergangenen Wochenende zurückfällt, könnte ich vielleicht noch ein kleines Überraschungs-Ass im Ärmel meines rot gepunkteten Minikleids haben. Während ich die Schürze umbinde, suche ich über die Kücheninsel hinweg ihren Blick, und sie winkt mir von der weißgetünchten Säule aus zu, an der sie Position bezogen hat.

Wenn die eigenen Follower so engagiert bei der Sache sind, dass sie sich lautstark etwas wünschen, sollte man es ihnen fairerweise auch liefern, aber die einhellig geforderte Racheaktion gegen Ross sollte spontan erfolgen und nicht gestellt sein. Dennoch gestehe ich, dass ich mich vorhin auf Zehenspitzen in die Küche geschlichen habe, um dort eines seiner sauberen T-Shirts zu deponieren – für alle Fälle.

Das Publikum verteilt sich in der Küche, und die ganze Situation ist mittlerweile beruhigend vertraut. Im Hintergrund singen Razorlight »I Can't Stop This Feeling I've Got«, Nell füllt die Gläser auf, Plum reicht Mini-Baisers herum, und ich wippe im Takt der Musik mit meinen pinkfarbenen Converse auf der gepunkteten Plastiktischdecke unter meinen Füßen, eine weitere Vorsichtsmaßnahme, falls sich eine Chance ergibt, es Ross heimzuzahlen.

Ich räuspere mich und lächle in die Runde. »Schön, euch alle hier in Carolines fantastischer Küche zu sehen. Ich bin Cressy Cupcake, und ich bin hier, um meine Backleidenschaft zu teilen. Ich werde euch mit mehr Baisers und Sahne abfüllen, als ihr je zuvor im Leben gegessen habt.« Alle klatschen, und ich weise mit einer schwungvollen Handbewegung auf den Mann an meiner Seite. »Und das ist mein reizender Assistent und meine rechte Hand, Ross.«

Natürlich meine ich das ironisch. Dabei weiß ich nicht mal, wie er es überhaupt auf die Position eines namentlich hervorgehobenen Helfers gebracht hat. Ich meine, noch vor gar nicht langer Zeit gehörte er nicht mal zum Team. Und schließlich weise ich ja auch nicht ausdrücklich auf die wertvolle Mitarbeit von Sophie, Nell oder Plum hin. Ich kann mir nur einen Grund denken – er steht beim Auftakt der Events immer so dicht neben mir, dass es einfach unhöflich wäre, ihn nicht einzubeziehen. Da er sich ohnehin zwangsläufig binnen der ersten drei Sekunden unverzichtbar macht, spart es zudem die Mühe, dann großartig erklären zu müssen, wer er ist.

Das ist übrigens noch eine überraschende Eigenschaft der aktuellen St.-Aidan-Version von Ross. Wann immer ich in den vergangenen Jahren an ihn dachte, überdeckte der Aufkleber »War nicht da, als ich ihn brauchte« so gut wie alles andere. Weshalb ich es umso lustiger finde, dass er nun so allgegenwärtig ist, dass ich praktisch über ihn stolpere.

»Das sind deine drittbesten Converse«, flüstert er mir zu. »Was ist mit deinen zweitbesten passiert?«

Verdammt. Kein anderer wäre so scharfsinnig zu registrieren, dass ich meine Fußbekleidung vorsichtshalber downgegraded habe. »Kleiner Last-Minute-Unfall mit dem Cake-Teig«, zische ich ihm ins Ohr, und wie es aussieht, kauft er mir das ab. Dann nehme ich ein Ei vom Tablett und halte es hoch. »Traditionell schlage ich das erste Ei immer an Ross' Kopf auf, damit er nicht vergisst, wer in der Küche der Boss ist.«

»Was?«

Ross reißt entsetzt die Augen auf, und ich lache laut los. »Reingefallen, Cakeface.« Mir fällt auf, wie erwartungsvoll die versammelten Gäste grinsen. »Kleiner Scherz. Für Baisers benötigen wir nur das Eiweiß, daher zeige ich euch jetzt, wie man Eier trennt.«

Ich mache weiter mit der inzwischen vertrauten Routine. Je öfter ich diese Events bestreite, desto besser kann ich mich ins Publikum einfühlen, und mein Instinkt sagt mir, dass die heutige Runde entspannt und zu Spaß aufgelegt ist. Und als Nell und ich Caroline im Vorfeld darauf hinwiesen, dass es unter Umständen zu einer Sauerei kommen könnte, versicherte Caroline uns, dass ihr polierter Betonboden unzerstörbar sei. Eine solche Gelegenheit bietet sich vielleicht nie wieder, daher sollte ich all meinen Mut zusammennehmen und die Sache durchziehen.

Aber vorerst weiter im Programm. »Ich schlage das Eiweiß ungefähr zehn Minuten lang oder bis die Mischung so steif ist, dass auch nichts aus der umgedrehten Schüssel rutscht.« Wenn ich das Quirlen abbrechen will, solange die Masse noch beweglich ist, muss ich jetzt aufhören, also stelle ich den Mixer aus und wende mich mit heiterer Miene an mein Publikum. »Wie manche von euch vielleicht wissen, hat Ross mir letztes Wochenende versehentlich halb flüssiges Ei auf den Kopf gekippt, weil er die falsche Schüssel erwischte.«

Rund um den Tisch wird herzlich gelacht, und ich warte, während ein paar Gäste ihre Handys herausholen und denen, die es noch nicht kennen, das Video vorspielen. Früher hätte mich so was total aus dem Konzept gebracht, aber inzwischen bin ich daran gewöhnt, das Beste aus solchen Momenten herauszuholen. Wenn ich daran denke, wie nervös ich bei meinem ersten Einsatz in Kittiwake war, als ich vor einer Handvoll Senioren Puderzucker mit Wasser verrühren sollte, komme ich mir jetzt wie ein völlig anderer Mensch vor. Ich schere mich nicht nur deutlich weniger darum, ob meine Frisur makellos sitzt, ich habe auch ein ganz neues, lässiges Selbstvertrauen entwickelt, das mir vorher völlig abging. Während mir früher alles Unbekannte und Unberechenbare den Angstschweiß auf die Stirn trieb, finde ich es jetzt aufregend; ich liebe das ungeplante Geplänkel und Hin und Her meiner Live-Auftritte. Und dieses prickelnde Hochgefühl am Ende eines erfolgreichen Abends werde ich garantiert vermissen, wenn ich es nicht mehr habe.

Ich neige den Mixer, ziehe die Schüssel heraus und drehe mich zu Ross um. »Bist du bereit, den Eischnee-Test diesmal über deinem Kopf zu machen?«

Er rollt theatralisch mit den Augen und wendet sich effektheischend an die Zuschauer. »Ich lebe wild und gefährlich, aber ihr werdet sehen, dass dieser Moment tatsächlich der Schwerkraft trotzt.«

Jemand aus der ersten Reihe ruft. »Pass auf, Kumpel, das könnte ein Racheakt sein.«

Da sie mir offensichtlich auf die Schliche gekommen sind, greife ich auf Plan B zurück – Mission abbrechen. »Nun, vielleicht sollte ich es dann, nur zur Sicherheit, noch zwei Minuten länger schlagen.«

Lachend reißt Ross mir die Schüssel aus der Hand. »Überlass das mir, ich habe alles unter Kontrolle.«

»Nein, Ross, wirklich, warte …« Ich habe definitiv nicht mehr den Nerv für diese Aktion, aber bevor ich ihn aufhalten kann, hebt er die Schüssel über seinen Kopf und dreht sie um.

Diesmal ist der Eischnee beinahe fest, trotzdem schreit Ross auf, als der schaumige Klumpen auf seinem Haar landet und sich dann langsam auf seine Schultern ergießt. »Verdammt, Bertie! Von wegen null Schwerkraft!«

»Der Eischnee war nicht fertig, Ross. Du solltest ihn noch nicht nehmen!«

Es war wirklich nicht vorsätzlich gehandelt, jedenfalls am Schluss nicht mehr, aber die Frauen in der Runde jubeln trotzdem. »Gut gemacht, Cressy!«

Ich reiche Ross ein Geschirrtuch und ziehe dann schwungvoll sein sauberes T-Shirt aus einer Schublade. »Zum Glück habe ich dir Kleidung zum Wechseln mitgebracht. Du solltest besser auch eine neue Schürze umbinden.«

Immerhin kann man aus dem Ganzen eine Lehre ziehen. Wenn man sich Eiweiß über den Kopf kippen will, sollte man bedenken, dass schleimige Masse sehr viel mehr Reinigungsaufwand erfordert als fast fester Schnee. Während ich vergangene Woche eine knappe Stunde und eine Dusche brauchte, ist Ross schon nach ein paar Wischern mit dem Geschirrtuch sauber genug, um sein Shirt auszuziehen.

Ich grinse ins Publikum. »Jeder, der keinen Blick auf eins der besten Sixpacks von St. Aidan werfen will, sollte sich jetzt umdrehen.«

Dann wende ich mich an Ross, um das Ganze ein für alle Mal zu beenden. »Wir sind jetzt quitt. Wie wär's, wenn wir Frieden schließen und keine weiteren Eier mehr verschwenden?«

Er strafft seine unverschämt gebräunten Schultern. »Okay, kein Eierwerfen mehr.« Um seine Mundwinkel zuckt ein Lächeln, und in seinen Augen glimmt ein gefährlicher Funke. »In Zukunft kreuzen wir unsere Klingen mit hängenden Kuchen – und fangen heute Abend an!«

Das ist nun wirklich das Letzte, was mir vorschwebt, noch dazu, wenn wir uns um denselben Kuchen balgen, was die Regel bei Nells Single-Club-Spiel ist. Aber ich werde jetzt auf keinen Fall einen Rückzieher machen.

»Wenn der Mann Cupcake-Kriege haben will, dann soll er sie bekommen – falls er mutig genug ist!« Ich warte, bis die fröhliche Aufregung rund um die Kücheninsel sich gelegt hat, atme tief durch und drücke auf Neustart. »So, wenn wir alle vor dem Morgengrauen zu Hause sein wollen, muss ich jetzt dringend neuen Eischnee schlagen.«

Und diesmal werde ich definitiv nicht zulassen, dass mein Baiser-Mix von einem durchgedrehten Helfer dort ausgekippt wird, wo er nicht hingehört.

26. Kapitel

Mettklöße, Musik und Missverständnisse

Die »Mamma-Mia!«-Singalong-Nacht am Strand
Samstag, eine Woche später

»Wir haben so viel Kundschaft für den Metaxa und die Ouzo-Shots, dass der Gesang immer besser wird«, sagt Nell. Wir stehen hinter einer aufgebockten Tischplatte am Strand, unterhalb der schaukelnden Lampen am Rand der Terrasse des Surf Shack, wo die Großleinwand für das heutige Event angebracht wurde. Getreu des St.-Aidan-Mottos »Was du heute kannst besorgen, das verschiebe nicht auf morgen« ist der »Mama-Mia!«-Mitsingabend in vollem Schwung. Zu Beginn haben wir Moussaka und Mythos Bier verteilt, inzwischen sind wir zu den Desserts übergegangen. Während ich Baklava, Loukoumades und Risogalo über den Tresen schiebe, läuft mir das Wasser im Munde zusammen.

Plum steckt sich eine kleine Filo-Teigtasche mit Käse in den Mund. »Wir singen trotzdem lauter als alle anderen.«

Nell lacht. »Wer hätte gedacht, dass ein Mitsingabend mit Kostümen solchen Zulauf hat?«

Es stimmt, der ganze Strand ist eine wogende Menschenmenge. Viele Zuschauer sitzen direkt vor der Leinwand auf Decken im Sand, andere haben ihre Liegestühle am Rand aufgestellt, aber die meisten stehen in Gruppen hinter ihnen, so weit das Auge reicht. Ich fühle mich in einen griechischen Sommer zurückversetzt, ungefähr 2008.

Plum hat die Beine ihrer marineblauen Latzhose hochgerollt, einen der Träger gelöst und eine luftige weiße Musselin-Bluse übergezogen. Nell und George tragen Shorts und fast identische Käsetuch-Hemden, Nate ist mit Khakihose und Streifenhemd voll auf Pierce-Brosnan-Kurs, und ich schwebe in einem Voile-Kleid mit überraschend platzierten Rüschen herum, das ich mal für ein Pfund aus dem Ramsch-Fundus der »Cats«-Produktion geschossen habe. Der einzige Nachteil meines Outfits ist der hüfthohe Schlitz im Rock, den ich erst bemerkt habe, als ein plötzlicher Windstoß vom Meer her allen Anwesenden meine Unterhose zeigte. Doch da hinter dem improvisierten Tresen nur Frauen versammelt waren, galten die anschließenden Komplimente eher der hübschen lila Farbe als den entblößten Körperpartien.

Sophie, die gerade auf uns zukommt, schwebt ebenfalls, in einem türkisfarbenen Abendkleid aus der Cruisewear-Kollektion ihrer Schwiegermutter. Sie lässt ihren Blick suchend über die Menge schweifen und schaut mich dann fragend an. »Wo steckt denn Ross?«

Ich seufze. »Immer noch nicht von dem Notfall-Einsatz zurück, zu dem er abgedampft ist.« Elise hat wieder mal um Hilfe gebeten, aber die eigentliche Ursache seiner ausgedehnten Abwesenheit dürften unsere musikalischen Differenzen sein. »Ich glaube, Abba ist nicht so sein Ding. Als ich meinen Aufwärm-Mix gespielt habe, wirkte er nicht so, als ob der Funke auf ihn überspringt.« Dass ich buchstäblich jedes Wort in jedem Song von Abba und Blondie auswendig kann, liegt daran, dass Mum während meiner Kindheit ihre nostalgische Pop-Playlist rauf und runter spielte. Das kann einem schon mal zu viel werden.

»Du und Ross, ihr seid dieser Tage praktisch unzertrennlich.« Sophie unterstreicht ihre Bemerkung mit einem vielsagenden Seitenblick.

Ich versuche, die Anspielung mit einem Lachen abzutun. »Nicht wenn ich lauthals ›Waterloo‹ schmettere.« Ich würde nie zugeben, dass ich ständig nach ihm Ausschau halte und mir der Abend ohne ihn ein bisschen leer vorkommt.

Nell zückt ihr Handy. »Ich werde einfach nicht müde, mir diese Clips von euch beiden anzuschauen, wie ihr um die hängenden Cupcakes kämpft, das ist echt zum Schreien komisch.«

»Die Leute sind ganz verrückt nach den Videos«, wirft Plum ein. »Hast du gesehen, wie viele Views sie haben?« Sie stößt mich mit dem Ellbogen an. »Du wirkst jedes Mal so wild entschlossen, ihn zu besiegen.«

Da hat sie recht. Bei vielen Single-Club-Leuten endet der Wettstreit um die klebrigen Kuchen mit einer Mund-zu-Mund-Knutscherei, und das will ich um jeden Preis vermeiden. Außerdem habe ich als jüngstes von sechs Geschwistern gelernt, für meine Sache zu kämpfen.

Am ersten Abend kam ich zu dem Schluss, dass sofortige Kontrolle die einzige Option ist, damit klarzukommen, dass mich buchstäblich nur ein glasierter Muffin von Ross' Gesicht trennt. Also rammte ich ihm mit der Seite meines Kopfs den kompletten Cake an die Wange. Was sich hinterher erstaunlich gut anfühlte – als hätte ich endlich ein Ventil für jene Wut gefunden, die in mir schwelt, seit er mich damals so übel im Stich gelassen hat. Was wiederum der Grund ist, warum seither so viel schmieriger Zuckerguss gegen diverse Teile seines Kopfes und seiner Schultern geschmettert wurde. Und höchstwahrscheinlich auch die Erklärung für die vielen Views. Gerade haben wir »Cressys und Ross' Cupcake-Krieg, Clip Nr. 5« hochgeladen, und ich bin stolz, verkünden zu können, dass ich in allen fünf Videos Gebäck auf ihm zerquetscht habe.

Ich lache. »Sein neuer Spitzname ist Zuckerrübe.« Die Sache hat nur den Nachteil, dass Ross nach meinen Attacken oft so klebrig ist, dass er mitten in der Nacht eine Dusche braucht, und so spät kann ich ihn zu diesem Zweck natürlich nicht mehr in die Klinik schicken. Also muss ich extravorsichtig sein, um ihm nicht im Flur zu begegnen, wenn er nur mit einem Handtuch bedeckt ist.

Auf jeden Fall bringen all die Filme, die ich in letzter Zeit auf YouTube veröffentlicht habe, die richtige Art von Aufmerksamkeit. Auf einem besonders komischen Video erzählt Walter gerade detailverliebt von gebärenden Kühen, während ich im Hintergrund Haferkekse backe. Sehr beliebt scheinen auch Videos von mir auf Walters Hof zu sein, beim Eiersuchen oder Kälberfüttern. Ich habe mich sogar getraut, zwei davon auf meinen Blog zu stellen.

Sophie schaut sich zufrieden um. »Wenn all unsere Spendensammel-Aktionen so gut ankommen, haben wir den Gesamtbetrag für Kittiwake bald zusammen.«

»Alles bereit für deinen großen Wohlfühltag?«, frage ich lächelnd.

Strahlend schiebt sie sich eine blonde Strähne zurück. »Die Yoga-Lehrerin hat ihren Rücken ausgerenkt, aber wir haben als Ersatz jemanden vom ganzheitlichen Bewegungszentrum.« Sie senkt die Stimme. »Das ist ein ziemlicher Coup, sie haben eine endlose Warteliste.«

»Achtung.« Wieder stößt Plum mich an. »Die Leute sammeln sich langsam für die zweite Hälfte des Films. Was ist dein Lieblingssong aus dem Teil?«

»Puh.« Ich schüttele hilflos den Kopf. »Das ist so, als ob du Sophie fragen würdest, welches ihrer Kinder sie am liebsten mag.«

Sophie verteilt Flaschen aus dem Eiskübel. »Bier? Ich lade euch ein! Und wenn ich schon mal hier unterm Tisch rumkrabbele, braucht jemand seine Jacke?«

Ich ziehe die Strickjacke über mein dünnes Kleid, nippe

an meinem Bier und schaue zu, wie der Wind weiße Schaumkronen auf die Wellen zaubert, während die Sonne sich dem Horizont entgegensenkt. Als die ersten Takte erklingen, legt Diesel seine Nase auf mein Knie, und wenn ich meinen Blick über den Strand schweifen lasse, dann definitiv nicht, um zu sehen, ob sich eine vertraute Gestalt am Wasser entlang auf uns zubewegt. Die nächste Stunde verschwende ich ohnehin keinen Gedanken mehr an Ross' Verbleib, weil ich mir das Herz aus dem Leibe singe und nur dann eine Pause einlege, wenn Kunden sich einen Nachschlag Dessert abholen.

Als das Licht schwächer wird, der Abspann über die Leinwand flimmert und die ganze Menschenmenge mit erhobenen Armen zu »Thank You for the Music« schwankt, ist Ross so komplett aus meinem Bewusstsein verschwunden, dass ich erschrocken zurückspringe, als mir jemand auf die Schulter tippt, und mit ihm zusammenstoße.

»Hey, Bertie, wie läuft's?«

Vermutlich hat er seine Rückkehr absichtlich so getimt. Ich löse mein Haar aus den Knöpfen seines Polohemds und weiche auf sichere Distanz zurück. »Der Film ist gerade vorbei, aber ich könnte ihn sofort noch mal sehen.« Ich ziehe die Strickjacke enger um mich. »Wie war dein Einsatz?«

Seine Miene verdüstert sich. »Es war ein Pferd mit Kolik, und es ist leider gestorben.«

Mir sinkt das Herz, weil er so einen Mistabend hatte. »Tut mir leid. Würde ein Bier helfen?«

»Danke, aber ich habe genug getrunken. Wir sind hinterher zum Runterkommen noch in den Yellow Canary gegangen. Elise denkt immer noch, dass es ihre Schuld ist, wenn sie einen Patienten verliert.«

Ich versuche, nicht daran zu denken, wie jung und hübsch sie ist. Und auch noch so verletzlich. Eine gefährliche Kombination, daran lassen die Stiche in meiner Brust keinen Zweifel. Und wenn er auf leeren Magen getrunken hat, ist er vielleicht total besoffen. »Wie lange wart ihr in dem Pub?«

»Lange genug, damit die Welt wieder besser aussieht.«

Ich bin nicht sicher, ob das, was er da macht, ein Schulterzucken ist oder ein angeschickertes Taumeln. »Macht nichts, gleich beginnt die After-Party, dann kannst du dich wieder nüchtern tanzen.«

»In einer Abba-Beach-Disco?« Er schüttelt den Kopf. »Es war ein langer Tag, und ich muss morgen früh raus. Ich glaube, ich gehe lieber nach Hause.« Was mir ziemlich absurd vorkommt, nachdem er gerade erst angekommen ist, aber das ist seine Entscheidung.

Nell runzelt besorgt die Stirn. »Du solltest besser mitgehen, Cress, um sicherzustellen, dass er gut ankommt. Füttere ihn mit Muffins.«

»Ich?« Als ich sehe, wie sie sich hinter ihm hektisch mit der flachen Handkante über die Gurgel fährt, muss ich plötzlich an die Nacht denken, als ich zu tief ins Prosecco-Glas geschaut habe und er mich erwischt hat, wie ich über den Flur taumelte, und mich retten wollte. »Das sind ziemlich viele Treppenstufen, wenn man literweise Bier getankt hat.«

Er schneidet eine Grimasse. »Was heißt hier Bier? Es gab Schnäpse.«

Ich will nicht gleich das Schlimmste denken, aber Besoffene fallen ständig von Balkonen, und Charlie würde mir nie verzeihen, wenn ich zulasse, dass Ross so was passiert. Und auch wenn sie mir mitunter auf die Nerven gehen – ohne Ross' Hundewitze wäre die Welt eine sehr traurige Veranstaltung. »Ich bringe dich nach Hause.« Nachdem ich einmal im Samariter-Modus bin, denke ich nicht mehr an Elise, sondern überlege, was sich am besten eignet, um den

Alkohol im Körper aufzusaugen. »Wie wär's mit etwas Honig-Baklava? Oder einem Käse-Filo für unterwegs?«

»Es sind fünfzig Meter, Bertie, nicht fünfzig Meilen.« Ross steckt die Daumen in seine vorderen Jeanstaschen, und mir wird klar, dass ich meinen Blick, obwohl es fast dunkel ist, dringend auf Brusthöhe richten sollte. Oder ganz woandershin.

Wir verabschieden uns und stapfen über den Sand Richtung Seaspray Cottage. »Bring ihn sicher ins Bettchen«, ruft Sophie uns nach. »Ich brauche ihn nächsten Sonntag in Topform. Mein Wohlfühltag wäre ohne ihn nicht dasselbe.«

Und zum ersten Mal seit zehn Jahren kann ich mich dieser Einschätzung vollinhaltlich anschließen.

27. Kapitel

Tassenkuchen und Vertraulichkeiten

In Clemmies Wohnung
Samstagabend, sehr spät

Diesel trottet vor uns den Dünenpfad zum Hafen entlang und hebt sein Bein an jedem Schilfbüschel. Ross geht neben mir her, macht aber keinerlei Anstalten, Konversation zu betreiben. Was das Straucheln auf der Treppe betrifft – er nimmt zwei Stufen gleichzeitig und kommt sogar noch vor Diesel oben an. Als er immer noch wortlos die Wohnungstür aufschließt, dämmert mir endlich, dass ihm meine Anwesenheit vermutlich lästig ist und er lieber allein wäre.

Er öffnet die Balkontür und knipst eine Tischlampe an, um das Wohnzimmer zu erleuchten. Ich räuspere mich. »Tut mir leid.«

»Wie bitte?«, fragt er zerstreut und lässt sich auf das rosafarbene Samtsofa plumpsen.

Ich hole tief Luft. »Es tut mir leid, dass ich dachte, du brauchst jemanden, der auf dich aufpasst, und dass ich mich dir aufgedrängt habe, obwohl ich die letzte Person bin, die du um dich haben willst.«

Perplex schaut er zu mir hoch. »Wie kommst du denn da drauf?«

»Du hast auf dem Heimweg kein einziges Wort gesagt.«

»Wirklich?« Er schüttelt ungläubig den Kopf. »Aber ehrlich, das hat nichts mit dir zu tun, Bertie. Trotzdem, danke für deine Anteilnahme.«

Ich klatsche mir eine Hand vor die Stirn, um meine Gedanken neu durchzusortieren. »Das war mal wieder typisch selbstsüchtig von mir. Irgendwie stelle ich mir Tierärzte immer mit einem Wartezimmer voll niedlicher Welpen vor und vergesse, dass es auch Todesfälle gibt.«

Er streckt seine Finger und reibt mit beiden Händen über seine Knie. »Man kann nicht immer gewinnen. Manchmal geht alles unglaublich gut, und man fühlt sich nahezu gottgleich, dann wieder verliert man ein Tier ohne ersichtlichen Grund und kracht auf den Boden der Tatsachen zurück.«

Ich kann mich noch gut an einen Familienurlaub in Frankreich erinnern. Wir campten auf dem Land eines Bauern, dem ein Arbeitspferd wegstarb. Der schwere große Körper unter einer Plane am Wegesrand hatte etwas ungemein Bedrückendes. Solange er dort lag, rannten wir Kinder daran vorbei, so schnell wir konnten.

Unwillkürlich muss ich daran denken, wie wir gejauchzt und gesungen und »Mamma Mia!« geguckt haben, während Ross diesen traumatischen Abend durchmachte. »Wenn ein Pferd stirbt, ist das irgendwie viel tragischer als bei einem Goldhamster, es hinterlässt eine viel größere Lücke in der Welt.«

Seine Augen sind ganz dunkel vor Schmerz. »Es ist nicht nur das Pferd, Berts. Beim Arbeitsalltag in der Klinik kann ich mir noch was vormachen. Aber bei Außen-Einsätzen wie heute Nacht werde ich knallhart damit konfrontiert, dass ich eine Million Meilen von einer Heilung entfernt bin.«

Wie konnte ich die Situation nur so falsch interpretieren! »Vielleicht sind solche Nächte ja Teil des Bewältigungsprozesses.«

Er sieht so verzweifelt aus, dass es mir das Herz zerreißt, und ich empfinde das zwingende menschliche Bedürfnis, ihn in die Arme zu nehmen, doch das ist nun wirklich das Allerletzte, was ich mir erlauben darf. Also klemme ich meine Hände ganz fest in meine Achselhöhlen. Trotzdem finde ich mich eine Sekunde später und ohne bewusste Beteiligung meines Gehirns neben ihm auf der Sofakante wieder, so nah, dass ich, als er den Kopf hebt, jeden einzelnen Bartstoppel an seinem Kinn erkenne und die Fältchen an seinen Augenwinkeln.

»Übernächste Woche ist die nächste Untersuchung. Wenn die Testergebnisse da sind, weiß ich mehr.«

Zwischen seinem und meinem Bein ist nur ein schmaler Streifen fuchsiafarbener Samt. Ich zupfe an den violetten Rüschen meines Kleides, um meinen Schenkel zu bedecken, und als ich eine Hand auf den Samtstreifen lege, ist Ross mir so nahe, dass wir dieselbe Luft atmen.

Ich weiß jetzt, dass meine Gefühle für ihn sich in den letzten Wochen geändert haben. Er bedeutet mir etwas, auf andere und tiefere Art als zuvor. Und im Moment würde ich alles tun, damit er sich besser fühlt. »Du weißt, dass wir alle für dich da sind, wenn es etwas gibt, womit wir helfen können.« Wie unglaublich nobel von mir, ihm mit einer raumgreifenden Geste die Hilfe von Menschen anzubieten, die er schon sein ganzes Leben lang kennt. Doch dann kommt mir zum Glück ein greifbarerer Vorschlag in den Sinn. »Und wenn du einen schnellen Schokoladen-Kick brauchst, kann ich dir einen Tassenkuchen in der Mikrowelle machen.«

Fragend legt er den Kopf schräg. »Was ist das denn?«

»Ein warmer Zwei-Minuten-Kakao-Biskuitkuchen, vielleicht mit einer Kugel Vanilleeis on top?«

Einen Moment herrscht Schweigen, dann entspannt sich sein Gesicht. »Du weißt immer, wie du mich aufmuntern kannst.«

»Es ist natürlich keine langfristige Lösung«, rudere ich zurück. »Aber es könnte dich über die nächsten zehn Minuten bringen.«

Er brummt zustimmend. »Trotzdem verdient es ein High-Five.«

Er dreht sich zu mir und hebt eine Hand, ich folge seinem Beispiel, und unsere Handflächen und Finger berühren sich. Ich ignoriere das Prickeln, das sich meinen ganzen Arm entlangzieht, und für einen Augenblick schweben unsere Hände zwischen uns in der Luft, als wären sie zusammengeschweißt. Als sie sich endlich voneinander lösen, ergreife ich sanft seinen Unterarm und ziehe daran, bis seine offene Hand auf meinem Bein liegt. Dann zeichne ich die knotigen Narben auf den Innenseiten seiner Finger nach und beschwöre stumm ihre Heilung, so angestrengt, dass es mir in der Brust wehtut.

So bleiben wir eine Weile sitzen und starren auf die Lichter jenseits der Bucht, während der Wind Fetzen von Abba-Songs über den Strand zu uns weht. Irgendwann lasse ich meinen Blick zu seinen Wangenknochen gleiten, zu seinen Mundwinkeln, stelle mir vor, über seine Wange zu streichen, das Piksen seiner Bartstoppeln zu spüren. Ich male mir aus, wie er mir das Gesicht zudreht, wie seine Lippen mein Handgelenk streifen und mein Magen sich vor Erregung auflöst. Und wie es nur einer einzigen geschmeidigen Bewegung meinerseits bedürfte, mich rittlings auf seinen Schoß zu schwingen, wo die violetten Rüschen meines Kleides alles weitere verdecken würden.

Erschrocken reiße ich mich zusammen. Allein daran zu denken, über ihn herzufallen, wenn er getrunken hat, ist völlig indiskutabel. Hinzu kommt, dass er nun wirklich der letzte Mensch auf der Welt wäre, mit dem ich so etwas tun würde. Oder ist er der einzige Mensch auf der Welt, mit dem ich mich wohl genug fühle, um so etwas zu tun? Egal, gesund ist es jedenfalls nicht.

Dennoch erlaube ich mir, ihn noch einen Moment länger zu berühren.

Seine leise Stimme durchdringt das Halbdunkel. »Vielleicht könntest du ja mitkommen – zu dem Termin im Krankenhaus.«

Ich schlucke meine Verblüffung runter. »Natürlich.«

»Es ist Dienstag in einer Woche.« Das kommt so unerwartet, dass es auf den Alkohol zurückzuführen sein muss. Was okay ist. Morgen wird er es vergessen haben.

Doch seine Frage hat den Bann gebrochen, und ich werde aktiv. »Wenn du früh raus musst, sollte ich jetzt diesen Kuchen machen.«

Er rührt sich ebenfalls wieder. »Wirklich? Toll. Klasse. Das klingt perfekt. Genau, was der Tierarzt verschreibt.«

Ich bin schon an der Küchentür. »Du bleibst hier. Ich rufe, wenn alles fertig ist.«

Das ist ein Befehl, kein Vorschlag, und muss funktioniert haben, da Diesel der Einzige ist, der sich bewegt. Er springt auf, um seinen üblichen Platz auf der Schwelle zwischen den beiden Räumen einzunehmen. Ich schütte die trockenen Zutaten in eine ausreichend große mikrowellen-geeignete Tasse, schlage ein Ei dazu, rühre alles um, stelle die Tasse in die Mikrowelle und schlittere zurück ins Wohnzimmer.

»Du hörst den Ping, dein Kuchen ist in einer Minute und neunundfünfzig Sekunden fertig, im Gefrierfach ist Vanilleeis. Guten Appetit!« Damit verschwinde ich im Flur. Ich weiß nicht, was der Alkohol gerade bei Ross anrichtet, aber nachdem mir irgendwas den Kopf so gründlich verdreht hat, dass er solche Fantasien wie eben produziert, sollte ich mich schleunigst aus der Gefahrenzone zurückziehen.

28. Kapitel

Noch mal davongekommen

In Cressys Schlafzimmer
Samstagnacht, sehr spät

Diesel folgt mir ins Schlafzimmer, und ich schließe die Tür leise, aber entschlossen und tausche mein Rüschenkleid gegen Pyjama-Shorts und ein T-Shirt. Dann schiebe ich Pancake zur Seite, damit ich mich im Schneidersitz vor die Kissenberge setzen kann, bis Ross im Bad war. Und während ich warte, überschlagen sich meine Gedanken. Es stört mich nicht, dass mir so viel an Ross liegt, auch wenn es ein Schock war herauszufinden, wie nahe es mir geht, ihn leiden zu sehen.

Aber ich bin wütend auf mich selbst, weil ich mich immer noch zu ihm hingezogen fühle, obwohl er sich in dieser Hinsicht als vollkommen unpassende Wahl erwiesen hat. Ich bin wütend, weil ich dieses empörende, unverschämte Prickeln nicht unter Kontrolle bekomme und weil ich diese verbotenen Fantasien habe. Am allerwütendsten bin ich jedoch, dass mir ausgerechnet in diesen Momenten, in denen er mir einfach nicht aus dem Kopf geht, wieder einfällt, wie sehr ich mir ein Kind wünsche.

Ich höre Ross' Schritte auf dem Flur. Das Donnern der Toilettenspülung. Das Klicken seiner Schlafzimmertür. Dann setze ich mir die Kopfhörer auf, um kurz in »Mamma Mia! Here We Go Again« reinzuhören, bis er endgültig zur

Ruhe gekommen ist. Doch selbst während ich stumm mitsinge, bin ich seltsam unzufrieden, und in meinem Magen breitet sich ein Gefühl von Leere aus, das nicht mehr verschwindet.

Also kraule ich Pancakes Kopf und schleiche auf Zehenspitzen zur Tür. »Bleib hier, Diesel, ich brauche jetzt dringend Kuchen.«

Die Zufuhr einer Ladung Kalorien sollte das Problem lösen. Doch kaum trete ich auf den Flur, stoße ich gegen eine nackte Brust.

»Verdammt, Bertie, ich dachte, du schläfst schon.«

Hastig weiche ich einen Schritt zurück. »Ich habe beschlossen, dass ich doch noch Platz für einen Tassenkuchen habe. Und was hast du vor?« Um diese Zeit wird er ja wohl kaum den Abwasch erledigen wollen.

Er hebt seine Tasse. »Ich habe mir noch mehr Eis geholt. Es schmeckt wirklich köstlich.« Er schaut mich auffordernd an. »Es ist reichlich da, du kannst gern mitkommen und dich daran beteiligen.«

»Danke, lieber nicht.« Wir beide in diesem winzigen Zimmer. Und er in Jeans und mit nacktem Oberkörper. Automatisch folgt mein Blick der Linie seiner Härchen abwärts bis zum Gürtel, wandert dann weiter bis zu der Wölbung in seiner Hose.

Es ist fast dunkel, dennoch lässt sich nicht leugnen, dass wir beide zur selben Zeit auf dieselbe Stelle starren. So was passiert manchmal, auch bei vollkommen Fremden. Und in einer weiträumigeren Umgebung und mit Unbekannten kann man diese Momente normalerweise überspielen. So dicht, wie wir einander gerade auf die Pelle rücken, und so gut, wie wir uns kennen, lässt es sich unmöglich ignorieren.

Ich lächele. »Tolle Levis.«

Er verdreht die Augen. »Diese physische Anziehung, sie ist immer noch da, stimmt's?«

Damit hat er mich kalt erwischt. »Du spürst das auch?« In der nächsten Sekunde könnte ich mir in den Hintern beißen, weil ich mich verraten habe, statt Verständnislosigkeit zu heucheln.

Er zuckt mit den Schultern. »Vermutlich kriege ich zu oft nackte Schenkel zu sehen.« Offensichtlich hat der Alkohol nicht nur seine Hemmungen eliminiert, sondern auch seine Zunge gelöst.

Gut, dass wenigstens einer von uns sich seinen Realitätssinn bewahrt hat. »Wie du ganz richtig bemerkst, handelt es sich um physische Anziehung. Und wir wissen beide, dass das per se gar nichts bedeutet.«

Sein Lachen klingt sarkastisch. »Perfekt auf den Punkt gebracht, Bertie. Es gibt Wichtigeres im Leben, als auf jemanden scharf zu sein. Selbst wenn man so scharf ist, dass man damit Eisen schneiden könnte.«

Was ich eben über verlorene Hemmungen sagte, nur hoch zehn. Ich drücke mich gegen die Wand, um ihn vorbeizulassen. »Los, zisch ab, bevor dein Eis schmilzt.«

Während er zu seinem Zimmer geht, schaut er mich unverwandt an. »Danke für deine Hilfe heute Abend, Bertie. Du kannst mich wie niemand sonst von dunklen Gedanken ablenken.«

»Gern geschehen und jederzeit wieder.« Es drängt mich, ihm noch etwas Beruhigendes mitzugeben. »Es wird sich schon irgendwie regeln, ganz bestimmt. Und wenn alle Stricke reißen, kannst du mit mir nach London kommen und Stand-up-Comedy machen.« Okay, so intim sollten meine beschwichtigenden Worte eigentlich nicht rüberkommen, aber da ich sie nicht zurücknehmen kann, bleibt mir nichts anderes übrig, als einen Scherz daraus zu machen. »Oder du heuerst im Hungry Shark an, die suchen noch nach einer Stimmungskanone, um ihre Karaoke-Abende zu moderieren. Du könntest es schlechter treffen.«

Er schnaubt. »Ich werde definitiv unvoreingenommen an meine Zukunftsplanung rangehen.«

So, mehr habe ich für heute eindeutig nicht mehr zu sagen. »Dann gute Nacht, und wappne dich für einen Mörderkater morgen früh.«

Verblüfft hebt er eine Braue. »Warum sollte ich einen Kater haben? Die Schnäpse waren für Elise, ich habe den ganzen Abend Pepsi Max getrunken.«

Manchmal reicht ein »Was zum Teufel ...!« einfach nicht aus, um seinen Gefühlen Luft zu machen. Ich kann nichts anderes tun, als meine Schlafzimmertür hinter mir zuzumachen, unter die Decke zu flüchten und mir ein Kissen auf den Kopf zu legen.

29. Kapitel

Haustiere und Bekenntnisse

Sophies Wohlfühltag
Sonntag, eine Woche später

Wie sich herausstellte, war der »Mamma-Mia!«-Abend ein Mega-Erfolg. Er brachte nicht nur jede Menge Kohle ein, die Leute summen auch eine Woche später noch beseelt die Melodien. Glücklicherweise hat Ross sich in den Tagen danach so verhalten, als hätten unsere nächtlichen Unterhaltungen nie stattgefunden. Und für mich verging die Zeit bis zum heutigen Wohlfühl-Event wie im Fluge, mit drei Donut-Abenden, dem Vor-Layout für unsere Dorfrezepte-Sammlung und der Arbeit an meinem eigenen Buch. Da Ross seinen Krankenhaustermin nicht wieder erwähnt hat, vermute ich, dass er es sich wohl anders überlegt hat, was ich voll und ganz respektiere.

Sophies Wohlfühltag hat längst Fahrt aufgenommen. Auf meine morgendlichen »Glasier-dich-glücklich«-Sessions, für die Sophie mir freundlicherweise Millie und Ross als Helfer zur Seite gestellt hatte, folgte ein Open-Air-Lunch mit gesunden Salaten und einer gewaltigen Menge Desserts. Die Teilnehmerinnen sind eine bunt gemischte Gruppe, und das Anwesen ist perfekt, um jedem das Gefühl zu geben, auf die bestmögliche Art umsorgt zu werden.

Und das Einzige, was heute zählt, ist, dass die Leute eine gute Zeit haben. Und darauf kann ich mich mittlerweile voll konzentrieren, denn nachdem ich die meisten der Menschheit bekannten Küchenkatastrophen überstanden habe, besitze ich Nerven wie Drahtseile. Wenn die Teilnehmer meiner Kurse mit etwas mehr Selbstvertrauen in ihre Fähigkeiten nach Hause gehen, dann betrachte ich das als Gewinn. Und jedes Mal, wenn das passiert, fühlt es sich so erhebend an, dass ich es wieder und wieder tun möchte. Zumal Sophies Lächeln mit jeder erfolgreich abgeschlossenen Session breiter und strahlender wird.

Am Nachmittag ist meine Arbeit hier beendet, und ich unterstütze Diesel, der die Hauptrolle in Ross' Haustier-Seminaren spielt.

Während wir warten, bis unsere nächste Gruppe sich einfindet, taucht Plum neben mir auf. »Du siehst klasse aus, nachdem du deine Schürze abgenommen hast. Ist das Kleid neu?«

»Einer meiner alten Werbepartner hat es mir aus Versehen zugeschickt.«

Plum lacht. »Vielleicht hat er ja auch einfach deine neuen Videos gesehen, und sie gefallen ihm.«

»Ich, mit Zuckerguss auf der Nase?« Das kann es definitiv nicht sein.

»Man weiß nie.« Sie deutet mit dem Kopf auf die ganzheitliche Bewegungstherapie auf der anderen Seite des Gartens. »Was immer dahinten abgeht, sieht ziemlich anstrengend aus.«

Es ist Sophies Glanznummer. »Ich schätze mal, die Gäste schwitzen gern für eine derart exklusive Kostprobe. Die Lehrer Sorrel und Saffron machen jedenfalls ordentlich was her in ihrer orangefarbenen Lycra-Kluft. Und es gibt so viele Bälle!«

Plum wirkt nicht ganz überzeugt. »Angeblich führt es ohne großen Aufwand zu Ergebnissen, deshalb ist es so populär.«

Sie geht wieder zu ihrer Staffelei-Gruppe auf der Veranda, und ich schaue auf Diesel hinunter, der gähnend an meinem Bein lehnt. Wir hatten George gebeten, ihn im Vorfeld ein bisschen herumzujagen, damit er sich bei seinem Einsatz nicht danebenbenimmt. Aber eigentlich war es nicht so gedacht, dass er zu schlapp ist, um mit den Gästen zu interagieren. Womöglich sind wir auch beide etwas zu früh in den Relax-Modus übergegangen, jedenfalls habe ich mich vorhin beim Seminar ein bisschen blamiert. Als Ross mich fragte, was mir beim Haustier-Hüten besonders gut gefällt, nannte ich erst die langen Strandläufe mit Diesel und erzählte dann etwas zu freimütig, wie fest mein Hintern dadurch geworden ist und wie glücklich sie mich machen.

Tatsächlich ist mein Hintern mir längst nicht mehr so wichtig wie früher. Und die Glückszustände haben sich einfach so ergeben. Als meine Karrierepläne spektakulär scheiterten, fühlte ich mich zunächst, als ob ich vor dem Nichts stünde. Doch zum ersten Mal hatte ich Zeit für Dinge, die mir Freude machen. Dieses neue Wohlbefinden mag versehentlich entstanden sein, aber da es nun mal da ist, will ich es nicht mehr missen.

Unsere neue Gruppe versammelt sich langsam auf dem Rasen. Zunächst wird eine kleine Cavachon-Hündin namens Cora vorgeführt, die zeigt, wie gelenkig sie ist, dann übernimmt Diesel für einen Spaziergang am Wasser.

Wir schieben uns neben Nell, und ich kann mir ein Lächeln nicht verkneifen. »Schau nur, wie Cora loszischt, sie demonstriert wirklich den Unterschied zwischen riesigen und winzigen Hunden.«

Als Nell in die Hände klatscht und Millie einen Reifen hochhält, durch den Cora springen soll, komme ich nicht umhin zu registrieren, dass die Frauen, die ein paar Meter weiter auf gigantischen Gymnastikbällen balancieren, neidisch in unsere Richtung blicken.

»Komm schon, Cora!«, ruft Millie. »Spring schön, dann gibt's einen Keks.«

Cora wetzt los wie der Blitz, und ich verteile begeisterte Rückenklopfer, weil alles so super läuft.

Nell nimmt Cora auf den Arm. »Okay, jetzt kommen wir zu Coras neuestem Trick – durch einen Tunnel rennen! Wir haben das schon ein paarmal geübt.«

Millie kniet bereits am hinteren Ende der langen blauen Nylonröhre, die sich über den Rasen erstreckt, und Nell setzt Cora am vorderen Ende ab. Sobald Millie ihren Namen ruft, flitzt Cora in den Tunnel.

Die ganze Gruppe wartet mit angehaltenem Atem, dass Cora an Millies Ende auftaucht. Doch stattdessen schießt ein orangefarbener Flaumball an Millies Kopf vorbei. »Marmalade! Du solltest dich doch nicht da drin verstecken!«

Ross lacht. »Typisch Katze, einem Hund die Show zu stehlen.«

Diesel versetzt mir einen unerwarteten Stoß, der mich beinahe gegen Ross fallen lässt. Der hoffentlich nichts davon bemerkt hat. Im nächsten Moment kommt Cora aus dem Tunnelausgang geflogen wie eine Lenkrakete auf Marmalades Spuren, und Diesel sprintet los, um beiden zu folgen. Ich umklammere die Leine fester, doch sie rutscht mir aus der Hand, und Diesel ist auf und davon.

Marmalade saust aufs Zentrum der ganzheitlichen Therapie-Session zu, Cora dicht auf den Fersen. Als Diesel hinterherspringt und versucht, die kleineren Tiere einzuholen, kippen die ersten Teilnehmerinnen seitwärts von ihren Bällen, danach tritt der Domino-Effekt ein, begleitet von spitzen Schreien und einem Durcheinander aus Armen und Beinen.

Ich springe über stürzende Körper und weiche hüpfenden Bällen aus, während ich Diesel immer näher komme, doch gerade als ich sein Halsband zu fassen kriege, verheddern sich meine Beine mit denen einer gefallenen Ganzheitlichen. Meine Füße halten abrupt an, der Rest von mir drängt weiter vorwärts, und das Gras kommt mir rasend schnell entgegen. Mit einem fürchterlichen Schlag lande ich am Boden, halte aber Diesel weiter fest. Als ich mich auf den Rücken rolle und gen Himmel starre, kann ich sehen, wie die hellvioletten Bälle über die sanfte Neigung des Rasens ans Ende des Gartens rollen und über dem Klippenrand verschwinden.

Plötzlich hebt sich eine Silhouette vor dem Blau ab, und Ross lächelt auf mich herunter. »Keine Angst, Bertie, ich habe alles unter Kontrolle.« Zuerst greift er sich Diesel, dann streckt er mir seine freie Hand entgegen, um mir aufzuhelfen, und zieht mich so schwungvoll auf die Füße, dass ich nach vorn taumele und gegen seine Brust falle. Ich starre in sein Gesicht, und als unsere Blicke sich treffen, verschwindet die Welt um uns herum. Ich weiß nicht, wie lange wir so stehen bleiben, bin aber von einer überwältigenden Vorahnung erfüllt, dass er mich gleich küssen wird.

Und dann setzt mein Verstand wieder ein. Ich schüttele den Kopf und zwinge mich dazu zu blinzeln. Ein Blick an seinem Arm vorbei auf die Verwüstung, die sich durch Sophies Garten zieht, katapultiert mich vollends zurück in die Realität, und ich stöhne laut auf. Cora mag vielleicht eine Ball-Balanciererin ins Wanken gebracht haben, aber die eigentlichen Verheerungen hat Diesels Durchmarsch angerichtet.

Ich gehe zu den Frauen, die sich das Gras von den Gliedern klopfen. »Tut mir schrecklich leid, dass ich euren Kurs gesprengt habe. Ich bin verantwortlich für Diesel, das Ganze ist allein meine Schuld.« Als ich Sophie auf mich zueilen sehe, hebt sich meine Stimme zu einem Jaulen. »Und es tut mir so leid, dass ich deinen Tag ruiniert habe, Sophie!« Dass ausgerechnet ihr Glanzstück Opfer meines undisziplinierten Schützlings wurde, ist wirklich unverzeihlich.

Sophie legt ihren Mund an mein Ohr und zischt: »Das war kein Workout, das war ein verdammtes Bootcamp. Ein Wunder, dass noch keiner tot umgefallen ist, bevor du der Sache ein Ende gemacht hast.«

Die Lehrerassistentin von Rose Hill tätschelt meinen Arm. »Ganz ehrlich, Diesel hat uns durch sein Eingreifen den Arsch gerettet.«

Ihre Freundin stöhnt zustimmend. »Wenn die Hundegruppe einen Spaziergang macht, dürfen wir dann bitte, bitte, bitte mitkommen?«

»Wir gehen gleich an den Strand«, rufe ich Sorrel und Saffron zu. »Da können wir eure Bälle einsammeln.«

Ross kommt über den Rasen. »Worauf warten wir noch? Stöckchen werfen ist super für euren Bizeps.«

Plum schaut mich forschend von der Seite an. »Ich hab euch beide eben beobachtet. Ist bei dir und Ross mal was gelaufen? Wart ihr etwa zusammen?«

Sophie starrt von ihr zu mir, mit Augen wie ein Luchs. »Diese Sache, über die wir neulich geredet haben … War er vielleicht …«

»Jetzt ist echt nicht der richtige Zeitpunkt, Soph«, fällt Nell ihr ins Wort. Sie schaut mich an und schüttelt den Kopf.

Plum seufzt. »Nell hat recht, lasst uns später darauf zurückkommen.«

Sophie macht eine scheuchende Handbewegung. »Los, beeilt euch! Lasst die Leute wissen, dass sich eine Planänderung ergeben hat. Wir gehen an den Strand.«

Eine Sekunde später rennen Plum und Nell über den Rasen, und ich bleibe mit Sophie allein. Ihre blassblauen, perfekt geschminkten Augen suchen meinen Blick. »Du brauchst gar nichts mehr dazu zu sagen, Cressy. Aber ich bin starr vor Bewunderung darüber, wie souverän und professionell du das handhabst. Noch dazu in derselben Wohnung.«

Ich entspanne mich und kapiere zum ersten Mal im Leben, warum Mädchen in Cliquen herumhängen. Es macht eine Bürde so viel leichter, wenn man sie teilen kann. Man fühlt sich einfach stärker, wenn man weiß, dass alle sich gegenseitig stützen. »Nur fürs Protokoll, ich und …« Ich unterbreche mich, fülle die Leerstelle mit einem Hüsteln, »… wir brauchen eure Hilfe nicht. Der komplette Klebervorrat der Welt könnte uns nicht zusammenbringen.«

Sie lacht. »Da bin ich mir nicht so sicher, Bertie. Abwarten.«

30. Kapitel

Auf dem Absprung

Sophies Wohlfühltag
Sonntag

Es war ein Tag voller Überraschungen. Ich war hergekommen, um den Leuten zu zeigen, wie man Buttercremeblumen auf Cupcakes spritzt, aber Siren House und Sophie haben bei jedem wahre Wunder bewirkt, auch bei mir. Daher schwebe ich, als Millie und ich die Goodie Bags verteilt haben und Sophie, Nell und Plum den Gästen nachwinken, auf meiner eigenen Wolke sieben. Sogar Ross gegenüber komme ich aus dem Schwärmen gar nicht mehr raus, als ich ihm auf dem Weg in die Küche begegne, wo ich meine letzten Taschen einsammeln will. »Wenn Sophie diese Wohlfühltage jemals ernsthaft anbietet, dann stelle ich mich ganz vorn an, um einen Job bei ihr zu ergattern.«

Verwundert runzelt er die Stirn. »Ich dachte, du liebst London.«

»Das stimmt.« Klar, er hat natürlich recht. »Aber wir brauchen alle unsere Träume.«

Als ich jetzt in Sophies Hausflur stehe, umflutet von Sonnenstrahlen, kann ich mich tatsächlich nicht daran erinnern, in London jemals einen Tag mit so vielen echten, ehrlichen, richtigen Freunden verbracht zu haben. Und schon bald werde ich wieder mit meinem Smartphone allein sein.

Aber es gibt auch Positives zu vermelden. »Eine ehemalige Kollegin hat eine fantastische Mietwohnung, die sie immer an mich weiterzugeben versprochen hat. Und gestern hat sie mir gemailt, dass ich das Apartment haben kann, wenn ich will.«

Millie, die sich noch immer an einem Tisch im Hausflur zu schaffen macht, stößt einen Protestschrei aus. »Du kannst nicht weggehen, Cressy, du gehörst doch hierher.«

Ich versuche, es zu erklären. »Mein Backbuch ist fast fertig, und Charlie und Clemmie kommen bald zurück. Meine Ferien sind tatsächlich vorbei.« Ihre betrübte Miene geht mir ans Herz, und ich füge rasch hinzu. »Aber ich bin noch hier, wenn ›Ein Stück von St. Aidan‹ herauskommt.«

Ross grinst. »Die Unterhaltungen mit Walters Kälbern und Hennen werden dir bestimmt fehlen.«

»Hast du mich etwa dabei belauscht?« Am liebsten würde ich im Boden versinken. »Ich weiß, anfangs habe ich es gehasst, aber seit ich mit Diesel zum Bauernhof laufe …«

»Willst du damit etwa andeuten, es gefällt dir jetzt?«, hakt Ross nach.

Ich lache. »Eigentlich wollte ich sagen, dass ich es jetzt nicht mehr ganz so sehr hasse.« Meine künftigen Vormittage ohne all diese Kälber, die mir auf den Zehen herumtrampeln, werden definitiv trauriger sein.

Ross hebt fragend die Brauen. »Ist der Termin nächsten Dienstag immer noch okay für dich?«

»N…atürlich.« Ich versuche zu überspielen, dass ich nicht mehr damit gerechnet habe, dass dieser gemeinsame Klinikbesuch tatsächlich stattfindet. »Vergiss nicht, mir die genaue Uhrzeit zu sagen.« Ich hatte Jen bereits vorgewarnt, für den unwahrscheinlichen Fall, dass sich unser Backnachmittag auf Mittwoch verschieben könnte, und werde das nun bestätigen. »Donnerstagnachmittag glasiere ich übrigens Kuchen bei einer Babysprinkle-Party, was dasselbe ist wie eine Babyshower-Party, nur in bescheidenerem Rahmen.«

Er lächelt. »Da helfe ich dir, als Gegenleistung für Dienstag.«

Mein Magen sinkt wie ein Stein. »Das ist nicht nötig, ganz ehrlich.«

Doch er schüttelt entschieden den Kopf. »Ist schon beschlossene Sache. Und wir müssen Dienstag so gegen zwei aufbrechen.«

»Gut.« Nein, das ist es wirklich nicht. Aber immerhin vermeide ich die schlimmste aller Fallen und sage nicht *Dann haben wir also ein Date*. »Ich trag's in meinen Terminkalender ein.«

»Du hast einen echten Terminkalender, Egbert? Wieso hab ich den nie zu sehen gekriegt?«

Bevor ich der Versuchung nachgebe, ihn aus dem Haus, durch den Garten und über die Klippen zu stoßen, kommen glücklicherweise die anderen von draußen rein, und Nate taucht mit einer Flasche Schampus aus der Küche auf.

31. Kapitel

Modetipps und schöne Bücher

Ross' Termin im Krankenhaus
Dienstag

»Darf ich wenigstens hinterher fragen, wie es lief?«

Dass ich mich bereit erklärt habe, Ross zum Krankenhaus nach Truro zu begleiten, ohne vorher eine genaue Jobbeschreibung abgefragt zu haben, stellte sich als ein Fehler heraus, der rückwirkend kaum noch zu korrigieren war. Jedenfalls wollte er mich offensichtlich nicht im Sprechzimmer des Arztes dabeihaben, sonst hätte er Diesel nicht mitgenommen, denn es ist zu heiß, um ihn im Auto zu lassen. Ross' Vorschlag, ich könnte in der Wartezeit die Druckfahnen des Dorfkochbuchs durchgehen, bestätigte diesen Verdacht.

Also suchen Diesel und ich uns ein Stück Rasen neben dem Parkplatz, nachdem Ross in der Klinik verschwunden ist. Im Schatten einer kleinen Birkengruppe staune ich, wie schnell Sophies Team aus dem Dokument, das ich ihr geschickt hatte, ein fertiges Seitenlayout erstellt hat. Nach mir wird Ross die Fahnen noch mal final Korrektur lesen, dann geht das Ganze in die Druckerei.

Ross liegt mit seinen geschätzten fünfzig Minuten richtig, und nach nicht mal einer Stunde sind wir schon wieder auf der Rückfahrt nach St. Aidan. Doch er hat es nicht besonders eilig, mir von seiner Untersuchung zu berichten.

Stattdessen trommelt er mit den Fingern aufs Lenkrad und wirft verstohlene Seitenblicke auf meine Knie. »Ist das schon wieder ein neues Kleid?«

Zwar würde ich lieber über die Tests reden, die er gerade gemacht hat, aber er hat recht. »Ein anderes, das mir versehentlich zugeschickt wurde. Ich habe der Firma eine Mail geschickt, dass sie sich in der Person geirrt haben, daher dürfte es auch das letzte sein.«

»Und wie sieht das Layout für das Buch aus?« Man muss ihm zugestehen, dass er aus seinen Vermeidungsstrategien eine Kunstform gemacht hat.

»Sophies Leute haben einen tollen Job hingelegt. Es ist immer noch dasselbe fantastische Design, über das wir bereits auf der Hinfahrt gesprochen haben.« Ich bin sicher, dass er mich und Diesel nicht nur mitgenommen hat, damit wir die Landschaft genießen und meine Garderobe diskutieren. Andererseits hätte er es mir wohl schon erzählt, wenn es gute Nachrichten gäbe. Also versuche ich es auf andere Art.

»Wie wär's, wenn wir irgendwo anhalten und ein Eis essen?«

»Ich hätte nichts dagegen.« Er dreht sich zur Rückbank um. »Und Diesel bestimmt auch nicht. Bevorzugst du Meerblick oder ein malerisches Dorf?«

»Eis schmeckt immer besser, wenn man dabei aufs Wasser schaut.« Und der hypnotische Rhythmus der hereinrollenden Wellen kombiniert mit dem Genuss einer Portion Eis könnte genau die Ablenkung sein, die wir gerade brauchen. »Normalerweise steht in Oyster Point immer ein Eiswagen. Lass uns das versuchen.«

Zwanzig Minuten später sitzen wir drei Schulter an Schulter im Gras, beobachten, wie die Sonne das tiefblaue Wasser zum Glitzern bringt, und lauschen dem Dröhnen der Wellen, die sich an den ins Meer ragenden Felsen brechen.

Nachdem er die Hälfte seiner Portion Himbeer-Ripple und dunkle Schokolade vertilgt hat, hört Ross auf zu essen und seufzt. »Es ist wirklich eine Ironie des Schicksals. Als ich damals in die Staaten ging, war mein Ziel, gut genug für deine Familie zu werden.«

Das ist nicht nur ein seltsames Gesprächsthema, sondern, soweit ich es (total anders) erinnere, auch eine merkwürdige Feststellung. »Aber du warst doch schon brillant. Abgesehen von ihrer Größe war unsere Familie ganz gewöhnlich.«

Er starrt auf sein Eis. »Von wegen gewöhnlich! Vor der Uni war ich noch nie im Ausland gewesen. Ich kann mich tatsächlich nicht mal daran erinnern, jemals in die Ferien gefahren zu sein. Ihr hattet ein riesiges Haus im Großraum London und den dazu passenden Lifestyle.«

Ich blinzele in die Sonne und sage, wie es wirklich war. »Wir lebten in einer Doppelhaushälfte und fuhren im Urlaub zum Zelten nach Frankreich!« Für die Wohngegend war unsere Bleibe eher klein und fühlte sich mit sechs Kindern noch kleiner an. Und was Auslandsreisen betrifft – Camping war das Einzige, was wir uns leisten konnten. Wir frequentierten die einfachen Plätze und brachten unsere eigenen Cornflakes mit.

»Ich war verzweifelt darauf erpicht, mich euch gegenüber zu beweisen, und akademische Weihen waren meine einzige Hoffnung, dieses Ziel zu erreichen.«

Schon lustig, wie er uns so falsch einschätzen konnte. »Unsere Familie beurteilt Leute nicht nach dem, was sie haben oder erreichen. Wir vergötterten dich genauso, wie du warst, weil du uns gernhattest und zum Lachen brachtest.« Das mit der Vergötterung kam mir nur zögernd über die Lippen, aber da ich ja nicht für mich allein, sondern für uns alle sprach, war es dann doch okay. »Ich glaube, du hast es mehr für dich getan als für uns.«

Er hat die Ellbogen auf die Knie gestützt, seine Eiswaffel in einer Hand, mit der anderen löffelt er aus dem Hunde-Eisbecher kleine Portionen auf Diesels Zunge, öffnet und schließt zwischendurch aber immer wieder seine Finger. »Warum auch immer ich es getan habe, es war vergeudete Mühe, wenn man sich anschaut, wo ich heute bin ... Da kommt dann die erwähnte Ironie des Schicksals ins Spiel.«

»Dann waren die Ergebnisse heute wohl nicht so gut?« So, wie ich es verstehe, haben sie Drähte in ihn gesteckt, um die elektrischen Impulse zu messen, die durch seine Arme und Hände laufen, um so abzuklären, wie gut die Nerven in seinen zerschnittenen Fingern heilen.

Er atmet hörbar aus. »Unsere Fähigkeit zu regenerieren ist erstaunlich, das sehe ich jeden Tag bei den Tieren, die ich behandle, aber es funktioniert eben nicht immer. Umso dümmer von mir, dass ich es zu hoffen wagte.«

Der Schock verschlägt mir kurz den Atem. »Es geht dir nicht mal das kleinste bisschen besser?«

»Der Mangel an Fortschritt war spektakulär. Diese Eistüte zu halten, ist so ungefähr die komplexeste Bewegung, die ich hinkriege.« Er dreht sich halb zu mir um. »Sag es nicht! Ich weiß, dass ich dankbar sein sollte, dass ich immer noch mein Himbeer-Ripple essen kann. Deshalb habe ich dich mitgenommen. Ich wusste, dass du meinen Fokus auf das lenken wirst, was ich kann, statt auf das, was ich nicht mehr kann.«

»Es ist trotzdem scheiße.« Wenigstens weiß ich jetzt, warum ich hier bin, auch wenn er gerade meinen Text zu sprechen scheint und ich seinen. Aber es zerreißt mir das Herz, wenn ich mir vorstelle, wie hart es für ihn sein muss, sich damit abzufinden, dass er künftig ein viel weniger brillantes menschliches Wesen sein wird als bisher. Ich weiß, dass es gefährlich ist, ihn zu berühren, aber ich kann es auch nicht

nicht tun. Allerdings traue ich mich nur, seine Schulter zu drücken. »Es mag sich jetzt so anfühlen, als ob deine Welt endet, aber irgendwann ist es wieder okay. Du schaffst das, Ross, du findest einen Weg, da rauszukommen.«

Er nickt niedergeschlagen. »Tatsächlich ist es nicht das erste Mal, dass mir mein Leben wegen eines Fehlers, der allein meine Schuld war, um die Ohren fliegt.« Er blickt mich so eindringlich an, dass ich schwer schlucken muss, bevor ich weitersprechen kann.

»Du gehst auf die vierzig zu.« Ich bemühe mich um einen leichten Ton. »In dem Alter hat man praktisch immer mehrere selbst verursachte Krisen im Schlepptau. Es ist eine Art Naturgesetz.« Schließlich ist es hier mein Job, die Stimmung aufzuhellen. Doch dann fällt mir wieder ein, dass Ross mir an dem Abend, als wir uns gestritten haben, sagte, dass das, was damals zwischen uns passierte, seine ganze weitere Existenz prägte.

Ich brauchte tatsächlich mehrere Tage, bevor ich genug Mut zusammengerafft hatte, um ihn anzurufen und von der Schwangerschaft zu erzählen, aber schon nach den ersten Sekunden war mir klar, worauf es hinauslaufen würde.

Es ist dein Abschlussjahr, Cress … und ich bin auf der anderen Seite der Welt …

Als ob ich beides nicht selbst wüsste. Und danach waren wir auf so unterschiedlichen Wellenlängen unterwegs. Dass er sich verhielt, als wäre meine Schwangerschaft eine internationale Katastrophe, passte so gar nicht zu dem winzigen Baby, das in mir heranwuchs. Es war ein kleiner Mensch, in den ich bereits verliebt war, und kein diplomatischer Zwischenfall, den es zu beheben galt. Und dann versetzte er mir zum Abschied noch einen letzten, so spektakulären Schlag in den Magen, dass ich wusste – ich war auf mich allein gestellt. Und am nächsten Tag wurde mir zudem klar, dass ich, wenn ich meinem eigenen Pfad folgen wollte, künftig keine Anrufe mehr von ihm annehmen durfte für den Fall, dass er versuchen sollte, meine Meinung zu ändern.

Auch wenn er schon aufgewühlt und verzweifelt ist, muss ich das jetzt abklären. »Du redest über den Fehler, den du mit mir gemacht hast, stimmt's? Dass du dich mit der absolut falschen Person auf eine unverbindliche Ferienaffäre eingelassen hast.« Es war der Fehler, aus dem er gelernt hat, Gelegenheits-Sex mit Frauen zu meiden, die Abrissbirnen durch sein Leben schleudern, weil sie zu spät ihre Pille genommen haben …

Er runzelt die Stirn. »Moment mal. Daran war nichts Unverbindliches.«

Plötzlich ist mein Mund ganz trocken. »Nein?«

»Nicht von meiner Seite. Wenn ich mein Leben noch mal leben könnte, würde ich es sofort wieder tun. Allerdings würde ich diesmal besser auf dich aufpassen.«

Mir bleibt die Luft weg, und ich fühle mich schwach. »Also war es dir nicht deshalb so zuwider, hier mit mir zusammenzutreffen, weil du mich wegen des Chaos verabscheust, das ich damals in deinem Leben veranstaltet habe?«

»Darauf wäre ich nie gekommen.« Er atmet so tief durch, dass seine Brust sich sichtbar hebt und senkt. »Ich habe mir immer selbst die Schuld gegeben. Und dich wiederzusehen, hat diese Schuld neu belebt, was sehr schmerzhaft war.« Er schüttelt den Kopf. »Aber als ich nach und nach merkte, wie ausgeglichen du bist und wie du alles, was du anfasst, zum Erfolg führst, wurde es leichter für mich. Mir wurde klar, dass eine so starke Person wie du in ihrem Leben keinen Platz für Menschen hat, die sie enttäuscht haben. Es tut mir wirklich leid, Bertie. Ich konnte mich anfangs nicht entschuldigen, ich konnte mich nicht mal dazu bringen, es zu erwähnen, weil ich mich selbst so sehr hasste für alles, was ich falsch gemacht hatte. Doch jetzt, da ich wieder weiß, wer du bist, kann ich es. Und ich hoffe, eines Tages wirst du mich verstehen.«

Ich öffne und schließe meinen Mund wie ein Fisch, während ich versuche, seine Worte zu verdauen. Ich glaube, er hat gerade gesagt, dass es ihm leidtut. Aber so großartig es ist zu wissen, dass er nicht bereut, was wir miteinander hatten, wird mein Gehirn doch noch eine Weile brauchen, um sich auf den neuen Informationsstand umzustellen. Und auch wenn ich ehrlich zu schätzen weiß, wie sehr er sich in den letzten zwei Monaten den Arsch aufgerissen hat, um mir zu helfen, kann ich nicht von jetzt auf gleich das »Mistkerl«-Schild auslöschen, dass ich ihm über den Kopf geschlagen habe, wann immer er in den letzten zwölf Jahren in meinen Gedanken auftauchte. Und es durch eins zu ersetzen, auf dem steht »Vielleicht verdient er ja doch, dass ich ihm verzeihe«.

Er starrt auf seine geballten Fäuste. »Und jetzt kommt die ultimative Ironie des Schicksals – vor all den Jahren versuchte ich händeringend, etwas Besseres aus mir zu machen. Und jetzt habe ich absolut nichts zu bieten.«

Seine Situation zerreißt mir das Herz. Aber ich bin vollkommen damit überfordert, ihm nach den Testergebnissen von heute aus dieser abgrundtiefen Verzweiflung herauszuhelfen. »Du darfst das nicht mit dir allein ausmachen.« Wenn er seinen Kummer weiter in sich hineinfrisst, kann das katastrophale Folgen für seine mentale Gesundheit haben. »Wir fragen die Meerjungfrauen, ob sie jemand Gutes kennen, mit dem du reden kannst.«

Er wirft mir einen skeptischen Seitenblick zu. »Das sagst ausgerechnet du. Jedes Mal, wenn die Rede auf deine Schwangerschaft gekommen ist, hast du gesagt, dass du es vorziehst, allein damit klarzukommen.«

Das kann ich nicht abstreiten. »Aber da hatte ich noch niemanden, bei dem ich mich wohl genug fühlte, um mich zu öffnen. Jetzt aber schon. Ich bin also keine Heuchlerin.«

Erstaunt starrt er mich an. »Du hast jemanden?«

»Sogar mehrere.« Ich lächele versonnen. »Zum ersten Mal überhaupt hatte ich die Unterstützung von einer Gruppe Freundinnen. Millie kennenzulernen, hat vieles in mir aufgewühlt, und es hat immens geholfen, das Ganze mit Sophie, Plum und Nell durchzusprechen.«

Er versucht es zu überspielen, kann seine Fassungslosigkeit aber nicht verbergen. »Sie wissen also Bescheid?«

Ich nicke. »Ja. Und es hat geholfen, darüber zu reden. Ich fühle mich seither viel leichter und glücklicher, daher kann ich es nur dringend empfehlen.«

»Verdammte Axt«, murmelt er.

»Verdammte Axt, was?«

Er schüttelt den Kopf. »Egal. Nicht jetzt. Es spielt keine Rolle. Einfach alles eben. Du hast nicht mal mit mir darüber geredet.«

Ross ist nun wirklich der Letzte, dem gegenüber ich mich je geöffnet hätte. »Wir werden schon noch darüber reden, wenn die Zeit reif ist.« Auch wenn ich mir nicht vorstellen kann, dass das jemals der Fall sein wird. Ich starre auf die Reste meiner Eistüte, dann auf die liebevollen Blicke, mit denen Diesel sie bedenkt. »Bist du sicher, dass Diesel das nicht kriegen darf?«

»Es sei denn, du willst, dass er die ganze Nacht Bauchschmerzen hat.« Er schiebt sich den Rest seiner eigenen Tüte in den Mund. »Aber ich biete mich gern an, wenn du wirklich nichts mehr willst.«

Ich reiche ihm mein Eis und tätschele Diesels haarigen Kopf. »Tut mir leid, Kumpel, das ist der Preis, den du zahlen musst, wenn du mit einem Veterinär rumhängst.«

Fünf Minuten später sitzen wir wieder im Auto und rasen auf der Küstenstraße nach St. Aidan. Verstohlen betrachte ich die Schatten auf Ross' Wangenknochen und frage mich unwillkürlich, wohin zum Teufel das jetzt mit uns führen soll.

Viel Zeit bleibt uns jedenfalls nicht. In zwei Wochen launchen wir unsere Dorfrezepte, bald danach müssten Clemmie und Charlie wiederkommen, das heißt, meine Abreise rückt rasant näher. Sehr bald werde ich mich von St. Aidan und seinen Bewohnern verabschieden müssen. Und ich finde keine Worte, um auszudrücken, wie schmerzhaft sich mein Inneres zusammenzieht, wann immer ich auch nur daran denke.

32. Kapitel

Männer am Rande des Nervenzusammenbruchs

Die Babysprinkle-Party in Tide's Reach
Donnerstag

»Es sind schon viele da, ich sehe jede Menge Kinder und ein paar Babys, habe aber noch keinen einzigen Mann entdeckt.«

Wir befinden uns auf der Babysprinkle-Party in einem weiteren von St. Aidans fantastisch verschrobenen Cottages, und Ross späht um den Rahmen der Küchentür, um einen besseren Blick auf die Gäste im Wohnzimmer zu erhaschen.

Dieses Cottage heißt *Tide's Reach*. Es hat einen prächtigen Fischgrät-Holzboden und so viele Palmen in der Küche, dass es sich mehr anfühlt wie ein Treibhaus. Tatsächlich haben wir in den vergangenen Wochen so viele hübsch eingerichtete Häuser gesehen, dass ich versucht bin, neben meinen Posts übers Backen und Walters Bauernhof auch noch welche über ländliche Interieurs zu schreiben. Da zu dem Haushalt hier bereits ein Zweijähriger gehört, erinnert manches an einen Spielwarenladen, allerdings wurde das meiste Spielzeug auf ein dafür reserviertes Areal des Nebenzimmers verlagert. Je mehr Gäste eintrudeln, desto mehr kleine Kinder finden sich dort ein. Da bislang in der Tat nur Mütter angekommen sind, ist es kein Wunder, das Ross sich ein bisschen wie ein Außenseiter fühlt.

Als er mir seine Beobachtungen zuflüsterte, war sein Mund entwaffnend dicht an meinem Ohr. Allerdings weiß ich nicht, warum mich das so nervös macht. Gestern, als ich ihm bei unserem dreiundzwanzigsten Hängende-Kuchen-Duell Zuckerguss in die Bartstoppeln geschmiert habe, waren wir einander viel näher. Aber das ist irgendwie was anderes. Die Videos unserer Kämpfe werden so gut angenommen, dass unsere Kunden sie inzwischen von sich aus einfordern, es ist mittlerweile einfach Teil des Jobs. Außerdem bin ich stolz darauf, dass er mich bisher noch nie schlagen konnte.

Und was das heutige Event betrifft, kann keiner behaupten, ich hätte ihn nicht gewarnt. »Du wusstest, dass es eine Mädels-Veranstaltung wird, hast aber trotzdem darauf bestanden mitzukommen.«

»Was zum Teufel ist aus St. Aidans ewigem Gerede von der Chancengleichheit geworden?«, protestiert er.

»Junggesellinnen-Abschiede, Geburten und 5er-Männerfußball sind Ausnahmen.« Das denke ich mir gerade aus, aber es klingt überzeugend, finde ich. »Binde dir einfach eine rosa gestreifte Schürze um und sag nichts, dann wird vor lauter Partylaune niemand Notiz von dir nehmen.«

Nell ist mit dem Team an Bord, und Sophie ist ebenfalls da, aber als Gast mit Maisie, daher soll sie eigentlich nur aushelfen, wenn's gar nicht anders geht. Trotzdem ist sie momentan damit beschäftigt, nebenan den Cupcake-Tisch vorzubereiten, während Maisie spielt und ich Buttercreme anrühre.

Wir haben versucht, so viele Fundraiser-Events wie möglich unterzubringen, solange ich noch hier bin, und zuletzt sind es so viele gewesen, dass die fortgesetzte Unterstützung durch die Meerjungfrauen an ein Wunder grenzt. Noch immer gibt es viele Interessenten für die Donut-Abende, und auch nach den Brownie- und Blondie-Sessions herrscht große Nachfrage. Da sich die selbst gesetzte Deadline für mein eventuelles Buch nähert, bin ich endlich mit dem Probebacken durch und gebe den Kapiteleinführungen den letzten Schliff. Dennoch muss ich weiterhin immer mal wieder einen Back-Marathon einlegen, denn ich will, solange es geht, so viel wie möglich aus den Kuchenkartons herausholen.

Natürlich geht die Hälfte meiner Gewinne nach wie vor aufs Kittiwake-Spendenkonto, aber es fühlt sich gut an, ein bisschen was auf die hohe Kante legen zu können, damit ich etwas finanziellen Spielraum habe, wenn ich wieder in London bin. Ich war immer davon ausgegangen, dass ich bei meiner Rückkehr dort weitermachen könnte, wo ich aufgehört habe, aber wenn auf meinem Blog nicht sehr bald sehr viel mehr los ist, muss ich mir etwas anderes überlegen, um zu Geld zu kommen.

Ross grinst. »Schon gut, ich bin aus der Klinik daran gewöhnt, ständig von Frauen umgeben zu sein. Und ich denke, ich bleibe bei meiner grau gestreiften Schürze.«

»Alternativ könntest du das T-Shirt ausziehen, eine Fliege umbinden und als Oben-ohne-Bedienung punkten«, schlage ich lachend vor.

»Das ist hier nicht ›Ganz oder gar nich‹, Bertie«, ruft er schockiert. »Es sind Kinder anwesend!«

Ungerührt löffele ich die letzte Buttercreme in die Spritztüten, im Stillen amüsiert darüber, wie echt sein Entsetzen ist. »Das sind sehr kleine Kids und Babys, die würden eher auf ein Löwenkostüm reagieren als auf einen paillettenbesetzten String-Tanga.« Und dann muss ich den Kopf schütteln, um das Bild loszuwerden, das ich selbst heraufbeschworen habe. Gleichzeitig wundere ich mich, warum er so ahnungslos scheint. »Wie viel Erfahrung hast du eigentlich mit Kindern?«

»Na ja, ziemlich viel, sofern es sich um Ziegenkinder handelt. Bei menschlichen eher keine. Meine Schwester hat keine, und die meisten meiner Freunde sind diesbezüglich ziemlich spät dran.«

»Bemerkenswert.« Da ich selbst auf zahlreiche winzige Nichten und Neffen zurückgreifen kann, vergesse ich leicht, dass es Menschen wie Ross gibt, die buchstäblich null Kontakt zu unter Fünfjährigen haben. »Nun, nach dem Geschrei aus dem Nebenzimmer zu urteilen, dürfte dieser Nachmittag sehr erhellend für dich werden.«

»Was genau erwartet uns hier eigentlich? Ich habe nur irgendwas von Baby-Baden gehört?«

»Vergiss das Baden, wir fangen einfach noch mal ganz von vorn an.« Ich hole tief Luft und hoffe, er kann mir folgen. »Amelia ist diejenige mit der Babykugel und dem Zweijährigen, der gerade die Kartoffelchips auf dem Orientteppich verteilt.« Ich checke, ob seine Augen schon glasig werden, aber sie sind noch klar, also kommt er wohl noch mit. »Amelia gibt eine Party, auf der ihre Freundinnen sie mit Geschenken für das Baby, das sie erwartet, überschütten, aber weil es ihr zweites Kind ist, braucht sie weniger Zeug, daher ist es eben eine Sprinkle- und keine Showerparty.«

»Aha.«

Mit dem letzten Satz muss ich ihn wohl verloren haben, daher führe ich das Konzept angesichts seiner verwirrten Miene noch etwas aus. »Die Gäste schenken ihr also eher kleine Dinge wie Babysocken als große wie Bugaboo Buggys.«

Die Falten über seiner Nasenwurzel werden tiefer. »Und wo kommt noch mal das Wasser ins Spiel?«

Falls ich Bedenken hatte, Ross heute mitzunehmen, weil das Thema des Abends zu einer unbehaglichen Stimmung zwischen uns führen könnte, dürften die jetzt als erledigt betrachtet werden. Er ist so auf die technischen Abläufe konzentriert, dass er gar nicht dazu kommt, über die persönlicheren Implikationen nachzudenken.

Ich grinse. »Es ist gar kein Wasser im Spiel, aber es gibt eine gewisse Komplikation. Leute, die das Geschlecht ihres Babys wissen wollen, finden es normalerweise so um die zwanzigste Woche heraus, und dann geben sie eine Gender Reveal Party, auf der es dann die große Verkündung gibt und speziell eingefärbten Kuchen, der heimlich vorbereitet wurde.«

»Das ist ja unglaublich umständlich.«

Er schüttelt ungläubig den Kopf, ist also inhaltlich bislang noch bei mir. »Aber Amelia hat das Geschlecht ihres Babys erst vor ein paar Tagen bei ihrem sechsunddreißig-Wochen-Ultraschall versehentlich erfahren, daher lässt sie die Gäste heute raten, ob es ein Junge oder ein Mädchen wird.« Wieder schöpfe ich Atem. »Und da komme ich ins Spiel. Erst spritze ich als Party-Unterhaltung Buttercreme-Blumen. Und danach wird jede von Amelias Freundinnen einen eigenen Cupcake gestalten, in der Farbe, von der sie annimmt, sie sei die richtige für das Baby.«

»Das heißt also, Rosa für ein Mädchen, Blau für einen Jungen«, mischt Sophie sich ein, die in die Küche gekommen ist und meinen letzten Satz mitgehört hat. »Davon hast du doch bestimmt schon mal gehört, Ross, oder?« Sie hebt Maisie von ihrer Hüfte und schiebt sie ihm hin. »Tu mir einen Gefallen und halt sie eine Minute, während ich nebenan den Tisch vorbereite. Sie ist wieder auf dem Zerstörungstrip, und wenn sie einen der Spritzbeutel in die Hände kriegt, ist alles vorbei.«

Mit großen Augen schaut Ross Sophie hinterher und erstarrt zur Salzsäule. Ich springe vor und fange Maisie, die langsam an ihm herabrutscht, irgendwo auf Kniehöhe auf. »Hey, was ist denn los? Sie wird dich schon nicht beißen!«

Er schnieft indigniert. »Alles, was recht ist, ich überlasse den Kinderkram lieber euch Expertinnen. Ich bin nur zum Aufräumen hier. Es muss doch irgendwas geben, was ich abwaschen kann?«

»Du bist einfach effizienter, als gut für dich ist. Im Moment ist alles sauber.«

In diesem Moment kommt Nell herein, die nächste geleerte Flasche schwenkend. »Glaub nicht, dass du dich den ganzen Nachmittag in der Küche verstecken kannst, Ross. Amelia besteht darauf, dass auch die Helfer zur Party eingeladen sind.«

»Bist du sicher?«, fragt Ross zweifelnd. »Ich habe keine winzigen Socken mitgebracht.«

Nell grinst. »Das macht Amelia nichts aus, und beim nächsten Mal weißt du dann Bescheid.«

Da er guckt wie das Kaninchen vor der Schlange, glaube ich nicht, dass er sich darum reißt, diese Party hier aufzumischen. Energisch drehe ich Maisie herum, sodass sie auf meiner Hüfte sitzt und ihn anschaut. »Okay, Ross, es gibt keinen Grund, sich zu fürchten. Stell dir einfach vor, Maisie ist ein Welpe. Oder eine Katze.« Ich erinnere mich noch gut, wie souverän er in jener Nacht, als Pancake krank war, mit ihr umgegangen ist, wie geschickt seine Hände waren, obwohl sie kaputt sind. Wie fest und gleichzeitig überaus zärtlich er sie im Griff hatte.

Maisie wiegt deutlich mehr, aber es geht ums Prinzip. »Wiege einfach ihren Po in deiner Ellenbeuge und leg den anderen Arm um sie herum. Vergiss, dass sie ein Furcht einflößender Mensch ist, und halte sie gut fest.« Langsam schiebe ich ihm die Kleine auf den Unterarm, und Maisie, die offenbar wittert, worum es geht, benimmt sich wie eine uncharakteristisch engelhafte Version ihrer selbst. »Siehst du, jetzt hältst du schon ihr ganzes Gewicht. Ist doch gar nicht so schlimm, oder?«

Ross schluckt nervös und wischt sich ein Stück Krabbenchip vom Kinn, das aus Maisies Haar gefallen ist und sich in seinen Bartstoppeln verfangen hat. »Wenn du meinst.«

Und dann dreht Maisie, die wohl spürt, dass sie endlich in Sicherheit ist, sich zu ihm und greift herzhaft in seine Locken und fängt an zu zappeln. Endlich reagiert Ross, mit einem Griff, den er normalerweise für flüchtende Schafe anwendet. »Nicht so schnell, du kleiner Wurm. Wenn du an meinen Haaren ziehst, muss ich dich wohl leider auf den Kopf stellen.« Er schaut mich fragend an. »Ist das okay?«

Ich nicke. »Aber mach dich auf Gebrüll gefasst.«

Maisie stößt einen spitzen Schrei aus, und einen Moment später hat Ross sie umgedreht. »Siehst du, gar nicht so komisch da unten, was?«

Doch nach Maisies Kichern zu urteilen, ist es großartig. Ein paar Minuten lang wirbelt er sie kopfüber herum, begleitet von fröhlichem Gejauchze, dann hebt er sie hoch, und sie packt seine Nase. »Mein Daddy krabbelt auf dem Boden und lässt mich auf seinem Rücken reiten.«

Ross wirft mir einen flehenden Blick zu. »Herrjeh, sag mir, dass sie Witze macht.«

Ich unterdrücke ein Lächeln. »Ich glaube nicht.«

Maisie nickt eifrig. »Wie ein Pferdchen.«

Ich kann mich nicht beherrschen. »Wenn jeder der Reihe nach drankommt, ist es erst richtig lustig.«

Ross stöhnt. »Verdammt, Bertie, ermutige sie nicht noch. Sie hat mich bereits skalpiert. Mit noch mehr von denen komm ich nicht klar.«

Maisie johlt. »Ich zuerst! Ich zuerst!«

Nell biegt sich vor Lachen. »Na also, Ross, sieht so aus, als hättest du deinen Job für den Nachmittag. Oder fürs Leben, sobald sich das in der Mutter-und-Kind-Gruppe rumspricht.«

»Na los, worauf wartest du noch?«, rufe ich. »Wenn du dich beeilst, schaffst du drei Runden ums Wohnzimmer, bevor ich anfange.«

Ross funkelt mich aus schmalen Augen an. »Das wirst du bereuen, wenn du später auf dem Abwasch sitzen bleibst.«

Doch Maisie, die er mittlerweile auf dem Boden abgesetzt hat, zerrt an seinem Handgelenk und hämmert mit der anderen auf seinen Schenkel. »Komm schon, Boss, mein kleines Pony, mein kleines Pony!«

Um fair zu sein, muss man zugeben, dass Ross für jemanden, der auf Händen und Knien durch ein sehr elegantes Wohnzimmer kriecht, während die übrigen Erwachsenen auf superbequemen Sofas herumlungern, Prosecco kippen und Canapés futtern, gar nicht so unglücklich wirkt. Im Gegenteil, er lächelt ziemlich viel.

Als meine Vorführung beendet ist und jeder seinen eigenen Cupcake gefüllt hat und wir alle die Neuigkeit, dass Amelia einen Jungen erwartet, der Maverick Jonson Jonas Johns heißen soll, mit Jubel und frenetischem Applaus quittiert haben, liegt Ross rücklings auf dem Boden, mit kleinen Kindern auf Brust und Armen verteilt.

Nell kommt an ihm vorbei und starrt verwundert auf den kichernden Haufen. »Für jemanden, der nicht viel mit Kids zu tun hat, bist du bemerkenswert populär.«

»Und er ist so nachgiebig«, füge ich lachend hinzu. »Du musst nicht allem zustimmen, Ross. Es ist okay, ihnen auch mal Nein zu sagen.«

Er schnaubt. »Das hättest du mir ruhig früher mitteilen können.«

Sophie erhebt sich von ihrem stylischen Ercol Chair. »So, Kids, wie wär's, wenn wir jetzt ein paar Spielzeuge einpacken und dann zum Eisessen übergehen.«

Ross stöhnt gequält auf. »Bitte, ich bin ja für vieles zu haben, aber wenn ich die Wahl habe zwischen einer Ganzkörper-Dusche mit Mr. Whippy und Teller abräumen, dann …«, er schaut mich vielsagend an, »… sage ich Nein zur Eiscreme.«

Ich strecke ihm meine Hand hin. »Na komm, steh auf. Ich verspreche dir sicheres Geleit zur Geschirrspülmaschine.« Mühsam widerstehe ich dem Drang, erstens seine Hand weiter festzuhalten und ihm zweitens einen Klaps auf den Po zu geben.

Doch kurz vor der Küche dreht er sich noch mal um und schaut Sophie nachdenklich an. »Du glaubst wahrscheinlich, ich bin zu ordnungsliebend und pedantisch, um mit Kids umzugehen, aber ich schwöre, wenn die Sache für Cressy und mich damals anders ausgegangen wäre, dann hätte ich mir das alles angeeignet.«

Ich brauche einen Moment, um zu kapieren, worauf er sich bezieht, aber dann stürze ich mich förmlich auf ihn. »Was zum Teufel redest du da, Ross?« Noch dazu vor einem Raum voller Leute.

»Du sagtest doch, du hättest mit ihnen darüber geredet? Über das …«

Ich zische, um ihn zum Schweigen zu bringen. »Über den Teil, der mich betrifft. Das mit dir habe ich nie verraten.«

»Oh, verdammt«, murmelt er so leise, dass nur ich es hören kann. »Das habe ich wohl gründlich versemmelt, was?«

»Das ist eine Art Frage, die sich von selbst beantwortet«, blaffe ich.

Sophie aktiviert ihren Wogen glättenden Tonfall. »Nach drei Monaten mit euch beiden haben wir uns den Rest schon selbst zusammengereimt.« Sie dreht sich zu den anderen Frauen, die die Szene mit geweiteten Augen verfolgen, um. »Cressy und Ross hatten vor Jahren mal was laufen, das ist alles.«

Nell rollt die Augen in meine Richtung und wendet sich dann an die Gäste. »Das erinnert mich daran, Ladys, dass wir keine Mädelsparty ohne Teenager-Reminiszenzen haben können! Also, Ferienromanzen, erzählt eure besten und schlimmsten. Ich fange an mit der Geschichte, als ich mein Herz an den Typ verlor, der beim Camping-Wochenende der Jungbauern für das Schwein am Spieß zuständig war.«

Man muss es Nell lassen, sie hat die Aufmerksamkeit blitzschnell von uns abgelenkt. Was Ross betrifft, den knöpfe ich mir später vor.

Um sicherzustellen, dass wir nicht zu lange zusammen in der Küche sein müssen, stopfe ich meine Spritz-Utensilien rasch in eine Plastikbox, um sie später zu Hause abzuwaschen. Dann ruft Nell mich zu einer werdenden Mum mit sehr kleiner Babykugel, die mich für eine Gender Reveal Party nach ihrem Ultraschall nächste Woche buchen möchte, und eine andere Frau wünscht sich für den Geburtstag ihres Mannes einen Donut-Abend.

Als ich ein paar Ladungen ins Auto geschafft habe und für einen letzten prüfenden Blick durchs Erdgeschoss zurückkomme, sind die Kids auf der Veranda fast mit ihren Eistüten fertig. Ich will gerade checken, ob wir aufbruchbereit sind, als Nell mir über den Weg läuft.

»Ich will nur Ross einsammeln«, sage ich.

Nells Brauen verschwinden fast in ihrem Haaransatz. »Sophie hat ihn sich kurz ausgeborgt.«

»Was?«

Sophie kommt zu uns. »Ich habe Ambers Baby Arran gehalten, während sie auf der Toilette war. Aber so einen

Winzling zu knuddeln, weckte schon wieder einen mächtigen Kinderwunsch in mir, also habe ich ihn zum Wohle aller Beteiligten weitergereicht.«

Ich habe mit allen anderen gelacht, als Ross auf dem Fischgrät-Parkett lag und zehn kleine Kids auf ihm herumkrabbelten. Ich habe geschäumt, als er unser Geheimnis beinahe vor aller Welt breitgetreten hätte. Aber ihn jetzt in einem Ercol Chair sitzen zu sehen, wie er ein winziges Baby an seine Brust drückt und vollkommen still auf das flaumige Köpfchen starrt, fühlt sich an wie ein kräftiger Bauchtritt.

»Alles okay?« Nell legt eine Hand auf meinen Arm.

Ich krümme mich und umklammere meinen Magen. »Zu viel Buttercreme. Geht gleich wieder.«

Sie zieht mich in eine Umarmung. »Für Frauen wie uns sind Nachmittage wie dieser schwierig.« Mehr muss ich gar nicht sagen. Wir wissen beide, dass sie über die Babys spricht, die wir beide so lieben, aber bislang noch nicht zu kriegen geschafft haben. »Mach dir keine Sorgen, unsere Zeit wird kommen.«

Ich erwidere ihre Umarmung. »Ja, das wird sie. Ganz bestimmt.« Und für Nell hoffe ich es inständig. Sie gibt anderen so viel, dass sie dieses Glück für sich und George verdient. Bei mir besteht da deutlich weniger Grund zur Zuversicht. Ich hatte meine Chance, es hat nicht funktioniert. Und ich kann mir schlicht und ergreifend kein wahrscheinliches Szenario vorstellen, in dem sich noch einmal eine solche Gelegenheit ergibt.

Eine Stampede von Kleinkindern trampelt über den Boden, angeführt von einer lächelnden Amelia.

»Vergesst nicht, bevor ihr geht, dass jeder einen Luftballon mitnimmt. Und unsere speziellen *Es-ist-ein-Junge*-Glückskekse, die Poppy aus dem Brautladen gemacht hat.«

Ich lege meinen Mund an Nells Ohr. »Ich verspreche, dass ich dir für deine Babyshower-Party Jammie Dodger Blondies backe.« Dann erinnere ich ihr Lieblingsgebäck. »Und superklebrige Triple-Chocolate-Brownies.«

Irgendwer drückt mir eine Ballonschnur in die Hand, und dann schlägt Maisie ihren Ballon Ross auf den Kopf. Und erst als ich dazukomme, um Ross zu helfen, der mir Arran entgegenstreckt, der wiederum brüllt wie ein Baby, das durch einen Schlag mit einem Helium-Ballon geweckt wurde, fällt es mir wieder ein. Wenn Nell im achten Monat schwanger sein könnte, wäre ich schon fast wieder ein Jahr in London.

Und zu dem Zeitpunkt, egal wie nah und geliebt und umarmt ich mich heute fühlen mag, sind alle schon längst wieder mit anderen Dingen beschäftigt, da bin ich mir verdammt sicher. Und Cressy Cupcake und ihre fantastischen Blondies werden nur mehr eine verblassende Erinnerung sein, wie Fußspuren im Sand, die von der Flut weggespült werden.

33. Kapitel

Helium und heiße Tränen

In Clemmies Wohnung
Nach der Babysprinkle-Party
Donnerstag

»Bertie, da bist du ja!«

Wenn man bedenkt, wie winzig die Wohnung ist, müsste Ross an sich nicht derart überrascht klingen, mich zu finden. Das Plätschern an der Spüle hätte beispielsweise ein deutlicher Hinweis sein sollen, dass ich in der Küche bin.

»Ich habe dich gesucht.«

Da ich das tatsächlich schon kapiert hatte, stelle ich den Wasserhahn an, um den Spritzbeutel in meiner Hand noch mal gründlich durchzuspülen.

»Ich wollte mich dafür entschuldigen, dass ich dich vorhin auf der Party so reingeritten habe. Ich habe einfach nicht nachgedacht.«

Das ist eine reichlich untertriebene Art zu schildern, wie er mein privatestes Geheimnis einem ganzen Dorf ausposaunt hat. Genauso gut hätte er ein Megafon nehmen und über den Hafen brüllen können. Cressy war mal schwanger und Ross der Dad. Eigentlich sollte mein Zorn darüber ausreichen, um monatelang zu wüten. Doch im Moment fehlt mir die Kraft dazu.

»Es ist passiert. Vergessen wir's.«

Erleichtert atmet er auf, und die Falten zwischen seinen Brauen glätten sich. »Was soll ich mit denen hier machen?«

Der Wind, der durchs offene Fenster hereinweht, lässt die beiden *Es-ist-ein-Junge*-Ballons in Ross' Hand über die Decke federn. Und er ist ebenso qualifiziert wie ich, eine Entscheidung über ihren Verbleib zu treffen.

Ich zucke mit den Schultern. »Häng sie über dein Bett. Mach damit, was du willst, solange du sie nicht draußen fliegen lässt. Heliumballons sind nicht unbedingt umweltfreundlich.«

Wieder runzelt er die Stirn. »Bei so etwas Kostbarem wie einem Baby sollte man doch meinen, dass die Eltern bei der Auswahl solcher Dinge an den Planeten denken.« Die Falten über seiner Nasenwurzel werden tiefer. »Wir hätten so was nicht gehabt, oder?«

Mein Mund füllt sich mit Speichel, und egal, wie oft ich ihn hinunterschlucke, er kommt immer wieder. »Nein. Hätten wir nicht.«

Das ist seit zwölf Jahren ungefähr das Einzige, bei dem wir uns in dieser Hinsicht einig geworden sind. Ich schniefe, reibe mit dem Unterarm über mein Gesicht, aber als ich mich wieder über die Spüle beuge, landet ein anderer Tropfen von meiner Nase im Wasser.

»Bertie, du weinst ja«, ruft Ross.

»Wirklich?«

»Ich und mein großes Mundwerk. Und ich kann es nicht mal zurücknehmen.«

Ich weiß nicht, warum ich weine. Nur, dass die Tränen in dem Moment zu fließen begannen, als ich zur Spüle kam, und jetzt, da ich einmal damit angefangen habe, kann ich nicht mehr aufhören.

Wieder schniefe ich und reibe meine Nase. »Es ist nicht deine Schuld.« Ich schlucke und versuche, mich zu erklären.

»Als ich dich vorhin mit diesem Baby da sitzen sah, kam wieder hoch, wie sehr ich mir unseres gewünscht hatte.«

Nachdenklich mustert er mich. »Es machte dir also nichts aus? Du warst nicht verzweifelt, weil du schwanger warst?«

Heftig schüttele ich den Kopf. »Wie kommst du denn darauf?«

»Neulich, an dem Abend, als wir darüber redeten, hast du gesagt, es war ein Fehler.«

»Der einzige Fehler war zu denken, dass du mich unterstützen würdest. Der Rest war reine Freude.« Ich starre aus dem Fenster neben der Spüle auf die weißen Schaumkronen der hereinrollenden Wogen, während ich mich erinnere. »Vielleicht habe ich diesem einen winzigen Wesen ja zu viel aufgebürdet, aber ich konnte nur denken, wie wundervoll ein neues Baby sein würde, nach allem, was die Familie nach Fayes Tod mit Charlie durchgemacht hatte. Ich weiß, dass es ungeplant war, aber als es passierte, war es kein Problem. Es kam mir vor wie ein Geschenk.«

»Oh, Bertie.«

Als ich wieder in die Küche schaue, steckt Diesel seinen Kopf um den Türrahmen, seine braunen Augen glänzen beunruhigt. Und Ross schiebt einen hellblauen Stuhl und einen Stapel Schachteln zur Seite und kommt auf mich zu.

Ich beiße auf meine Unterlippe, umklammere meinen Bauch, und als die Erinnerungen kommen, sind die Bilder, die durch meinen Kopf flackern, so scharf, als wäre es gestern passiert. Diese eisigen Januarmorgen, mein Magen leer und schmerzend vom vielen Würgen. Ich bin die zwei Meilen zur Uni und zurück gelaufen, weil ich mich nicht in einen Bus traute. Meine Jackentaschen waren voller Ingwerkekse, im Rucksack hatte ich Ginger Ale gegen die Übelkeit. Fremde starrten mich an, wenn ich in der öffentlichen Damentoilette den Kopf unter den Wasserhahn steckte, um wieder klar zu werden. An der Uni fiel es nicht weiter auf, alle nahmen an, dass ich ständig auf der Piste war und einen Dauerkater hatte. Und nichts davon machte mir etwas aus, denn der Grund war das Baby. Und das gehörte schon so sehr zu mir.

»Es war so ein seltsames Gefühl. Als ich die beiden Striche auf dem Schwangerschaftstest sah, da verließ mein Magen für eine Nanosekunde meinen Körper, und dort, wo er gewesen war, bildete sich ein Strudel des Glücks. Selbst an diesem allerersten Tag wäre ich bereit gewesen, für sie ans Ende der Welt zu gehen, wenn sie mich darum gebeten hätte.«

Als ich wieder auf die brechenden Wellen starre, schiebt Ross sich hinter mich, legt die Hände leicht auf meine Schultern. Noch nie habe ich wirklich mit jemandem über jene Zeit geredet, aber jetzt sprudelt es aus mir heraus, als hätte jemand eine Flasche entkorkt.

»Wir waren nur viereinhalb Monate zusammen, aber sie war so kostbar.« Er dreht mich zu sich um, und ich lasse den Kopf nach vorn fallen, bis meine Stirn an seinem T-Shirt ruht. »Das klingt nach nichts, wenn du es laut aussprichst, aber diese achtzehn Wochen waren wie ein ganzes Leben. Wir waren gemeinsam in dieser Sache, und sie war schon meine Freundin. Dann erklärten sie mir, dass es Probleme geben könnte, und ich war verzweifelt. Als der Arzt mir sagte, dass ich sie verlieren würde, fühlte sich das an, als ob mir das Herz aus der Brust gerissen wurde. Und dann kamen die Wehen, und ich wollte auch sterben.«

»Oh, Bertie.« Ross zieht mich an sich, ich spüre sein Kinn an meiner Schläfe. »Und als ich ins Krankenhaus kam, war alles vorbei?«

Ich nicke, weil ich mich noch nicht dazu durchringen kann, über diesen Teil der Geschichte zu reden. »Ich war noch nicht mal zu Hause gewesen, um es der Familie zu erzählen. Aber im Nachhinein war es gut, dass sie es nicht wussten, denn dann hätte sie mein Verlust nur schon wieder traurig gemacht.«

Ross atmet tief aus. »Das ist wieder mal typisch, Bertie. Du denkst immer an andere. Du hättest das nicht ganz allein durchmachen dürfen. Dafür hätte ich sorgen müssen.« Seine Arme schließen sich noch fester um mich, und als ich zu ihm hochschaue, sehe ich es auf seinen Wangen glitzern. »Du sagst, es war ein Mädchen?«

»Das wusste ich von Anfang an.« Ich kralle mich in die Muskeln unter dem weichen Stoff seines Shirts. »Ich habe sie so sehr geliebt.«

»Das weiß ich.« Er spricht so leise, dass es kaum noch hörbar ist, doch sein Flüstern dringt bis ins Zentrum meines Körpers. »Ich habe sie auch geliebt.«

»Wirklich?«

»Natürlich. Ich kannte sie nicht, aber sie war ein Teil von dir. Ich hasste, dass ich es dir so schwer gemacht hatte, aber das hinderte mich nicht daran, mir Sorgen zu machen. Oder zu leiden.«

Seine Brust bebt an meiner, und als wir uns zitternd aneinanderklammern und zusammen um das weinen, was wir beide verloren haben, fühle ich mich geborgen in seiner Wärme. Ich atme seinen Duft ein und aus, während meine Wange sich an seine Brust presst und sein T-Shirt meine Tränen aufsaugt, und das Ganze hat nichts mehr mit animalischer Anziehungskraft zu tun. Es geht nur um verlässlichen menschlichen Trost. Und darum, dass jetzt jemand für mich da ist, auch wenn er vorher nicht da war.

Nach sehr langer Zeit versiegen unsere Schluchzer, und als es sich endlich so anfühlt, als hätte ich keine Tränen mehr übrig, ziehe ich ausgiebig die Nase hoch. Er streckt den Arm aus, reicht mir ein Papiertuch aus der Box auf dem Regal und putzt sich auch die Nase. Ich weiß nicht, wie lange wir hier gestanden haben, aber die Flut ist in der Zwischenzeit ziemlich weit reingekommen. Und ich fühle mich jetzt anders als vorher, spüre eine Seelenruhe, die ich nie zuvor gekannt habe. Als ob etwas, das falsch war, endlich berichtigt worden ist.

Ich tätschele seinen Rücken. »Danke, dass du mir deine Schulter geliehen hast.« Ich habe nicht vor, das weiter auszuführen, aber es hat uns den Abschluss gebracht, der vorher nicht da war. »Wir brauchten das.«

Ross seufzt. »Wir haben vorher beide allein geweint, aber zusammen zu weinen, ist irgendwie heilsamer. Und Reden hilft auch.«

Es ist zwölf Jahre zu spät, aber trotzdem wert, ausgesprochen zu werden. »Es tut mir leid, dass ich dich damals an diesem Tag im Krankenhaus weggestoßen habe.« Ich hole Luft, um zu erklären, aber er legt mir einen Finger an die Lippen.

»Nicht. Es ist zu spät für Schuldzuweisungen. Sie wäre von uns beiden sehr geliebt worden, das reicht mir. In diesem Wissen können wir jetzt vorwärtsschauen.«

Ich putze mir noch einmal die Nase. Er hat seine Arme immer noch um mich gelegt. Als er eine Hand ausstreckt, um mir das Haar aus den Augen zu streichen, erhasche ich einen Blick auf seine Armbanduhr. »Musst du nicht um sechs in der Klinik sein? Und ich habe einen nassen Fleck auf deiner Brust hinterlassen.«

Fluchend schaut er ebenfalls auf die Uhr. »Aber die Patienten wissen, dass Notfälle immer Priorität haben.«

Ich muss lächeln, weil seine professionellen Gedanken nie weit weg sind, gleichzeitig ist es cool zu denken, dass er das hier an die erste Stelle gesetzt hat. »Das weiß ich zu schätzen, aber jetzt kannst du beruhigt gehen.«

Forschend mustert er mein Gesicht. »Bist du sicher? Denn wenn ich es heute Abend zu diesem Brownie-Event für acht Leute schaffen will, muss ich jetzt los.«

Er ist nicht der Einzige, der vernünftig sein kann. »Diesel und ich fahren mit dir zu Walters Hof, dann kümmere ich mich um die Tiere und laufe dann am Strand entlang mit ihm zurück, bevor ich mich zum Honeycombe Cottage aufmache.«

»Guter Plan. Ich ziehe mich in der Klinik um, wenn ich fertig bin, und treffe dich dann dort.« Er drückt mich noch mal kurz an sich. »Und mach dir keine Gedanken wegen der Tränen, ich wechsele mein T-Shirt.«

Dann löst er sich von mir und tritt einen Schritt zurück. Die tröstliche Wärme verschwindet, und wir sind wieder da, wo wir vorher waren. Doch es ist wie damals bei dem Baiser-Abend. Alles ist dasselbe, und doch hat sich so viel geändert, dass ich es noch gar nicht richtig fassen, geschweige denn wirklich begreifen kann.

Für den Anfang reicht es, sich zu erinnern. Außerdem bin ich zwar gut auf das heutige Abend-Event vorbereitet. Aber wir sind schon fast eine Stunde zu spät dran. Ich muss dringend in die Puschen kommen.

34. Kapitel

Der Countdown beginnt

Ein Blondie-Abend in Kittiwake Court
Freitag

»Was ist eigentlich mit dem Hängende-Kuchen-Clip von dir und Ross aus Honeycombe Cottage?«, fragt Millie. »Er ist noch nicht online!«

Wir nähern uns dem Ende eines wirklich geschäftigen Abends in Kittiwake Court. Millie und ihre Freundin Luce ziehen Fäden durch die glasierten Muffins, und ich hänge die klebrigen Küchlein an eine frei liegende Röhre über meinem Kopf.

»Ross musste leider überstürzt aufbrechen, um Elise mit einer Goldendoodle-Hündin zu helfen, die einen Kaiserschnitt brauchte. Daher haben zwar alle anderen das Kuchenspiel gespielt, wir aber nicht.« Was mir ganz recht gewesen war, denn nach all den Emotionen bei der Babysprinkle-Party und danach fühlte ich mich schlapp wie ein ausgewrungener Waschlappen. Daher war es eine Erleichterung, als Ross den Anruf bekam und davoneilte. Zwar bedeutete das für mich ein paar mehr Treppenaufstiege im Alleingang, aber alles war besser, als so kurz vor meiner Abreise noch ein Kuchenduell zu verlieren.

»Verdammt.« Wenn Millie etwas gegen den Strich geht, sieht sie ihrer Mutter unglaublich ähnlich. »Wir kriegen so viele Views dafür, dass es ein Jammer ist, wenn eins wegfällt.«

Eigentlich sollte ich ihr ja klarmachen, dass das Leben mehr zu bieten hat als Views, stattdessen hoffe ich, adäquaten Ersatz liefern zu können. »Ich dachte, es wäre lustig, die Bewohner hier heute beim Hängende-Kuchen-Spiel zu filmen. Sie waren schließlich schon alle auf den Videos, die wir für Walter hochgeladen haben, unsere Follower kennen sie also schon.«

Millie legt ihren Muffin ab und wirft die Arme um mich. »Das ist eine geniale Idee, das kommt bestimmt super an!« Fairerweise muss man sagen, dass alles, was mit Walter zu tun hat, Riesenzuspruch findet. Mit seiner wundervollen Kombination aus Unverblümtheit, seinen Bauernhof-Anekdoten und dem cornischen Dialekt ist er ein echter Volltreffer.

Und somit genau das, was Millie verdient hat. Die hat sich mittlerweile nämlich zum echten Social Media Profi gemausert. Ihre Videos von den verschiedenen Events sind extrem beliebt, und sie und ihre Freundinnen haben sogar einen eigenen Blog gestartet. Inzwischen ist sie beim Bearbeiten der Aufnahmen so gut, dass sie ohne meine Hilfe Clips auf meinen YouTube-Kanal lädt.

Wenn hier heute Abend so eine Art Semesterabschluss-Stimmung herrscht, dann liegt das daran, dass uns tatsächlich nicht mehr allzu viel Zeit für weitere Veranstaltungen bleibt. Daher waren wir alle einverstanden, als Jen ein großes Blondie-Special mit Freunden und Familie vorschlug, das noch mal ordentlich Geld in die Spendenkasse spült und gleichzeitig die Senioren hier einbezieht. Danach folgt dann in zwei Wochen noch ein letztes Hurra mit der Premiere des St.-Aidan-Rezeptbuchs.

Früher am Tag habe ich wie am Laufband Blondies produziert, in sämtlichen Back-Bloggern bekannten Varianten. Die Kittiwake-Bewohner sitzen in der ersten Reihe der *Seaview Lounge*, hinter ihnen ist ganz St. Aidan und der größte Teil von Cornwall versammelt. Ich habe vor ihren Augen Blondies mit weißer Schokolade und Bakewell-Blondies hergestellt, zwischendurch gab's immer wieder Kostproben für alle. Und jetzt befinden wir uns in der Schlussphase einer Tombola von so gewaltigen Ausmaßen, dass wir vermutlich um Mitternacht immer noch hier sind.

Während Sophie und Jen sich um die Tickets kümmern und George, Nate und Ross die Preise verteilen, legen Millie, Luce und ich letzte Hand an das Hängende-Kuchen-Spiel, damit ein paar mutige Freiwillige den Abend mit ein bisschen Jux und Tollerei ausklingen lassen können.

Walter, der gerade einen Wellnesstag für zwei im Harbourside Hotel gewonnen hat, stößt einen Triumphschrei aus, und im Schutze des ausbrechenden Jubels kommt Nell an meine Seite und flüstert mir aus dem Mundwinkel zu: »Schon irgendwas von deiner Agentin gehört?«

Natürlich weiß jeder hier Bescheid, denn sobald eine Person in St. Aidan irgendwas mitkriegt, kriegen es alle mit. Nachdem ich gestern bis spät in die Nacht ein letztes Mal das Manuskript meines erhofften Backbuchs gecheckt hatte, kam ich zu dem Schluss, dass die Früchte meiner dreimonatigen Mühen nun druckreif waren. Heute Morgen um neun drückte ich auf Senden, und jetzt liegt »*Cressida Cupcakes beste Backrezepte aller Zeiten*« auf Marthas Laptop, und sie muss entscheiden, ob das Ganze gut genug ist, um damit bei Verlagen hausieren zu gehen. Sie hat sofort den Eingang bestätigt, aber ich habe keine Ahnung, wie lange es dauert, bis ich wieder von ihr höre. Bestenfalls verlangt sie mehrere Tausend Änderungen, schlimmstenfalls lehnt sie es rundweg ab, es steht also eine Menge auf dem Spiel.

»Frag mich in einem Monat noch mal«, antworte ich betont beiläufig, »dann habe ich vielleicht Neuigkeiten.« Ich winke Walter zu. »Glückwunsch, Walter! Wer ist denn die Glückliche, die mit dir zum Wellnesstag gehen darf?«

Jen zwinkert mir zu. »Nach diesem Gewinn wird er jetzt noch mehr Schlag bei den Damen haben«, ruft sie und hält den nächsten Preis hoch. »Also Leute, für die letzten vier Tickets gibt's ein Autowasch-Set, eine Cressy Cupcake-Schürze, ein Dutzend frisch gelegte Eier und ein Essen für zwei im Yellow Canary.«

Sophie trägt den Eimer mit den Tickets durch den Raum, damit die Gewinner das nächste ziehen können. Auf dem Weg zu Walter dreht sie sich zu mir um. »Guck doch mal auf dein Handy, vielleicht hat sie sich ja doch schon gemeldet.«

Ich hebe meine glasurverschmierten Hände. »Ich bin viel zu klebrig. Das Telefon ist in meiner Schürze, falls jemand nachschauen möchte.«

Eine Nanosekunde später gräbt Nell bereits in meiner Tasche. »Meine Hände sind sauber, ich guck mal.« Stirnrunzelnd starrt sie aufs Display, dann stößt sie mich mit der Schulter an. »Hey, du benutzt ja auch *Natural Cycles*!«

Sie hat gerade meine Fruchtbarkeits-App vor allen Leuten rausposaunt, aber was soll's. Ich bin längst über jegliche Verlegenheitsanwandlung hinaus. »Ja, so wie die meisten Britinnen unter fünfundfünfzig.«

Wie es der Zufall will, sucht sich Ross exakt diesen Moment aus, um das Autowasch-Set zu holen und in Hörweite zu gelangen. »*Natural* was?«

Mir ist jetzt wirklich alles egal. »Das ist eine App, die einem mitteilt, an welchen Tagen man fruchtbar ist und an welchen nicht.«

»Wie ein Ampelsystem zum Vögeln«, ergänzt Nell hilfsbereit.

Millie lächelt süß. »Gut, dass es das vor zwölf Jahren noch nicht gab, denn dann wäre ich definitiv nicht hier, und du müsstest dir jemand anderen zum Filmen suchen.«

Ross schließt die Augen und schlägt sich mit der Faust auf den Kopf. »Verflucht, tut mir leid. Ich dachte, es hätte was mit Naturschutz zu tun, nicht mit Verhütung. Dabei hätte ich es eigentlich wissen müssen. Wir Veterinäre haben seit Jahren Instrumente, um die Fortpflanzungszyklen von Tieren zu kontrollieren.«

Nell schnaubt vielsagend. »Die App ist nicht nur dazu da, Babys zu verhindern. Manche Leute nutzen sie auch, um welche zu machen.« Sie schaut mich an. »Wie heißt deine Bücherfrau noch mal?«

Ich öffne den Mund, doch Ross kommt mir zuvor. »Wenn du ihre Agentin meinst, das ist Martha.«

»Martha Channing?« Nells Augen weiten sich. »Glückstreffer!« Sie wendet sich an den ganzen Raum. »Tolle Neuigkeiten, Leute. Cressy hat eine Mail von ihrer Agentin bekommen, und die Betreffzeile lautet *Leckere Lieferung*!«

»Wir waren den ganzen Tag gespannt wie die Flitzebögen«, schreit Sophie vom Fenster her. »Hör jetzt nicht auf, lies die ganze Mail vor!«

Nell wirft mir einen Blick zu, und ich nicke ergeben. Vor gar nicht langer Zeit wäre ich entsetzt gewesen, wenn meine Privatangelegenheiten öffentlich verbreitet worden wären, aber in St. Aidan ist das was anderes, weil die Menschen hier wirklich Anteil nehmen. Dorthin zurückzukehren, wo keiner sich einen feuchten Dreck für das interessiert, was die Nachbarn machen, weil die ihnen einfach egal sind, wird nicht nur schwierig, sondern auch sehr langweilig. Ich versuche nicht daran zu denken wie es sein wird, wenn ich allein in meiner Wohnung sitze und meine drei echten Freunde über eine Neunmillionenstadt verstreut sind.

Als Nell sich räuspert, wird es mucksmäuschenstill. »Hier steht: *Gut gemacht, Cressida Cupcake, damit hast du den Kuchen-Jackpot geknackt. Ich schicke das Manuskript an den ursprünglichen Verlag und melde mich, sobald es Neuigkeiten gibt. Hab ein wundervolles Wochenende, Martha xx.*«

Tosender Jubel bricht aus. Ich wedele mit beiden Händen vor meinem Gesicht herum und versuche, die Nachricht zu verdauen. »Sie findet also, es ist okay?«

Ross drückt meine Schulter. »Besser als okay, Bertie. Ich würde sagen, du hast einen Volltreffer gelandet.«

»Oh Gott, ich hätte nie gedacht, dass es ihr gefällt.«

»Nun ja.« Ross hüstelt delikat. »Du hattest einen sehr engagierten Vorkoster. Könnte es vielleicht daran liegen?« Grinsend stößt er mir seinen Ellbogen in die Rippen. »Wir alle kennen den wahren Grund. Du bist supertalentiert, du hast dir den Hintern aufgerissen, und du bist die beste Back-Influencerin der Welt. Genieß deinen Triumph.«

Ich lächele ihn an. »Danke, das werde ich.« Bei meiner Ankunft hier war ich so weit unten, dass jetzt sogar so etwas vergleichsweise Kleines wie Lob von meiner Agentin für ein Manuskript, das ich ihr geschickt habe, ein unerwarteter Segen ist. So viel jedenfalls steht fest: Ich werde nie wieder irgendetwas dieser Art als selbstverständlich betrachten.

Sophie klatscht in die Hände. »Wenn ihr einverstanden seid, beschließen wir jetzt den Abend mit einem Spiel.« Ein aufgeregtes Raunen von Leuten, die wissen, was kommt, läuft durch den Saal. »Die Plastikdecke liegt am Boden, die Kuchen hängen bereit, und da Ross und Cressy sich ja praktisch schon in den Armen liegen, sollten sie anfangen und euch allen zeigen, wie es geht. Das Ziel ist, so viel von dem Cupcake zu essen wie möglich, die Hände dürfen dabei nicht benutzt werden.«

»Aber wir sind immer die Letzten«, beginne ich, doch der Rest meines Protests geht in Anfeuerungsrufen unter. Ross schiebt mich zu den Hängenden Kuchen. »Vielleicht solltest du mich heute Abend nicht allzu brutal fertigmachen«, flüstert er mir zu. »Wir wollen die Senioren ja nicht verschrecken.«

Ich beiße die Zähne zusammen und fange an, mich in meine übliche giftige Kampflaune zu versetzen. »Hast du etwa Angst, Ross?«, zische ich höhnisch. Wir stellen uns einander gegenüber auf, und ich sehe, dass Millie auf einem Stuhl an der Wand Stellung bezogen hat, das Handy zum Filmen gezückt.

Nell lässt den Cupcake, den sie zwischen uns festgehalten hat, los, und das Publikum schnappt kollektiv nach Luft.

»Los, Cressy!«, ruft Joanie.

Vor mir wirbeln die bunten Streusel so schnell, dass die Farben verschwimmen, und der noch feuchte Zuckerguss schimmert weiß. Und als ich in Ross' Augen blicke, sind sie nicht hart und düster, sondern sanft und nett und freundlich, mit Fältchen in den Winkeln, und glänzen vor ... Keine Ahnung vor was zum Teufel sie glänzen, aber das Kampffeuer in mir erlischt. Zum ersten Mal fehlt mir der Antrieb, meinen Kiefer gegen den Cupcake zu rammen und die klebrige Masse in Ross' Bartstoppeln zu reiben. Ein paar Sekunden bin ich so verblüfft, dass ich nur stumm auf den kreiselnden Cupcake starren kann.

Derweil springt Ross von einer Seite auf die andere und wartet darauf, dass ich angreife. Also mache ich eine Finte nach links und öffne den Mund ganz, ganz, ganz weit, und damit meine ich weit genug, um den kompletten Kuchen auf einen Happs zu vertilgen, und mache meinen Vorstoß. Eine Sekunde später trifft meine Nase auf das Papierförmchen, doch statt zwischen meinen Zähnen zu landen und auf meiner Zunge zu zergehen, prallt der Muffin von meinem Gesicht ab und fliegt über meine Schulter.

Ross lacht leise. »Pech gehabt, Egbert. Willst du es noch mal versuchen?«

Ich müsste lügen, wenn ich sagen sollte, dass ich in Topform bin. Als Ross' Wangenknochen sich in mein Nahsichtfeld drängt, gerate ich völlig aus dem Konzept. Es ist nur ein Sekundenbruchteil, aber es reicht, um meiner Konzentration den Rest zu geben, und im nächsten Moment fliegt der Cupcake an meinem anderen Ohr vorbei. Doch das ist längst nicht das Schlimmste. Weit schlimmer ist, dass Ross' Mund heiß und weich und empörend köstlich auf meinem landet. Falls das ein Ablenkungsmanöver sein soll, ist es wirklich fies. Aber wenn ich ihn jetzt wirklich um den Verstand knutsche, könnte ich mir anschließend den Kuchen schnappen.

»Du taktierst weit unter der Gürtellinie, Bradbury«, murmele ich an seinen Lippen und bete zu allen zufällig vorbeikommenden Meerjungfrauen und guten Feen, dass meine Knie nicht vollends nachgeben. Wegen des Schocks. Und der Hochspannungsimpulse, die gerade durch meinen Körper zischen. Und des überwältigenden Drangs, Ross mit Haut und Haar zu verschlingen.

Ich spüre sein Lächeln. »Das ist die fünfundzwanzigste Runde«, murmelt er an meinem Mund. »Höchste Zeit, es dir heimzuzahlen. Viel Spaß dabei.«

Irgendwann muss ich die Augen geschlossen haben, denn die Anfeuerungsrufe des Publikums werden ausgeblendet und von einer Art Sinfonie in meinem Kopf ersetzt, die perfekt zu dem Feuerwerk aus geborstenen Regenbögen und Sternen auf den Innenseiten meiner Lider passt. Eine gefühlte Ewigkeit lang versinke ich in dem samtigen Geschmack von Himbeeren und Mandeln. Immerhin halte ich mich immer noch an die Regeln, die Hände nach hinten ausgestreckt, den Kopf in den Nacken gelegt, das Gesicht nach oben gereckt. Es ist eine dieser Situationen, in denen die Welt stillzustehen scheint, und ich will nicht, dass sie jemals wieder anfängt sich zu drehen, weil dieser Moment niemals enden soll.

Doch dann werden die Rufe von außen wieder lauter, und wir lösen uns langsam voneinander. Und plötzlich ist es vorbei, ich schnappe nach Luft und schlage eine Hand vor den Mund.

Ross' Atem ist heiß an meinem Ohr. »Bakewell Blondie könnte meine neue Lieblingssorte werden.« Dann steckt er sich den Cupcake mit der Hand in den Mund und dreht sich zu den Zuschauern um. »Ich überlasse Cressy den Sieg.«

Als ich einen Schritt zurücktrete, stolpere ich über einen Stuhl, und Nell fängt mich auf, während sie ins Publikum brüllt: »Die Gewinnerin ist definitiv Cressy, Leute. Sie hat zwar nicht den Kuchen gekriegt, aber der Rest sollte das mehr als ausgeglichen haben.«

Wieder klatscht Sophie in die Hände. »Wer ist der Nächste? Es müssen keine Paare sein, ihr könnt auch allein um den Cupcake kämpfen.«

Walter steht bereits. »Ich und Joanie! Wenn sie gewinnt, nehme ich sie mit zum Wellness-Tag.«

Das ist das Schöne an St. Aidan – sie sind längst zum nächsten Tagesordnungspunkt übergegangen. Und mit etwas Glück misst hier keiner diesem Kuss die geringste Bedeutung bei. Das gilt vor allem für mich selbst. Sobald meine Herzfrequenz sich normalisiert hat, ist alles wieder total beim Alten. Ganz bestimmt.

Und dann fällt es mir auf. »Hey, Walter, du hast ja deine Kappe abgenommen!«

»Diese Glasur sieht deutlich klebriger aus als Kuhmist«, grummelt er. »Ich will mir meine Tweedmütze nicht versauen.«

Jen zwinkert mir zu. »Gute Entscheidung, Walter.«

Irgendwer hat im Hintergrund Blondies Greatest Hits angestellt, und während Walter und Joanie Position beziehen und Millie mir bedeutungsvoll mit ihrem Handy zuwinkt, singt Debbie Harry »Heart of Glass«.

35. Kapitel

Überraschungen und Missverständnisse

Unten am Hafen
Donnerstag

»Wenn ich wieder in London bin, werde ich das Rauschen der Wellen vermissen. Und natürlich die Croissants von Crusty Cobs.« Ich laufe mit Diesel durch den Hafen, und es ist leichter für mich, diese Dinge laut auszusprechen, als sie in mir zu verschließen und traurig zu sein. »Pancake, die mir morgens um vier lauthals ins Ohr schnurrt. Die diamanthell glitzernde See im Sonnenschein. Zu sehen, wie schnell ein dunkler Himmel das Meer in Schiefer verwandeln kann. Die Art, wie der Wind an stürmischen Tagen die Kiesel vom Sand und gegen die Fenster fegt.«

Als eine feuchte Nase sich in meine Manteltasche schiebt, um nach dem letzten Gravy-Bones-Keks zu fahnden, halte ich in meiner Auflistung inne, denn mir fehlen die Worte für den Schmerz, der sich in meiner Brust ausbreitet, wenn ich an den Abschied von Diesel denke. Und auch das Vergnügen, künftig morgens aufzuwachen und Ross nicht Radiohead mitsingen zu hören, während er seine Kakaotasse vom Vorabend abwäscht und den Frühstückstoast verbrennt, kann ich nicht so recht einschätzen.

Monatelang war ich verzweifelt bemüht, auf Distanz zu Ross und seinen spleenigen Angewohnheiten und quälend schönen Oberschenkeln zu gehen. Doch mittlerweile ertappe ich mich bei Routinearbeiten in der Wohnung oder beim Schafe zählen auf Walters Hof regelmäßig dabei, wie ich Melodien von seinem favorisierten *»OK Computer«*-Album summe, ja sogar ganze Strophen wortgetreu mitsingen kann, was mich total aus dem Konzept bringt. Daher lege ich meine Gefühle für Ross vorerst auf den »Zu-kompliziert«-Stapel.

Es ist Dienstagmorgen, und Diesel und ich kommen gerade von unserem Bauernhof-Job und anschließenden Strandlauf zurück. Ich werde nur noch zwei Wochen in St. Aidan sein, aber in dieser Zeit ist noch einiges los. Die größte Sache ist natürlich, dass Clemmie und Charlie nun jeden Tag herausfinden sollten, ob ihr zweiter Versuch mit der künstlichen Befruchtung erfolgreich war.

Seit Charlie uns in jener grauenhaften Nacht angerufen hat, um zu erzählen, dass es beim ersten Mal nichts wurde, haben er und Clemmie mir zwar unglaublich viel bei meinem Buch geholfen, aber kein weiteres Wort mehr über die Behandlung verloren. Doch wenn ich zurückrechne, wann Charlie die schlechte Nachricht überbrachte, müsste es in dieser Woche eigentlich ums Ganze gehen, und ich warte praktisch mit angehaltenem Atem auf Neuigkeiten, lasse das Message-Symbol auf meinem Handy nicht mehr aus den Augen und schicke inbrünstige Gebete zu allen Göttern und guten Feen, dass es diesmal für die beiden gut ausgeht.

Ich schaue auf Diesel herunter, der an schlaff durchhängender Leine brav bei Fuß geht. »Und du benimmst dich inzwischen so viel besser als bei meiner Ank…«

Berühmte letzte Worte. Bevor ich den Satz beenden kann, spüre ich einen Ruck am Arm, und dann werde ich schon wie ein hilfloses Anhängsel über den Parkplatz bis vor Georges Büro gezerrt, wo Sophie gerade aus der Tür tritt, ihre Sonnenbrille aufsetzt und den Mantel zuknöpft.

Als Diesel sich auf sie wirft, gerät sie leicht ins Taumeln. »Hey, du musst deine Pfoten nicht auf meine beiden Schultern legen.« Sie schaut mich grinsend an. »Könntest du Millie vielleicht mal wieder auf den Boden der Tatsachen bringen? Ihre Füße schweben in der Luft, seit sie übers Wochenende die neuen Videos hochgeladen hat. Ich hoffe, sie hat mit dem, was sie da zeigt, keine Grenzen überschritten?«

»Da so viele Leute sich das angucken, soll sie nur machen.« Millie hat mir vor der Veröffentlichung alle Aufnahmen gezeigt, und die von den Senioren beim Kuchen-Spiel sind wirklich fantastisch. »Sie ist zu vernünftig, um sich den Erfolg zu Kopf steigen zu lassen. Und ich freue mich, dass auf meinem Kanal so viel los ist.«

»Alle Clips haben viel Zuspruch, aber ein bestimmtes läuft den anderen total den Rang ab …« Durch ihre Ray-Ban schaut Sophie mich prüfend an.

»Alles mit Walter kriegt außerordentlich viele Views.« Dann muss ich noch was loswerden. »Ich bin auch ziemlich stolz auf die Blondie-Posts, die ich hochgeladen habe. Keine Ahnung, ob es ein Sogeffekt der Videos ist, aber ich hatte darauf fast so viel Resonanz wie vor der TV-Show.«

Sie macht große Augen. »Dann hast du es also geschafft! Du hast deine Community zurückerobert.«

Mein Lächeln reicht vermutlich von einem Ohr zum anderen. »Ich mag jetzt andere Leute erreichen als vorher, aber die Zahlen sind gut und die Kommentare positiver denn je.« Es ist ein bisschen wie bei einer Lawine – was als Rinnsal begann, hat immer mehr Fahrt aufgenommen, und am Wochenende rauschte der Zuspruch dann mit Macht rein.

Sophie umarmt mich. »Das ist großartig. Die Hater bist du also endgültig los.«

»Ja, die sind verschwunden, aber die Lektion, die sie mir erteilt haben, werde ich nie vergessen.« Ich bin jetzt geerdeter und weniger leicht zu beeindrucken, und ich habe ein für alle Mal verinnerlicht, dass du im Internet immer nur so erfolgreich bist wie dein letztes Posting.

Der Blondie-Abend vom vergangenen Freitag war der Meilenstein, nach dem es für meine Online-Präsenz wieder steil nach oben ging. Doch ein paar ganz bestimmte Momente dieses Abends laufen seither in Endlosschleife durch mein Gehirn. Zusammen mit drei Fragen, die ich mir ununterbrochen stelle:

Erstens: Warum zum Teufel ist die Kuchen-Schlacht diesmal so aus dem Ruder gelaufen, nachdem wir sie schon so oft hinter uns gebracht hatten? Zweitens: Warum hat mein Mund, nachdem er versehentlich auf Ross' gelandet war, so lange dort verweilt? Und drittens: Warum zum Teufel kann ich nicht aufhören, daran zu denken?

Nur fürs Protokoll: Ich nenne den Vorfall für mich *Kollision der Münder*. Selbst wenn ich ihn in den dunkelsten Stunden der Nacht wiederaufleben lasse, weigere ich mich, ihn als *Kuss* zu bezeichnen.

Und da ist noch eine extrem nervtötende Nachwirkung – mein Herz schlägt weiterhin so schnell, dass mir regelrecht übel davon wird. Realistischerweise muss ich zugeben, dass es ein tiefer liegendes Problem gibt. Ja, ich finde Ross körperlich so attraktiv, dass ich Mühe habe, meine Finger von ihm zu lassen. Doch das ist nichts Neues, das war schon immer so, und ich bin drei Monate lang bestens damit zurechtgekommen und habe der Versuchung widerstanden. Da werde ich wohl kaum auf den letzten Metern noch einknicken und meinem wilden animalischen Begehren nachgeben.

Und nur weil er mich sein zweitbestes T-Shirt hat vollheulen lassen, als ich nach der Babysprinkle-Party ein bisschen sentimental war, gibt es nach wie vor Dinge, die zwischen uns stehen und über die ich noch nicht hinweggekommen bin. Klar, nachdem wir uns jetzt seit zwei Monaten eine Wohnung teilen, fällt es mir leichter, mit ihm zusammen zu sein. Aber da wir nach all diesen Wochen noch immer keine ordentliche Lösung für unsere unverarbeiteten Konflikte gefunden haben, bezweifle ich ernsthaft, dass es dazu vor meiner Abreise noch kommt.

Ich versuche gerade, mir den Geschmack von Ross' Mund aus dem Kopf zu schlagen, als mein Telefon klingelt.

Nach einem kurzen Blick aufs Display verdrehe ich genervt die Augen. »Das sind die Leute, die mir ständig versehentlich Gratis-Klamotten schicken.«

Sophie mustert den Streifen Stoff, der unter der ramponierten Öljacke hervorblitzt, die ich mir für die Farmarbeit von Ross geborgt habe. »Die Sachen sind super. Ist das da auch von denen?«

Vor allem sind die Kleider echt vielseitig einsetzbar. Am Freitag heimste ich in Kittiwake Court jede Menge Komplimente für das rot geblümte Modell ein, und heute Morgen waren die Kälber ähnlich beeindruckt von dem blauen mit dem gelben Ananas-Print. »Die sind so tragbar und leicht zu waschen, dass ich sie praktisch nicht mehr ausziehe. Das hier dürfte nicht lange dauern.« Ich nehme den FaceTime-Call an. »Hallo, was kann ich für Sie tun?«

»Ich bin Catey, die neue Marketing-Assistentin von *Maudie Maudie*. Wir wollten uns mal nach den Kleidern erkundigen.« Erst als sie mich vom Display anlächelt, mit Lippen, die ebenso perfekt sind wie ihr glatter blonder Bob, fällt mir wieder meine eigene desolate Erscheinung ein.

Wenn sie sich bloß früher gemeldet hätte, bevor ich die Päckchen aufgemacht und die Kleider bis an die Grenze der Zerstörung abgetragen habe. Jetzt bleibt mir nur noch zu bluffen. »Mir ist vollkommen klar, dass da ein Irrtum vorlag, soll ich die Sachen zurückschicken?« Wenn ich sie zur Reinigung *Iron Maidens* bringe und genug bezahle, kriegen die sie bestimmt wieder in den Neuzustand.

Cateys Stimme schwingt sich vor Überraschung eine Oktave höher. »Warum um alles in der Welt sollten Sie das tun? Wir sind begeistert, dass sie Ihnen gefallen.«

»Wie bitte?« Ich traue meinen Ohren nicht.

Jetzt lächelt sie noch breiter. »Wir verstehen, dass Sie eine Weile abtauchen wollten, aber jetzt, da Sie zurück sind, sind wir sehr gerne bereit, unsere frühere Kooperation fortzusetzen.«

Das muss ein Missverständnis sein. »Ist Ihnen entgangen, wie ich aussehe?« Der Wind hat die Haare, die sich aus dem Schal gelöst haben, mit dem ich sie zusammengebunden hatte, zu einer Masse Beach-Waves aufgewirbelt.

Sie hebt die makellosen Brauen. »Ihr neuer cornischer Style ist genau das Richtige für unseren Kundenstamm. Entspanntes Küstenflair und sandgestrahlte Haare passen da perfekt.«

Ich glaube, sie meint salzwasserbesprüht, aber egal. Es ist ihre Entscheidung.

Und nicht, dass sie mich drängt, aber es kommt mir doch so vor, als ob sie versucht, einen Deal abzuschließen. »Taggen Sie uns in Ihren Posts. Ich nehme an, Ihre Bankverbindung ist noch dieselbe? Wenn Sie einverstanden sind, unsere Zusammenarbeit wiederaufzunehmen, schicken wir Ihnen sofort die neue Kollektion.«

Mir fällt die Kinnlade runter, aber das sieht so dämlich aus, dass ich den Mund schleunigst wieder zuklappe. »Klar, gerne.«

Ihr Lächeln wird wärmer. »Die gepunkteten Gummistiefel zusammen mit den Tieren haben uns besonders gut gefallen.«

Ich stoße Sophia an, weil sie mithört und die Stiefel ihr gehören.

Catey ist noch nicht fertig. »Und das Kleid, das Sie in diesem Kuss-Clip tragen, nach dem alle verrückt sind, ist bereits ausverkauft.«

Lauter gute Nachrichten. »Ach ja, das rote mit den Gänseblümchen. Es ist total süß. Ein Glück, dass ich auf dem Video zu sehen bin, wie ich Walter anfeuere.« Wenn irgendwer in unseren Filmen viral geht, dann er.

»Der Name des Mannes liegt mir auf der Zunge«, sagt Catey. »Ich glaube nicht, dass es Walter war.«

Da muss ich sie wohl korrigieren. »Aber das ist unser einziger neunzigjähriger Superstar vom Freitagabend.«

Catey schüttelt den Kopf. »Der Typ, den ich meine, ist ein totaler Hottie.« Sie grinst. »Aber das wissen Sie vermutlich selbst.«

Walter wird sich gar nicht mehr einkriegen, wenn ich ihm das erzähle. »Ja, er sieht ziemlich gut aus für sein Alter.«

Einen Moment lang wirkt sie verwirrt, fängt sich aber rasch wieder. »Nun ja, wie auch immer … Wir fertigen das Kleid nach, Ihre Follower können es also gerne weiter bestellen.«

Ich weiß noch von früher, dass das Label gerne über kommende Events informiert wird. »Wir launchen demnächst ein Buch mit lokalen Rezepten. Falls Sie also irgendwas haben, was Sie in dem Zusammenhang gerne bewerben würden …«

»Klingt super. Ich kümmere mich sofort darum.«

Und dann ist sie weg, und ich starre perplex auf Sophie und das leere Display. »Unfassbar.«

Plötzlich wird Sophie ganz ernst. »Das hast du dir hart erarbeitet, Cressy. Stell es also nicht infrage, sondern genieße es.«

Ich will nicht prahlen, weiß aber, dass Sophie sich über die Neuigkeiten freuen wird. »Es gab sogar schon andere Angebote. Ein Ferienhausvermieter will ins Gespräch kommen, und mein früherer Kosmetiksponsor hat sich auch wieder gemeldet.« Ich benutze zwar nur noch einen Bruchteil dessen, was ich damals brauchte, aber das wird sich sicher wieder ändern, wenn ich zurück in London bin, wo die Standards höher sind.

Sophies Augen leuchten. »Das ist so aufregend! Deine Karriere kommt wieder in Schwung. Und könnte diesmal mehr Fahrt aufnehmen denn je.«

»Jaaaaa! Und das habe ich alles euch Meerjungfrauen und den reizenden Menschen von St. Aidan zu verdanken.« Ich sollte außer mir sein vor Begeisterung, daher weiß ich nicht, warum mein Jubel mir so hohl vorkommt. Ich will wirklich nicht undankbar erscheinen, denn das bin ich nicht. Aber wenn einem einmal etwas so spektakulär um die Ohren geflogen ist, fällt es schwer, dem Braten wieder zu trauen. Diesmal muss ich vorsichtiger sein. Ich darf nicht wieder all meine Eier in einen Korb legen.

Apropos Eier. »Ich kann es gar nicht erwarten, Walter heute Nachmittag zu erzählen, dass Catey ihn heiß findet.«

Sophie wiegt skeptisch den Kopf. »Glaubst du nicht, dass ihr da vielleicht aneinander vorbeigeredet habt?« Sie hebt ihre Ray-Ban. »Oder dass da ein Missverständnis vorliegt?«

»Ich weiß genau, welchen Clip sie meint. Der ist supersüß. Ich feuere Joanie an, und Walter kommt dazu und gibt ihr einen Kuss auf die Wange.« Nichts lässt die Views so in die Höhe schnellen wie eine Senioren-Romanze.

»Ich dachte, sie meint ein komplett anderes Video, aber wenn du dir sicher bist, spielt das wohl keine Rolle.« Sie schiebt sich die Sonnenbrille wieder auf die Nase. »Ich muss zurück ins Büro.«

»Und wir trollen uns demnächst nach Kittiwake, um Chocolate-Chips-Cookies zu backen.«

»Dann sehen wir uns dort.« Ich blinzele verwirrt, und sie lacht. »Nell hat es Plum und mir erzählt, also kommen wir auch, um mitzuhelfen. Du dachtest doch nicht, dass wir uns einen Cookie-Nachmittag entgehen lassen?« Bevor sie in ihren glänzenden SUV steigt, deutet sie nach oben. »Vergiss nicht, einen Schirm mitzunehmen, später soll es regnen.«

Das kann ich mir beim Blick in den kornblumenblauen Himmel kaum vorstellen. Und was Sophie über die Videos gesagt hat, kann ich mir nur damit erklären, dass sie mit vier Kindern, einem internationalen Unternehmen und den ganzen Fundraising-Events zu viel um die Ohren hat, um immer recht haben zu können.

36. Kapitel

Da lang geht's zum Strand

Auf Walters Hof, nach dem Cookie-Nachmittag
Donnerstag

»Hey, Diesel, Sophie hat sich geirrt, wir brauchen keinen Schirm.«

Wir spazieren in der Frühabendsonne über Walters Wiesen, unsere Beine sind gelb bestäubt von Butterblumenpollen. Nell hat uns nach der Cookie-Session zum Bauernhof gefahren, und die meisten regulären Jobs sind für heute erledigt. Doch da ich vorhin tonnenweise klebrige Kekse in mich reingestopft habe, wollte ich mir noch ein paar Kalorien ablaufen und habe die Wassertröge der Schafe auf der hintersten Weide aufgefüllt. Jetzt sind wir wieder auf dem Rückweg zum Hof, aber noch immer ein paar Felder entfernt, als ich jemanden am nächsten Zaun stehen und winken sehe.

Es dauert ungefähr eine halbe Sekunde, die abgetragene Denim-Jacke über seinen Schultern einzuordnen. Sobald er in Hörweite ist, rufe ich: »Ross, was ist denn mit deiner Abendsprechstunde?« Er lächelt, und ich denke unwillkürlich, wie viel relaxter er inzwischen wirkt.

Als wir näher kommen, öffnet er das Gatter für uns. »Der erste Termin ist erst in einer Stunde, und ich wollte etwas mit dir besprechen.«

Mein Herz setzt einen Schlag aus, ich stolpere über ein Grasbüschel und krache in den Zaun. »Klingt spannend.«

Er fährt sich durchs Haar. »Aber erst möchte ich noch etwas anderes loswerden, weil uns allmählich die Zeit davonrennt.« Einen Moment lang schaut er mir eindringlich ins Gesicht. »Ich will nicht auf dem herumreiten, was sich nicht ändern lässt, aber da du mir vergangene Woche deine Sicht der Dinge geschildert hast, würde ich mich gerne revanchieren.«

Mir wird so mulmig, dass ich mich am Zaun festhalte. »Okay.« Ich wüsste nicht, was das bringen soll, aber es ist nur fair. Doch er hat mich auf dem falschen Fuß erwischt. Vor einiger Zeit war ich für ein solches Gespräch gerüstet und vorbereitet, bin dann aber unachtsam geworden, weil ich nicht mehr damit gerechnet hatte. »Na schön, leg los. Ich höre.«

Er lehnt sich neben mich an den Zaun und schluckt so schwer, dass sein Adamsapfel hüpft. »Ich will mich nicht rechtfertigen. Ich weiß, dass ich großen Mist gebaut habe. Aber dies ist meine einzige Chance, dich wissen zu lassen, wie es für mich war.« Er unterbricht sich, um tief Luft zu holen. »An dem Tag, als du mich angerufen hast, um mir die Neuigkeit zu erzählen, habe ich mich so verantwortlich gefühlt. So schuldig. Aber es war derselbe Tag, an dem meine Fakultät mich bat, meinen Aufenthalt auf zwei Jahre auszudehnen, daher war ich ohnehin schon verwirrt und hin- und hergerissen.«

»Weshalb verwirrt?«

»Ich hatte nicht erwartet, dass ich dich so sehr vermissen würde, und war dabei, die Chance, zu bleiben und erfolgreich genug zu werden, um dich zu verdienen, gegen die Verzweiflung abzuwägen, noch viel länger von dir getrennt zu sein.«

»Und dann habe ich ein Baby ins Spiel gebracht.«

Er nickt. »In dem Moment, in dem du es mir sagtest, ging ich im Kopf schon eine Million Optionen durch.«

»Und dann hast du gesagt, dass du nichts versprechen kannst.« Mein Mund ist trocken, mein Ton anklagend. Dieser Moment, in dem mir so verheerend bewusst wurde, dass er nicht für mich da sein würde, ist so scharf in mein Gedächtnis eingebrannt, als wäre es gestern gewesen. Der Schmerz, den ich zwölf Jahre mit mir herumgeschleppt habe, ist noch immer so frisch. Und es ist merkwürdig, sich vor Augen zu führen, wie nachhaltig diese eine Sekunde mein Denken und meine gesamte Zukunft geformt hat.

»Erst später wurde mir klar, dass das ein großer Fehler gewesen war. Was ich meinte, war, dass ich dir keine falsche Hoffnung machen wollte, bis ich wusste, welche Möglichkeiten es gab. Ich dachte, es würde reichen zu sagen *›Überlass das mir, und ich gebe alles, um eine Lösung zu finden‹*. Ich wollte nur genug Zeit, um das Beste für dich zu tun.«

Er tritt vom Zaun zurück und tritt gegen ein Grasbüschel. »Mit meinem verdrehten männlichen Stolz habe ich einfach nicht kapiert, was du gerade durchmachst. Du hast meine Anrufe nicht entgegengenommen, aber ich habe blind weitergemacht und versucht, die Details auf meiner Seite zu regeln. Es dauerte ewig, aber als ich an jenem Tag zu dir ins Krankenhaus kam, hatte ich endlich alles durchorganisiert.«

Er starrt in die Ferne, dorthin, wo das bisschen, was vom Meer sichtbar ist, auf den Horizont trifft. »Es gab drüben einen Medien-Masterstudiengang, und sie erklärten sich bereit, dich irgendwann später bevorzugt aufzunehmen, wenn du Interesse hättest. Aber erst mal würde ich für mindestens zwei Jahre zurückkommen, das hatte ich bereits arrangiert. Ich brauchte so lange, weil ich darauf warten musste, dass meine Zurückstellung vom Fakultäts-Gremium abgenickt wurde. Sobald ich die Bestätigung hatte, nahm ich den nächsten Flieger.«

Meine Brust fühlt sich an, als ob sie gleich in sich zusammenfällt. »Dann warst du gar nicht nur für einen Besuch da?«

Als ob die Sonne meine Verzweiflung teilt, verschleiert sie sich hinter dunklen Wolken, und das Gras zu unseren Füßen verliert seinen Glanz.

Er schüttelt den Kopf. »Es war ein One-Way-Flug. Ich war zurückgekommen, um meinen Fehler wiedergutzumachen und mit dir zusammen zu sein, wenn du mich wolltest. Aber ich kam zu spät.« Seine Stimme ist jetzt kaum mehr als ein Flüstern. »Ich verstand, dass du mich an dem Tag nicht sehen wolltest, also blieb ich in der Nähe, versuchte es weiter. Als ich endlich begriff, dass du nichts mehr mit mir zu tun haben wolltest, weil ich nicht für dich da gewesen war, als du mich brauchtest, gab es nichts mehr, was mich hier hielt. Sie haben mir meinen Studienplatz in den USA wiedergegeben. Es tut mir leid, dass ich alles falsch gemacht habe.«

Also war er die ganze Zeit für mich da, ich habe nur nichts davon gewusst. »Das ist so tragisch, dass es fast schon wieder komisch ist.«

Er seufzt. »Als hoffnungsloser Kerl habe ich damals mit dem Neun-Monats-Zeitfenster geplant. Ich hatte keine Ahnung, dass diese ersten Wochen so schwierig oder so einsam für dich sein würden.«

»Verdammter Mist. Es tut mir leid.« Mehr gibt es nicht zu sagen. Ich habe ihn weggestoßen, weil ich dachte, ich wäre auf mich allein gestellt. Jetzt blutet mir das Herz für ihn, weil er sich so ins Zeug gelegt hat, für nichts und wieder nichts. Und für mich, weil ich keine Ahnung hatte. »Wir haben das beide so in den Sand gesetzt.«

Um seinen Mund zuckt ein schwaches Lächeln. »Aber du hast weitergemacht und alles erreicht, was du verdienst. Das ist die Hauptsache.«

Noch immer bin ich dabei zu verarbeiten, dass ich nicht den größten Mistkerl der Welt vor mir sehe. Sein einziger Fehler war, dass er nicht zur rechten Zeit die richtigen Worte für mich gefunden hat. Ich wiederum habe versäumt, ihn dennoch zu verstehen.

»Danke, dass du es mir erklärt hast.«

In meiner Tasche brummt es, ich ziehe mein Handy heraus. »Meine Agentin«, forme ich mit den Lippen und nehme den Anruf an.

»Martha!« Zum zweiten Mal rutscht mir das Herz in die Hose. Dass sie sich so schnell meldet, kann nur bedeuten, dass der Verlag das Buch nicht will.

Sie klingt angespannt. »Endlich, Cressy. Ich versuche schon den ganzen Nachmittag, dich zu erreichen.«

»Tut mir leid, der Empfang ist hier ziemlich unzuverlässig.« Wenn ich ihr sage, dass ich mein Handy ausgeschaltet hatte, explodiert sie womöglich.

»Gute Nachrichten. Der Verlag ist so begeistert von dem Buch, dass sie dir einen neuen Vertrag über zwei Bücher anbieten, und diesmal machen sie keinen Rückzieher. Bist du einverstanden?«

Ich nicke wie wild, bringe aber keinen Ton heraus. Es hat mir die Sprache verschlagen.

Ross springt ein. »Sie sagt: *Ja, Martha! Ja, bitte!*«

Ich beiße mir auf die Unterlippe, und plötzlich, als wäre ein emotionaler Damm gebrochen, strömen mir Tränen über die Wangen. »Aber warum?«

»Weil du ein großartiges Rezeptbuch geschrieben hast, Cressy.« Sie zögert kurz. »Weißt du, dass du viral gegangen bist?«

Ich schlucke einen Schluchzer runter und wische mir das Wasser aus den Augen. »Mit Walter und den hängenden Kuchen?«

»Nein, das hat nichts mit Walter zu tun. Ich meine das Video, auf dem du diesen hinreißenden Mann abknutschst, den du normalerweise mit Zuckerguss pflasterst.«

»Verdammte Axt!« Ich stöhne entsetzt auf. »Das kann doch nicht wahr sein.«

»Es hat dir Aufmerksamkeit verschafft, das ist es, was zählt. So ein sprunghafter Anstieg, wegen eines einzigen Kusses.« Sie holt nicht mal Luft, bevor sie weiterredet. »Glückwunsch, der digitale Vertrag ist da, ich schicke ihn dir jetzt zur Durchsicht. Unterschreib so schnell wie möglich.«

Dann ist sie weg, so schnell, wie sie gekommen ist.

Ross starrt mich an. »Das ist noch ein Vorteil dieses Hofs, er hat Empfang.« Er reicht mir ein Papiertaschentuch. »Ich konnte nicht umhin mitzuhören. Tolle Neuigkeit, und gut, dich wieder auf dem Gipfel des Erfolgs zu sehen.«

Doch eine drängende Frage bleibt. »Wusstest du von dem Video?« Ich hatte keine Ahnung, dass dieser spezielle Clip hochgeladen worden war. Aber das ist nicht das Einzige, was mich umtreibt. »Egal, was sie sagt, es war kein Kuss. Du warst dabei, du kannst das doch bestätigen, oder?«

Während ich mir schniefend die Augen wische, holt er Luft, um zu antworten. Doch er zögert, und plötzlich höre ich ein lang gezogenes Grollen in der Ferne. »Was war das?«

Er schaut nach oben. »Auch deshalb bin ich hergekommen, um dich zu warnen. Es gibt ein Gewitter.«

»Aber vor einer Minute schien noch die Sonne.«

Er deutet mit dem Kopf Richtung Küste. »Das Wetter in Cornwall ist bekannt für seine Launen. Über Oyster Point ist es schon pechschwarz, von da zieht das Gewitter rein.«

Ein plötzlicher Windstoß bringt mich dazu, die Strickjacke fester um mich zu ziehen, und ein Blick zum Himmel bestätigt, dass Ross recht hat. Das Unwetter bläst bereits in Böen auf uns zu, und wir hören den Regen auf den Boden prasseln, bevor er uns erreicht hat. Dann landet ein großer Wassertropfen auf meinem Kleid, ein weiterer auf meinem Gesicht.

Ross zieht Diesel und mich auf die nächste Weide und schlägt das Gatter hinter uns zu. Die Wolken über uns sind grauviolett, der Tag verdüstert sich, und als direkt über uns ein Donnerschlag kracht, stößt Diesel ein lang gezogenes Jaulen aus. »Lauf zum Hof«, brüllt Ross über das plötzliche Tosen des Sturms hinweg, der jetzt so stark bläst, dass er das Gras plättet. »Wir suchen in der Scheune Unterschlupf.«

Und dann schüttet es wie aus Eimern, und wir rennen so schnell wir können auf die Hofgebäude zu.

37. Kapitel

Durchnässt, aber da gibt's noch was zu klären

Im Heuschober auf Walters Hof
Donnerstag

Es stimmt, wir können das, was geschehen ist, nicht ändern, aber als wir uns durch das letzte Gatter zwängen und über das Kopfsteinpflaster rennen, während der Regen so heftig auf uns niederprasselt, dass meine Haut brennt und ich mir das Wasser aus den Augen wischen muss, um überhaupt etwas zu sehen, komme ich doch ins Grübeln. Warum habe ich Ross damals nur so falsch eingeschätzt?

Er packt mich am Arm und zieht mich in den Schutz einer offenen Scheune, in der sich Heuballen stapeln. Der Regen trommelt auf das Metalldach über unseren Köpfen, das Wasser strömt an den Seitenwänden herunter, wo die Regenrinnen längst überlaufen, mein Haar hängt mir in nassen Rattenschwänzen ums Gesicht, das durchweichte Kleid klebt mir am Körper, aber ich lache vor Erleichterung, dass wir es ins – relativ – Trockene geschafft haben.

Ich blinzele mit wassergetränkten Wimpern und sehe, dass Ross sich ungefähr einen Millimeter von mir entfernt befindet. Ein Zittern in Erdbebenstärke durchläuft mich. »Ich könnte nicht nasser sein, wenn ich ins Meer gesprungen wäre.«

Er schält sich die Jeansjacke vom Körper. »Hier, ist nass, aber besser als nichts.« Er legt sie mir um die Schultern und zieht mich, als ein weiterer Donnerschlag von der gemauerten Scheunenwand widerhallt, eng an seine harte, muskulöse Brust. »Diese Sommergewitter sind heftig, dauern aber normalerweise nicht sehr lange.«

Und plötzlich fährt mir die Lösung des Rätsels, das mich seit Ross' Erklärung umtreibt, mit der Power eines Expresszugs durchs Hirn. »Mir ist wieder eingefallen, was du genau gesagt hast und weswegen ich so sicher war zu wissen, wie du darüber denkst: Was für eine Katastrophe!« Und ab da ging es abwärts mit uns. Aber zumindest weiß ich jetzt, warum ich damals so reagiert habe.

Das Haar fällt ihm in langen Strähnen über die Stirn. »Wie bitte?«

Noch immer bin ich etwas atemlos, aber das Brennen in meiner Kehle lässt allmählich nach. »Als ich dich anrief, um dir von dem Baby zu erzählen, da sagtest du *Was für eine Katastrophe*! Damit war mir klar, wie sehr du die Situation hasstest. Wie wenig du dieses Kind wolltest. Und deshalb habe ich deine Anrufe nicht angenommen, weil ich dachte, dass du versuchen könntest, meine Meinung zu ändern.«

Er stöhnt gequält auf. »Die Katastrophe war nicht das Baby, Bertie. Die Katastrophe war, dass ich es dazu hatte kommen lassen und dir damit dein letztes Jahr an der Uni und wahrscheinlich deine ganze Zukunft zerstört hatte. Dass ich so unvorsichtig gewesen war, obwohl mir so viel an dir lag.« Er schiebt mir das Haar aus dem Gesicht, und ich sehe, dass seine Wimpern ebenfalls wasserverklumpt sind. »Ich hatte tatsächlich erst damit begonnen, von unserem Baby als einem echten, realen Menschen zu denken, als ich herkam, um dich im Krankenhaus zu besuchen. Aber ich hatte sie immer, immer gewollt.«

Ich schlucke an meinen Tränen. »Und zu dem Zeitpunkt hatten wir sie schon verloren.«

Seine Stimme bebt vor Trauer. »Ich habe dich nicht mal sehen können, als du schwanger warst. Ich habe niemals auch nur eine Hand auf deinen Bauch gelegt.«

Ich könnte heulen, um uns beide, weil wir einander so viel Schmerz zugefügt haben. Und ich muss so viel Aufarbeitung leisten und mit dem Wissen von heute auch meine Vorbehalte überdenken, jemals wieder jemandem zu vertrauen. Denn egal, wie es sich damals anfühlte, er hat mich nicht im Stich gelassen. Sondern sich mit aller Kraft für eine gemeinsame Zukunft eingesetzt, es war nur einfach zu spät.

Ich seufze, aber ich will es ihm erklären. »All meine Lebensentscheidungen seit damals haben darauf beruht, dass ich mich künftig nur noch auf mich selbst verlassen wollte, um nicht noch einmal so entsetzlich enttäuscht zu werden. Diese Entscheidung führte zu einer so einsamen Reise. Und dabei hattest du mich gar nicht im Stich gelassen.«

Er legt mir einen Finger unters Kinn und mustert eindringlich mein Gesicht. »Wenigstens kennst du jetzt die Wahrheit. Ich war damals für dich da, und das wird sich auch nie ändern. Ich werde immer für dich da sein.«

Als er mit dem Daumen über mein Kinn streicht, hämmert mein Herz so heftig, dass es mir praktisch aus der Brust springt. Ein drängendes Verlangen zuckt durch meinen Bauch, und ich reibe meine Hüften gegen seine Lenden. Das ist schieres, nacktes Begehren. Ich schlucke schwer und beiße mir auf die Unterlippe, sehne mich schmerzlich danach, mich in ihm zu vergraben und die süße, dunkle, samtige Hitze seines Mundes erneut zu schmecken.

Ich spüre, wie seine Brust sich an meiner ausdehnt, als er tief Luft holt. »Also, was denkst du, Bertie?«

Ich denke, dass es mich nicht im Geringsten stören wird, wenn er mich jetzt küsst, weil ich endlich bereit bin. Mehr als bereit. Und im Hinterkopf ist dieser Gedanke an das grüne Signal meiner *Natural Cycles*-App von heute Morgen. Außerdem denke ich, dass ich, wenn er gerne auf einem Heuballen sitzen und sich zurücklehnen würde, keine Probleme hätte, die Initiative zu ergreifen. Ich würde ihn aus seinen Jeans schälen, Knopf für Knopf, dann rasch mein Kleid hochschieben und mich rittlings auf seinen Schoß knien. Dass ich nicht weiß, wie es ihm so geht, selbst aber verdammt dicht davor bin zu explodieren und vermutlich nur zwei Sekunden durchhalten würde …

All diese Gedanken verdränge ich so gut ich kann, räuspere mich und versuche es etwas diplomatischer. »Ich bin noch eine Woche in St. Aidan, und das fühlt sich erschreckend nach einem Déjà-vu an. Aber es ist aufregend, so viel Ballast aus dem Weg geräumt zu haben.« Ich spiele den Ball in seine Ecke. »Was ist mit dir?« Ich bin ihm so nahe, dass ich im Halbdunkel jede einzelne seiner Wimpern erkennen kann, und warte mit angehaltenem Atem auf seine Antwort. Zwischen uns waren so viele Barrieren, aber wir haben endlich die letzte zur Seite geschoben. Ich kann nur hoffen, dass er genauso empfindet.

Wieder schaut er mir direkt in die Augen. »Beim Ballast stimme ich dir zu. Aber ich denke, dass du mit deinem Vorschuss und deinen Werbepartnern wieder genau dort bist, wo du warst, bevor du hergekommen bist.« Er lächelt schwach. »Und ich weiß auch, dass du, sobald du mit deiner Naturschutz-App wieder in London bist, keine Zeit mehr haben wirst, groß an uns hier in St. Aidan zu denken.«

Ich brauche einen Moment, um meine Atmung unter Kontrolle zu bringen. Das ist also seine Art, mir sehr höflich zu verstehen zu geben, dass er nicht interessiert ist. Ich meine, ich wusste immer, dass es mehr von mir ausging als von ihm. Unser »Unfall« passierte, weil ich ihn da reingedrängt hatte. Er hat es nicht bereut, aber offensichtlich nicht den Drang, sich das Ganze noch mal anzutun. Ich wäre verrückt, etwas anderes zu glauben. Was alles in allem nur gut für mich ist. Es mag sich zwar momentan anfühlen, als hätten meine Innereien sich vollzählig aus meinem Körper verflüchtigt. Aber zumindest kann sich mein Herzschlag jetzt wieder normalisieren.

Stirnrunzelnd schaue ich zu ihm hoch. »Bleibst du denn noch länger hier?«

»Wie es für mich weitergeht, steht gerade ziemlich in den Sternen.«

Meine nächsten Worte sprudeln ohne Beteiligung meines Hirns aus mir heraus. »Hättest du keine Lust mit … nach London zu gehen?«

Er verzieht das Gesicht. »Das Letzte, was ich will, ist, dir ein Klotz am Bein zu sein. Wir wissen also beide, dass das ein Nein ist.« Er schüttelt den Kopf und schlägt einen leichteren Ton an. »Erzähl mal, wie funktioniert denn nun deine berühmte App?«

Themenwechsel sind immer gut, um die Atmosphäre zu klären. Aber vielleicht macht er auch nur Konversation, bis der Regen aufhört. Wir können hier schließlich nicht stumm aufeinander hocken. »Okay, ich gebe bestimmte Informationen in die App ein, meine morgendliche Temperatur zum Beispiel und wann meine Periode ist. Und dann lässt sie mich wissen, ob es ein grüner oder roter Tag ist.«

Er nickt. »Grün bedeutet also sicher?«

Damit hat er mich erwischt. »Ursprünglich ja. Aber dann habe ich es geändert, sodass Grün mir jetzt meine fruchtbaren Tage anzeigt.«

»Verdammt, Bertie! Was zum Teufel …?« Er klingt so entsetzt, als hätte er vorhin meine Gedanken gelesen, aber das ist unmöglich.

Noch zehn Tage, vielleicht weniger, und dann werde ich ihn nie wiedersehen. Schon erstaunlich, wie befreiend diese Erkenntnis sein kann, wenn es um freimütige Bekenntnisse geht. »Ich bin sicher, dass ich das bald wieder ändern werde. Es ist nur so, dass die vielen Kinder, mit denen ich hier zu tun hatte, meinen Wunsch nach einer eigenen Familie bestärkt haben.«

Das bringt ihn praktisch zum Würgen. »Meine Güte! Ich weiß nicht, ob ich jemals Kinder haben werde.«

Gut, dass wir das jetzt geklärt haben. Seine heftige Reaktion lässt die Tatsache, dass er mich gerade abgewiesen hat, wie einen Glücksfall erscheinen. »Aber warum denn nicht? Fürchtest du, dass dein schlechter Musikgeschmack sich weitervererben könnte?«

»Ausgerechnet für dich sollte der Grund doch offensichtlich sein.« Er verdreht die Augen. »Ich habe das mit dir so spektakulär verbockt – was, wenn das noch mal passiert? Wenn ich die Kinder auf dieselbe Art enttäuschen würde? Nein, Nachwuchs ist definitiv vom Tisch, ich würde mir niemals zutrauen, das hinzukriegen.«

Plötzlich tauchen vor meinem inneren Auge Bilder von Kleinkindern, Sechsjährigen, Zehnjährigen, Teenagern auf, alles Miniaturversionen von Ross, genauso hinreißend und unwiderstehlich wie er. Ich lege eine Hand an sein Gesicht. »Eines Tages solltest du diese Einstellung wirklich überdenken. Vergiss die Vergangenheit, denk lieber an all die Donut-Abende, bei denen du geholfen hast, an all die Kisten mit Küchenutensilien, die du die Treppe vom Seaspray Cottage rauf- und runtergeschleppt hast, an die Notfalleinsätze in der Klinik. Du bist wirklich der verlässlichste Mann, den ich je getroffen habe. Ganz ehrlich, so, wie du heute bist, würde mir keiner einfallen, der einen besseren Dad abgäbe.« Da er ja gerade deutlich klargemacht hat, wo wir miteinander stehen, weiß er natürlich, dass ich ganz allgemein spreche und definitiv nicht für mich selbst.

Allerdings ist die Vorstellung, er könnte ein Kind mit jemand anderem als mir haben, doch ziemlich verstörend. Aber wenigstens werde ich es nicht mitansehen müssen.

Er schmiegt sein Gesicht in meine Hand. »Hör auf, bevor die Komplimente mir noch zu Kopf steigen. Danke für die ermutigenden Worte, aber für die absehbare Zukunft steht es dennoch nicht auf meiner To-do-Liste.«

Als mir ein weiterer Gedanke durch den Kopf schießt, krallen sich Stahlfinger in meinen Magen, und mir wird übel. Ich könnte mich ohrfeigen, dass ich es nicht früher kapiert habe. »Es ist Elise, stimmt's? Ihr beide seid mehr als nur Kollegen, oder? Ihr seid ein Paar!«

Ungläubig starrt er mich an, dann bricht er in Lachen aus. »Wohl kaum! Elise hat eine bezaubernde Freundin, die in Rose Hill wohnt. Du bist seit drei Monaten hier und wusstest das nicht?«

Wäre mir nicht so kalt, würde ich jetzt knallrot anlaufen vor Entsetzen über alles, was ich mit meiner Bemerkung preisgegeben habe. Aber momentan sind meine Blutgefäße zu eingefroren, um etwas anderes als Totenblässe zu produzieren. Und wie hoch die Woge der Erleichterung ist, die mich durchrollt, werde ich nicht mal vor mir selbst eingestehen. Zumal es ohnehin keine Rolle spielt. Dennoch wird es leichter sein, wenn ich in meinem schönen neuen Londoner Apartment sitze und ihn mir nicht in inniger Umarmung mit einer mir tatsächlich bekannten Person vorstellen muss.

Ich huste, um meine Verlegenheit zu überspielen, und nehme meine Hand von seinem Gesicht. »Übrigens, erwähntest du nicht vorhin, dass du etwas mit mir besprechen willst?«

Er hebt die Brauen, und sein Blick verdüstert sich. »Kann sein, aber ich glaube, das hat sich inzwischen erledigt.« Seine Miene wird wieder etwas fröhlicher. »Du weißt, wie es ist, manchmal hat man Ideen, die einem zunächst superbrillant vorkommen, aber wenn man noch mal drüber nachdenkt, erkennt man, dass sie totaler Mist sind. Das war eine davon.«

Damit ist auch diese Konversation am toten Punkt angelangt, aber Stille wäre mir jetzt unerträglich. »Wenn du einen Rolling-Stones-Singalong machen willst, bis es aufhört zu regnen, bin ich dabei. Ich kenne die kompletten Lyrics von ›Gimme Shelter‹. Oder wir singen ›The Man Who Sold the World‹.«

Er schnaubt. »Die David-Bowie-Version oder die von Kurt Cobain?«

Da er mich so gut kannte, als ich Teenager war, wundert es mich, dass er überhaupt fragen muss. »Natürlich Kurt Cobain.«

Er schaut mich belustigt an. »Wie wär's mit Dolly Partons ›I Will Always Love You‹?«

Verdammt. Ich kann den Text auswendig, und das weiß er. Wie zum Teufel soll ich ihm klarmachen, dass das der eine Song ist, den ich jetzt nicht über die Lippen bekomme? Verzweifelt zerbreche ich mir den Kopf, um einen glaubwürdigen Vorwand zu finden, als sich von der Straße her Fahrgeräusche nähern.

Nur um sicherzugehen, dem Ankömmling keinen falschen Eindruck zu vermitteln, mache ich einen Sprung und lande einen Meter entfernt von Ross. Dann bedenke ich ihn mit meinem besten »Hi-ich-bin-Cressida-Cupcake«-Strahlen. »Erwartest du Besuch?«

Er schaut auf seine Armbanduhr und lächelt. »Eigentlich müsste Jen gleich mit Walter und Joanie hier eintrudeln, auf dem Rückweg von Walters Krankenhaus-Termin. Das wollte ich dir auch noch erzählen.«

Ich stelle mir mit Grausen vor, wie es wäre, wenn meine Fantasie von vorhin sich erfüllt hätte. Denn dann säße ich in diesem Moment vermutlich rittlings auf Ross und würde ihn auf dem Heuballen vernaschen.

Was wieder mal beweist, dass man vorsichtig mit seinen Wünschen sein sollte, und mich gleichzeitig in der Überzeugung bestärkt, tatsächlich eine gute Fee zu haben. Und zwar eine, die, egal wie mies ich mich momentan fühlen mag, wirklich gut auf mich aufpasst.

38. Kapitel

Große Erwartungen und lange Abschiede

Auf Walters Farm
Donnerstag

»Was habt ihr denn angestellt? Ihr seht aus, als wärt ihr in den Ententeich gefallen!«

Walter biegt als Erster um die Hausecke, an zwei Stöcken humpelnd, einen Moment später tauchen Jen und Joanie auf, Joanie in ihrem eleganten geblümten Ausgeh-Kleid, Jen in Jeans, Doc-Martens-Sandalen und einem fluoreszierenden pink-grünen Batikshirt.

Ross behält recht mit seiner Bemerkung über das launische Wetter. Nachdem der Regen aufgehört hat, bricht die Sonne durch die Wolken, und von den Pflastersteinen vor dem Haupthaus steigt Dampf auf.

Walter späht an uns vorbei zum Heuschober. »Wie kommen diese Lohnleute voran? Sie verlangen ein Vermögen, stapeln die Ballen aber nie so hoch, wie ich ihnen auftrage.«

Ross schaut über die Schulter zu der Scheune, die wir gerade verlassen haben. »Ich finde, sie haben ihre Sache gut gemacht, das Heu duftet herrlich.«

Jen lacht. »Das will ich hoffen, schließlich gehören sie zur Familie. Nells Onkel und sein Sohn haben den ersten Schnitt für Walter erledigt«, fügt sie an mich gewandt hinzu. »Und er erinnert uns ständig daran, wie viel ihn das gekostet hat.«

Walter zwinkert Ross zu und grinst mich an. »Wenn ihr beide da drin ein Schäferstündchen hattet, stört das keinen.«

Ich zupfe einen feuchten Halm aus meinem Haar. Um einem unangenehmen Thema den Wind aus den Segeln zu nehmen, ist es manchmal am besten, die Wahrheit zu sagen, weil dann jeder annimmt, dass man einen Witz macht. »Leider nicht. Ich habe gefragt, aber Ross hatte keine Lust.«

Joanie schüttelt missbilligend den Kopf. »Achte gar nicht auf ihn, Schätzchen, Walter schlägt über die Stränge, weil er mit sich zufrieden ist.«

Das klingt nach einer Einladung, die Frage zu stellen, vor der ich mich ansonsten gescheut hätte, da ich ja weiß, wie krank Walter bei meiner Ankunft in St. Aidan war. »Also lief alles gut beim Termin?«

Jen und Walter strahlen um die Wette. Joanie übernimmt das Antworten. »Der Doktor war sehr erfreut. Er nannte Walter ein lebendes Wunder!«

»Als er mich im Frühling untersucht hat, dachte er, ich bin bald weg vom Fenster«, wirft Walter ein.

Joanie tätschelt seinen Arm. »Jens gutes Essen und dass sie dafür gesorgt hat, dass du immer zur richtigen Zeit deine Tabletten nimmst, haben dich wahrscheinlich von den Toten auferstehen lassen.«

Mit stillem Stolz lächelt Jen. »Ich vermute, die Liebe einer ganzen Lounge voller Frauen hat ebenfalls dazu beigetragen.«

Walter kichert fröhlich vor sich hin. »Ich schätze, der Dung, den ich in meine Stiefel gelegt habe, war auch hilfreich.«

»Nach all deinem Genörgel und Gepolter war Kittiwake Court doch gar nicht so schlecht für dich, was?«, neckt Joanie.

Walter schnaubt entrüstet. »Genörgel? Wann hab ich jemals genörgelt?«

»Lasst uns das besser nicht vertiefen«, sagt Ross. »Und es gibt noch mehr gute Nachrichten. Cressy hat gerade erfahren, dass sie einen Buchvertrag bekommt.«

Als alle mich anstrahlen, fühle ich mich plötzlich scheu. »Ich freue mich sehr, aber ganz ehrlich, das ist nichts im Vergleich zu euren Neuigkeiten.«

Ross schüttelt den Kopf. »Deshalb musste ich es ihnen erzählen, ich wusste, dass du es runterspielen würdest.« Er lacht laut auf, lächelt aber nicht. »Wir kriegen so viele Pakete von ihren Werbepartnern, dass das Apartment aus allen Nähten platzt. Aber so ist das, wenn man mit einer Prominenten zusammenwohnt.«

Joanie drückt meinen Arm. »Gut gemacht, Cressy. Ich hoffe, du belohnst dich ordentlich dafür, meine Liebe.«

Die spontane Idee, mir schöne neue Dessous zu gönnen, ist total lächerlich, nachdem ich vor gerade mal zehn Minuten so schnöde abgewiesen wurde, daher schlage ich sie mir gleich wieder aus dem Kopf und denke an etwas Bodenständigeres. »Fish, Chips und Schampus gehen heute Abend auf mich!«

»Aber nur mit Heinz-Ketchup.« Ross zwinkert Joanie zu.

Walter wedelt mit einem seiner Stöcke Richtung Eingangstür und schaut Ross fragend an. »Habt ihr beide trotzdem noch Zeit für einen Rundgang durchs Haus, bevor ihr feiern geht, mein Junge?«

Jen schaut auf ihre Uhr. »Walter hat mich sämtliche Geschwindigkeitsbegrenzungen brechen lassen, damit wir euch hier noch erwischen.«

Ich hatte keine Ahnung, dass eine Hausbesichtigung eingeplant war, versuche aber, meine Überraschung zu verbergen. Und ich kann gar nicht sagen, wie gern ich sehen würde, was sich hinter den honigfarbenen Mauern verbirgt, und aus diesen hübschen Sprossenfenstern nach draußen zu schauen statt im Vorbeigehen nie weiter als bis auf die zerschlissenen Netzgardinen spähen zu können.

Und erst jetzt, während ich vor dieser Haustür stehe, deren Anstrich so alt und verblichen ist, dass man die Farbe nicht mehr erkennt, und zu den pittoresken Wohnwagen-Oldtimern hinüberblicke, in denen ich immer die Eier einsammele, und überlege, wie nett es wäre, dort einzuziehen, frage ich mich ernsthaft: Bin ich wirklich dazu bereit, nach London zurückzukehren? Oder würde ich mich hier lieber noch eine Weile verkriechen und meine Ferien auf den Rest des Sommers ausdehnen? Weiter die Kälber füttern. Vielleicht Clemmie helfen, wenn sie zurückkommt und wieder ihre richtige *Kleine Traumküche* startet?

Ross mustert mein durchweichtes Kleid, das mir an den Beinen klebt. »In Anbetracht der Umstände sollten wir es vielleicht lieber auf einen Zeitpunkt verschieben, wenn wir trockener sind.«

Falls ich noch eine Bestätigung brauchte, dass ich ihm hier versehentlich in die Quere gekommen bin, dann habe ich sie jetzt. Und das ist der nächste Punkt, den es zu bedenken gilt. Wäre es schwierig für mich, noch länger hier zu sein, wenn Ross ebenfalls bleibt? Wir würden ja nicht mal ständig miteinander zu tun haben. Und sosehr mir seine Gesellschaft anfangs zuwider war, mittlerweile genieße ich sie sogar. Was wiederum ein Problem sein könnte, denn in St. Aidan zu sein und ihn nicht zu sehen, wäre tatsächlich sehr schmerzlich. Womit meine Idee, den Rest des Sommers im Wohnwagen zu verbringen, sich als Rohrkrepierer erweist.

Ich sehe die enttäuschten Mienen der anderen drei, spüre aber, dass Ross seine Meinung nicht ändern wird, und springe ihm daher zur Seite. »Das stimmt, schließlich will ich keine Pfützen auf deinen Teppich tropfen, Walter.«

Auf einmal ist die Stimmung angespannt. Joanie versucht, mit einem Scherz dagegenzuhalten. »Du besitzt Teppiche, Walter? Und da hast du uns jahrelang weisgemacht, nur Stroh auf dem Boden zu haben!«

Jen schaut Ross scharf an. »Man weiß es nie, bevor man es nicht gesehen hat. Jetzt ist deine Chance. Die willst du doch sicher nicht verpassen, oder?«

Ich habe keine Ahnung, was sie abgemacht hatten oder was genau falsch gelaufen ist, aber ich greife wieder auf die Wahrheits-Methode zurück, um der unbehaglichen Situation ein Ende zu bereiten. »Mir ist wirklich richtig kalt. Ich freue mich total, dass dein Termin so ein tolles Ergebnis hatte, Walter, aber ich glaube, ich brauche jetzt eine heiße Dusche.«

Ross verschwendet keine Sekunde. »Mein Auto steht hier. Wenn wir sofort aufbrechen, kann ich dich vor meiner Sprechstunde noch nach Hause fahren.« Er umfasst Walters Schultern. »Wegen der anderen Sache komme ich auf dich zurück. Wir können es morgen oder Samstag erledigen.«

»Wann immer es dir passt, mein Junge.« Walter lehnt sich an die Mauer und schiebt die Kappe zurück. »Ich habe heute ein Geschenk bekommen, mit dem ich gar nicht mehr gerechnet hatte. Glaub mir, wenn die Uhr abläuft, bringt das einen Kerl wie mich ziemlich ins Grübeln. Gerade deshalb würde ich es hassen zu sehen, wie du eine Chance wegwirfst.«

Joanie und Jen nicken verständnisvoll, und ich wünschte, ich würde es auch verstehen.

Walter räuspert sich. »Daher habe ich dir nur eins zu sagen, Sohn – YOYO!« Er wendet sich an die beiden Frauen. »Stimmt doch, oder?«

Jen lächelt. »Ich glaube, du meinst YOLO, Walter, *you only live once*. Man lebt nur einmal.«

»Aye, das meinte ich.« Er tritt von einem Fuß auf den anderen. »Ich weiß, du machst gerade eine schwere Zeit durch, Ross, aber das ist umso mehr ein Grund, jemanden zur Seite zu haben, der dir da durchhilft. Lass dir von mir gesagt sein, das Leben ist kostbar, vergeude keine Sekunde.«

Bei Walters ungewohnt tiefgründigen Worten habe ich plötzlich einen Kloß im Hals und muss heftig schlucken.

Ross' Miene ist tiefernst. »Ich werde es mir durch den Kopf gehen lassen, Walter.«

»Nimm es dir lieber zu Herzen, Ross«, platzt Joanie heraus. »Das ist ein besserer Ort dafür.«

Walter nickt. »Joanie hat recht. Sie hat immer recht. Sie hält mich in der richtigen Spur. Das brauchen wir manchmal – eine Frau, die uns zeigt, wo es langgeht.«

»Ich erinnere mich, wie du mir vor gar nicht langer Zeit dieses Beyoncé-Zitat an den Kopf geworfen hast.« Ross lacht leise. »Aber irgendwas sagt mir, dass eher du derjenige bist, der jemandem einen Ring anstecken sollte, nicht ich.« Er zwinkert Joanie zu. »Ich meine ja nur.«

Joanie lächelt mir zu, und in ihren Augen ist ein besonderes Glitzern. »Wir Single-Ladys in St. Aidan kümmern uns selbst um unsere Angelegenheiten, aber trotzdem vielen Dank, Ross.«

Er blinzelt überrascht und grinst. »Das freut mich zu hören. In dem Fall sollten wir jetzt wohl aufbrechen, es sei denn, du hast vor, ihm gleich hier und jetzt den Antrag zu machen.«

Kopfschüttelnd wendet Joanie sich an Walter. »Und ich dachte, du bist ein schlimmer Junge!«

Erst als wir bei Ross' Auto ankommen, fällt mir ein, was in all der Aufregung untergegangen ist. Ich öffne die hintere Tür, um Diesel reinspringen zu lassen, und suche über das Dach hinweg Ross' Blick. »Die gute Pflege in Kittiwake Court war für Walter die Rettung. Wir müssen einfach dieses Geld zusammenkriegen und das Heim bewahren, damit er weiter dort leben kann.«

Er wiegt bedenklich den Kopf. »Bis dahin ist es noch ein steiniger Weg, selbst wenn der Gesamtbetrag zusammenkommt. Und auch da rennt uns die Zeit davon.«

Das darf nicht sein! »Dann brauchen wir noch eine gewaltige letzte Kraftanstrengung.«

Ich weiß nicht, wie ich es anstellen soll, aber ich muss das schaffen.

Danach wechseln wir bis zum Hafen kein einziges Wort mehr.

39. Kapitel

Knallende Korken und deutliche Worte

Auf der Veranda in Plums Galerie
Freitag

»Die Erdbeertörtchen von Crusty Cobs sind wirklich der Himmel in Schachteln«, schwärmt Plum und versprüht vor Begeisterung einen Krümelschauer.

Ich kann ihr da nur vollinhaltlich zustimmen, während ich in mein letztes Törtchen beiße und die geschmeidige Vanillecreme auf meiner Zunge mit den Fruchtstücken verschmilzt. »Aber eigentlich hätte ich ja zur Feier meines Buchvertrags selbst welche backen müssen.« Doch dies ist eine der Gelegenheiten, bei denen unmittelbare Befriedigung über zwei Stunden Arbeit siegt. Träge lasse ich meinen Blick über den türkisfarbenen Schimmer des weit unter uns liegenden Meeres schweifen. »Immerhin haben wir den Champagner eigenhändig kalt gestellt.«

Tatsächlich ist es bereits Freitagnachmittag, als wir endlich zum Feiern kommen. Das feudale Fish-and-Chips-Dinner, dass ich Ross gestern versprochen hatte, fiel einem verletzten Springer Spaniel zum Opfer. Und da die Mädels alle einen seltenen Abend zu Hause genossen, begnügte ich mich mit einem ausgedehnten heißen Bad und verschob das Korkenknallen auf heute. Was vielleicht sogar ganz gut war, denn nach dem drückenden Schweigen auf dem Heimweg von Walters Hof zu urteilen, wäre der Abend mit Ross vermutlich nicht sonderlich heiter geworden. Noch immer bin ich nicht sicher, was gestern auf dem Hof falsch gelaufen ist. In einem Moment plauderten wir relaxt und fröhlich miteinander, im nächsten waren plötzlich alle angespannt, und Ross zog sich in seine Austernschale zurück.

Von mir aus hätte ich gar nicht so viel Wirbel um den Vertrag veranstaltet. Beim ersten Angebot hatte ich nicht viel mehr getan, als Mum und Charlie anzurufen. Doch jetzt ist es doch schön, hier zu viert in der Sonne auf der Veranda von Plums Galerie zu sitzen und sich gegenseitig auf den neuesten Stand zu bringen.

Plum öffnet die nächste Schachtel und teilt die zweite Runde Gebäck aus. »Wir sind bei deinen Veranstaltungen nie zu den Törtchen gekommen, Cress.«

Nell wirft mir über den Rand ihres Champagnerglases einen scharfen Blick zu. »Deine *Kleine Traumküche on Tour* könnte ewig so weiterlaufen. Das ist dir doch klar, Cress, oder?«

Plum nickt. »Was wir zu sagen versuchen, ist, dass du hier alles hast, was du brauchst, um eine ganz neue Karriere aufzubauen. Sofern du das willst.«

Sophie schenkt Schampus nach. »Vergesst nicht, was wir hier gerade feiern. Cressy hat nicht nur ihre alte Karriere wieder in Fahrt gebracht, sie ist sogar noch mal richtig steil durchgestartet und hat damit ihren Promi-Status ein für alle Mal gesichert, sofern sie sich für diesen Weg entscheidet.« Sie unterbricht sich, um mich in eine Umarmung zu ziehen. »Wir bitten dich nur um eins – wenn du meinst, dass du zurückgehen musst, dann vergiss uns nicht. Du musst Weihnachten wiederkommen. Und im Sommer. Und an jedem Wochenende dazwischen.«

Noch steht das Datum meiner Abreise nicht fest, aber sie ist sehr viel gewisser, als alle hier es klingen lassen. Clemmie und Charlie kommen diese oder nächste Woche zurück und werden ihren persönlichen Freiraum brauchen, wie immer ihre Sache ausgeht. Also plane ich, sehr bald nach ihrer Ankunft aufzubrechen.

Plum beugt sich vor und senkt verschwörerisch die Stimme. »Und was ist mit Ross? Wir beide konnten uns seit der Babysprinkle-Party nicht richtig austauschen, aber ihm ist ja wohl rausgerutscht, dass ihr beide früher mal richtig zusammenwart.«

Sophie redet nicht um den heißen Brei. »Wir alle wissen, dass er derjenige war. Aber hat er noch mal was dazu gesagt?«

Genau hier haben wir gesessen, als ich ihnen das erste Mal von dem Baby erzählt habe. Es scheint mir ewig her zu sein, und meine Gefühle in der ganzen Angelegenheit haben sich seither total geändert. Außerdem gibt es keinen Grund mehr, es geheim zu halten, nachdem er es vor Dutzenden von Leuten ausposaunt hat. »Er war der Vater. Und es passierte während eines kurzen Weihnachtsurlaubs in St. Aidan. Es war nur eine Affäre, für uns beide. Er ging hinterher in die USA, und ich hatte damals wirklich nicht den Eindruck, dass er irgendwas mit der Schwangerschaft zu tun haben wollte. Aber wir haben mittlerweile ein paar Dinge geklärt.«

»Ross ist immer so hilfsbereit«, sagt Nell. »Da fällt es schwer zu glauben, dass er nicht für dich da war. Aber selbst die besten Kerle haben Probleme mit ungeplanten Babys. Manche sogar mit geplanten.«

Ich atme tief durch. »Es ist in gewisser Weise total tragisch. Tatsächlich hatte er alles vorbereitet, um seine Zelte in den Staaten abzubrechen und zu mir und dem Baby nach Hause zu kommen. Er kriegte es nur nicht hin, mir das mitzuteilen. Bis gestern.«

Sophie schnappt nach Luft. »Wow, das ist so, so traurig. Aber wenigstens weißt du es jetzt.«

Sie schauen mich besorgt an.

»Zu verstehen, was damals wirklich passiert ist, hat vieles für mich gelöst«, versichere ich. »Und es hat mir gezeigt, dass ich anderen Menschen doch vertrauen kann.«

Nell lächelt. »Das kann für dein weiteres Leben nur gut sein.«

Ich nicke. »Als ich an jenem ersten Nachmittag über Ross stolperte, hätte ich mir nicht vorstellen können, dass meine Zeit in St. Aidan alles ändert. Aber jetzt fühlt es sich so an, als wäre mein Pfad in die Zukunft bereits freigeräumt. Und ich habe hier so viel gelernt.«

Nell lacht. »Wir haben auch viel von dir gelernt. Cupcakes werden für uns nie wieder dasselbe sein.«

Es gibt noch eine Veränderung, die ich ihnen nicht vorenthalten will. »Als ich hier ankam, war ich wild entschlossen, mich nur auf mich selbst zu verlassen. Doch St. Aidan hat mir gezeigt, dass man so viel mehr erreichen kann, wenn man zusammenarbeitet, und dass Freundschaft mit das Wichtigste im Leben ist.«

Sophie lächelt zufrieden. »St. Aidan ist definitiv der Beweis, dass eine funktionierende Dorfgemeinschaft sehr viel Gutes bewirken kann.« Versehendlich stößt sie mit dem Fuß an eine Tüte, die neben meinem Stuhl steht, und ihre Brauen schießen in die Höhe. »Hey, die ist ja von Sheer Surf!«

»Und fuchsiafarben«, fügt Plum grinsend hinzu. »Diesen speziellen Ton benutzen sie dort nur für ihre Dessous.«

Ertappt. »Und da habe ich mir eingebildet, ich könnte mir ohne größeres Aufsehen neue Unterhosen und BHs kaufen.«

Nell schnaubt belustigt. »Heimliche Einkäufe gehen gar nicht in St. Aidan.«

Sophie stößt mich an. »Dürfen wir mal gucken?«

Während ich die Tüte öffne, murmele ich abwiegelnde Entschuldigungen, denn es ist nichts Exotisches. Da ich vorhin noch Zeit hatte, bin ich spontan in den Laden am Hafen gegangen, um auf gut Glück zu stöbern. »Nur ein blauer BH plus Brasil Slip, mit türkisfarbenem Satinbesatz und ein paar aufgestickten Blumen.«

Nell pfeift anerkennend. »Gute Wahl beim Schnitt der Unterhose. Ich kann auch keine Stringtangas tragen, die schieben sich immer in meine Spalte.«

»Hübsch«, urteilt Sophie. »Und genau das Richtige für dich.«

Auch Plum nickt meine Wahl ab, bevor sie mich neugierig anschaut. »Hattest du beim Kauf jemand Bestimmtes im Sinn?«

Das fragte ich mich zunächst auch, aber als ich an der Kasse stand, hatte ich meine Antwort. »Tatsächlich habe ich die für mich gekauft – als Versprechen an mich selbst, dass ich mein Liebesleben noch nicht abschreibe.«

»Aber was ist mit Ross?« Sophie runzelt die Stirn. »Ihr beide seht so gut aus zusammen und scheint einander komplett zu verstehen.«

Ich versuche, nicht allzu enttäuscht zu klingen. »Aus der Nummer hat er sich, glaube ich, verabschiedet. Schon vor langer Zeit.«

Nells Lächeln verblasst. »George hat was von einem hochdotierten Job in den Midlands erwähnt. Hat er dir davon erzählt?«

»Noch nicht.« Ich versuche die Welle der Panik zu ignorieren, die diese Neuigkeit in mir auslöst.

Wieder beugt Plum sich über den Tisch. Ihr Ton ist drängend. »Wenn auch nur der Hauch einer Chance besteht, dass du tiefere Gefühle für Ross hegst, dann musst du ihnen nachgeben, solange ihr beide noch hier seid.«

Ich verziehe das Gesicht. »Aber ich will mich ihm nicht an den Hals werfen.«

Nell zuckt mit den Schultern. »Das ist manchmal die einzige Möglichkeit. George und ich haben Jahre gebraucht, um uns zusammenzuraufen. Jetzt wünsche ich mir, wir wären beide weniger zurückhaltend gewesen.«

»Ross kam mir auf diesem Video nicht zurückhaltend vor«, wirft Plum grinsend ein.

Ich wirbele zu ihr herum. »Du hast es auch gesehen!«

»Zusammen mit einer Million anderer Leute.«

Ich lasse nicht locker. »Wer hat es hochgeladen?«

»Keine Ahnung, aber jedenfalls war da keinerlei Bremse auf Ross' Seite. Ihr könnt damit locker in den Kuss-Top-Ten auf YouTube landen.«

»Es war kein Kuss«, beharre ich.

»Schon klar.« Nell schaut mich scheel von der Seite an. »Ihr habt euch nur um Kuchen gebalgt.«

»Natürlich war das ein Kuss!«, brüllt Plum.

»Wenn du es nicht versuchst, wirst du es niemals wissen«, sagt Sophie nachdenklich. »Und wenn er Nein sagt, dann tut das nur deinem Stolz weh.«

»Gib uns dein Meerjungfrauen-Ehrenwort, dass du nicht abreist, bevor du versucht hast, ihn flachzulegen«, verlangt Plum. »Verzaubere ihn mit deinen magischen Dessous.«

Da es nur eine Antwort gibt, die sie akzeptieren werden, gebe ich nach. »Okay. Ich versuch's.«

Sophie grinst. »Das wollten wir hören.«

Solange wir hier alle zusammensitzen, muss ich ihnen einfach sagen, wie viel unsere Treffen und Gespräche mir bedeutet haben. »Das Beste an meinem Aufenthalt in St. Aidan war, euch drei zu finden. Ich war noch nie Teil einer Freundinnengruppe, daher wusste ich nicht, was mir fehlt. Aber ihr wart immer da für mich, habt mir geholfen, mir den Rücken gestärkt. Ihr habt mir gezeigt, wie viel besser das Leben ist, wenn man Leute hat, mit denen man es teilen kann. Das ist das größte Geschenk, das ich aus St. Aidan mitnehme.«

Plum ergreift meine Hand, und Sophie legt ihre Arme um mich, während ich immer heftiger schlucken muss. Nell kommt ebenfalls um den Tisch herum, genau wie Diesel, der mir auffordernd die Nase ins Ohr steckt. »Tut mir leid, Diesel.« Ich lache unter Tränen. »Du warst natürlich auch großartig.«

»Jetzt bist du wirklich und wahrhaftig eine Meerjungfrau.« Sophie tätschelt mir den Rücken.

»Und nicht mehr nur ehrenhalber«, ergänzt Plum. »Schau dir doch bloß an, was du alles für St. Aidan und Kittiwake Court getan hast. Du bist eine ausgewachsene, patente, lebendige Meerjungfrau, die die ersten fünfunddreißig Jahre ausgelassen hat und dann mit einem Delfinsprung mitten im Team gelandet ist.«

Sophie hebt ihr Glas. »Ein Hoch auf beste Freundinnen im Allgemeinen – und Meerjungfrauen im Besonderen.«

»Vergiss Clemmie nicht«, mahnt Nell.

Sophie hüstelt. »Auf beste Meerjungfrauen-Freundinnen, Abwesende eingeschlossen.«

Wir alle heben unsere Gläser und leeren sie dann in einem Zug.

Nell schüttelt den Kopf. »Hätte mir jemand vor vier Monaten prophezeit, dass ich mit Cressida Cupcake befreundet sein werde, hätte ich das nicht geglaubt.«

»Na ja«, gebe ich zu bedenken. »Mit meinem neuen Cressy-Look bin ich ja auch nicht mehr ganz dieselbe.«

Nell lacht. »Aber nach dem segensreichen St.-Aidan-Makeover bist du jetzt unsere Cressy. Nur sehr wenige verlassen St. Aidan unverändert.«

Nachdem Sophie einmal angefangen hat, uns herumzukommandieren, gibt es kein Halten mehr. »Da wir gerade von Cressy Cupcake sprechen«, sie deutet mit einem Finger auf mich. »Signiere doch bitte vor unserer Buchpremiere am Samstag so viele Bücher wie möglich, gleich neben deinem Vorwort, das wäre klasse.«

Plum macht sich bereits Notizen. »Ich lasse euch wissen, wenn die Exemplare hier in der Galerie eintreffen. Und ist es okay für dich, wenn ich dir für die After-Party einen Meerjungfrauenschwanz machen lasse, Cressy?«

Ich glaube, dass ich weiterhin gut ohne einen auskomme, auch wenn ich jetzt ein vollwertiges Mitglied des Meerjungfrauen-Clubs bin. »Mach dir keine Mühe.« Ihren Blicken entnehme ich, dass ich argumentativ noch nachlegen muss. »So viel Arbeit für einen einzigen Anlass ist doch Zeitverschwendung.« Doch ich muss etwas finden, um ihre enttäuschten Mienen aufzuhellen. »Aber ihr habt trotzdem Grund, stolz auf mich zu sein, denn ich werde mich Ross so heftig an den Hals schmeißen, dass ihm Hören und Sehen vergeht.«

Ihre »Nichts-wie-ran-Cressy«-Rufe sind vermutlich rund um die gesamte Bucht zu hören.

40. Kapitel

Optimismus und eine Magenverstimmung

In Clemmies Wohnung
Eine Woche später, Donnerstag

Als ich vergangenen Freitag von unserer kleinen Party auf Plums Veranda ins Seaspray Cottage zurückkam, war ich aufgekratzt und wild entschlossen, mein Versprechen an die Mädels zu halten.

Ich stürzte mich förmlich in die Wohnung und in meine neue Unterwäsche, riss das neueste Paket von Maudie Maudie auf und suchte mir ein marineblaues Kleid aus, das im Wesentlichen aus ein paar winzigen Fetzen Chiffon bestand und ehrlicherweise wohl eher zu einer Fee gepasst hätte als zu einer ausgewachsenen Frau. Aber es schien an den richtigen Stellen zu halten, also zog ich es trotzdem an. Fünf Minuten nach meiner Ankunft lag ich mit Diesel auf unserem rosa Lieblingssofa und zog den Bauch so weit ein, dass sogar ich zugeben musste, dass meine Brüste super aussahen. Dann wartete ich.

Bevor Ross nach dem Treppenaufstieg wieder zu Atem gekommen wäre, würde ich über ihn herfallen.

Als er eine Viertelstunde später immer noch nicht da war, begann ich wieder zu atmen und beschloss, meine Verführungsstrategie um eine Schachtel Mini-Brownies und eine Flasche Schampus zu ergänzen. Beides zum Teilen gedacht.

Als ich die Brownies aufgefuttert und die Flasche geleert hatte, lag ich auf dem Sofa, ließ die Beine über die Lehne baumeln und entschied, alles Weitere zu improvisieren. Fünf Folgen »Outlander« später brach ich die Mission für diesen Tag ab, da das Ziel meiner Bemühungen sich nicht hatte blicken lassen.

Und so ging es dann die ganze Woche weiter. Bis heute, also sechs Tage später, ergab sich keine einzige Gelegenheit. Ross war zwischenzeitlich definitiv in der Wohnung gewesen, wie seine verkrumpelte Bettdecke beweist. Nur offenbar nie zur selben Zeit wie ich.

Als Plum ihn beim Baiser-Abend am Samstag auf den letzten Drücker vertrat, schien es noch einer dieser unvermeidlichen Notfälle zu sein. Die Veranstaltung war ohne ihn ziemlich ruhig, aber es war ja nur das eine Mal. Dachte ich. Doch nachdem er auch für die darauffolgenden Brownie-, Blondie- und Donut-Events Ersatz schickte, fühlte es sich an wie die neue Normalität, auch wenn keiner was sagte.

Niemand hatte sich fest gebunden, schon gar nicht Ross, daher wusste ich, dass es falsch war, so hohe Erwartungen entwickelt zu haben. Aber irgendwie zeigte der Film, der seit dem Treffen in der Galerie in meinem Kopf ablief, mich, lachend und scherzend, und einen Ross, der kapierte, dass ich viel zu umwerfend war, um ohne mich zu leben. Doch mit jedem No-Show seinerseits wurde die Stimmung düsterer. Beim finalen Back-Event gestern Abend gaben wir uns alle redlich Mühe, aber das Ganze verlief irgendwie im Sande.

So viel zu meinen größeren Ambitionen mit Ross. Als die Tage dahingingen und sein Schweigen immer ohrenbetäubender wurde, wollte ich ihn eigentlich nur noch sehen, um herauszufinden, warum er verstimmt war und ob ich ihm irgendwie helfen könnte.

Er war nicht mal da, als Charlie mitteilte, dass er und Clemmie nächstes Wochenende zurückkommen würden, genaue Zeitangaben sollen folgen, wenn die Flüge bestätigt sind.

Sogar Diesels Laune sank im Laufe der Woche. Allerdings ist das bei ihm immer relativ; er versuchte immer noch, mir das Muffin vom Teller zu klauen, als ich heute Morgen beim Frühstück geistesabwesend über die Bucht starrte.

Als Ross gerade eingezogen war, graute mir vor dem Geräusch seines Schlüssels im Türschloss. Doch jetzt, da ich weiß, dass ich nicht hören werde, wie er hier reinplatzt und sagt *Bertie, da bist du ja*!, wünsche ich ihn mir so hierher, dass es mir buchstäblich körperliche Schmerzen bereitet. Eigentlich entspricht eine solche Reaktion überhaupt nicht meiner Art, aber ich habe plötzlich dieses klaffende Loch im Magen, eine lähmende Leere, bei der ich losheulen und mich gleichzeitig übergeben könnte. Ich gebe zu, dass mich dieser Zustand kalt erwischt. Ich war einfach so sehr daran gewöhnt, ihn als supersexy, aber auch supernervigen Störenfried zu betrachten, dass ich keine Ahnung hatte, wie sehr ich ihn vermissen würde, wenn er nicht da war. Ohne ihn fühlt sich alles so langweilig und tot und dumpf an.

Letzten Freitag war ich voll darauf geeicht, ihn flachzulegen, sobald er durch die Tür kommt. Eine Woche später sind meine Erwartungen an eine Begegnung nicht nur dramatisch gesunken, ich halte es mittlerweile auch für durchaus wahrscheinlich, dass unsere Pfade sich vor meiner Abreise nicht mehr kreuzen werden. Und ich komme nicht mit den erstickenden Panikkrämpfen klar, die dieser Gedanke durch meine Brust jagt.

Die neuen Dessous liegen achtlos hingeworfen auf dem Stuhl neben meinem Bett, wie eine höhnische Erinnerung daran, wie falsch ich die Situation eingeschätzt habe.

Denn nach so vielen Tagen besteht kein Zweifel mehr, dass Ross' Abwesenheit kein Zufall ist, sondern eine bewusste Entscheidung. Er geht mir definitiv aus dem Weg. Und mit dem allmählichen Einsinken dieser Erkenntnis hat mein einst erregt schlagendes Herz sich langsam in Stein verwandelt.

Mein ganzes Erwachsenenleben, seit dem Studium, war ich so selbstsicher, daher ist es völlig untypisch für mich, meine Gefühle von einem Mann abhängig zu machen. Und es hat auch keinen Sinn, ständig über den Grund seines Verhaltens nachzugrübeln. Ich weiß nur, dass der Gewittertag auf Walters Hof anscheinend der Wendepunkt war. Ross muss so felsenfest entschlossen sein, sich nicht wieder mit mir einzulassen, dass er sich jetzt diese überwältigende Mühe gibt, nicht in meiner Nähe aufzutauchen. Er spielt auf Zeit, bis ich für immer aus seinem Orbit entschwinde.

Auch heute Abend habe ich nichts anderes vor, als die Treppe rauf- und runterzurennen, um Kunden ihre bestellten Kuchenkartons in die Hände zu drücken. Zu Hause ist jetzt so wenig los, aber ich will mich nicht in meinem Elend suhlen, daher beschäftige ich mich schon mal damit, für mein neues Buch Rezepte auszuprobieren.

In letzter Zeit habe ich mich mehr in das Cookie-Thema vertieft, daher gibt es jetzt neben den Kuchen- auch Cookie-Pakete, und meine Stammkunden nehmen sie dankbar an, auch weil sie wissen, dass wir uns auf den letzten Metern noch mal richtig für Kittiwake ins Zeug legen.

Als ich nach einem ausgiebigen Türschwellen-Plausch mit dem dritten Kuchenkäufer des Abends wieder hoch in die Wohnung komme, schleicht Diesel gerade aus der Küche, daher rufe ich ihm freundlich in Erinnerung, dass er dort drin nichts zu suchen hat. »Ich hoffe, du hast nicht genascht.« Ich gehe nachschauen und sehe, dass neben der Spüle ein Geschirrtuch und ein Kuchengitter auf dem Boden liegen. Ich hebe beides auf. »Keine Ahnung, wo du das gefunden hast, aber danke, dass du dich nicht über die Cookies hergemacht hast.«

Er wirft mir einen gekränkten Blick zu und legt sich auf den Läufer neben das Sofa. Ab da mache ich jedes Mal, wenn ich nach unten gehe, die Küchentür zu, nur um ganz sicherzugehen. Doch Diesel rührt sich nicht mehr vom Fleck. Als Clemmie und Charlie sich kurz vor elf per Videocall melden, schläft er tief und fest, und wir lachen über sein lautes Schnarchen. Ich gehe noch rasch ins Schlafzimmer, um ihnen Pancake zu zeigen, die immerhin ein Auge öffnet, als ich sie hinterm Ohr kitzele, dann ist das Gespräch beendet.

Bevor ich zurückgehe, fällt mein Blick auf den Stuhl neben dem Bett, und um zu bekräftigen, dass ich die Unterwäsche für mich und niemanden sonst gekauft habe, verspreche ich mir, sie zur Buchpremiere am Samstag anzuziehen. Doch als ich den BH hochhebe, sehe ich, dass das Höschen verschwunden ist.

Verdammt. Es gibt nur einen Höschendieb hier in der Wohnung, also hebe ich die Stimme, damit er mich hört. »Diesel, es mag ja niedlich sein, Socken im Maul herumzutragen, aber sich mit meinem neuen Slip davonzumachen, ist nicht lustig.«

Ich mache eine Razzia durch Flur und Bad, werde aber nicht fündig. Schließlich krieche ich auf Händen und Knien durch die Küche und spähe in jede noch so kleine Ecke. Dann wiederhole ich das Ganze im Wohnzimmer, und als ich gerade ums Sofa herumkrabble, stößt Diesel ein lang gezogenes Stöhnen aus, das mir das Blut in den Adern gefrieren lässt.

»Diesel, steh auf!«

Er hebt den Kopf, lässt ihn dann wieder fallen und stöhnt erneut.

Ich rappele mich hoch, renne in die Küche und komme mit einer Handvoll Gravy Bones zurück. »Los, aufstehen, es gibt Kekse!«

Normalerweise reicht ein Schnüffeln aus fünfzig Metern Entfernung, um mit hundert Stundenkilometern den Strand entlangzupreschen. Doch diesmal bewegt er sich nicht mal, und als ich ihm einen Keks unter die Nase halte, dreht er die Schnauze weg.

Ich verdonnere die Angstschreie in meinem Kopf zum Schweigen und versuche ruhig zu bleiben. »Okay, Cress, dein Slip ist nirgends in der Wohnung zu finden, Diesel liegt flach und jammert, was ist die logische Schlussfolgerung?« Einst steht fest, diese Situation hat Clemmie im Handbuch für alle Fälle nicht abgedeckt.

Panisch kauere ich mich auf die Sofalehne, zücke mein Handy und googele »Hund frisst Unterhose«. Es gibt massenhaft Meinungsbeiträge, die alle zu ähnlichen Ergebnissen kommen.

Wenn Hunde Unterwäsche verschlucken,
besteht die Gefahr eines Darmverschlusses.

Mein Stöhnen ist lauter als Diesels. Hektisch scrolle ich weiter.

Im Zweifel den Tierarzt konsultieren.

Na toll. Aber ich kann meine persönlichen Befindlichkeiten nicht über Diesels Gesundheit und Wohlbefinden stellen. Er ist nicht mehr der Jüngste, und Verstopfungen im Verdauungstrakt sind in keinem Alter vergnügungssteuerpflichtig. Und wenn er nun stirbt?

Ich darf nicht gleich vom Schlimmsten ausgehen. Schließlich brauche ich nichts anderes zu tun, als Ross anzurufen. Ich drücke auf seine Nummer, starre durch die Balkontür in die Dunkelheit und bete, dass er rangeht. Nach dem dritten Klingelton höre ich seine Stimme.

»Cressy?«

Vor lauter Erleichterung sprudeln die Worte nur so aus mir heraus. »Diesel hat meinen spitzenbesetzten Brasil Slip gefressen …«

Eine Sekunde herrscht Schweigen am anderen Ende. »Seit wann hast du spitzenbesetzte Unterhosen? Ich dachte, du trägst …« Er unterbricht sich und hustet. »Tut mir leid, welche Größe haben noch mal Brasil Slips?«

Unfassbar, dass ich ihm das erklären muss. »Sie sind größer als ein Tanga, aber kleiner als Granny Pants und so geschnitten, dass sie sich nicht unter der Kleidung abzeichnen.«

Ich höre ihn seufzen. »Wie lange ist das her, und wie geht es Diesel?«

Mein schlechtes Gewissen meldet sich mit Macht. »Zwei Stunden vielleicht, aber ich habe es erst jetzt bemerkt.« Ich schaue auf den armen Diesel hinunter. »Er stöhnt und steht nicht auf.« Der nächste grauenhafte Gedanke überrollt mich mit der Power eines Sattelschleppers. »Ich kriege ihn nicht die Treppe runter.«

Er zögert kurz, dann sagt er die Worte, auf die ich so sehnsüchtig gewartet habe. »Ich komme sofort.«

»Danke.« Wieder kämpfe ich mit Schuldgefühlen, diesmal, weil ich ihn dazu nötige, etwas zu tun, bei dem er sich unbehaglich fühlt. »Es tut mir wirklich, ehrlich leid. Das hätte nicht passieren dürfen. Es war keine Absicht.«

»Das weiß ich, Cressy«, erwidert er ruhig. »Mach dir keine Sorgen. Sieh zu, dass er möglichst still liegen bleibt. Ich bringe das tragbare Ultraschallgerät mit, und wir gucken mal, was mit ihm los ist.«

Dass Ross kein einziges Mal gefragt hat, ob noch Kuchen da ist, zeigt, wie ernst die Situation ist.

41. Kapitel

Hoffnungslose Fälle und ein Helikoptereinsatz

In Clemmies Wohnung
Donnerstag

»Im Moment kann ich keine offensichtliche Blockade erkennen.«

Ross legt den Handscanner neben den Monitor, den er auf dem Wohnzimmertisch aufgebaut hat. »Ich bleibe hier und behalte ihn im Auge, und wir schauen ihn uns morgen früh noch mal an.«

Ich kauere neben ihm und streichele Diesels Flanke. In der anderen Hand halte ich immer noch das Kehrblech, das ich benutzt habe, um die grauen Flaumhaare aufzufegen, die Ross von Diesels Bauch rasiert hat, um den Scanner besser ansetzen zu können. »Ist das okay für dich?«

Er presst die Lippen zusammen. »Heute Nacht hätte ich so oder so nicht viel Schlaf gekriegt. Ich bin noch nicht dazu gekommen, es dir zu erzählen, aber kurz nach dir hat Kittiwake angerufen, um mir mitzuteilen, dass es Walter nicht gut geht. Ich weiß bislang nur, dass er wohl eine Art Rückfall hatte und sie ihn in die Notaufnahme gebracht haben.«

»Oh nein.« Die schlimme Nachricht versetzt meinen Magen schon wieder in Aufruhr. »Solltest du nicht bei ihm sein?«

Sein Kiefer mahlt, und die Schatten auf seinen Wangen vertiefen sich. »Jen und Joanie sind dort, sie haben versprochen, sich umgehend zu melden, sobald sie mehr wissen.« Ein plötzlicher Windstoß von der geöffneten Balkontür her weht die Haare vom Kehrblech. »Wir können jetzt nichts anderes tun als abwarten und für beide Patienten das Beste hoffen.«

Ich wage es nicht auszusprechen, aber es wäre eine Tragödie, wenn Walter ausgerechnet jetzt, da er eine neue Chance auf Glück gefunden hat, aus dem Leben gerissen würde. Ich wünsche ihm inbrünstig, dass alles gut geht, und habe ein schlechtes Gewissen, weil ich gleichzeitig noch denken kann, wie viel mehr sich diese Wohnung nach Zuhause anfühlt, wenn Ross neben dem Sofa auf dem Teppich kniet und das Ultraschall-Set ordentlich in der Sporttasche verstaut, die er zu diesem Zweck mitgebracht hat. Wenigstens erinnert das Stethoskop um seinen Hals mich daran, dass er aus beruflichen Gründen hier ist und nicht aus freien Stücken.

Jetzt schiebt er die Tasche neben das Bücherregal und lässt sich aufs Sofa sinken. »Ist das Kleid auch neu?«

Wenn er schon Small Talk machen will, um die Zeit zu vertreiben, kann ich mich genauso gut daran beteiligen. »Maudie Maudie hat mir die komplette neue Kollektion geschickt.« Ich schneide eine Grimasse. »Du kennst mich, ich muss alles probetragen, bevor ich mich damit an die Öffentlichkeit wage.« Dieses hier hat ein wirklich hübsches Muster, das an die Butterblumen und den Löwenzahn auf Walters Weiden erinnert, ein Gedanke, bei dem ich schon wieder schwer schlucken muss. Das Wickel-Oberteil braucht allerdings definitiv eine Sicherheitsnadel, oder ich zeige jedes Mal, wenn ich mich vorbeuge, meine Brüste.

»Mir gefällt das Vorderteil«, sagt Ross. Er überlegt kurz. »Und der Brasil Slip ist ebenfalls von Maudie Maudie?«

Schön wär's, dann müsste ich mich jetzt nicht ganz so schuldig fühlen. Denn wenn ich nicht so selbstsüchtig gewesen wäre, mir diese Dessous zuzulegen, würde Diesel noch immer munter durchs Apartment laufen. Stattdessen steht ihm womöglich eine Operation bevor, und bei einem Hund seines Alters kann während der Narkose das Herz stehen bleiben. Daher fühle ich mich genötigt, reinen Tisch zu machen.

»Nein, ich habe sie selbst gekauft.« Ich stelle mir vor, wie Diesel mit Schläuchen im Maul auf dem OP-Tisch liegt und Ross und Elise sich in ihren Ärztekitteln über ihn beugen, und mir wird klar, dass ich keine ruhige Minute mehr haben werde, bis Ross die ganze verdammte Wahrheit kennt. »Ich hatte die verrückte Idee, sie bei einer Überraschungs-Verführungsaktion zu tragen.«

Entsetzt starrt er mich an. »Wen zum Teufel wolltest du denn verführen?«

Ich blinzele perplex. »Na, dich natürlich. Wen denn sonst?«

Er lehnt sich in die Kissen zurück. »Okay. Dann ist es ja nicht so schlimm.«

»Ich weiß, dass es das Letzte ist, worauf du Lust hast, aber ich wollte nicht nach London zurückkehren, ohne es versucht zu haben. Ich musste ganz sicher wissen, dass die Antwort Nein ist, um mit dem Rest meines Lebens weitermachen zu können.«

Er schüttelt den Kopf. »Deine normalen Unterhosen hätten dafür völlig ausgereicht.«

»Wie bitte? Woher weißt du, was für Unterhosen ich trage?«

Er starrt zur Decke. »Bertie, ich habe zwei Monate mit dir zusammengewohnt, ich habe Augen im Kopf. Da war zum Beispiel dieses Schlitz-Kleid, das du am *›Mamma-Mia!‹*-Abend anhattest. Und Diesel ist ziemlich oft mit einem deiner Slips im Maul in meinem Zimmer aufgetaucht. Und hat sie im Apartment verteilt.«

»Ach was.« Ich bin längst nicht so ruhig, wie ich klinge.

»Ich habe sie natürlich immer sofort in den Wäschekorb geworfen.« Er beugt sich vor. »Hey, alles gut, kein Grund zu weinen …«

Ich schlucke einen Schluchzer runter und wische mir mit dem Ärmel über die Augen. »Aber Diesel stirbt vielleicht, nur weil ich nicht akzeptieren konnte, dass du nicht mit mir zusammen sein willst.«

Ross stößt einen tiefen Seufzer aus. »Ich weiß nicht, wie du darauf kommst.«

»Ross, du warst die ganze Woche nicht hier! Warum sonst würdest die Wohnung meiden wie die Pest?«

Er reibt sich über die Schläfen. »Es ist sehr viel komplizierter, Bertie. Ich hatte daran gearbeitet, etwas zustande zu kriegen, das gut genug ist, um es dir anzubieten. Aber dann strömten alle deine Werbepartner zurück, und als dann auch noch der Verlag mit diesem Superdeal um die Ecke kam, konnte ich einfach nicht mehr mithalten.«

»Und deshalb bist du weggeblieben?«

Er nickt. »Mir liegt zu viel an dir, um dich zu bitten, dich mit weniger zu begnügen, als du verdienst.« Er holt tief Luft. »Aber ich bin froh, dass du mir von deinem Plan, es vor deiner Abreise noch ein letztes Mal zu versuchen, erzählt hast. Denn ich habe in diesen Tagen, als ich allein war, auch viel nachgedacht. Und dass es jetzt so plötzlich mit Walter wieder abwärtsgeht, ist wie eine Mahnung, dass ich es nicht länger aufschieben sollte, dir zu sagen … Noch vor drei Monaten war es der schlimmste vorstellbare Horror für mich, wegen meiner geschädigten Nerven nicht mehr in meinem Beruf arbeiten zu können. Doch dann kamst du, und meine komplette Welt wurde heller. Und wenn ich jetzt an die Probleme mit meinen Fingern denke, dann spielen sie kaum noch eine Rolle.«

Tränen schimmern in seinen Augen. »Denn die schlimmste Horrorvorstellung für mich ist jetzt eine Zukunft ohne dich. Ich dachte, ich könnte das irgendwie durchstehen, bis du weg bist. Aber ich kann es nicht. Damals habe ich alles zwischen uns kaputtgemacht, weil ich nicht genug geredet habe, also ziehe ich das jetzt durch. Zum ersten Mal in meinen Leben bin ich absolut egoistisch, das ist mir klar, aber ich muss dich einfach bitten, die nichtperfekte Lösung zu akzeptieren. Denn für mich ist nur noch wichtig, dass wir zusammen sind.«

»Oh Gott.« Ich kann kaum glauben, was hier passiert.

Seine Augen sind dunkel vor Schmerz. »Ich war immer so erpicht darauf, alles im Voraus festzulegen. Bevor ich in die Staaten ging, war meine Karriereplanung wasserdicht. Ich hatte ewig daran gefeilt. Und dann waren wir hier über Weihnachten zusammen, und danach zählte nur noch, dass ich mich in dich verliebt hatte. Ich versuchte einen Weg in die Zukunft zu finden, auf dem wir beide vorankommen würden, und dann hast du mir von dem Baby erzählt, und meine Welt geriet aus den Fugen. Alles lief so falsch, und ich kann es nicht ertragen, dich noch mal zu verlieren.«

Ich sitze am anderen Ende des Sofas, einen halben Meter entfernt von ihm, atme seinen Duft ein und lasse das alles auf mich wirken. »Du warst damals in mich verliebt?«

»Ich war schon immer in dich verliebt, Cressy. Deshalb war ich ja so besessen davon, etwas Besseres aus mir zu machen. Aber ich wollte eigentlich noch ein paar Jahre warten, bevor ich mich dir offenbarte. Doch als wir uns in diesen Weihnachtsferien küssten, war meine Liebe plötzlich nicht mehr einseitig, sie wurde real und explodierte in etwas Größeres, von dem ich nicht mal zu träumen gewagt hätte. Ich konnte an nichts anderes mehr denken. Wir wissen beide, dass dann sehr bald alles über uns zusammenbrach, aber ich habe seither niemals aufgehört, an dich zu denken oder dich zu lieben.«

Vielleicht erklärt das ja auch meine eigene Obsession mit ihm. »Ich glaube, bei mir war es dasselbe; sogar als Teenager habe ich schon für deine Besuche gelebt. Ich habe dich so lange und so tief geliebt – abgesehen natürlich von den Zeiten, wenn ich dich hasste. Aber selbst da gab es einen Teil von mir, der einfach nicht ertragen konnte loszulassen.«

Er zieht mich ein Stück zu sich heran. »Ich habe mit ein paar Ideen gespielt. Also, nur mal angenommen, du könntest dir vorstellen, mit mir zusammen zu sein – was hieltest du davon, in St. Aidan zu bleiben?«

Er hätte mir nichts Besseres vorschlagen können. »Ich habe so gute Freunde hier. Und ich liebe die Version von Cressy, die ich hier bin.« Auch ich habe in den letzten Tagen viel nachgedacht. »Ich liebe meinen Blog, meine YouTube-Backsessions, aber bevor ich herkam, wusste ich nicht, wie sehr es mir gefällt, vor Live-Publikum zu performen. Ich dachte vorher, ich wäre glücklich, aber das Glück, das ich hier gefunden habe, liegt auf einem ganz anderen Level.« Doch dann fällt mir wieder ein, was Nell angedeutet hat, und mein Herz rutscht eine Etage abwärts. »Aber hast du nicht ein fantastisches Jobangebot irgendwo anders?«

Seine Augen werden schmal. »Ein Team zu leiten, das Nahrungsergänzungsmittel entwickelt, mag für manchen eine Prestige-Position sein, aber ich glaube, wir können uns beide was Besseres vorstellen.« Er nimmt meine Hand. »Weißt du noch, wie du an Sophies Wohlfühltag sagtest, es wäre dein Traum, so was mit Übernachtung anzubieten?«

»Oh ja.« Ich nicke heftig, denn das wäre wirklich das absolut Größte, habe aber keinen Schimmer, worauf er hinaus will.

Er holt tief Luft. »Könntest du dir vorstellen, mit mir zusammen Walters Hof zu übernehmen und genau das dort zu tun?«

»Was?« Mir klappt die Kinnlade so weit runter, dass sie praktisch auf meinem Busen landet.

»Es ist ein großes Projekt, aber ihm liegt sehr daran, dass wir es angehen.«

Unwillkürlich stöhne ich auf. »Armer Walter. Wie er jetzt da im Krankenhaus liegt …«

Ich spüre, wie Ross' Brust sich an meiner hebt und senkt. »Er hat noch so viel, für das es sich zu leben lohnt, da glaube ich einfach nicht, dass er den Kampf aufgibt.«

»Ja, er hat ein ganz neues Funkeln in den Augen.«

Ross nickt. »Die Hoffnung, dass wir den Hof für ihn weiterführen, hat geholfen. Und es wären nicht nur das Haus und die Wirtschaftsgebäude, wir hätten auch die Erlaubnis, dort, wo jetzt die Wohnwagen stehen, Ferienhütten zu errichten. Wir könnten Back- und Tierpflege-Kurse anbieten und auch mit der Veterinärklinik zusammenarbeiten.«

»Darüber wolltest du also mit mir reden, als Martha wegen des Vertrags anrief?«

»Ja, tut mir leid. An dem Tag habe ich den Mut verloren. Ich verspreche, dass das nicht wieder vorkommt.«

Mein Lächeln fühlt sich breiter an als die St.-Aidan-Bucht. »Das wäre grandios. Das Interesse an regionalen Kurs-Angeboten ist gerade riesig.« Aber im Grunde sind mir die regionalen Kurs-Angebote gerade herzlich egal, im Moment zählt nur, dass ich mit Ross zusammen bin. Ich schwinge mich auf dem Sofa herum, setzte mich rittlings auf seinen Schoß und presse meinen Mund auf seinen. Er legt die Arme um mich, wühlt durch mein Haar, und diesmal sind keine Blondies oder Cupcakes im Spiel, der warme samtige Geschmack seines Mundes ist ganz und gar Ross.

Es dauert eine Weile, bis wir uns voneinander lösen, um Atem zu schöpfen. Plötzlich zieht er seine Hand unter einem von Clemmies Samtkissen hervor. »Ich will dir keine falsche Hoffnung machen, aber es kann sein, dass ich gerade etwas Wichtiges gefunden habe.«

Er hebt einen Finger, und ich sehe etwas Türkisfarbenes schimmern.

»Du hast meinen Slip gefunden?«

Er lacht leise. »Nicht zum ersten Mal. Das ist Diesels zweitliebstes Versteck. Wenn ich nicht so abgelenkt von der Aussicht gewesen wäre, dich wiederzusehen, hätte ich da sofort nachgeschaut.«

»Moment mal.« Ich weiß, er ist der Veterinär, aber irgendwas scheint ihm entfallen zu sein. »Was ist dann bitte mit Diesel los?«

Ross senkt schuldbewusst den Blick. »Vor ein paar Stunden war ich hier und habe einen extragroßen Kuchen gebacken. Es sollte ein *Bleib-bitte-bei-mir-und-liebe-mich-für-immer*-Kuchen sein, und ich wollte ihn dir morgen überreichen, begleitet von meiner Rede. Als er fertig war, habe ich ihn auf der Kommode abgestellt, ich dachte, unter einem *Ich-liebe-St.-Aidan*-Geschirrtuch würdest du ihn nicht bemerken.«

Bei der Erwähnung des Geschirrtuchs klingelt etwas bei mir. »Ich habe vorhin ein Kuchengitter und ein Tuch auf dem Boden gefunden, aber keinen Kuchen gesehen.«

»Verdammt. Im Teig waren zwölf Eier.«

»Zwölf? Das ist ja gewaltig!«

Wenn Ross lächelt, bilden sich diese senkrechten Grübchen in seinen Wangen. »Es war ja auch eine gewaltige Sache, um die ich dich bitten wollte. Etwas Kleineres wäre dem Anlass nicht gerecht geworden.«

Ich deute mit dem Kopf auf Diesel. »Das erklärt dann wohl, warum hier jemand im Schlaf stöhnt. Ich hoffe, da waren keine Avocados drin oder Schokolade? Oder Schnittlauch oder Macadamianüsse?«

Ross schüttelt den Kopf. »Ein Zitronenkuchen, der noch nicht mit Zitronensaft beträufelt worden war.« Er wirft mir einen strengen Blick zu. »Wo ist dieses Poster eigentlich gelandet?«

Eigentlich soll man sich ja in einer Beziehung immer die Wahrheit sagen, aber damit werde ich erst nach dieser Antwort anfangen. »Ich wollte es an die Tür hängen, aber dafür ist es zu groß, also liegt es noch immer zusammengefaltet auf dem Tisch.«

Er bläst die Backen auf. »Da man ja in einer Beziehung immer ehrlich sein soll, könnte ich es vor allem deshalb vorbeigebracht haben, weil ich sicherstellen wollte, dass du meine Telefonnummer hast.«

Ich lache. »Falls du hofftest, dass ich dich anrufen und zu einer Runde heißem Sex einladen würde, hat es ja am Ende funktioniert.«

Die Lachfältchen um seine Augen wärmen mein Herz. »Zwölf Wochen waren keine allzu lange Wartezeit.«

Apropos Wahrheit, mir brennt noch eine andere Frage auf der Seele. »Du erinnerst dich doch bestimmt an diesen Clip von unserem Nicht-Kuss, der viral ging? Ich weiß immer noch nicht, wer den hochgeladen hat.«

Sein Lachen ist so tief, dass ich die Vibrationen in meinem Bauch spüre. »Ich fürchte, das war ich.«

Ich bin schon dabei, zu überlegen, wie ich ihn später dafür bestrafen werde. »Es ist schändlich, Millies Film zu stehlen.«

Er hüstelt. »Tatsächlich ist der Clip nicht von Millie, sondern von meinem Telefon, das an dem Abend in Nells Obhut war. Ich habe immer jemanden gebeten, unsere Kämpfe aufzuzeichnen, weil ich wusste, dass ich dich eines Tages besiege. Und dass du den Clip dann nicht hochladen würdest.«

»Also hast du die ganze Zeit geplant, mich um den Verstand zu küssen?«

Er grinst. »Du sagtest doch, es war kein Kuss, Bertie?«

»Dann habe ich meinen Buchvertrag also im Grunde dir zu verdanken?«

Er schüttelt den Kopf. »Oh nein, den kannst du dir ganz allein ans Revers heften. Ich habe nur die Hashtags hochgeladen. Ich wusste, dass der Clip durch die Decke gehen würde, wegen der anderen davor.«

Okay, Ehre, wem Ehre gebührt. »In dem Fall, danke für dein vorausschauendes Handeln.«

Er hüstelt vielsagend. »Ich hätte da eine Idee, wie man es noch weiter melken könnte.«

»Nämlich?«

»Wir könnten doch einen kleinen *Mr.-und-Mrs.-Im-Glück*-Film drehen und morgen damit das Rezeptbuch bewerben.« Er grinst ein bisschen verlegen.

Ich rolle mit den Augen. »Zitierst du jetzt etwa Beyoncé?« Nicht dass ich mich beschweren würde, wenn er mit dem Gedanken spielen würde, mir einen Ring anzustecken, aber ich möchte das doch lieber rechtzeitig abklären.

Ross lacht. »Ich meinte *Mr. und Mrs.* im weitesten Sinne. Wenn es dir recht ist, spare ich mir die große Frage lieber für einen Tag auf, an dem Diesel nicht den Kuchen gefressen hat.« Das Handy liegt schon in seiner Hand. »Du hast doch Exemplare von dem Buch hier, also lass uns darauf hinweisen und der Welt erzählen, dass wir ein Paar sind, bevor du deine Meinung änderst.«

»Was, jetzt?«

Er lächelt träge. »Am allerliebsten würde ich dich jetzt natürlich ins Bett tragen und eine Woche mit dir drinbleiben, aber …«

Ich zögere ebenfalls und drücke meine Stirn an seine.

»Keiner von uns wird zur Ruhe kommen, bevor wir von Walter hören.«

Er zieht mich an sich. »Also, wie wär's, wenn wir erst unser Filmchen drehen, dann Diesel wecken und versuchen, ihn in den Garten zu kriegen. Und dann sehen wir weiter.«

Entscheidungsfreudigkeit hat viel für sich. Fünfzehn Minuten später geht unser kurzer, aber sehr süßer Selfie-Clip online, ich und Ross sind also seit heute um drei Uhr früh offiziell ein Paar. Zehn Minuten und ziemlich viele Küsse später, als wir es mit Diesel tatsächlich in den Garten und an den Strand geschafft haben, meldet sich Ross' Telefon mit der Nachricht, dass Walter okay ist und zur Beobachtung über Nacht im Krankenhaus bleibt, aber morgen früh wieder nach Kittiwake entlassen wird.

Der Mond spielt zwischen den Wolken Verstecken und schickt sein flackerndes Licht übers Wasser. Ross hat den Arm um mich gelegt, mein Kopf ruht an seiner Schulter, und wir folgen Diesel im Gleichschritt bis dorthin, wo die wellige Gischt den Strand begrüßt.

Ross bleibt stehen und zieht mich nach einem sanften Kuss in seine Arme. »Siehst du, ich sagte doch, dass Walter uns nicht enttäuscht.«

Ich streiche mein windgezaustes Haar zurück. »Seine Herzfrequenz mag ja in Ordnung sein, aber unsere hat er definitiv in die Höhe getrieben.«

Ross dreht sich zu Diesel um, der die Nase in der Luft hat, um den Salzduft zu schnüffeln. »Ein Patient ist bereits auf dem Weg der Besserung. Jetzt muss Diesel nur noch einen ordentlichen Haufen setzen, dann ist die Welt wieder in Ordnung.« Er lacht. »Das gehört zu den Nachteilen, wenn man sich in einen Veterinär verliebt. Wenn wir nicht von Verdauungsprodukten bedeckt sind, denken wir vermutlich drüber nach.«

Ich lächle zu ihm hoch. »Es birgt auch gewisse Risiken, eine Bäckerin zu lieben. Du weißt doch, dass du nie Nein sagen darfst, wenn's ums Probieren geht?«

»Als ob das jemals passieren würde!« Doch dann erstirbt sein Grinsen, und er drückt mich ganz fest an sich. »Das hier ist tatsächlich unsere zweite Chance, Bertie. Ich hätte nie darauf zu hoffen gewagt.«

Und plötzlich, während wir hier in der warmen Sommernacht am Strand stehen und uns so nah sind, dass unsere Körper praktisch verschmelzen, weiß ich es. »Es wäre gut gegangen mit uns, nicht wahr? Ich meine, wenn wir unser Baby bekommen hätten.«

Langsam nickt er. »Ja, ich glaube, das wäre es.«

Es ist natürlich albern. Schließlich bezieht es sich auf nichts tatsächlich Reales. Aber irgendwie ist es dennoch tröstlich, diese Bestätigung zu haben. Als die Menschen, die wir heute sind, im Auftrag der Menschen, die wir damals waren. Es ist eine seltsame Erkenntnis, nachdem ich so viele Jahre das genaue Gegenteil dachte. Doch nachdem ich Ross zweieinhalb Monate lang jeden Tag erlebt habe, weiß ich, dass er, obwohl er mich in dieser ganz bestimmten Sekunde, als ich ihn brauchte, enttäuscht hatte, am Ende für mich und für das Kind da gewesen wäre. Und bei seinem riesengroßen Herzen wären wir dasselbe Team geworden, das wir heute sind.

»Wir können es jederzeit wieder versuchen«, sagt er. »Solange es dich nicht stört, dass keiner unserer Dreijährigen meine Witze kapiert.«

Ich lache. »Du hast genug Zeit, an deinen komödiantischen Talenten zu feilen. Übrigens, Diesel kommt uns da gerade sehr entgegen. Sobald er sich fertig erleichtert hat und wir die Bescherung aufgesammelt haben, können wir also nach Hause gehen und uns dem Rest der Nacht widmen.«

Während wir langsam aufs Seaspray Cottage zu schlendern, laufen salzige Tränen über meine Wangen. Ich bin die glücklichste Frau in St. Aidan, denn ich bin mit dem Typ zusammen, den ich seit Anbeginn der Zeiten geliebt habe, und ich weiß jetzt, dass es auf der ganzen weiten Welt keinen besseren Mann für mich gibt.

42. Kapitel

Silberne Satinbänder und eine neue Frisur

Die Buchpremiere in Kittiwake Court
Samstag

Machen wir uns nichts vor – jede Buchpremiere in St. Aidan hat regen Zulauf. Wenn es dann noch um ein Buch geht, zu dem so viele Leute mit ihren Rezepten beigetragen haben … Samstagnachmittag um zwei platzt Kittiwake Court aus allen Nähten, und Bewohner, Personal und Besucher platzen auch, allerdings vor Aufregung.

Ross und ich verspäten uns um volle drei Minuten, was auffällt, da Ross berühmt dafür ist, überall mindestens eine halbe Stunde vor der Zeit aufzutauchen. Dank des gesunden lokalen Flurfunks wissen natürlich schon alle, dass wir zusammen sind. Aber da es unser erstes öffentliches Outing als Paar ist, sind wir beide ein wenig scheu, als wir uns an der Menschenmenge vorbei zum Haus schieben. Kurz vor dem Eingang neben Jens Büro nimmt Ross den Arm von meinen Schultern, packt meine Hand und schaut mich grinsend an. »Jetzt, da du mir gehörst, will ich dich keine Sekunde loslassen.«

Ich erwidere das Grinsen und küsse ihn auf die Wange. »Ich liebe deine Haltung, Bradbury, aber wir haben die Unicorn Cupcakes, die ich gebacken habe, im Auto vergessen, also muss einer von uns zurückgehen und sie holen.«

Er flucht halbherzig vor sich hin. »Wahnsinnssex kann nachweislich zu Erinnerungslücken führen, das erklärt die

Sache.« Er reicht mir Diesels Leine und tippt den Öffnungs-Code für die Tür ein. »Du gehst rein, ich komme mit der Beute nach.«

Nun, da Ross seine Zeit besser rumbringen kann – räusper, räusper, nämlich mit mir im Bett –, klagt er all die aufgelaufenen Gefallen in der Klinik ein. Wir waren daher heute früh mit Diesel am Strand, kehrten mit einer großen Tüte warmer Croissants zurück und gönnten uns ein sehr ausgiebiges Frühstück im Bett. Dafür musste ich mich dann mit dem Backen so sehr sputen, dass ich mein letztes Einhorn-Horn buchstäblich eine Sekunde vor unserem hastigen Aufbruch ins Buttercreme-Topping gesteckt habe.

Man muss den Bewohnern von St. Aidan lassen, dass sie eine Party schmeißen können. Die *Seaview Lounge* ist voller, als ich sie je gesehen habe, und auch auf der Veranda und dem Rasen dahinter drängen sich die Menschen. Sophie hat jeden dazu verdonnert, etwas zu backen, und Millie, Luce und ein paar andere Schulfreundinnen gehen mit Tabletts rum, um die Kuchen zu verteilen. Jen und ihre Mitarbeiterinnen tragen alle fantastische neue Schürzen mit Gebäck-Muster, eine Spende von Helen aus dem Stoffladen. Sophies Nate hat Maisie auf der Schulter und Marcus und Tillie an den Händen, und die Drinks verschwinden schneller vom Bartisch, als George und Nell Flaschen öffnen und Gläser füllen können. Und selbstverständlich tragen Sophie, Millie, Nell und Plum wie angekündigt Fischschwanz-Röcke, Seesterne im Haar und Glitzer auf den Lidern.

Joanie, Walter, Pam und die anderen Senioren sind dankenswerterweise normal gekleidet, wenn auch eleganter als sonst. Sie sitzen in Lehnsesseln hinter Jen, die mit frisch gefärbter Reverse-Ombré-Frisur punktet. Sie muss nur ein paarmal in die Hände klatschen, schon weicht das muntere Geplapper gespanntem Schweigen. Als sie ihre Begrüßungsworte spricht, schleicht Ross sich hinter sie und hebt beide Daumen in meine Richtung. Und dann, bevor ich es richtig registriere, übergibt sie an mich.

Ich stelle mich hin und zupfe die kornblumenblaue Variante des Löwenzahn-und-Butterblumen-Kleides zurecht, um sicherzustellen, dass ich nicht zu viel Dekolleté zeige. Zum Nervöswerden bleibt keine Zeit. Ich hole einmal tief Luft und lege dann los.

»Hallo, ich bin Cressy Cupcake und habe das Vorwort zu dem Buch geschrieben, das von euch allen verfasst wurde!« Als ich zur Seite schaue, suchen Kathleen und Madge meinen Blick, und sie lächeln so stolz, dass ich schlucken und eine plötzliche Gefühlsaufwallung wegblinzeln muss, bevor ich weiterreden kann. »Das Buch ist aus all den wundervollen Gesprächen entstanden, die wir hatten, als ich vor ein paar Monaten herkam, um mit euch zu backen. Wir alle hatten unsere Lieblingsrezepte, und es schien uns eine großartige Idee, diese oft sehr alten, tausendfach bewährten Backgeheimnisse an einer Stelle zu bündeln, damit auch andere Menschen sie genießen können.«

Ich warte, bis das zustimmende Gemurmel sich gelegt hat, und halte dann mein Exemplar hoch. Das Titelbild mit dem mit Puderzucker bestreuten Butterfly Cake ist allen hier längst vertraut, da Sophie dafür gesorgt hat, dass jeder Laden des Ortes ein Poster im Schaufenster hat und vergrößerte Versionen auch an den Wänden von Kittiwake Court hängen. Aber trotzdem ist es ein besonderes Gefühl, das Buch jetzt in den Händen zu halten.

»Wir feiern heute, dass wir mit so verblüffenden Köstlichkeiten wie Mucky Golfballs und so betörenden Versuchungen wie Ginger Cloudburst Cake unser St. Aidan Rezept für Rezept als Hort der Backkultur bekannt machen. Also schmeißt bitte eine rauschende Premierenparty für ›*Ein*

Stück von St. Aidan‹. Und jetzt durchschneiden Joanie und Walter das Band.«

Zwei Schwestern helfen den beiden nach vorn, und Jen reicht ihnen eine von Helens gigantischen Stoffscheren. Nachdem das zwischen zwei Stühlen aufgespannte silberne Satinband zerschnitten ist, stößt Walter einen Triumphschrei aus. »So, jetzt ist es draußen in der Welt. Und jeder von euch öffnet jetzt gefälligst sein Portemonnaie und kauft so viele Exemplare wie möglich.«

Nell und Plum quetschen sich hinter einen Beistelltisch, auf dem sich die Bücher stapeln, und bevor sie dazu kommen, die Geldkassetten zu öffnen, erstreckt sich die Menschenschlange bereits bis nach draußen auf die Veranda.

Millie kommt mit einem Tablett Karamell-Shortbread vorbei, und als ich gerade genüsslich in ein Stück hineinbeiße, tauchen auch Sophie und Nate auf.

»Hast du die Verkaufszahlen von heute Morgen gesehen?«, fragt Sophie.

Ich schüttele den Kopf und schlucke einen Mundvoll Karamell herunter. »Ich hatte mit den Cupcakes zu tun.« Tatsächlich stand mir der Sinn nach Sex, nicht nach Verkaufszahlen, aber ich kann mir bessere Orte vorstellen, das abrupte Ende meiner zehn Jahre währenden Durststrecke zu diskutieren, und zwinge mich daher zur Konzentration auf das (jetzt) Wesentliche. »Seit Maudie Maudie unseren Mr.-und-Mrs.-Clip mit dem Rezeptbuch auf ihrer Instagram-Seite veröffentlicht haben, drehen deren Follower durch.« Aber ich will mich nicht mit fremden Federn schmücken. »Das Video war allein Ross' Idee, und der Rest war einfach eine glückliche Verkettung von Umständen, das passiert manchmal. Maudie Maudie hat mir getextet, dass sie schon Kleiderbestellungen für Tausende von Pfund haben.«

Sophie nickt. »Das Buch geht auch weg wie geschnitten Brot, wirklich phänomenal. Du hast damit so viel für uns getan, Cressy.«

Ich muss es ihr sagen. »Ross war auch derjenige, der den anderen Clip, der so ein phänomenaler Erfolg war, hochgeladen hat, damit ging im Grunde alles erst richtig los.«

Sophie boxt in die Luft. »Ich wusste, dass daran irgendwas komisch war, und ich habe versucht, es dir zu sagen, aber du hast nicht auf mich gehört.«

»Vielleicht ist es ja ganz gut, dass ich nichts davon wusste, sonst hätte ich Ross womöglich dazu gebracht, es wieder zu löschen.«

Ich spüre eine plötzliche Wärme hinter mir, dann schiebt Ross sich neben mich. »Sprecht ihr schon wieder über mich? Ich hoffe, nur Gutes.« Er wirkt noch selbstzufriedener als bei unserer Ankunft, hält mir einen Rainbow Cupcake hin und wartet nicht auf die Antwort auf seine frühere Frage, bevor er die nächste stellt. »Also, was meinst du dazu?«

»Ich meine, dass es ein Rainbow Cupcake ist …«

Frustriert verdreht er die Augen. »Die wären doch perfekt für unsere Baby-Party, wenn wir gemischte Zwillinge bekommen.«

Ich schüttele lachend den Kopf. »Du bist deiner Zeit weit voraus, aber ja, die Idee gefällt mir. Lass uns das machen! Aber jetzt iss den da schnell, bevor Diesel dir zuvorkommt.«

Wie sich die Zeiten ändern. Noch vor zwei Tagen versuchte ich mich damit abzufinden, dass ich für immer allein bleiben werde. Jetzt bin ich mit dem Mann zusammen, den ich liebe, und wir haben uns schon auf Kuchen für unsere Babyshower-Party geeinigt. Doch das klingt spontaner und frivoler, als es ist. Schließlich kennen wir einander schon seit mehr als achtzehn Jahren. Bei Ross habe ich wirklich das Gefühl zu wissen, was ich bekomme, und ich könnte nicht begeisterter sein.

Sophie fällt uns beiden quietschend um den Hals. »Ihr seid so süß.« Dann schaut sie über die Schulter zu Nate. »Kannst du dich noch daran erinnern, als wir so waren?«

Nate nickt Ross grinsend zu. »Genieß es, solange es anhält, Kumpel. Nach Kind Nummer vier bist du definitiv in der Unterzahl.«

Wir lachen, und dann höre ich, wie Plum hinter ihnen einen Jubelschrei ausstößt und Nell »Ich glaub, mich knutscht ein Elch« sagt.

Und dann bellt Diesel und flitzt los. Während seine Leine mir durch die Finger rutscht, erklingt in einiger Distanz eine vertraute Stimme.

Ich schnappe nach Luft, weil ich meinen Ohren nicht recht traue, und suche Ross' Blick. »Das klingt nach Charlie!«

Ross lächelt entspannt und nicht die Spur überrascht. »Stimmt.«

Diesel pflügt sich wild entschlossen einen Pfad durch den Raum, doch die Leute weichen freiwillig zurück, und außer zwei umgekippten Weingläsern gibt es keinen Kollateralschaden.

Ich folge ihm und erkenne schon bald Clemmies kastanienrote, zum Halbdutt hochgesteckte Locken. Als Diesels Vorderpfoten auf seinen Schultern landen, schlingt Charlie beide Arme um Diesels grauen haarigen Nacken. Wie immer ist Diesels Begrüßungsritual eine feuchte Angelegenheit, aber weder Clemmie noch Charlie macht es etwas aus, sich ausgiebig von einer sabbernden Hundezunge abschlecken zu lassen.

Als Diesel sich schließlich auf den Rücken wirft und alle viere in die Luft streckt, drängt Millie an meine Seite und flüstert mir ins Ohr: »Clemmie trägt ihr oranges Lieblingskleid mit den weißen Sternen. Ich glaube, das ist ein gutes Zeichen.«

Nach abgeschlossener Diesel-Bespaßung erhebt sich Charlie, und er und Clemmie kommen auf uns zu. Ich starre ihnen ins Gesicht und suche nach Indizien, bringe aber die Worte nicht über die Lippen. Doch dann lächeln sie, und ich weiß auch ohne zu fragen, dass alles gut ist. Tränen laufen mir über die Wangen, als ich mich in Charlies Arme werfe.

»Es ist okay – es ist doch okay, oder?«

Nach ein paar Sekunden löse ich mich von ihm, trete einen Schritt zurück, und Charlie nickt. »Es ist noch sehr, sehr früh. Aber im Moment ist alles gut.«

Ich ziehe Clemmie in eine ganz zarte Umarmung und küsse die Luft über ihrer Wange, mehr traue ich mich nicht. »Ich freue mich so für euch.«

Dann wirbele ich herum, werfe mich in Ross' Arme und schluchze an seiner Brust, weil mit einem Mal all das schmerzliche Hoffen und Bangen für Clemmie und Charlie vorbei ist. Als ich mich einigermaßen beruhigt habe, reicht er mir einen Stapel Papierservietten und wartet, bis ich mir die Nase geputzt und das Gesicht getrocknet habe. »Wusstest du Bescheid?«, frage ich.

Ross lächelt ein bisschen schuldbewusst. »Sie wollten dich überraschen.«

Schniefend reibe ich mir über die Nase. »Für diesmal sei dir vergeben. Es war eine wundervolle Überraschung.«

Clemmie legt eine Hand an meinen Arm. »Wie man hört, seid ihr jetzt zusammen? Wie genial ist das denn?«

Kopfschüttelnd schaue ich Ross an. »Und da heißt es, Männer tratschen nicht.«

Charlie reibt sich unternehmungslustig die Hände. »So,

wo ist nun das Ende der Schlange? Wir müssen ein paar Bücher kaufen, bevor alle weg sind.«

»Die Druckerei liefert morgen weitere Exemplare, wir werden sie brauchen!«, flüstert Sophie mir hinter vorgehaltener Hand zu.

Da die Buchstapel nahezu verschwunden sind, sieht man jetzt auch Plum in ihrem Stuhl hinter dem Verkaufstisch. »Okay, Cressy, Maudie Maudie hatten jetzt genug Werbung für ihr Kleid, höchste Zeit, dass du dich umziehst, um dich dem Rest des Teams anzugleichen.«

»Wie bitte?«, frage ich entgeistert.

»Ich wusste doch, dass es sich lohnen würde, dir einen Meerjungfrauenschwanz zu machen«, fährt sie triumphierend fort. »Überleg nur, wie oft du ihn tragen kannst, jetzt, da du und Ross für immer hierbleibt.«

Offenbar kam mein Löwenzahn-Butterblumen-Kleid doch nicht so gut an, wie ich dachte.

Millie zupft mich am Arm. »Er ist in Jens Büro. Komm mit, Luce und ich helfen dir beim Anziehen.«

Ich werfe meinem neuen Beschützer einen flehenden Blick zu, doch er zuckt nur mit den Schultern. »Das ist eine Meerjungfrauen-Angelegenheit, ich glaube nicht, dass ein Veterinär da intervenieren sollte.«

»Um dich kümmere ich mich später, Freundchen«, zische ich ihm im Vorbeigehen ins Ohr.

Er lacht nur. »Das will ich doch hoffen.«

Ehrlich gesagt spiele ich auf Zeit. Wenn ich das hier möglichst in die Länge ziehe, werden die meisten Leute schon wieder weg sein. Also erlaube ich Millie, mein Haar aufzuplustern und mit stahlblauem und pinkfarbenem Spray, Muscheln und Bändern zu verzieren. Sie gibt mir eins von Sophies wasserblauen XXL-Shirts, die bei mir hauteng sind, und dass sie dann mindestens zwanzig Minuten braucht, um glitzernde Pailletten auf meine Lider zu kleben, ist mir sehr recht. Anschließend stehe ich auf, während die Mädchen eine weitere Viertelstunde damit verbringen, mich in Sackleinen und Drahtgewebe zu wickeln, sodass ich mir vorkomme wie ein Fisch im Netz. Dann treten sie zurück, mustern ihr Werk und nicken.

Ich starre an mir herunter. »Also, wie lautet euer Urteil?«

Millie grinst. »Du siehst toll aus.«

»Ich hatte keine Ahnung, dass es so lange dauert, eine Meerjungfrau zu werden. Vielleicht sieht man deshalb so selten welche.« Dass ich früher in London mindestens so viel Aufwand betrieben habe, um mich für einen ganz normalen Tag fertig zu machen, kommt mir jetzt wirklich merkwürdig vor.

»Also, worauf warten wir?«, sagt Millie. »Lass uns rausgehen und mit dir angeben.«

Meine Fußknöchel sind praktisch aneinandergefesselt. »Ich soll in dem Ding auch noch laufen?«

Die Mädchen schütten sich aus vor Lachen. »Schlurf am Anfang einfach«, schlägt Millie vor. »Man gewöhnt sich schnell dran.«

Mag sein, aber ich schwöre, wir brauchen noch mal zwanzig Minuten, um über den *Ocean Boulevard* zur *Seaview Lounge* zu schlurfen. Tatsächlich sind, als wir endlich ankommen, nur noch Mitarbeiter, Bewohner und Meerjungfrauen-Familienmitglieder anwesend. Was natürlich auch Charlie und Clemmie einschließt.

Als ich mich Zentimeter für Zentimeter in die Lounge schiebe, bricht Jubel aus, und ich schiebe mich unter tosendem Beifall zu einer sehr schönen Chaiselongue, die sie extra für mich und meinen Schwanz reserviert haben. Sobald ich mich bequem drapiert habe, setzt Ross sich dazu, seine Hüfte an meine gepresst.

Nell räuspert sich. »Wir wollten dir noch mal unseren ganz privaten und besonderen Dank aussprechen, für alles, was du getan hast, um Kittiwake zu helfen.«

Jen übernimmt. »Ohne deine Ideen und Back-Events und das Rezeptbuch hätten wir nicht mal den Bruchteil der Spenden zusammenbekommen. Wir sind immer noch ein Stück von der Gesamtsumme entfernt, aber man hat mir gesagt, dass die Buchverkäufe weitergehen. Also, wir alle danken dir von Herzen für deinen wundervollen Einsatz.«

Sophie funkelt mich erwartungsvoll an. »Wir könnten hier einen echten Bestseller an der Hand haben, wenn du deinen Promi-Status weiter dafür einsetzt. Die Entscheidung liegt natürlich bei dir.«

Ich schaue in die Gesichter der reizenden Senioren und erinnere mich daran, wie sie mich ermutigt und als Erste aus meiner Komfortzone herausgelockt haben. Wie sie mir durch ihren Enthusiasmus zeigten, was alles möglich ist. Ohne sie wäre ich nie so weit gekommen.

Schon wieder kämpfe ich mit den Tränen. »Tatsächlich bin ich diejenige, die zu danken hat. Als ich hier ankam, fühlte ich mich wie eine Heuchlerin, aber mit eurer Hilfe habe ich gelernt, vor Menschen live aufzutreten. Nach all den Erfahrungen, die ich in St. Aidan sammeln durfte, würde ich mich bei diesem TV-Backwettbewerb nicht mehr so peinlich blamieren. Allerdings würde ich auch gar nicht mehr an so was teilnehmen. Ich bin viel zu sehr damit beschäftigt, ein viel besseres Leben zu führen.«

Joanie betupft ihre Augen. »Wir sind alle sehr stolz auf dich, Cressy, das waren wir schon immer. Und jetzt musst du auch noch lernen, eine Bauersfrau zu sein.«

Ross gibt einen erstickten Laut von sich. »Einspruch, ich glaube, ich muss eher lernen, ein Bäuerinnen-Mann zu werden.«

Walter räuspert sich und klopft mit dem Stock auf den Boden. »Ich hab' auch noch was zu verkünden. Denn dieser Bauer hier«, er deutet auf sich, »wird ebenfalls eine neue Frau haben.«

Ich bin begeistert, aber nicht überrascht. »Wirklich? Das ist großartig. Aber wann ist es dazu gekommen?«

Walter klopft sich auf den Schenkel. »Ihr beide seid hier nicht die Einzigen von der schnellen Truppe.« Seine Augen funkeln belustigt, doch dann wird er wieder ernst. »Ich habe sie gestern im Auto auf dem Rückweg vom Krankenhaus gefragt.«

Joan lächelt verschämt. »Der schlaue Fuchs! Ich hatte mir solche Sorgen um ihn gemacht, dass ich sofort Ja sagte.«

Ich strahle die beiden beglückt an. »Solange man weiß, was man will, ist nichts gegen schnelle Entscheidungen einzuwenden.«

Walter grinst. »Das mag ich so an dir, Cressy, du bist eine durch und durch vernünftige Person. Und vermutlich genau die Richtige, um unten am Bach Brunnenkresse anzupflanzen. Würde deinen Hühnern gefallen.«

Die heitere Erinnerung bringt mich zum Lachen. »Eier und Kresse? Als Kind wurde ich tatsächlich immer Eier-Kressy genannt.«

Sophie stößt Clemmie mit der Schulter an. »Wir Meerjungfrauen haben alle unsere Spitznamen aus der Kindheit. Clemmie Orangina, Nelly Melone, Sophie Kartoffelchen und Victoria Pflaume. Und jetzt haben wir auch noch eine Eier-Kressy.«

Ich starre auf das paillettenbesetzte Band um meine Fesseln. »Bevor ich mich den Herausforderungen der Landwirtschaft widme, muss ich vermutlich trainieren, mit meinem Meerjungfrauenschwanz zu laufen.«

Millie tänzelt in meine Richtung, ihre Schuppen funkeln

in der Sonne. »Wenn du zu mir kommst, zeige ich dir ein paar Tricks.«

Während ich unbeholfen hinter ihr herschlurfe, schaue ich über die Schulter zu Ross. Unsere Blicke treffen sich, und ich weiß, dass er der einzige Mensch auf der Welt ist, mit dem ich eine Familie gründen will. Eine Welle der Euphorie durchflutet mich, weil nun endlich die richtige Zeit für uns gekommen ist. Und es ist auch ein wundervolles Gefühl, von unserer St.-Aidan-Familie umgeben zu sein, denn sie alle haben mir geholfen, ein Leben aufzubauen, auf das ich stolz sein kann, und mich glücklicher gemacht, als ich mir je hätte träumen lassen.

PS

Hätte mir jemand vor vier Monaten gesagt, dass ich nur für ein einziges Wochenende nach London zurückkehren würde, hätte ich das weit von mir gewiesen. Doch nun bin ich, wie Charlie vor mir, ein brandneuer vollwertiger Teil der St.-Aidan-Community und freue mich auf meine Ausbildung zur waschechten Cornishwoman. Zum Glück habe ich Ross an meiner Seite. Und Walter, Joanie und all meine Freunde in Kittiwake Court, ganz zu schweigen von meinen großartigen Meerjungfrauen-Freundinnen.

Und ich mag die Wellen, die unermüdlich an den Strand rollen, nichts in St. Aidan steht für längere Zeit still …

Walter und Joanie verschwenden keine Zeit. Sechs Wochen nach der Buchpremiere geben sie sich bei einer bescheidenen Zeremonie in der Dorfkirche das Ja-Wort und feiern ihre junge Ehe anschließend in Kittiwake Court stilvoll mit einem »Sound-of-Music«-Singalong.

Und es gibt aus der Ecke noch mehr gute Nachrichten. Zwar hatten wir trotz der sensationellen Verkaufszahlen unseres Backbuchs und eines Schlammrennens, das sämtliche regionalen Rekorde brach, Probleme, den für die anfallenden Umbauten notwendigen Betrag zusammenzukriegen. Doch das war nicht das Ende der Fahnenstange. Denn nun will Walter einen fetten Batzen vom Verkaufserlös seines Hofs für Kittiwake spenden, mit der nachvollziehbaren Begründung, dass er ohne das Heim vermutlich nicht mehr leben würde und ganz sicher nicht zum zweiten Mal glücklich verheiratet wäre. Und Charlie springt ein, um den Rest abzudecken, denn er hat schließlich Geld wie Heu.

Was Ross und mich betrifft, wir wohnen immer noch im Seaspray Cottage. Clemmie und Charlie haben darauf bestanden, dass wir in Clemmies Apartment bleiben, bis wir uns in die Zahlen, Fakten und Aufgaben unseres neuen Lebens auf dem Bauernhof eingearbeitet haben. Clemmie fühlt sich so schlecht, wie man sich in den ersten Monaten einer Schwangerschaft eben fühlt, aber sie und Charlie schlürfen zusammen Ingwertee und machen mit Diesel lange Spaziergänge an der frischen Luft. Und beide hören gar nicht mehr auf zu lächeln. Noch liegt ein weiter Weg vor ihnen, aber irgendwie wissen wir alle tief in unserer Seele, dass sie ihr Ziel diesmal erreichen.

Im Garten von Seaspray Cottage stehen wieder verschnörkelte grüne Metalltische und Stühle. Ich helfe Clemmie bei ihren Sommer-Events und toure weiter im Namen der Kleinen Traumküche durch die Haushalte von St. Aidan. Ach ja, und jeder, der etwas zum nächsten St.-Aidan-Backbuch beitragen will, kann seine Rezepte in Plums Galerie oder Kittiwake Court abgeben.

Nachdem Ross seine beruflichen Bande zu Schottland endgültig gekappt hat, steckten er, George und Charlie eifrig die Köpfe zusammen. Sie haben zusammen ein Konzept ausgebrütet, das vorsieht, dass Ross das Haupthaus und die Wirtschaftsgebäude samt Obstgarten und umliegenden Weiden von Walter kauft und weiteres Land dazupachtet. Unser Wohlfühl-Ferienbauernhof mit Bildungsangebot, seltenen Nutztierrassen, Blockhütten, Glamping, Schäferscheune und Vintage-Wohnwagen wird also bald das Licht der Welt erblicken.

Und wenn Ross mit mir nach London kommt, um meine Sachen zu holen, machen wir all die Dinge, die Touristenpaare so tun. Wir gehen in den Zoo – damit er mit seinem beeindruckenden Wissen über Tiere angeben kann – und picknicken im Regent's Park, knipsen Selfies an der Themse, mit dem London Eye im Hintergrund, und futtern Doppeldecker-Burger mit Heinz Ketchup im Hard Rock Café, damit Ross vor den berühmten Gitarren aus dem Häuschen geraten kann.

Außerdem verbringen wir viel Zeit im Bett, weil wir in der Hinsicht so viel nachzuholen haben. Um zu beweisen, dass wir noch was anderes als Sex im Kopf haben, besuchen wir auf dem Rückweg einen Zuchthof für seltene Nutztierrassen in Devon. Das alles ist wunderschön, trotzdem fühlt es sich wie Nachhausekommen an, wenn ich am nächsten Tag wieder auf der Weide stehe und Schafe zähle.

An einem sonnigen Tag Ende September leihen Ross und ich uns Diesel aus und wandern mit einem Strauß blauer Gänseblümchen und Kornblumen, die wir in Walters Obstgarten gepflückt haben, am Strand entlang nach Oyster Point. Wir klettern an den äußersten Punkt, schauen auf die Wellen, die schäumend auf die Felsen krachen, werfen die Blumen einzeln ins Meer und denken an unser kleines Mädchen, das heute, wenn es denn geboren worden wäre, Geburtstag hätte.

Ein anderes Datum haben wir nicht, um ihrer zu gedenken. Doch das macht diesen Moment, in dem wir uns Hand in Hand an sie erinnern und zusehen, wie die Blüten auf dem Wasser gen Horizont tanzen, bis sie schließlich verschwinden, umso kostbarer. Und danach essen wir Eis, Schulter an Schulter auf derselben Rasenbank am Parkplatz, auf der wir auf dem Rückweg von seinem Krankenhaustermin in Truro gesessen haben, ein Stück gemeinsamer Vergangenheit, das wir uns hier bereits aufgebaut haben. Anschließend bläst uns ein kräftiger Rückenwind zurück nach

St. Aidan, während Diesel munter den anrollenden Wellen nachjagt.

Ein paar Wochen später stehen wir, die Kapuzen unserer Öljacken gegen den Regen hochgezogen, vor Georges Büro, um einen riesigen Schlüsselbund abzuholen – jetzt gehört die Snowdrop Farm offiziell uns. Es ist einer dieser unglaublichen Glücksfälle, die in Wirklichkeit gar nicht so viel mit Glück zu tun haben. In diesem Fall geht es eher um Vertrauen. Walter weiß einfach, dass wir uns dem Hof mit ebenso viel Liebe und Sorgfalt widmen werden wie er in den vergangenen fünfundsiebzig Jahren, und dass wir uns in seinem Sinne um das Land kümmern werden. Ganz schön hohe Erwartungen, aber Ross ist sicher, dass wir das hinkriegen, und das Projekt ist inzwischen ebenso sehr mein Traum wie seiner. Dass er diese Idee überhaupt hatte, dafür liebe ich ihn nur noch umso mehr.

Wir rennen durch den quer fallenden Regen aufs Haus zu. In den Ritzen zwischen den Pflastersteinen sammelt sich das Laub, das der Sturm vom Birnbaum im Garten gerissen hat. Doch in dem Moment, in dem wir vor der verblichenen Eingangstür stehen und den gigantischen Schlüssel ins Schlüsselloch stecken, bricht die Sonne durch die schiefergrauen Wolken und bringt die Wiesen zum Glitzern.

Ross zieht mich an sich und gibt mir einen regennassen Kuss. »Schau, ein Regenbogen, direkt über High Hopes Hill«, sagt er dann. »Ich hoffe, du weißt zu schätzen, wie aufwendig es war, das zu organisieren.« Sein Lachen vibriert durch meine Brust. »Tut mir wirklich leid, dass es so lange gedauert hat, bis hierher zu kommen, Bertie – aber bist du bereit für den nächsten Schritt?«

Ich kann nicht gleich antworten, weil er mich schon wieder küsst. Aber als er mich hochhebt und mit der Schulter die Haustür aufdrückt, nutze ich die Gelegenheit. »Ja, Cakeface! Ja, ja, ja, das bin ich!«

Dann knipsen wir das Licht an und gehen in die große, weiß getünchte Küche. Und es ist wundervoll, zu wissen, dass wir hier den Rest unseres Lebens verbringen werden – zusammen.

Cressys Rezepte

Falls dir beim Lesen dieses Buches das Wasser im Munde zusammengelaufen ist, sind hier ein paar von Cressys Rezepten zum Nachbacken, damit du sie bei dir zu Hause ausprobieren kannst.

Cressys Schoko-Tassenkuchen

Cressy backt in der Mikrowelle einen Zwei-Minuten-Tassenkuchen, um Ross aufzumuntern. Wenn du Schokolade liebst, dann ist das wirklich der schnellste Weg ins Glück. Und die perfekte Lösung, wenn man keinen ganzen Schokokuchen essen möchte, sondern nur Lust auf ein Stück hat.
Bitte beachte, dass jede Mikrowelle etwas anders funktioniert, daher könnte die Zubereitungszeit in deiner etwas kürzer oder länger sein. Und natürlich solltest du dich wie Cressy vergewissern, dass die Tasse, die du benutzt, für die Mikrowelle geeignet ist – und so groß, dass nichts überläuft, wenn der Kuchen aufgeht.

Für eine Portion:

4 gestr. EL	selbst treibendes Mehl
4 gestr. EL	Zucker
2 gestr. EL	Kakaopulver
1	Ei

3 EL Sonnenblumenöl
3 EL Milch
Ein paar Tropfen Vanille-Essenz
Für den besonderen Kick zwei Teelöffel Schokostreusel hinzufügen

Nimm die größte Tasse, die du hast.
Fülle Mehl, Zucker und Kakao hinein und mische alles.
Schlag das Ei hinein und rühre so kräftig um, wie du kannst.
Dann Milch, Öl und Vanille-Essenz hinzufügen und alles glatt rühren.
Dann, wenn du magst, die Schokostreusel dazugeben.
Die Tasse in die Mitte der Mikrowelle stellen und auf höchster Stufe eineinhalb bis zwei Minuten garen.
Schmeckt köstlich direkt aus der Tasse. Cressy isst ihren Tassenkuchen am liebsten mit Vanilleeis.

Cressys Schoko-Brownies mit Walnüssen

Von all ihren vielen Brownie-Rezepten ist das eins ihrer liebsten. Sie backt die Brownies in einer 6 Zentimeter hohen, 30 Zentimeter langen und 20 Zentimeter breiten Form. Manchmal legt sie die Form mit Backpapier aus, aber wenn sie es eilig hat, lässt sie es weg und fettet die Form einfach nur ein. Auch hier gilt: Die Garzeit kann von Backofen zu Backofen schwanken, und vielleicht experimentierst du selbst ein bisschen, um saftigere Brownies zu bekommen. Denk dran, dass sie beim Abkühlen weiter garen.

375 g weiche Butter (rechtzeitig aus dem Kühlschrank nehmen!)
375 g dunkle Schokolade oder Kakao
6 große Eier
1 EL Vanille-Extrakt
500 g Zucker
225 g Mehl
1 TL Salz
300 g gehackte Walnüsse

Backofen auf 180 Grad vorheizen (Umluft 160 Grad, Gas Stufe 4).
Form mit Backpapier auslegen oder einfetten.
Schokolade und Butter zusammen in einem Topf schmelzen und zum Kühlen beiseitestellen.
Eier und Zucker in einer Schüssel schlagen, Vanille-Extrakt hinzufügen.
Das Mehl in eine andere Schüssel sieben und mit dem Salz mischen.
Eier-Zucker-Masse in die abgekühlte Schokoladenmischung rühren.

Mehl unterrühren, bis der Mix glatt ist, dann die Nüsse unterheben.
Den Teil in die Form geben und ca. 25 Minuten backen.
Gegen Ende oft überprüfen, damit die Brownies nicht zu lange im Backofen bleiben. Sie sind fertig, wenn die Kruste hellbraun ist, das Innere aber noch dunkel und feucht.
Abkühlen lassen und in Quadrate schneiden.

Cressys Vanillecreme-Blondies

Es gibt ebenso viele Blondie-Varianten wie Brownie-Varianten, aber die mit Vanillecreme gehören zu Cressys Favoriten. Manche Konditorei legt einen Vanille-Keks auf jedes einzelne Stück, aber Cressy empfiehlt, alle Kekse in den Teig zu mischen, dann ist es einfacher, die Blondies am Ende in mundgerechte Stücke zu schneiden.

175 g	Butter
200 g	Muscovado-Zucker
125 g	Zucker
20 g	Vanillepuddingpulver
2	Eier
2 Teelöffel	Vanille-Extrakt
250 g	selbst treibendes Mehl
1	Prise Salz
15	Doppelkekse mit Vanillefüllung
150 g	weiße Schokolade

Backofen auf 180 Grad vorheizen (Umluft 160 Grad, Gas Stufe 4).
Butter, Zucker und Puddingpulver in einen Topf geben und bei niedriger Hitze langsam rühren, bis der Zucker sich aufgelöst hat.
Zehn Minuten abkühlen lassen.
Nacheinander die Eier reinschlagen und weiterrühren.
Dann Vanille-Extrakt, Mehl und Salz zugeben und glatt rühren.
Die Kekse zerkrümeln, die weiße Schokolade in Bröckchen schneiden und beides in die Mischung rühren.
Alles in eine gefettete oder mit Papier ausgelegte Form füllen und 30 Minuten backen. In der Form abkühlen lassen und vor dem Schneiden eine Weile in den Kühlschrank stellen.

Cressys Bakewell Blondies

Dieses Lieblingsrezept von Cressy ist mein persönlicher Favorit, weil ich die Marmelade liebe.

- 250 g Butter
- 125 g brauner Zucker
- 125 g weißer Haushaltszucker
- 3 Eier
- 100 g gemahlene Mandeln
- 225 g selbst treibendes Mehl
- 200 g weiße Schokolade in Brocken (optional, aber extra lecker!)
- 250 g Himbeermarmelade
- 50 g Mandelblättchen

Backofen auf 180 Grad vorheizen (Umluft 160 Grad, Gas Stufe 4).
Form (20 mal 30 Zentimeter) fetten oder mit Backpapier auslegen.
Butter und Zucker in einen Topf geben und bei geringer Hitze langsam rühren, bis der Zucker sich aufgelöst hat.
Zehn Minuten abkühlen lassen.
Nacheinander die Eier hineinschlagen und unterrühren.
Mehl und gemahlene Mandeln hinzufügen und kurz einrühren, bis die Masse dick und klebrig ist.
Weiße Schokolade unterheben.
Den Teig in die Form geben und glatt streichen.
Die Marmelade in Klümpchen auf der Oberfläche verteilen und dann vorsichtig mit einer Gabel durch den Teig ziehen.
Mandelblättchen gleichmäßig aufstreuen und alles 30 Minuten backen, bis die Oberfläche beginnt, sich zu wellen.
In der Form abkühlen lassen und für eine Weile in den

Kühlschrank stellen. Dann kannst du die Blondies in mundgerechte Stücke schneiden und genießen.

Guten Appetit und alles Liebe, Jane xx